# 멍텅구리의 생각

# 멍텅구리의 생각

| | |
|---|---|
| 발행일 | 2019년 2월 11일 |

| | | | |
|---|---|---|---|
| 지은이 | 이 한 교 | | |
| 펴낸이 | 손 형 국 | | |
| 펴낸곳 | (주)북랩 | | |
| 편집인 | 선일영 | 편집 | 오경진, 권혁신, 최예은, 최승헌, 김경무 |
| 디자인 | 이현수, 김민하, 한수희, 김윤주, 허지혜 | 제작 | 박기성, 황동현, 구성우, 정성배 |
| 마케팅 | 김회란, 박진관, 조하라 | | |
| 출판등록 | 2004. 12. 1(제2012-000051호) | | |
| 주소 | 서울시 금천구 가산디지털 1로 168, 우림라이온스밸리 B동 B113, 114호 | | |
| 홈페이지 | www.book.co.kr | | |
| 전화번호 | (02)2026-5777 | 팩스 | (02)2026-5747 |

| | | |
|---|---|---|
| ISBN | 979-11-6299-541-9 03810 (종이책) | 979-11-6299-542-6 05810 (전자책) |

이 도서의 국립중앙도서관 출판예정도서목록(CIP)은 서지정보유통지원시스템 홈페이지(http://seoji.nl.go.kr)와
국가자료공동목록시스템(http://www.nl.go.kr/kolisnet)에서 이용하실 수 있습니다.
(CIP제어번호: CIP2019004435)

---

**(주)북랩** 성공출판의 파트너

북랩 홈페이지와 패밀리 사이트에서 다양한 출판 솔루션을 만나 보세요!

**홈페이지** book.co.kr　　•　　**블로그** blog.naver.com/essaybook　　•　　**원고모집** book@book.co.kr

이한교 교수의 작품 선집

# 멍텅구리의 생각

"그동안 멍텅구리처럼 편안한 길만을 선택하며 살아왔다. 다 그리 사는 줄 알았다.
그런데 나이 들면서 내가 미련퉁이였다는 것을 알았다.
이제 다는 돈과 권력 앞에 주눅 들지 않는 깐깐한 멍텅구리가 되겠다."고 말하는
한 지식인의 진솔한 이야기를 당신에게 소개하려 한다.

북랩 book Lab

이한교 교수의 칼럼을 읽다 보면 없던 힘이 생긴다. 늘 괄호 밖으로 밀려나 헤매는 사람들의 심정을 거침없이 항변해 주어 용기가 난다. 간결하고 쉬운 글투로 매섭게 질책하는 칼럼과 달리, 수필 속으로 들어가면 솜털처럼 부드러운 세상이 나타난다. 여기서 충분한 휴식을 취하고 나면 또 다른 얘기가 기다리고 있다. 단편 소설이다. 이곳에선 글쓴이의 단단한 마음의 근육이 매우 인상적이다. 또 한 가지 특징은 책의 제목이다. 왜 하필 제목에 '멍텅구리'를 불러들였는지, 2016년 7월에 출간한 책에서도 '지렁이'를 등장시켜 자신을 대변케 하더니, 이번에도 보잘것없는 바닷물고기를 주인공으로 선택한 점이다. 의도적으로 자신을 약자로 보여 환심을 사려 했다는 의심을 받을 만하다. 그러나 글을 읽어 가다 보면 전혀 다른 생각을 하게 된다. 바로 이 책을 읽고 있는 나를 '멍텅구리'라고 고백하게 한다. 자신도 모르는 사이 무장을 해제하면서 자유롭고 행복한 멍텅구리로 만들어 버린다. 다시 말해 여기서 말하는 '멍텅구리'란 좀 부족하고 미련한 사람을 비하한 말이 아니라, 나보다 남을 낮게 여기고, 혼자 잘해주고 상처받는 사람, 조금은 이타주의적인 사람을 의미하고 있다.

이처럼 이 교수는 이 땅의 의식(생각) 있는 모든 사람을 '멍텅구리'

라 여기고 말을 걸고 있다. 그리고 조심스럽게 사람 중에는, 크게 내세울 게 없지만 느끼며 사는 사람과 상대를 무시하며 계산하며 사는 사람이 있다고 했다. 결국, 이 교수는 자신이 멍텅구리임을 아는 사람과 모르는 사람 사이에서 발생하는 잡음을 줄여서 좋은 세상을 만들고자 고민하는 사람이었다.

이 책의 특징은 앞서 언급했듯이 책 한 권에 각기 다른 장르의 글을, 그것도 성격이 전혀 다른 단편 소설까지 모았다는 것이다. 처음엔 이해되지 않았다. 왜냐하면 글의 특색이 각기 다르기 때문이다. 그래서 조언을 했지만, 이 교수만의 또 다른 생각이 있다는 것을 알고 권유를 접었다. 그리고 이 교수의 마음으로 글을 꼼꼼히 읽어보았다. 제일 먼저 시작되는 칼럼은 아무리 쉽게 표현해도 날카롭기 마련이다. 그러나 이 교수는 누구나 볼 수 있도록 편안한 글로 만들어놓았다. 바로 이어지는 수필은 너무 편해 세상의 근심과 걱정을 내려놓게 했다. 이는 마치 복잡한 서울에서 한적한 시골로 내려오게 하는 마력을 지니고 있는 글들이었다. 특히 '춘래불사춘(春來不似春)'이라는 글을 읽다 보면 이 교수가 그동안 살면서 무엇을 고민하고, 어떤 삶을 원했는지, 그리고 이루지 못한 부분에 대한 안타까움이 깊게 배어 있었다. 끝으로 부록으로 추가한 단편 소설은 좀 생뚱맞았다. 이미 낡아서 버렸어야 할 것들인데 이 교수는 이를 다시 이곳에 불러들였다. 내가 알기론 그동안 많은 단편을 써온 것으로 알고 있는데, 이 책에 옛날 고리타분한 얘기만을 골라서 실었다. 왜일까? 아마나이가 들어 탁해진 마음을, 어릴 적 순수함으로 희석하고 싶은 욕심이 아니었을까? 아니면 따로따로 내놓기에는 부족해 묶음을 선택했는지도 모른다. 하지만 내가 보기엔 전혀 그렇지가 않았다. 특히 고등학교 3학년 때 「인생을 말하는 이(人)」를 교지에 올렸다는 것은 개인적으로 대단한 일이었다고 생각한다. 10대에 쓴 글이라고 느껴지지 않을 정도로 짜임새가 있었다. 마치 어느 기성 작가의 글을 모방한 것처럼 느껴졌다. 그리고 대학 학보에 실었다는 「가면서 울 그녀」, 대학 다니며 최초로 신춘문예에 응모한 「통곡하는 노인」, 직장생활하며 응모해 최종심의에까지 오른 「우리 엄니」 등을 읽어보면 앞으로 더 좋은 글을 쓸 수 있는 여지를 엿볼 수가 있었다. 사실 이한교 교수는 전문적으로 글을 쓰는 사람과는 거리가 먼 사람이다. 평생 기계공학만을 전공하고 가르친 사람이다. 그래서인지 몰라도 글이 꽃처럼 화려하지 않고 기계처럼 거칠고 투박하다. 반면 순수하고 담백하면서도 감성이 감물처럼 깊게 배어 있다. 그런 이유로 이 교수의 글을 읽고 나면 그 여운이 오래도록 남아 있다. 앞으로도 변함없는 좋은 글을 기대하면서, 이 책을 그랭이질이 필요한 일부 지도자와 특권층, 그리고 내일을 준비하는 모든 이에게 추천하고 싶다.

수필가 三溪 金 鶴

**김 학**

약력 : 1980년 월간문학 수필 등단. 『수필아, 고맙다』 등 수필집 14권. 『수필의 길 수필가의 길』 등 수필평론집 2권. PEN문학상, 영호남수필문학상 대상, 신곡문학상 대상, 원종린 수필문학상 대상, 전북수필문화상, 전주시예술상, 목정문화상 등 다수 수상. 전북수필문학회 회장, 대표에세이문학회 회장, 전북문협 회장, 전북펜클럽 회장, 국제펜클럽 한국본부 부이사장, 전북대학교 평생교육원 수필창작 전담 교수 역임. 현 신아문예대학 수필 창작 교수.

'멍텅구리'는 바닷물고기다. 행동이 민첩하지 못하고 사람이 다가가도 도망치지 않는다. 어부가 실수로 바위에 떨어뜨려도 퍼덕거려 도망갈 생각은 하지 않고 그대로 있다. 그래서 둔하고 어리석은 사람을 빗대 멍텅구리 또는 멍청한 놈이라고 부른다. 나도 어려서부터 멍텅구리란 소리를 수도 없이 들으며 자랐다. 하지만 어리석게도 내가 정말 멍청한 놈이라고 생각해 본 기억은 별로 없다. 왜냐하면, 우리 어머니가 이름 대신 시도 때도 없이 불러 주었기 때문이다. 그런데 연필이 닳고(나이를 먹고), 스케치북(마음)이 너덜너덜해지면서 스스로 바보라는 생각이 들기 시작했다. 왜냐하면, 지나고 보니 후회되는 게 많아서다. 이 후회는 실패했다는 말로 중요한 갈림길에서 선택을 잘못했다는 의미를 담고 있다. 적어도 성공적인 사람이 되려면 뼈마디가 꺾어지는 고통과 생활의 궁핍함까지 참아야 가능한 일임에도, 멍텅구리처럼 너무 편안한 길을 선택하면서 살아온 삶이 아쉽다는 말이다. 그나마 다행스러운 것은 간과 쓸개를 빼놓지 않고 지금까지 버텨왔다는 것이다. 만약 이것까지 빼놓고 돈과 권력을 좇아 허송세월하였다면 땅을 치며 통곡했을지도 모른다.

이제부터라도 후회하는 삶을 거부하고, 당당하게 살 생각이다. 먼저 헛된 욕심을 버리고, 남은 몽당연필로 아름답고 멋있는 세상을 그리기 위해, 돈과 권력으로 재단되는 세상을 낱낱이 까발리려 한다. 원칙을 무시하고 잘난 체하거나, 아무것도 모르면서 나대는 사람들에게 따끔한 일침을 가하고, 특히 '끼리끼리', '따로따로', '칸막이', '낙하산' 문화가 발붙이지 못하도록 발목을 잡고 늘어지려 한다. 이는 혼자의 힘으론 불가능하다. 촛불 민심에서 보았듯이 같은 생각을 하는 사람끼리 모여야 가능하다. 작은 촛불이 모여 정권 교체를 이뤄냈듯이 앞으로 해야 할 일이 태산이다. 지금부터는 주어진 기회가 그냥 지나가지 못하도록 움켜잡아야 한다. 진정 우리가 원하는 세상을 만들기 위해서는 고질적인 병폐를 반드시 치유해야 한다. 문제는 깊은 한국병에 걸려 있음에도 자각하지 못하는 것이다. 이유는 그 폐단의 유전자가 우리 생각 속에 자리 잡고 있기 때문이다. 이를 단시간 안에 치유한다는 것은 어려운 일이다. 그렇다고 해서 그냥 이대로 두면 회복 불능의 상태가 될 것이다. 당장은 아프겠지만 치유를 위해 곪아 있는 상처를 도려내야 한다. 내킨 김에 독버섯 같은 그 뿌리를 과감히 잘라내야 한다. "기와 한 장 아끼려다 대들보가 썩을 수도 있다."고 했다. 또, "쇠뿔도 단김에 빼라."고 했다. 주저하는 사이 열이 식어 굳어지면 잘 빠지지 않기 때문이다. 한국병인 정실주의로 적폐 청산을 뒤로 미루면 수렁 속으로 점점 빠지게 될 것이다. 혹여 내가 나서지 않아도 누군가 하겠지 하는 안일한 생각은 그림자라도 버려야 한다. 또한, 뒤에 숨어서 공평하지 않다며 불평만 늘어놓으면 아무것도 해낼 수가 없다. 귀찮고 힘들어도 먼저 촛불을 들고 거리로 나가야 한다. 길목을 막고 미꾸라지처럼 법망을 빠져나가는 지도자와 특권층의 퇴로를 차단하는 데 동참해야 한다. 이를 막지 못하면 우리의 성장 동력은 꺼지게 된다. 이 엔진이 꺼지면 하루아침에 우리의 삶은 피폐해지고 말 것이다.

지금, 이 순간에도 많은 학자가 위기에 처해 있다고 지적하고 있다. 그런데 이를 바로잡아야 할 지도자들이 수수방관하고 있다. 20년 뒤엔 우리 지자체의 30%가 소멸하고, 100년 뒤엔 인구가 1,000만 명으로 줄어들고, 2750년엔 우리 대한민국 사람이 이 지구상에서 사라지게 될 거라고 그 근거를 코앞에 들이밀고 있는데도, 일부 정치 지도자들은 자신의 정치 생명 연장선에서 이를 보고 판단하고 있다. 먼저 이런 쭉정이 같은 지도자부터 골라내고, 미래에 대한 희망과 비전을 제시하고 희생하는 사람을 우리의 일꾼으로 뽑아야 한다. 국민의 눈높이에 맞추려 애를 쓰고, 국민을 진정한 주인으로 여기며, 국민이 겪고 있는 불편을 내 탓이라 고백할 줄 아는 사람을 우리의 지도자로 선택해야 한다. 이런 지도자만이, 우리 앞에 놓인 난제인 청년 실업·교육·저출산·고령화·경제·정치·인구 절벽 문제 등을 해결할 수 있을 것이다. 현재의 지도자로서는 이런 문제 해결을 기대할 수가 없다. 오히려 걸림돌이 될 뿐이다. 그 이유는 우리의 디딤돌이 되어야 할 그들이 우리의 의식을 싸구려로 보는 경향이 있기 때문이다. 그 결과 돈과 권력 없이는 아무리 버둥거려도 신분 상승이 어려운 시대가 되고 말았다. 적어도 출세하려면 실력보다 튼튼한 줄을 잡아야 가능한 시대에 살게 되었다. 일찍부터 계층 상승의 사다리는 부러졌고, 개천에 용이 사라진 지 오래되었다. 이런 폐단은 일찍이 조선 말기 과거 시험장에도 있었다. 백범 김구 선생과 월남 이상재 선생이 살았던 시대에도, 합격자를 미리 정해 놓았다는 사실에 시험을 포기했다는 일화도 있다. 왜 이리되었는가? 그것은 잘못에 대하여 온정주의의 눈으로 판단하고, 법을 잘 지키는 사람을 멍텅구리 취급을 했기 때문이다. 이에 대하여 많은 사람이 나서서 성토했지만, 돈과 권력을 가진 특권층이 기회가 있을 때마다 방죽을 흐려놓아 변화를 쉽지 않게 만들어 버렸다.

옛말에 "윗물이 맑아야 아랫물이 맑다."라는 말이 있다. 이 말이 지금까지 사람의 입에 오르내린다는 것은 두 가지 의미를 담고 있다. 먼저 오래전부터 물이 오염되고 있었다는 것과 아직은 그 오염을 막을 수 있다는 점이다. 여기서 반드시 짚고 넘어가야 할 것은 왜, 오랜 시간 오염되고 있음에도 아직 그 물을 먹을 수 있는가다. 당연히 완전히 오염되지 않았기 때문이다. 그 이유가 무엇일까? 그것은 누군가 자정능력(自淨能力)을 가지고 있는 사람들의 희생이 있었기 때문이다. 여기서 자정이란 오염된 물이나 땅 등이 물리학적, 화학적, 생물학적 작용으로 저절로 깨끗해지는 것을 말한다. 다시 말해 바르게 살려는 사람이 있었다는 말이다. 여기서 바르게 산다는 것은 쉽고 빠른 길을 포기하고 험한 길을 자청한 사람을 의미한다. 우린 이런 사람을 당연히 훌륭하다고 말하고 이들이 잘 살 수 있는 분위기를 확산시켜야 하는데, 대부분 미련한 사람으로 여기거나, 칠푼이 또는 고루한 사람으로 취급한다. 또 법 없이도 살 수 있는 사람을 바보 같은 멍텅구리로 바라본다. 이런 사회적 분위기가 계속된다면 우리에겐 미래가 없다는 이야기를 나는 하고 있는 것이다. 지금 그 위험 수위를 넘기 일보 직전이다. 진정 좋은 세상을 만들려면 윗물인 지도자와 특권층이 먼저 욕심을 버려야 한다. 추운 겨울에 나무가 얼어 죽지 않고 살아남기 위해 줄기와 잎 자루 사이에 떨켜(離層)를 만들어 몸체 일부를 과감하게 버리는 것처럼 말이다.

"세상에 불필요한 것은 아무것도 없다."는 말이 있다. 세상에 존재하는 모든 것은 나름대로 의미가 있다는 얘기다. 결국, 다른 사람에게는 불필요하지만, 나에게는 소중한 것이 될 수도 있다는 얘기다. 난 이 말에 용기를 얻었다. 그 용기가 『멍텅구리의 생각』이란 책 속에 녹아 있다. 독자 여러분은 눈치를 챘겠지만 서로 성질이 다른 것을 한 그릇에 담았다. 칼럼, 수필, 단편 소설을 선집(選集)이라는 것으로 그럴듯하게 포장했다. 사실 많이 망설였다. 왜냐하면, 서로 어울리지 않기 때문이다. 특히 수필과 단편 소설엔 내 개인의 얘기가 짙게 묻어 있어서다. 더구나 대부분 오래된 얘기로 먼지가 켜켜이 쌓여 있는 것들이라 허접해 덮어두고 싶었다. 그런데도 먼지를 떨어내고 단장해 이 책에 함께 실었다. 솔직히 상처가 보여 부끄럽고 불편한 마음을 지울 수가 없다. 과거의 아픈 기억들이 고구마 줄기처럼 따라 올라와 마음을 아프게 했다. 그런데도 굳이 한 그릇에 왜, 담았는가? 다시 말하지만 작은 힘이라도 보태고 싶은 생각에서였다. 지난 학창 시절의 때 묻지 않은 순수함이 새로운 힘을 줄 것 같다는 기대감이 있어서다. 아마 과거에 나였다면 이런 시도는 엄두도 못 냈을 것이다. 어쩌면 나이 먹은 핑계로 객기를 부리고 있는지도 모른다.

결과적으로 지난 세월을 되돌아보면 난 매우 피동적이었다. 마치 멍텅구리처럼 미늘이 없는 낚싯줄에 걸렸는데도 반항하지 않고 먹잇감으로 이용될 때까지 기다리고만 있었다. 이제 그 생각이 달라졌다. 나이가 들면서 감정에 솔직해졌다. 이제 미늘이 날카롭게 살아 있어도, 그곳에 살이 찢어져 너덜너덜해져도 살기 위해 발악하고 버둥대고 싶어졌다. 한때는 교과서적인 삶을 미련한 것처럼 여길 때도 있었다. 정직한 실력, 존경받는 덕망, 합리적인 사고, 미래를 여는 열정보다 돈과 권력이 앞서가는 현실에 적응하려고도 했었다. 그런데 오랫동안 칼럼을 써오면서 생각이 바뀌게 되었다. 사람의 속성을 들여다보는 근육이 생겼기 때문이다. 조금만 노력하면 살기 좋은 세상을 만들 수 있을 것 같다는 생각이 들기 시작했다. 이런 변화를 나름대로 긍정의 힘이라고 생각한다. 그 힘으로 이 한 권의 책에 칼럼 50여 편, 수필 8편, 단편 소설 4편을 담았다. 칼럼은 그동안 써온 180여 편 중 『지렁이의 눈물』에서 싣지 못한 70여 편 중 50여 편을 골랐고, 소설과 수필은 학창시절에 썼던 것과 신춘문예에 응모한 작품 중에서 선택했다. 다시 말하지만, 서로 다른 장르를 한 곳에 담는 것에 대한 많은 지적이 있었지만, 고집을 부려 무거운 주제인 칼럼에 순수하다고 여기는 수필과 학창시절에 쓴 단편 소설까지 불러들여 한 그릇에 담은 것이다. 나는 이를 새로운 맛을 찾아 만든 퓨전(fusion) 음식쯤으로 비유하고 싶다. 알다시피 퓨전 음식이란 서로 다른 문화권의 음식 재료와 조리 방법을 과감하게 조합하여 새로운 맛을 창조해 내는 음식이다.

아무튼, 주사위는 던져졌다. '시작하는 글'을 마무리하며 다시 한번 지도자에게 강조하고 싶은 말은, 자신의 정치 생명 연장선에서 정책을 세우거나 거짓말하지 말라는 것과 돈과 권력의 힘으로 인사(人事)에 영향을 주지 말라는 것이다. 바로 이 두 가지 사안이 가장 고질적인 적폐로 만병의 근원이다. 이 폐단이 심화하면 암울한 슬픈 역사가 다시 반복될지도 모른다. 과거의 역사를 되돌아보면 지도자의 잘못된 판단이 국민을 불행의 늪으로 빠지게 한 경우를 우린 많이 보아 왔다. 이를 뻔히 알면서도 자신의 정치 생명 연장만을 위한다거나, 낙하산·보은 인사로 무리수를 세속 둘까 봐 난 『멍텅구리의 생각』

이란 아바타(avatar)를 만들었다. 바라기는 이 아바타가 수없이 복제되어 좋은 세상을 만들어 가는 데 그 역할을 다해 주었으면 좋겠다. 여기서 좋은 세상이란 정직하고 열심히 살면 행복해지는 세상을 의미한다.

2018년 8월

교수 연구실에서 이현교

# | 이 책의 차례 |

**제4부**
# 전북
# 그랜드 디자인

**제5부**
# 국민이
# 원하는 것

**제6부**
# 킬리만자로의
# 연가

**제7부**
## 우리 엄니

# 청년실업률 (교육적 초점) 문제점

- 청년실업률
  계산

(차트:통계청)

10.5 (10)

9.7

9.3

9.2

8.0

7.5

8.0

원인) 1. 정부끼리 다른 정책과 자기 정책 천
2. 대기업과 중소기업의 임금격차
3. 경기 둔화와 취업자 감소 추세
4. 정책의 일관성 부재

'12  '13  '14  '15  '16  '17  '18

17.5조원  21.12조  24.93조  30.13조 (단위:조원)

일자리 예산 (단위:조원)

대책) 정부의 정책의 일관성

이전 정권이었으면 모든 일자리 정책을 조화롭게...

(점점 증가할 것임)

# 위 통계에서 나타나듯 계속 예산만 증가 함
— 일자리는 못늘려 인사정은 요요 / 외국인 노동자 계속 증가함

- 교육정책
  문제점
  (초등 기초 이유)

장래직업
  불안정성
  문제    37.3 (%)

입시
위주교육  27.0

창조력
저하    18.3

과다
사교육비  11.1

원인) 1. 정권끼리 다른 정책의
       일관성 상실
    2. 입시위주의 교육
    3. 과다 사교육비

대책) 혁신진로교육 모방 필요
우리가 초등교육 문제가 극도

언어와
표현 문제  1.3

교육의 목적은 결국
삶의 질 향상에 있어. 좋
좋은 일자리를 만들어 역경을
피하려는 시스템 구축이 먼저

# 지인점으로는 진로별의 반정 문제와 인사제 저하고 가장 큰 문제
  
결론: 교육은 결국 좋은 직장과 연결이 되어야 한다.
그렇다면 노동과 교육은 친룰에서 죽고 빛나야 한다.

그런데 교육부나 노동노동부 위상이 극히 낮다.
다르는 것은 친척하고 있다. 노동노동부의 위상이 올라가고
이들 바탕으로 청년실업 문제를 해결해야 한다. 지금으로
반배지신 죽기 못과 물물기의 반복인 듯 싶어 있다.

제1부

# 청년 실업을
# 해결하려면

# 청년 실업 해소(解消), 대기업이 나서야

　지난 10년간 정부가 내놓은 청년 실업 대책은 20개가 넘는다. 올해도 1조 4,000억 원의 예산을 책정했다. 그런데도 청년 실업이 해소될 것이라고 믿는 사람은 별로 없다. 기업이 나서지 않기 때문이다. 기업이 정부를 향해 달라고만 할 뿐 내놓는 게 없으니 결국 '기업하기 쉬운 나라'를 만들어 주면 국가 경제가 성장하고 고용이 창출될 것으로 믿었던 정부의 잘못이다.

　정부는 그동안 기업이 환율 때문에 경영에 애로가 많다면 환율을 높여 주었고, 세금이 높아 장사하기 어렵다면 세금을 낮춰 줬다. 임금이 부담된다고 해 비정규직과 외국인 근로자까지 제도화했다. 그런데도 특히 대기업은 현금 자산과 부동산만 천문학적으로 늘려갈 뿐 고용 문제엔 인색했다. 결국, 대기업엔 극소수만 들어갈 수 있는데도 구직 청년의 97%가 대기업을 목표로 발버둥 치고 있으니 안타까운 일이다. 청년들이 100통 이상 이력서를 쓰겠다는 각오로 오늘도, 내일도 대기업의 문을 두드리며 시간과 열정을 낭비하고 있는 현실도 답답하다. 반면 중소기업은 심각한 구인난을 겪고 있으니 뭐가 잘못돼도 크게 잘못됐다.

　이런 현실을 잘 알고 있는 대기업은 더욱 자만하고 구직자를 마냥

기다리게 하는 것 같다. 서류 접수부터 최종 발표까지 2~3개월은 보통이고 길게는 6개월까지 붙들어 놓고 있다. 필요 이상으로 예비 합격자를 많이 발표해 대기업의 우월성을 노골적으로 드러낸다. 그래도 울며 겨자 먹기로 대기업을 선호하는 것은 높은 임금과 복지 혜택 그리고 작업 환경이 좋아서다. 어쩔 수 없이 무작정 기다리지만, 서류를 책상 서랍에 넣어두는 것이 당연한 숙성 기간인 것처럼 가볍게 생각하는 대기업이 야속하다. 이는 결국 우리 사회의 불신을 조장하는 것이고 청년 구직자의 길을 막는 걸림돌이 된다.

정부는 이제라도 이런 채용 형태를 바로잡아야 한다. 구직자가 빨리 다른 선택을 할 수 있도록 기회를 줘야 한다. 또한, 대기업이 고용 창출에 앞장서도록 축적된 현금 자산과 부동산 등에 따라 의무 고용 할당제라도 만들어야 한다. 필요하다면 국민의 동의를 얻어 중소기업과의 임금 차이를 좁혀 주는 특단의 조치도 취해야 한다. 그래야 청년 실업 문제도 해결될 것이다. 지금의 행태로는 아무리 많은 예산을 투입해도 해결할 수 없다. 오히려 그 골이 깊어져 불신으로 발전하면 우리 경제는 침몰할지도 모른다.

〈조선일보〉 2015. 04. 23(지)

# 청년 실업의 원인과 대책

　언론 보도에 의하면 대학생 취업에 관한 전공·직업의 불일치율이 50%로 OECD 국가 중 가장 높다고 한다. 필자는 이에 대해 입학과 취업을 별개로 생각하고 있는 정부의 책임이 크다고 본다. 흔히 말하는 선순환 구조가 이뤄지지 않고, 수요와 공급의 불일치가 반복되는 것은 정책의 실패. 이로 인해 지금 우리 젊은이가 많은 시간과 돈을 낭비하면서 비효율적인 대학 교육을 받고 있다. 이를 방지하려면 먼저 교육과학기술부는 어떤 전공자를 어느 수준에서 몇 명을 교육하면 될지 고용노동부와 협의해야 하고, 고용노동부는 공급자인 교육과학기술부에게 기업의 형편과 처지를 기준으로 인력 공급 요청을 해야 하는데, 서로 의견 조율도 없이 인력을 무작정 양성해 놓고 보자는 발상부터가 잘못이라고 본다. 바로 이것이 칸막이 행정의 전형적인 모습이다.

　오늘날 청년 실업의 시작은 이미 예견된 일이었다. 1970년대 14만 명이었던 일반 4년제 대학생을, 2012년엔 202만 명으로 확대한 것은 아마 전 세계적으로도 그 유래를 찾아볼 수 없을 것이다. 결과적으로 정부나 기업은 고학력을 수용하지 못했고, 이로 인해 청년 실업이 급증하면서 사회적인 갈등이 심화되었다. 뒤늦게 이 문제 해결을 위해 천문학적인 사회적 비용을 지급하고 있지만, 그 해결의 실마리를 찾지 못하는 게 현실이다.

이 폐단이 결국 땀과 기술의 가치를 상실케 하면서, 대학의 선택을 적성이 아닌 수능 점수에 맞춰 눈치 싸움으로 가게 하는 결과를 초래하고 말았다. 조사에 의하면 우리나라 수험생 중 20%는 소신껏 학교나 학과를 정했지만, 그 나머지는 적성과 무관하게 합격할 수 있는 대학과 학과를 지원하고 있다고 한다. 이 결과 중간에 학업을 포기하거나 다른 전공으로 바꿔서 재입학하는 경우가 점점 늘어나, 헛돈을 쓰는 비용이 GDP의 1%가 넘는다는 사실을 정부가 모를 리 없을 것이다.

많은 청년이 지금 이 순간에도 좋은 대학에 들어가려고 재수하고 있다. 대학에 들어가서도 일자리를 찾으려고 졸업을 미루거나, 취업한다 해도 졸업생의 절반이 전공과 무관한 곳에서 일하고 있다. 또 많은 졸업생이 안정된 공무원 시험 등을 위해 고시원에서 시간을 보내고 있다는 것은 국가적으로 엄청난 손실이다. 이런 손실을 최소화하기 위해 과감한 구조 조정이 필요하다. 이런 때 내리는 결단이 바로 혁신이다. 이 혁신이란 묵은 풍속, 관습, 조직, 방법 따위를 완전히 바꾸어서 새롭게 한다는 의미를 담고 있다.

그동안 정부는 무능했다. 이제 만회해야 한다. 더는 많은 학자가 지적하는 문제점을 외면해서는 안 된다. 이런 문제를 심각하게 보지 않고 오직 정권을 잡는 데만 급급한 정치지도자들, 지금부터라도 확실한 구조 조정을 통해 바로잡아야 할 것이다. 자연적인 도태를 기다리는 것은 더 큰 비용이 들며, 회생할 수 없는 구렁 속으로 빠지게 된다는 점을 간과해서는 안 된다.

당장 신속한 교육 개혁으로 교육 정책 시스템을 바로잡아야 한다. 정권이 바뀔 때마다 바뀌는 교육 정책이 아니라, 쉽게 선진국의 성공적인 사례를 도입해 무조건 적용하기보다는 우리의 형편과 처지에 맞는 교육 정책을 먼저 개발해야 한다. 그동안 독일과 핀란드의 교육 시스템을 부분적으로 도입했지만, 성공할 수 없었던 가장 큰 이유는 국민이 신뢰하지 못하고 있다는 점이다. 교육 정책은 정권이 바뀌어도 이를 계승하려는 의지가 있어야 하고, 교육이란 백년대계인 만큼 국민의 공감이 절대적으로 필요하다는 말이다.

청년에게 '일자리'란 생계를 꾸려나갈 수 있는 기본적인 수단인데도 일자리를 잡지 못해 방황하는 청년이 너무 많다. 이를 바로잡아야 할 정부의 미온적인 태도가 아쉽다. 그리고 이번 기회에 고용·노동 정책을 다시 들여다볼 필요가 있다고 본다. 왜 젊은이들이 무조건 대기업을 선호하는지, 왜 뿌리 산업 현장에는 젊은이들이 없는지, 왜 원인을 알면서도 그 해결에 대해선 엄두도 못 내는지 파악하고 그 내용을 있는 대로 국민에게 알리고, 국민의 동의하에 정부는 대기업과 중소기업의 임금 격차를 줄여 주고, 중소기업의 작업 환경을 개선해 주는 정책을 개발해야 한다. 특히 고용노동부가 주축이 되어 적극적으로 해결할 수 있도록 모든 지원과 그 위상을 높여 줘야 한다. 다시 말해 정부나 기업 또는 국민이 고용노동부의 중요성을 인식하는 데서부터 청년 실업의 해결 실마리를 찾아야 한다는 말이다.

현재 정부는 대학을 만들어 고학력 인재 양성에만 투자했지, 이를 받아들이는 고용 수요에 대해서는 등한시한 점이 있다고 본다. 지금부터라도 정부는 4년제 대학생 수를 1990년대의 104만 명 수준으로 줄이기 위해 강력한 구조 조정을 해야 하고, 고용노동부는 좋은 일자리 확보를 위해 새로운 대안을 찾아서 국민과 함께 이 난국을 이겨 나가야 할 것이다.

〈전북도민일보〉 2015. 12. 03.

# 서울시 청년수당에 대한 소견

　필자는 어려서부터 "사람은 태어나면 서울로, 말은 태어나면 제주도로 보내야 한다."는 말을 들으며 성장했다. 사실 어릴 적엔 그 의미를 깊게 생각해 본 적이 없다. 그런데 나이가 들면서 왜 어른들이 그런 말을 했는지 알게 되었다. 현재 우리나라는 인구의 50%, 100대 기업의 본사 84%, 제조업의 57% 정도가 수도권에 밀집되어 있다. 포화 상태로 이미 위험 수위를 넘었다. 이 불균형으로 인해 경제, 교육, 기업 등 모든 분야에 걸쳐 양극화가 심화하고 이에 국민 갈등이 심화하고 있다. 이런 폐단을 막기 위해 30여 년 전부터 지역 간 균형 발전을 도모하기 위해 노력했지만, 뿌리 깊은 수도권 집중이라는 고질병은 고쳐지지 않았다. 필자는 그 이유로 정책의 일관성과 기득권층의 의식 변화가 없었기 때문이라고 본다. 모두 함께 잘사는 나라를 원하지만, 정권이 바뀔 때마다 기득권층은 문제를 제기했고, 결국 수도권이 잘살면 자연히 지방이 잘살게 된다는 논리로 수도권 규제가 번번이 와해되고 말았다.

　균형이란 어느 한쪽으로 치우치지 않는 상태를 말한다. 그러나 말하기는 쉬워도 균형이란 어느 분야에서도 쉽지 않은 일로, 힘들고 강력한 추진력과 희생이 따라야 하는 일이다. 그 때문에 대부분 국민은 완벽한 균형이 아니라 어느 정도 보편적인 삶의 가치를 실현할 수 있는 정도를 요구하고 있다는 생각이다. 다시 말해 살면서 심한 박탈감을 느끼지 않고 때론 양보할 수 있는 정도의 수준일 것이다. 그런데 정부는 이마저 포기한 것 같다. 그동안 수십 년간 노력하고 지키려 했던 균형 발전 정책을 버리고, 수도권이 가지는 역사와 문화 그리고 집중된 산업 경제 등이 발휘하고 있는 원심력에 무기력한 모습을 보이고 있다. 사실 수도권은 전 국토의 11.8%에 불과하다. 그런데도 끊임없이 수도권 집중 현상이 벌어지고 있다. 이를 지켜보는 많은 학자가 교통의 혼잡, 주택 문제, 소음 문제, 범죄 문제, 환경 문제 등을 집중적으로 지적하고 있지만, 필자는 이보다 더 심각한 문제는 양극화가 심화되면서 국론이 분열되고 성장 엔진이 멈출 수 있다는 지적을 하고자 한다. 그 때문에 대한민국의 미래를 위해 반드시 수도권 집중을 막아야 한다는 주장이다. 그러나 지금 이 순간에도 수도권 집중을 부추기는 일들이 연이어 벌어지고 있다. 그중 최근에 있었던 서울시의 청년수당 지급 문제에 대하여 얘기하려 한다. 재정 자립도가 높은 서울시 처지에서 보면 3,000여 명을 선정해서 매월 50만 원씩 최장 6개월 동안 현금으로 지급한다 해도 그리 큰 부담이 되지 않을 수도 있을 것이다. 그러나 지방 자치 단체에서 보면, 의지가 있어도 엄두조차 못 내고 있다. 그리고 지방에 거주하는 청년의 처지에서 보면, 서울로 가야 기회가 있다고 생각할 수도 있을 것이다. 여기서 이 정책 자체를 폄하하려는 것은 아니다. 어찌 보면 꺾일 줄 모르는 청년 실업에 대하여 이를 무겁게 보고, 그 짐을 좀 가볍게 해 주려는 의도는 칭송받아야 마땅하다. 또한, 어렵지만 정부가 못 하니 대신하는 것이라 말할 수도 있겠지만, 중요한 것은 사회 전반에 미칠 악영향을 간과해서는 안 된다는 점이다. 같은 처지의 청년 실업자가 지방에 산다는 이유로, 그 혜택을 받지 못하는 박탈감을 염두에 두지 않은 것 같다. 시사주간지 〈월요신문〉이 네티즌들의 호감도를 조사한 결과에서 나타난 것처럼, 서울시의 청년수당에 대하여, 90% 이상이 부정적이라는 것은 깊게 새겨들어야 할 대목이다. 필자는 경제 전문가가 아니다. 그렇다고 국토 균형 발전에 대하여 집중적으로 연구한 학자도 아니다. 그럼에도 평범한 필자가 보기에도 서울시 청년수당은 수도권 집중을 부추기고 있고, 단발적인 포퓰리즘이라고 오해받을수 있는 여지가 충분하다고 본다. 물론 청년 실업에 대하여 오죽 답답했으면 정부에 항변하는 정책으로 대적했을까 하는 심정은 이해가 되지만, 이로 인한 대다수 국민이 가지게 될 상대적 박탈감을 조금만 더 헤아렸더라면 하는 아쉬움이 있다. 그리고 정말 우리나라의 미래를 생각하는 지도자라면, 지방 청년에게 취업 및 진로 준비를 위해써달라거나, 정말 생계가 어려운 취약 계층을 위한 복지 사업 또는 청년 일자리 창출을 위해 현금을 내놓았다면 국민은 어떻게 반응했을까? 필자가 보기엔 아마 큰 박수를 받았을 것이라고 본다.

국토의 균형 발전은 반드시 이뤄내야 할 우리 모두의 과제다. 그런데 이런 일련의 사태가 수도권 집중 현상을 부추긴다는 사실을 지도자가 알아야 할 것이다. 균형 발전은 기득권 포기에서부터 출발해야 한다. 그리고 수도권의 모든 지도자가 먼저 "균형 발전이 우리의 미래다."라고 한목소리를 내야 청년 실업 해결의 실마리를 찾을 수 있을 것이다.

〈전북도민일보〉 2016. 08. 17.

# 100:35

"청년에게 내일을, 미래세계에 희망을"이라는 제목으로 고용노동부에서 청년 고용 절벽 해소를 위해 발표한 종합 대책자료(2015. 7)에 따르면, 청년 고용 부진의 원인 중 하나로 임금 격차를 지적하고 있다. 이 격차를 해소하지 못하면 산업 현장의 인력 수요와 공급이 괴리되고 청년의 고용 절벽은 지속될 수밖에 없다는 것이다. 이 자료에 의하면 대기업의 임금을 100으로 보았을 때 중소기업 정규직은 52, 비정규직은 35 정도로 그 차이가 심각한 수준임을 나타내고 있다. 이처럼 부당 대우를 받는 비정규직(근로자의 43.6%)을 줄이지 않고는, 결국 우리의 미래를 보장할 수 없다는 게 국민의 생각이라고 본다.

며칠 전 재직자 직무 향상 교육 관계로 어느 중소기업을 방문했다. 자연스럽게 이뤄진 임원과의 대화에서 중소기업에 대한 애로 사항을 듣고 그 현실을 더욱 실감하게 되었다. 이미 다 알고 있는 내용이지만 얘기를 듣다 보니 이러다가 우리 경제가 무너질지도 모른다는 불안감이 들었다. 왜냐하면, 뿌리 산업이 급속도로 약화되고 있다는 생각이 들어서다. 그 징조로 중소기업은 젊은 우수 인력 수급이 어렵고, 저임금으로 인해 찾아오는 젊은이가 없을뿐더러 외국인 근로자조차 마음대로 구하기 어렵다는 점이다. 여기다 대기업은 자신들의 잘못으로 입은 손해를 중소기업에서 보전하려고 단가를 후려치는 횡포까지 부리고 있다는 얘기였다. 그래도 일감을 빼앗기지 않으려고 마른 수건을 짜고는 있지만, 언제든 대기업의 말 한마디면 중소기업은 힘없이 무너질 수밖에 없다고 했다. 이처럼 대기업은 중소기업을 거느리거나 가지고 놀 수 있는 액세서리쯤으로 여기고 있다며 한숨을 내쉬었다. 결론적으로 현재의 형편으론 임금 인상과 작업 환경 개선은 어렵다고 했다. 또한, 미래 먹거리를 위한 제품 개발은 엄두조차 낼 수 없다며, 지난주에 다녀온 일본의 중소기업에 대하여 이야기를 해 주었다. 다 그렇지는 않겠지만, 일본의 중소기업은 우리와 반대로 대기업의 목줄을 쥐고 있을 정도로 그 위상이 매우 높다고 했다. 한마디로 대기업의 입맛에 따라 좌지우지되지 않고 확실한 경쟁력을 가지고 있는데, 그 이유로 튼튼한 인적 구조와 기술력을 확보하고 있기 때문이라는 것이다. 이런 일이 가능한 것은, 중소기업의 임금 수준과 작업 환경이 대기업과 별반 차이가 없고, 고용 형태가 노동집약적이 아니라 인간 중심으로 이뤄질 수 있도록 정부가 유도하기 때문으로 본다고 했다. 그래서 장기간 불황에도 일본 경제가 큰 타격을 받지 않는 것은, 장수하고 있는 많은 중소기업이 존재하기 때문이라며 말을 맺었다.

위와 같은 내용은 많은 전문가가 분석하고 있는 내용과 같다. 우리도 먼저 중소기업을 대기업으로부터 자유롭게 만들어 줘야 한다. 자생 능력을 갖추고 경쟁할 수 있도록 정부가 나서서 중소기업의 애로사항을 들어줘야 하고, 어떤 희생을 치르더라도 얼마가 걸리든 인내를 가지고 일관성 있게 꾸준히 안정된 기업 문화를 만들어나가도록 도와줘야 한다. 필자 역시 이 문제가 해결되지 않고는 불안한 경제가 계속될 것이고, 청년 실업이 더욱 심각한 사회 문제로 번지게 될 거로 생각한다. 더 늦기 전에 정부와 정치인들이 나서야 한다. 조금은 번거롭고 당장 성과가 보이지 않아도 먼 미래를 보고 기다리는 정책을 펼쳐야 할 것이다. 선택과 집중을 통하여 어떤 출혈이 있다 해도 임금 격차를 줄이고 대기업 위주의 정책을 과감히 폐기해야 한다. 수렁 속으로 빠져들어 가는 모습을 보면서도 남의 나라 일처럼 미뤄놓고, 권력 다툼만 벌이고 있는 일부 정치인들이 바로 서야 할 것이다. 현대 자동차가 파업하고, 조선 업체들은 문을 닫고, 삼성전자가 휴대전화 폭발 사건으로 흔들리는 것을 심상치 않은 조짐으로 알고 이를 심각하게 받아들여야 한다. 그동안 많은 혜택을 누렸던 대기업이 우리 경제를 이끌어 왔지만, 결과적으로 뿌리 없는 나무였다는 것을 깨달아야 한다. 지금부터 바로 제 살(대기업, 정부, 정치 지도자)을 깎아서라도 국민과 함께 우리 경제의 뿌리인 중소기업을 살려야 한다. 뿌리가 왕성할수록 그 열매 또한 튼실하고 많은 열매를 수확한다는 것은 진리이다. 그런데도 뿌리 산업을 일으켜 세우지 않고 외면하면, 고용 절벽이 더 심화될 것이고 우리의 경제는 하루아침에 무너지게 될지도 모른다.

〈전북도민일보〉 2016. 10. 26

# 우리 청년들이 아프다

　청년이 아프다. 점점 무기력해져 꿈을 포기하고 있다. 청년층의 90%가 헬 조선(Hell 朝鮮)에 공감한다는 조사 결과도 나와 있다. 이들에게 젊어서 부럽다거나 절대 포기하지 말고 용기를 내라고 자신 있게 말할 수 있는 사람이 과연 얼마나 될까? 정말 낙타가 바늘구멍으로 통과하는 것보다 힘든 이 현실에서 어른이랍시고 조언할 수 있는 사람이 과연 얼마나 될까? 필자는 없다고 본다. 왜냐하면 우리 기성세대가 돈과 권력으로 이들의 설 자리를 빼앗았기 때문이다. 지금 우리는 바르게 서 있어야 할 국가의 권력마저 사유화되어 공정성이 훼손되어버렸다. 문제는 이를 모를 리 없는 요즘 대통령 후보들의 언행이 미덥지 않다는 것이다. 미래가 보이지 않는다. 청년들을 책임져야 할 지도자가 극심한 이념 갈등을 부추기고, 정권욕에 빠져 방향을 잃은 채 포퓰리즘에 안주하고 있는 사이, 우리 청년의 꿈이 산산이 부서지고 있다. 도대체 지도자의 속셈을 모르겠다. 오로지 수단과 방법을 가리지 않고 대통령이 되겠다는 환자처럼 행동하는 사람들, 과연 이들이 이끌어갈 정부에서는 약속대로 청년 실업 문제 등을 해결할 수 있을까? 필자는 어렵다고 본다. 그동안 그래왔던 것처럼 이들 역시 다를 바 없다고 생각되는 이유는, 그들의 말과 행동에서 고민한 흔적을 찾아볼 수 없기 때문이다. 이들은 청년 문제를 남 얘기처럼 너무 쉽게 말하고 있다. 아프다는 청년을 보고도 청진기 한 번 대보지 않고 이미 작성된 처방전을 제시하는 돌팔이(실력 없는) 의사 같다는 말이다. 그런데도 국민은 이 사람 중에서 하나를 골라 자식의 미래를 맡겨야 한다는 현실이 슬프다. 이런 국민의 마음을 대 선 후보로서 인지했다면,

첫째, 마음을 비워야 한다. 무조건 상대(경쟁자)를 경멸하거나 비아 냥거리는 언행을 먼저 삼가야 한다. 그리고 국민의 눈치를 보거나 자기가 아니면 절대 안 된다는 아집부터 버려야 한다. 그리고 어떤 경우에도 원칙과 일관성을 무시하는 게 혁신이라고 말하는 고집도 버리고, 국민의 편에서 뼈를 깎아내리는 고통도 참아낼 수 있어야 한다.

둘째, 공약의 최우선은 일자리 만들기임을 명심해야 한다. 왜냐하 면, 일자리가 우리 삶의 바탕이기 때문이다. 이런 점을 악용해 근거 없이 무조건 일자리를 많이 만들겠다고 허풍을 떨지 말아야 한다. 만약 자신 있다면 약속을 해야 한다. 일자리 정책이 실패하면 퇴임 후 곧바로 교도소로 직행하겠다고 말이다. 실패해도 책임지지 않는 공약은 아무 곳에도 쓸 수 없는 쓰레기이기 때문이다.

셋째, 혁신이라는 명목으로 사람을 물건 취급하는 정책은 과감히 버려야 한다. 보통 화려한 정책의 속내를 들여다보면 사람을 사물처 럼 취급하는 경우를 흔히 볼 수 있다. 정권이 바뀔 때마다 거창하게 들고나오는 공약을 살펴보면, 먼저 변화라는 명목을 내세우고 있다. 그런데 획일적이거나 봉건적인 통치 방법으로 인간의 감성을 무시하 는 성과 위주의 정책이 대부분이다. 이는 얼핏 성공한 것처럼 보이지

만, 결국 뿌리를 내리지 못하고 곧 말라비틀어져 버리는 빛 좋은 개살구 같은 정책이 많다. 이를 자기만의 색깔이라고 생각하지만 아무리 좋은 옷도 입는 사람의 신체적인 조건과 형편에 맞아야 한다는 사실조차 모르는 자격 미달의 지도자란 사실을 알아야 한다. 여기서 중요한 것은 정책을 일방적으로 밀어붙이고, 이 정책을 실행할 자리엔 비전문가를 낙하산으로 보내는 모순을 범하고 있다는 것이다. 결국, 개인의 아집으로 천문학적인 예산과 시간을 낭비하는 정책 남발이 청년의 일자리를 빼앗고 있는 것이다.

넷째, 전통은 그동안 우리가 걸어온 흔적 위에 새겨진 길라잡이임을 인식해야 한다. 이를 무시하는 것이 훌륭한 추진력이라고 착각하지 말아야 한다. 대부분 지도자가 현장에 답이 있다고 말하면서도 늘 탁상공론에서 쉽게 새로운 답을 찾는다. 그러다 보니 전임자의 정책은 무조건 갈아엎는 바람에 청년들은 길을 잃어버리고 헤매게 되는 것이다.

현재 취업 포기자를 뺀 1월의 실업 인구가 약 100만 명을 넘어서고 있다. 여기서 청년 취업자 중 20% 정도가 1년 이하의 계약직이라는 것은, 우리의 고용 형태가 매우 불안하다는 것을 보여주고 있는 것이다. 더 심각한 것은 이 순간에도 새로운 4차 산업혁명이 도래하여 500만 개의 일자리가 사라질 거라는 것이다. 결국, 구조적으로 아무리 발버둥 쳐도 안 된다는 말이다. 그러다 보니 지쳐서 될 대로 되라며 포기(연애, 결혼, 출산, 내 집 마련, 인간관계, 꿈, 희망)하는 청년이 늘어나고 있다. 진정 이들을 치유하고 회복시키지 않고서는 우리에게는 미래가 없다. 따라서 꿈과 희망을 품고 일할 수 있도록 모든 역량을 동원해서라도 일자리를 만들어나가야 한다. 시간이 걸리더라도, 어떤 희생을 치르더라도 일자리 정책을 일관되게 밀고 나가야 한다. 더 늦기 전에 머리 좋은 대선 후보자들이 청년들이 인정하고 공감할 수 있는 처방을 반드시 내놓아야 한다. 그래야 상처가 치유되고 열정으로 심장이 뛰기 시작할 것이다. 그때 바로 청년에게 실패는 있어도 절대 포기하지 말라는 조언이 먹혀들어 가게 될 것이다.

〈전북도민일보〉 2017. 03. 06.

# 단기적 일자리 공약 버리고
# 정책 실명제 도입해야

역대 대선 후보들의 공약대로라면 청년 실업 문제는 이미 해결됐을 것이다. 그런데 청년 실업 문제는 그동안 밑 빠진 독에 물 붓듯 천문학적인 예산을 투입하고도 효과를 보지 못하고, 오히려 시간이 갈수록 심각한 사회문제가 되고 있다. 더욱 답답한 것은 대선 때만 되면 상투적인 화법으로 표심을 얻기 위한 일자리 창출 공약이 남발된다는 점이다.

1월 실업 인구가 100만 명을 넘어서고, 청년의 90%가 '헬 조선'에 공감한다는 조사 결과에서 보듯이 우리 청년들은 희망 없는 지옥 같은 세상에 살고 있다. 이를 잘 알고 있는 대선 후보들은 많은 일자리를 만들겠다며 말도 안 되는 공약을 내놓고 있다. 그런데 왜, 그동안 모든 일자리 정책은 실패했을까?

첫째, 일자리 문제를 긴 안목에서 바라보지 않았기 때문이다. 일자리 만들기를 단발적으로 치고 빠지는 군사 작전처럼 취급했다. 그러다 보니 실적을 올리기 위해 1년 미만의 비정규직과 일용직 일자리를 만들고, 생색내기식 단기간 저임금제인 공공 인턴 등을 양산해서 고용의 질은 더욱 떨어지게 만들었다.

둘째, 사업의 주체가 모호했다. 부처마다 서로 장밋빛 정책을 내세우고 그 나름의 우월성을 부각시키다 보니 일자리 창출 부서가 12개나 되고, 세부 사업만 102개가 된 경우도 있었다.

셋째, 같은 사업을 서로 경쟁적으로 추진하므로 예산 낭비가 많았다. 고용노동부가 추진했던 '장애인 취업 사업'과 보건복지부의 '장애인 자립 자금 대여 사업'은 국회예산정책처가 지적했듯이 실질적으로 같은 내용의 사업이다.

끝으로, 실적 부풀리기 사업이 많았다. 그 예로 단기 저임금 위주의 일자리가 정부의 실적 쌓기에 이용되어 왔다. 이는 경력이 인정되지 않는 아르바이트 수준의 일자리에 불과하다.

더욱 답답한 것은 20대 대선에 나서는 후보들의 공약 또한 고민한 흔적이 별로 보이지 않는다는 점이다. 누군가 작성해 준 문장을 감언이설로 변화시킨 것에 불과하다. 한마디로 진정성이 보이지 않는다. 진정으로 나라를 이끌고 가겠다고 생각하는 후보라면 그 심각성을 인식하고 계속되는 일자리 정책 실패의 원인부터 찾아야 할 것이다.

정책 실패의 주된 요인은 조급증과 일자리 창출을 총괄해야 할 고용노동부의 무기력에 있다고 본다. 가시적인 실적을 내야 하는 정부가 깊은 검토 없이 그럴듯하게 포장된 사업을 골라 밀어붙였고, 그 결과에 대해선 누구도 책임지지 않았다. 여기다 주무 부서인 고용노동부는 일관되게 추진할 여력 없이 정권에 끌려다니기만 했다.

따라서 이 문제를 해결하려면 반드시 정책 실명제를 도입해야 하고 그 책임도 물어야 한다. 그리고 어느 정부에서도 휘둘리지 않는 권한과 책임을 고용부에 부여해야 한다. 그다음에 원칙과 일관성을 갖고 문제 해결의 실마리를 찾아야 한다.

〈동아일보〉 2017. 03. 15.

# 대기업 유보금 활용해 중소기업 지원을

나는 일선에서 기술 인력을 양성해 산업 현장에 내보내는 교육자이다. 그래서 청년 실업에 관심이 많아 나름대로 자료를 모으고 분석도 하고 있다. 그 결과 좋은 일자리 창출은 쉽지 않은 일임을 알게 되었다. 새 정부마다 단칼에 해결하려고 천문학적 예산을 투입했지만 별 성과를 보지 못했듯이 하루아침에 해결될 문제는 아니다. 정부와 기업이 협의해 우선 국민을 설득할 대책을 내놓아야 한다.

먼저 정부는 대기업과 중소기업의 임금 격차가 왜 벌어졌는지, 특히 중소기업의 작업 환경과 복지 혜택이 왜 취약한지부터 분석해야할 것이다. 또 중소기업들은 왜 일자리는 많은데 일할 사람이 없는지, 외국인 근로자에게 뿌리 산업의 생산을 의존해야만 하는지, 이것이 우리 산업에 어떤 영향을 미칠지 등을 고민해 정부와 대기업의 지원을 이끌어내야 한다. 국민도 성급한 기대를 버리고 정부를 믿고 기다려야 한다. 물론 잘못된 정책은 반드시 비판하고 책임을 물어야 한다. 요컨대 성공의 원칙은 서두르지 않는 일관성 있는 정책이다.

나는 일자리 정책들이 성과를 거두지 못한 이유 중 하나가 대기업에 있다고 본다. 그간 대기업은 정부의 보호 아래 '갑질'을 해 왔고, 그로 인해 중소기업들은 마른 수건을 쥐어짰다. 그 결과 중 하나로 우리나라 30대 기업이 가진 유보금이 700조 원에 이르고 있다. 이처럼 대기업의 이익이 증대할수록 중소기업은 경쟁력을 잃어 가면서 외국인 근로자에게 의존하는 구조로 전락했다. 당연히 임금 인상은 물론 작업 환경 개선도 손댈 수 없게 되었다.

이런 현상이 지속되면 대기업은 모래성 위에 지은 집과 같을 것이다. 이 결과가 부메랑처럼 돌아와 대기업을 위협할 것이다. 이런 사태가 오기 전에 대기업이 나서서 중소기업 고용 창출에 기여해야 한다. 그 방법의 하나가 대기업의 유보금을 10% 정도라도 활용해 중소기업의 숨통을 틔워 주는 것이다. 인력난에 힘겨운 곳을 돕고 기술 지원을 통해 경쟁력도 갖도록 해야 한다. 이와 함께 고용노동부가 모든 일자리 창출 사업의 컨트롤 타워가 되도록 힘을 실어줘야 한다. 장관 아래에 별도의 '일자리 차관'을 임명해서 원칙과 연속성을 가지고 일자리 정책을 꾸준히 진행해야 한다. 결점을 보완해 제도적으로 뒷받침해줘야 한다. 정부가 바뀌어도 이 일자리 부서만은 손대지 못하게 하고, 사업이 성공할 때까지 독립성을 유지해 주어야 한다.

〈조선일보〉 2017. 06. 27.

# 고용노동부에 일자리 차관 임명을

일자리는 우리 삶의 뿌리다. 이 뿌리가 흔들리면 그 열매 또한 부실해진다는 것은 진리다. 그 때문에 이 문제를 해결하려고 국민의 정부에서부터 천문학적인 예산을 쏟아부었지만, 더 나아질 기미가 보이지 않고 있다. 현 정부에서도 국정 과제 중 최우선으로 올려놓고 이 문제를 해결하겠다는 의지를 보이고 있다.

필자가 보기엔 매우 당연한 조치라고 본다. 문제는 그동안 이 분야의 자료를 모으고 나름대로 분석해 본 결과 지난 정부를 답습할지도 모른다는 생각을 가지고 있다. 그렇다고 포기해서는 안 된다. 이 문제는 선진국에서조차 단기간 내에 성공한 사례가 없듯, 정부는 좋은 일자리 창출이 어려운 문제임을 먼저 인식해야 할 것이다.

개인적인 생각으로 일자리 정책은 원칙을 바탕으로 일관성 있게 추진해야 한다고 본다. 특히 누군가 책임을 지고 꾸준히 추진할 수 있는 환경을 만들어줘야 한다. 그 방법의 하나로 고용 정책을 총괄하는 고용노동부의 위상을 높여주고, 이곳에 별도의 일자리 차관을 두어 그가 일자리 창출에 대한 모든 정책을 일관되게 추진할 수 있는 권한을 줘야 한다는 생각이다. 그리고 정부가 바뀌어도 임기를 보장해 주어 장기적인 계획을 수립하고 추진할 수 있는 근무 환경을 만들어주고, 일자리 정책이 일관되게 연속성을 가지고 원칙대로 진행될 수 있도록 지원해야 한다. 지금까지 일자리 정책이 부진했던 이유는, 정부마다 각기 다른 예산과 방법으로 이 문제를 해결하려 했기 때문이다. 이 시점에서 정부가 먼저 '일자리는 있는데 일할 사람이 없다'는 점과 중소기업의 뿌리 산업 현장에서는 대부분 외국인 근로자가 그 자리를 차지하고 있으며, 계속해서 사업주는 부족한 일손을 채우기 위해 외국인 근로자를 찾고 있다는 점을 심각하게 받아들여야 한다. 지금과 같은 고용정책이 계속되면 아마 10년 안에 우리 산업의 기초인 뿌리 산업 현장에서 우리 젊은이들을 찾아보기 어려울 것이다. 이 점을 국민에게 설명하고 공감을 얻어내야 한다.

아프리카 원주민이 기우제를 지내면 반드시 비가 내린다는 말이 전해져 오고 있다. 그런데 그들이 지내는 기우제를 들여다보면 비가 내릴 때까지 기우제를 지낸다고 한다. 우리 시각으로 보면 매우 어리석게 보일 수도 있지만, 그들이 추장을 신뢰하고 단합된 힘으로 위기를 극복한다는 점은 본받아야 할 것이다. 얼마 전 우린 극심한 가뭄을 겪었다. 이를 지켜보거나 당하고 있는 국민은 얼마나 안타까워했는가. 이때 우리에게 필요한 것은 아프리카 추장과 같은 지도자였다. 바로 이점을 우리 지도자가 인지하고 일자리 정책도 아프리카 추장이 이끌었던 기우제처럼 일자리가 해결될 때까지 지속적으로 일관되게 이끌고 나가야 한다. 지금처럼 당리당략이나 정치 생명을 연장하기 위한 수단으로 이용하면 또 실패할 수밖에 없다. 지금 당장 여·야 간 대립을 멈추고 국민을 위해 서로 머리를 맞대고 대책을 세워야 한다. 언젠가는 반드시 비가 온다는 생각으로 기우제를 지냈던 아프리카 추장처럼 지도자는 먼저 국민에게 신뢰를 회복해야 한다.

누가 뭐라 해도 우리가 현재 직면하고 있는 가장 큰 문제는 좋은 일자리 부족이다. 이대로 가면 중소기업을 기반으로 한 대기업까지 순식간에 무너질 수 있다. 문제가 더욱 심각해지기 전에 정부와 정치 지도자들은 냉정하게 묻고 답할 필요가 있다. 왜 젊은이들이 중소기업을 회피하고 있는가. 왜 중소기업은 인력을 구하지 못하고 있는가. 왜 청년들은 일자리를 포기하고 있는가. 왜 젊은이들이 고시촌 원룸에서 젊은 시절을 보내고 있는가. 대책 없이 지난 정부의 실책만을 탓하지 말고, 다급함에 극약 처방을 내리지 말고, 근본적인 해결을 위한 대책을 내놓아야 한다. 반드시 이 문제는 누군가(일자리 차관) 지속적인 관찰과 처방을 통해 관리하고, 그 결과에 따라 일자리 문제를 해결하도록 노력해야 성공할 수 있을 것이다.

〈전북도민일보〉 2017. 07. 10.

# 청년 실업을 해결하려면

　문재인 대통령은 후보 시절부터 일자리 대통령이 되겠다고 약속했다. 그리고 대통령이 된 후로 바로 일자리 위원회와 수석을 두어 실시간으로 그 상황을 살피고 있으며, 오는 18일에는 직접 일자리 정책 5개년 로드맵을 발표한다. 발표 일정을 2개월가량 연기한 것을 보면 일자리 창출이 절대 쉽지 않았다는 것을 알 수 있다. 이전에도 위원회의 한 관계자는 아직 인프라 구축 과정이라 빨라도 내년 말쯤이 되어야 국민이 체감할 수 있을 거라 말했듯이, 역시 일자리를 만드는 일은 무엇보다 어려운 정책이라는 생각이 들었다.

　이런 점을 인식하고 현 정부는 대통령 집무실에 일자리 상황판과 신문고까지 만들어 어떻게든 일자리를 만들어보겠다는 적극성을 보이고 있고, 이에 대하여 국민은 많은 기대를 걸고 있다. 그러나 필자가 보기엔 그리 쉽지 않을 거란 생각이 든다. 왜냐하면 국민의 정부를 거쳐 지난 정부에 이르기까지 천문학적인 예산을 투입했지만, 상황이 나아지지 않았기 때문이다. 바라기는 현 정부가 정치적인 판단을 배제하고, 왜 그동안 이 문제를 해결하지 못했는가를 먼저 들여다봐야 할 것이다. 분석을 바탕으로 냉정하게 뼈를 깎는 대책을 세워야 한다. 왜 그동안 정책의 연속성이 없었는가. 또 원칙과 일관성 없이 장애물을 피하기만 했는가. 내용물은 그대로 두고 포장지만을 바꿔왔는가. 왜 국민과 기업을 설득하지 못하고 정권의 연장선에서 판단하고 실적을 위해 밀어붙였는가를 실사구시의 눈으로 보고 미래의 길을 결정해야 할 것이다. 그리고 지난 정부의 실패를 반복하지 않으려면,

첫째, 일찍이 뿌리 산업을 외국인 근로자에게 내준 것에 대한 자성의 소리가 있어야 한다. 현재 국내의 외국인 근로자는 그 수가 96만 명에 이르고 있으며, 이는 우리 청년 실업자 47만 명의 2배에 달하는 인원이다. 물론 이를 단순 비교할 수는 없겠지만, 청년 실업을 해소하고도 충분히 남아도는 수이다. 이렇게 되기까지 대책 없이 우린 스스로 일자리를 포기한 꼴이 되었다. 당시엔 일자리는 있는데 일할 사람이 없어 궁여지책으로 외국인 근로자를 불러들였다지만, 그 근본적인 이유가 대학 정원 자율화에 있었다는 것을 잊지 말아야 한다. 한꺼번에 쏟아지는 고학력자를 수용하지 못하고, 고학력자가 뿌리 산업을 외면하게 만든 것은 순전히 정부의 책임이라는 것이다. 이 결과 3D 업종이라는 신조어가 나왔고, 중소기업 기피 현상이 벌어지는 사이 그 자리를 외국인 근로자들이 차지하게 되었다. 외국인의 처지에서 보면 자국 임금의 10배 이상을 받는 한국이 기회의 땅이 되었지만, 우리 젊은이들에게 중소기업을 외면하게 만든 것은 잘못된 정책에 있다는 것이다. 이런 사태가 벌어지기 시작한 1990년에 정부가 좀 더 적극적으로 대기업과의 임금 격차를 줄이고, 기업의 작업 환경을 개선하는 데 총력을 쏟아부었더라면 하는 아쉬움이 남는 부분이다.

둘째, 현재도 해외에 나가 있는 기업이 돌아올 수 있는 환경을 정

부가 과감하게 만들어 주지 못하는 것은 실책이다. 유턴 기업이 국내에서 정착할 수 있도록 모든 지원을 아끼지 말아야 함에도, 기업이 요구하는 것을 수용하지 못하거나 그 기업들을 설득하지 못하고 있다. 현재 해외에 나가 있는 기업은 대략 1만 2천 개나 된다. 현지에서 채용한 인력만 해도 약 340만 명이나 되며, 이 중에서도 제조업 종사자가 286만 명으로 이들 중 10%만 국내로 돌아와도 약 29만 개의 일자리가 생긴다는 계산이다. 이는 현재 청년 실업의 61%를 수용할 수 있는 규모로, 하루속히 청년 실업 문제 해결을 위해 해외 진출 기업이 돌아올 수 있도록 특별한 조처를 내려야 한다는 얘기다.

우리는 세계 경제 순위 11위권의 나라다. 그런데도 지금처럼 청년 실업 문제를 해결하지 못하고 있는 것은 순전히 정치인들의 책임이라고 본다. 무기력한 정부와 정치인들이 정책을 길게 보지 않고, 정치적으로 끊어 보았기 때문에 벌어진 사태다. 해결 방법을 알고 있으면서도 표만을 계산해 이 지경으로 만들었다. 더 안타까운 것은 임기 내에 해결하겠다며 무리하게 극약을 처방해 사태를 더 어렵게 만들었다는 점이다. 지금은 점점 그 무게를 감당할 수 없는 지경에 이르고 있다. 더 늦기 전에 국민과 기업을 설득해야 한다. 분명히 누군가는 희생하고 욕을 얻어먹는 일이 벌어져도 포퓰리즘에 빠져 임기응변으로 대처할 문제가 아니다. 과감하게 수술대 위에 올려놓아야 한다. 그게 바로 우리 미래를 위한 결단이다. 이제라도 정부가 나서서 모든 역량을 동원해 반드시 해결해야 한다. 모든 지도자가 사농공상(士農工商)의 의식을 버리고 땀과 기술의 가치가 높게 평가받을 수 있는 제도적인 장치를 함께 만들어가야 한다. 그리고 이런 내용이 일

자리 정책 5년의 로드맵 속에 담겨야, 그나마 청년 실업 문제 해결의
실마리를 찾을 수 있을 것이다.

〈전북도민일보〉 2017. 10. 12.

# 일자리 정책, 컨트롤 타워가 필요하다

최근 정부가 일자리 정책 5개년 로드맵을 발표했다. 매우 구체적이다. 성공할 것 같다. 다만 임기 내에 이뤄지기엔 시간이 부족하다. 지난 정부와 같이 성과 위주의 정책으로만 간다면 실패할 것이다.

그동안 정부가 천문학적인 예산을 투입하고도 해결의 실마리조차 찾지 못한 이유는 임기 내에 모든 것을 해결하겠다는 욕심 때문이었다. 아직도 노동집약적 방법으로 성공하겠다는 미련도 버리지 못했다. 이제 새 로드맵에 따라 불합리한 차별을 해소하고 일자리 질을 개선하는 데 발 벗고 나서야 한다.

일자리 정책 5개년 로드맵의 핵심은 '사람 중심 지속 성장 경제'를 구현하는 데 있다. 일본이나 독일처럼 인간 중심의 근무 형태가 자리 잡아야 미래를 이어갈 장수 기업이 나타난다. 이런 기업이 경제 성장을 주도하고, 여기서 최고의 제품을 만들어 가야 경쟁에서 이길 수 있다. 이런 내용이 로드맵에 포함되어야 한다.

정책의 원칙과 연속성을 담보할 수 있는 구체적인 방법도 필요하다. 아무리 좋은 정책이라도 정부가 바뀌면 용두사미가 되어버린다. 일자리 정책의 성공을 위해선 일관성을 가지고, 각 부처 간 이기주의를 걷어내면서 정책을 강력하게 추진할 수 있는 컨트롤 타워를 반드시 마련해야 한다.

또한, 모든 일자리를 관장할 수 있는 부서에 수장을 두고 정책을 지속적으로 관리하고 필요에 따라 책임을 묻고 포상을 할 수 있도록 제도적인 뒷받침이 필요하다. 따라서 고용노동부에 일자리 전담 부서를 두는 것이 좋다고 생각한다. 수장은 차관급으로 하고 임기는 대법관처럼 6년 이상 보장하여 그 공과를 평가해 연임할 수 있도록 권장했으면 한다. 그러면 일자리 정책을 일관성 있게 추진하는 데 강력한 힘을 실어줄 수 있다.

지금까지 시행된 대학 정원 자율화 정책은 오히려 고급 실업자를 양산하면서, 일자리가 있어도 일할 사람이 없는 상황을 만들었다. 결과적으로 고급 인력 과잉 공급으로 대부분의 뿌리 산업 일자리를 외국인 근로자에게 내주고 말았다. 그 수가 현재 약 96만 명이나 된다. 현재 청년 실업자인 47만 명의 2배다. 기업들이 싼 임금을 찾아 해외로 빠져나가도록 방치한 점도 문제였다. 이런 기업 약 1만2,000개가 현지에서 채용한 제조업 인력만 약 286만 명이다. 이들 중 10%만 국내로 돌아와도 약 29만 개의 일자리가 생긴다. 현재 청년 실업의 61%를 수용할 수 있는 규모다.

더 늦기 전에 일자리 우선 정책으로 나가야 한다. 강력한 컨트롤 타워를 만들고 각 부처가 면밀히 협조해 일자리 정책이 원칙대로 추진될 수 있도록 모든 힘을 모아 줘야 한다.

〈동아일보〉 2017. 11. 02.

# 좋은 일자리가 늘어야
# 인구 문제를 풀 수 있다

인구 절벽이 우리에게 재앙으로 다가오고 있다. 국회 입법 조사처가 자체적으로 개발한 입법·정책 수요 예측 모형을 통해 시뮬레이션한 결과, 한국인은 2750년에 지구상에서 사라지는 것으로 나왔다고 한다. 얼마 전에는 일본의 『지방소멸』이라는 책의 저자 마스다 히로야 씨가 책에서 앞으로 일본의 지자체 중 절반은 소멸할 거라고 했다.

정부가 서둘러 대책을 내놓아야 한다. 좋은 일자리를 많이 만들어 삶의 질을 향상시켜야 한다. 자녀 양육비 중 60% 이상이 교육비이고, 이 중 55% 정도가 사교육비다. 이 교육비를 정부와 기업들이 일자리를 늘려 해결해 주면 출산율은 회복될 수 있으리라 본다.

좋은 방법의 하나가 해외로 나간 기업을 최대한 한국으로 돌아오도록 만드는 것이다. 일본에 좋은 사례가 있다. 2015년을 기준으로 일본 밖으로 나간 기업 중 724개 기업이 본토로 돌아왔다. 반면 우리나라는 2014~2016년 전체를 봐도 43개밖에 되지 않는다. 일본의 6%에 불과하다. 일본이 예전에 경험했던 '실패의 길'을 우리가 그대로 답습하고 있는 것은 아닌지 염려스럽다.

정부는 강력한 일자리 정책을 펴고, 기업은 미래에 투자한다는 생각으로 양질의 일자리를 적극적으로 늘릴 필요가 있다. 그러기 위해서는 지자체는 먼저 기업 하기 좋은 환경을 만들어 줘야 한다. 가능하면 모든 규제를 풀고 좋은 일자리 확보를 최우선으로 염두에 두어야 한다. 그리고 자녀 양육에 대한 부담이 경감될 수 있도록 정책을 펼쳐야 한다. 그래야 출산율이 회복되고 인구 절벽이 해소될 수 있다.

〈동아일보〉 2018. 01. 17.

# 인구 절벽 해결은 일자리가 답이다

2006년 데이빗 콜먼(독일) 옥스퍼드 교수는 이 지구상에서 가장 먼저 인구가 소멸할 국가가 한국이라고 지적했다. 또 국회 입법 조사처가 자체적으로 개발한 입법·정책 수요 예측 모형(NARS 21)을 통해 시뮬레이션한 결과 한국인은 2750년에 우리가 사는 지구상에서 사라진다고 한다. 그리고 일본 마스다 히로야(『지방소멸』의 저자) 씨와 같은 방법으로 국내 기자가 우리나라를 분석한 결과, 우리나라도 20년 안에 지자체 중 30%가 제 기능을 상실할지도 모른다는 결과물을 내놓았다. 우리가 왜 이렇게 되었는가. 그것은 인구 절벽에서 비롯된 것이다. 인구 절벽의 주된 원인은 좋은 일자리가 없어서다. 좋은 일자리가 없으니 삶의 질이 떨어지고 출산율이 저하되는 것이다. 결과적으로 정부는 인구 절벽을 막기 위해서 모든 정책의 기조를 일자리에 두어야 한다.

다시 언급하지만, 정부가 하는 일 중에 일자리를 만드는 것보다 더 중요한 일은 없다. 어떻게 하든 일자리를 만들어 인구 절벽을 해결해야 한다. 안타까운 것은 아직도 그 심각성을 못 느끼는 것 같다는 점이다. 먼저 대기업만 보더라도 2016년 12월을 기준으로, 4만 1,000개나 일자리를 줄였다. 물론 전문 경영인이 아닌 필자가 판단할 문제는 아니지만, 마치 일자리 문제를 남의 나라 일처럼 보는 것 같아 씁쓸하다. 이러다가 예언처럼 우리 민족이 소멸한다면 대기업이 살아남은들 무슨 소용이 있겠는가. 그때 가서 수습하려 하지 말고 지금 당장 쌓아 놓은 사내 유보금이라도 풀어서 좋은 일자리를 만들어나가야 할 것이다. 지자체도 마찬가지다. 아직도 말과 달리 미래지향적이지 못하고 정치적인 판단이 앞서 있다. 표를 지나치게 의식한 나머지 갈피를 잡지 못하고 있다. 결단이 필요할 때 망설이다가 놓치는 게 많다. 그중의 하나가 일자리가 보장되는 유턴 기업을 받아들이지 못하는 경우다. 이 역시 단순하지 않다는 것을 잘 알고 있다. 몇 년 전 우리 전북의 한 지자체에서는 10만 명 고용을 목표로 유턴 기업을 유치하겠다고 큰소리치며 해당 내용을 언론 기사로 도배하다시피 한 일이 있었다. 바로 이뤄질 것처럼 설레발을 쳤지만, 겨우 고용 인원 40여 명 선에 그치고 말았다. 그렇다면 왜 오겠다던 기업은 오지 않았을까? 그것은 황당하게도 약속했던 R&D 연구 센터 시설을 지자체에서 가동해 주지 않았기 때문이라는 이유가 있었다. 왜 가동을 못 했는지 알아봤더니 소수 업체가 입주해 연구 시설 가동이 어렵다고 변명했다는 것이다. 참으로 한심스러운 이야기다. 물론 기업이 돌아오지 않은 이유는 여러 가지가 있겠지만, 여기서 필자가 지적하려는 것은 정부가 일자리 문제를 기업의 처지에서 보지 않는다는 것과 철저한 준비 없이 일단 터트리고 보자는 식의 홍보에만 열을 올리고 있다는 점이다.

현재 우리나라의 해외 진출 기업 수는 대략 1만 2,000여 개나 된다. 이 중에 제조업은 5,781개사로, 이 기업들이 현지에서 채용된 제조업 인원수만 족히 약 286만 명이나 된다. 이 중에서 10%, 즉 578

개 업체만 국내로 돌아와도 약 28만 개의 일자리를 만들어낼 수가 있다. 그런데 우리나라의 실적은 이웃 나라 일본의 6%에 그치고 있다. 보도 내용을 참고하면, 우리나라는 3년(2014~2016년) 동안 유턴 기업이 43곳에 불과하고, 일본은 2015년을 기준으로 724개에 달하고 있다. 왜 이렇게 큰 차이를 보일까. 이 또한 여러 가지 이유가 있겠지만, 일본은 우리와 달리 다른 나라에 기술을 유출하지 않으려는 애국심에서 서둘러 돌아오는 기업이 점점 늘어나고 있다고 한다. 이것만 놓고 보면 우리나라의 유턴 기업이 적은 이유가 정부나 지자체만의 문제가 아닌 것처럼 보이지만, 실상은 이 또한 정부나 지자체의 소극적인 태도에서 비롯되었다고 본다. 따라서 「해외진출기업의 국내복귀 지원에 관한 법률」(약칭 해외진출기업복귀법, 2013년 8월 6일 제정)을 대대적으로 수술해야 한다. 잘은 모르지만, 해외에 나가 있는 기업이 다시 돌아올 수 있도록 그 기업들의 처지에서 모두 규제를 과감하게 풀어줘야 하고, 기업도 대한민국의 미래를 보면서 가지고 있는 모든 역량의 보따리를 풀어야 한다. 그게 바로 서로를 위한 상생의 길이며, 우리 모두를 위한 애국이다. 지금처럼 서로 견제하고 믿지 못하고 버티는 동안에는 인구의 절벽은 더 높아지면서, 우리의 소멸은 더 빨리 다가올 것이다. 지금처럼 견딜 만하다고 냄비 속의 개구리처럼 그냥 버티고 있다간 모두 공멸하게 된다. 하루속히 편안한 냄비 속에서 탈출하여 세상이 어떻게 돌아가고 있는지 보아야 한다. 선택의 여지가 없는 절박함을 깨달아야 한다. 소 잃고 외양간을 고쳐 본들 의미가 없다. 따라서 특히 대기업은 정부의 눈치를 보지 말고 미래를 위해 씨앗을 뿌려야 한다. 정부나 지자체 단체장은 모든 일을 정권 연장선에서만 보지 말아야 한다. 더 늦기 전에 우리 모

두 공동의 노력으로 일자리를 만들어 갈 때 인구의 절벽이 무너지게
될 것이다.

〈전북도민일보〉 2018. 01. 22.

# 정부마다 일자리 극약 처방이 문제다

1980년대 초까지만 해도 유럽 주요 국가의 실업률은 4% 미만이었다. 1990년대 들어서면서 독일, 프랑스, 이탈리아, 아일랜드 등 유럽 국가들의 실업률이 크게 높아졌다. 실업률 증가는 급격한 임금 상승과 까다로워진 고용법 때문이었다. 기업은 생산 설비를 해외로 이전했고 실업자가 점점 늘어났으며 사회적인 문제로 퍼지기 시작했다. 그나마 다행인 것은 해당 국가들이 원인을 정확히 파악해 특단의 조치를 내렸다는 점이다. 임금 상승을 억제하고, 사회 복지 혜택, 실업수당, 자녀 보조금 등을 줄이며 위기를 가까스로 모면했다.

현재 국내의 상황은 당시의 유럽과 비슷할 정도로 위기다. 대기업과 중소기업의 임금 격차는 극심하며 해외로 빠져나가는 기업이 늘고 있다. 일자리는 있는데 일할 사람이 없다. 청년 실업률은 높아지고 있으며, 정부는 천문학적 예산을 투입해 위기를 피하려고 하지만 쉽지 않은 실정이다. 청년 실업을 해결하지 못하는 이유는 무엇일까. 가장 큰 이유는 정부마다 새로운 극약 처방을 내리기 때문이다. 단시간 내에 해결하겠다고 욕심을 부려서다. 일자리 문제는 장기적인 계획을 세워 일관되게 추진해야 한다.

그러기 위해서는 먼저 컨트롤 타워부터 세워야 한다. 별도 부처를 만들거나 고용노동부에 일자리 담당 차관을 두고 일관성을 가지고 추진해야 한다. 과거처럼 정권마다 추진하는 사람과 방향이 다르면 늘 다시 시작해야 한다. 되돌아보면 우리도 청년 실업을 잡을 기회가 있었다. 1980년대 중반 중소기업의 임금은 대기업의 90%에 육박했다. 당시 정부 등은 중소기업을 보다 세심하게 관리했어야 했다는 아쉬움이 남는다. 1990년대 초에도 해외에서 부족한 인력을 수입할 게 아니라 중소기업의 작업 환경을 개선하고 대기업과 임금 격차가 더 벌어지지 않도록 만들었어야 했다. 이제 다시는 이런 기회가 쉽게 오지 않을 것이다.

그동안 우리나라는 대기업 우선 정책으로 경제 성장을 이어왔다. 하지만 부작용도 만만치 않았다. 자동차만 해도 전기차 시대에 접어들면서 어려워질 것이라는 전망이 많다. 엔진, 변속기 공장이 사라지고 인력은 70% 이상 줄어들 수밖에 없다는 분석이다. 현재 자동차 근로자들은 높은 임금을 받으면서도 생산성은 낮다. 국내 굴지의 자동차 기업은 21년째 국내에 공장을 짓지 않고 있으며 완성품의 70%를 해외에서 생산한다.

'자동차 도시' 미국의 디트로이트가 경제 성장을 이어갈 때 이 도시의 파산을 예상한 사람은 거의 없었다. 일본 자동차 산업의 성장을 대수롭지 않게 여겼다. 그러나 그 결과 디트로이트는 2013년에 파산을 선언했다. 현재 자동차 산업에 직간접으로 연결된 고용만 약 180만 명에 이른다. 더 늦기 전에 장기적인 계획을 세우고 정부가 주도적으로 원칙과 일관성을 가지고 일자리 정책을 밀고 나가야 한다. 어느 나라도 실업 문제를 단기간에 해결한 나라는 없다.

〈동아일보〉 2018. 04. 26.

제2부

# 왜 교육 정책은
# 늘 흔들리나

# 교육 정책, 이대로 좋은가

"체력은 국력이다. 건강을 잃어버리면 모든 것을 잃어버리는 것과 같다. 따라서 인생에서 건강이 제일이다. 건강은 건강할 때 지켜야 한다."라는 얘기는 귀에 못이 박히도록 들었던 말이다. 그런데 얼마 전 중·고교생에게 집중 이수제 도입으로 '체육 몰아치기 수업'이 악용되고 있다는 신문 기사를 보고 암담한 생각이 들었다.

모 일간지에 따르면 고교 2년 동안 체육 수업을 한 번도 받지 않는 경우가 10%에 해당하고, 중학교도 1년 내내 체육 수업이 없는 경우가 44.2%라는 것이다. 이는 체육 교육이 입시 공부에 밀려 형식적으로 이뤄지고 있다는 얘기다.

더욱 한심스러운 것은 국사 교육까지 선택으로 변해 대학 수능 시험에서조차 선택 과목으로 전락했다는 것이다. 국사는 우리의 뿌리다. 한 나라의 역사는 국가 발전의 원동력이 된다. 대한민국 사람으로서의 자긍심 없이 수학 문제, 영어 단어 하나 더 암기한다고 해서 미래가 보장되는지 묻고 싶다. 어떻게 우리의 역사를 모르면서 세계의 역사와 문화를 이해하며, 어떻게 우리 역사를 모르고서 역사 왜곡에 관해서 얘기할 수 있겠는가. 대입 시험에서 국사를 필수로 정한 대학은 유일하게 서울대학교뿐이라 한다. 육·해·공·3사관학교에서조차 우리 역사 교육이 왕따를 당하고 있다는 기사를 보고 참으로 부끄러운 마음이 들었다.

얼마 전 한국교총과 모 일간지에서 서울 시내 5~6학년 초·중·고교생을 대상으로 6·25 전쟁이 언제 일어났느냐는 질문을 시행한 적이 있다. 50% 정도가 모르고 있었고, 26%가 남침과 북침을 구분하지 못했다고 한다.

이처럼 체육과 역사 교육이 무시되는 우리에겐 미래가 없다고 본다. 역사는 뿌리이며 체육은 줄기이다. 국·영·수 등을 굳이 식물에 비유한다면 열매일 수 있을 것이다. 여기에 예능, 즉 음악은 뿌리를 살찌우는 물이며, 줄기를 더욱 강하게 만드는 바람이다. 미술은 인간의 오감을 자극하여 편안한 삶을 가질 수 있도록 햇빛을 조절해 주는 능력과 같은 것이다. 지금처럼 열매만을 생각하면 줄기와 뿌리가 불필요한 존재일 수 있겠지만, 열매는 부산물일 뿐이다. 뿌리와 줄기가 튼튼해야 좋은 열매를 얻을 수 있다는 것은 상식이다. 왜냐면 뿌리와 줄기가 없는 열매는 존재할 수 없기 때문이다.

청소년들의 체력은 점점 저하되고, 입시 준비에 묻혀 적성과 특기를 살리지 못하는 교육 정책은 그들의 꿈을 벼랑 끝으로 몰아넣는 일이다. 세상은 더불어 공동체를 이루며 사는 곳이다. 이를 실현하기 위해 전인 교육을 해야 할 판에 국·영·수를 못하면 바보 취급을 하는 나라가 좋은 나라인가. 입시 경쟁을 부추겨 성적이 올라가므로 미래가 보장되었다면, 왜 그들은 자살을 선택하는가(청소년 자살률 세계 1위)를 묻고 싶다.

현재 선진국들은 체육 교육을 비중 있게 편성하고 있다. 호주는 5~18세까지 아동과 청년에게 매일 50분 이상 신체 활동을 하게 하고, 미국 캘리포니아는 주의 법에 따라 초등학교는 10일 동안 최소 200분, 중·고등학교는 400분 동안 체육 교육을 이수한다. 역사 교육에 관해서도 중국은 중·고교에서 필수, 이웃 일본은 중학교 필수, 고등학교는 일본사와 지리 중에서 선택하지만 대부분 학교에서 일본사를 가르치고 있다.

다시 한번 묻고 싶다. "교육 정책, 이대로 좋은가?" 예체능과 우리 역사가 홀대받고 있는 우리 현실에 대하여, 혹자는 전 세계의 흐름을 바로 보지 못하는 편협하고 반지성적인 사람을 만들고 있다고 경고하고 있다. 일부에선 지금 불고 있는 한류 바람의 예를 들면서, 얼마든지 예체능과 우리 역사 교육을 무시해도 국제사회에서 살아남을 수 있다고 주장을 하는 사람도 있지만, 이는 하나만 알고 둘은 모르는 얘기다. 지금 우리의 위치(세계 경제 순위 12위)는 강대국 틈바구니에서 목숨을 바쳐 자존을 지켜나갔던 열사들이 있었기에 가능한 일임을 잊고 있다.

역사는 우리가 살 수 있는 자긍심의 뿌리이며, 체육은 강한 나라를 만드는 원동력이다. 그 때문에 아무리 치욕적인 역사라 해도 정확하게 기술하여 실패한 역사를 되풀이하지 않도록 가르쳐야 하고, 청소년을 강하고 튼튼하게 만들어 건전한 사고력을 가지게 하는 것이 미래를 향한 올바른 교육 정책이라고 생각한다.

〈전북도민일보〉 2011. 03. 30

# 2012년 언론이 해야 할 일

"일자리는 있는데 일할 자리가 없다."라는 언론 보도를 보고, 1990년도의 신문 스크랩을 찾아보았다. 기사의 제목은 '大學街 일자리 비상', '놀아도 힘든 일은 안 해', '빈둥거리는 청소년 많다'라는 내용으로 심각한 인력난을 얘기하고 있었다. 그 해결책으로 정부에서 값싼 외국 인력 수입을 검토하자, 국민에게는 충격적인 일로 엄청난 반발을 예상했다는 기사가 있다. 역시 20년 전에도 일자리가 있는데 인력이 없다는 얘기다. 요즈음 또다시 고졸 우대 정책을 정부가 들고나왔다. 그러나 그 실효성에는 부정적인 입장이다. 이미 약효가 없는 옛날얘기에 불과하기 때문이다. 며칠 전 중소기업 사장들이 강추위를 아랑곳하지 않고, 3박 4일 동안 외국 인력을 채용하기 위해 노숙을 했다는 보도를 보면 알 수 있는 일이다. 그동안 우리의 고용 정책이 얼마나 주먹구구식인가를 여실히 보여주는 사례다. 이처럼 고용 문제가 중요한데도 다람쥐 쳇바퀴 돌 듯 제자리걸음을 하는 그 이유가 무엇인지 생각해 보고자 한다.

먼저, 국민의 정서를 무시한 근시안적인 일관성 없는 정책에 있다. 우선 부처 간의 의견 조율보다는 먼저 시행착오를 각오하는 정책 실행이다. 일단 터트려 보고 여론 추이에 따라 대처하는 정책, 고통을 분담하기 위한 설득보다는 늘 새로운 것으로 땜질하려는 정책에 문제가 있었다. 외국 인력 수입도 그렇다. 결국, 힘든 일을 꺼리는 젊은 이들을 설득하지 못하고 그 일을 값싼 외국인 근로자로 대치하면 된다는 안이한 대처가 오늘과 같은 풍요로운 빈곤을 자초하고 말았다. 사실 근로자를 수입해서 얻은 게 무엇인가. 잃은 게 더 많다는 것이 중론이다. 이러다간 외국 근로자에게 안방까지 내줘야 하는 사태가 될 거라는 얘기다. 지금처럼 추운 겨울에 회사 대표가 노숙하면서까지 외국인 근로자를 구하는 사태에서, 우리 젊은이들은 일자리가 없다고 하는 것이 우리의 현실이다. 정부의 책임이 크다. 일관성 없는 안일한 정책 뒤에서 남발하는 극약 처방, 설거지는 누가 하겠지 하는 비합리적인 사고를 인정하는 사회 풍토, 누구 하나 책임지는 사람이 없는 사회, 늘 무늬만 가지고 평가하는 사회, 오래 참고 견디는 것이 무능이요, 온전한 것을 요구하는 것이 비판을 받는 사회가 되도록 방치한 지도자들에게 그 문제가 있다고 본다. 여기다 언론까지 남발된 정책에 맞추어 춤추니, 불난 집에 부채질하는 격이다. 땀의 가치를 중시하는 풍토를 조성하여 안정된 고용 문제로 나가기 위해 앞장서는 언론이 없다. 가차 없이 지적하고 여론을 이끌고 나가는 고집스러운 언론이 없다. 정책을 분석하고 바로 갈 수 있도록 선도해야 함에도 낚싯대를 드리워 놓고 물기만 기다리고 있는 언론, 늘 불나방처럼 화재 중심의 보도 형태를 벗어나지 못하고 있는 언론, 그사이 사회 전반에 걸쳐 불신의 골은 깊어지고, 국민은 누구도 신뢰하지 않는 사회가 되어 버렸다. 더 늦기 전에 언론의 정직성과 깊은 성찰이 필요하다. 아직도 일자리 문제를 심심할 때 꺼내먹는 심심풀이 땅콩 정도로 취급해서는 안 된다. 심도 있게, 그것도 당사자 입장에서 다

뤄야 한다. 왜 일을 하고 싶어도 일할 자리가 없다고 아우성치는가? 우리 젊은이들이 일자리를 찾고 있는데 중소기업 대표들은 왜 엉뚱한 고용 노동센터 앞에서 추위에 떨면서까지 외국인 근로자를 기다리고 있는지 바르게 보고 바르게 써야 한다. 언론은 왜 정부가 20년 전의 얘기를 또 하고 있는지 묻고 또 물어야 한다. 그동안 언론은 무능했다. 방관자였다. 정부가 말하는 대로 받아서 그대로 말하는 작은 앵무새였다. 예를 들어, 고졸 출신 승진 체계를 다원화하여 사기 진작으로 성취욕을 충족해야 한다거나, 잠시 고졸 채용이 늘었다 해서 그를 쫓아 인터뷰 몇 차례 하는 것이 모든 임무인 양 착각하는 언론이 유감스럽다.

언론이란 국익에 유익하지 않고 국민 정서에 어긋나면 지도자에게 경고를 보낼 수는 막강한 힘을 가진 힘의 기관이다. 더 늦기 전에 이제라도 언론이 국민을 대신하여 나서야 한다. 비판과 중재의 기능을 가지고 불신으로 침체한 사회를 다잡고 활력을 불어넣어 주어야 한다. 왜 우리가 '학력 중심 사회'를 '능력 중심 사회'로 이끌고 나가야 하는지 분명한 길라잡이가 되어야 한다. 왜 우리가 '땀과 기술의 가치'를 중시해야 하는가를 모두에게 말해 줘야 한다. 힘든 일을 꺼리고 빈둥거리는 청소년이 일자리로 돌아갈 수 있도록 땀의 가치를 일깨워 줘야 한다. 지금처럼 놀아도 힘든 일을 않겠다고 말하는 그들을 설득해야 한다. 일관성 없는 정책엔 회초리를 가하여 바로 설 수 있도록 당당하게 말하는 언론이 우리에게 필요하다. 언론은 국민의 말이며, 국민의 대변자이다. 국민의 가야 할 방향을 잡아주는 나침반이다. 따라서 우리의 미래는 언론의 정직성과 깊은 배려에 있다는 사실을 명심해야 한다. 언론은 정부 정책의 몸통이 아니라, 피를 통하게 하는 혈관이기 때문이다. 언론이 사회의 병폐를 치료할 수 있는 일명 명의가 되어야 '땀과 기술의 가치'를 인정하는 능력 중심 사회로 나갈 수 있다고 보는 것이다. 바로 이것이 2012년도 언론이 해야 할 일이다.

<전북도민일보> 2012. 01. 18.

# 고졸이 우대받아야 나라가 부강해진다

"실업계 취업률 93.6%" 중앙일간지 1990년 5월 7일 자 기사 제목이다. 공업계 고교는 전원이 취업했다는 것이다. 말 그대로 고졸 시대였다. 당시 기업은 기능 인력을 구하지 못해 학교를 찾아다니며 입도선매(立稻先賣)가 성행할 정도였다. 필자가 기억하기에도 당시는 고졸 출신이 직장을 골라서 가는 시대였다. 반면 대졸 출신은 10명 중 4명만이 일자리를 얻었다는 통계에서 알 수 있듯이 고학력에 따른 문제가 심각한 사회 문제였다.

이처럼 부족한 기능공 문제 해결을 위해 당시 고용노동부 장관이 청와대에 직업 훈련 기관을 대폭 신·증설하는 계획안을 보고했으며, 그 뒤 직업 훈련원을 13곳 이상 신·증설하여 인력난을 해결하고자 했다. 지금 와서 보면 졸속 행정이었다. 훗날 사회에 어떤 영향을 미칠지 자세히 검토하지 않은 땜질식 정책이었다고 본다. 이 때문에 아직도 문제가 지속되고 있는 비정상적인 인력 수급 구조를 가지게 되면서, 공장이 해외로 빠져나가거나 해외 인력이 유입되면서 경제적 손실과 또 다른 사회적 갈등을 만들어 내고 있다.

1990년 당시에도 지금처럼 생산직에 대한 경시 풍조가 심각했다. 그래서 중소기업 생산직 근로자의 31%가 일할 의욕이 없거나, 기회가 있으면 85%가 전직하겠다는 통계가 있었다. 그 이유가 부족한 복지 시설과 비인간적 대우였지만 기업은 이를 무시했다. 이에 정부는 정확한 진단 없이 임시 처방으로 서비스업으로 빠져나가는 인원을 막으려고 유흥업소 여종업원의 나이를 제한하거나, 골프 캐디 등을 없앴고 기업의 접대비 한도를 아예 축소하는 정책을 펼쳤지만 달라진 게 없다. 일할 곳은 많은데 일할 사람이 없는 것은 지금도 마찬가지다. 근본적인 문제 해결보다는 당장 봉합하려는 단견에서 비롯된 결과로 본다.

박근혜 대통령께서 지난 스위스 방문 때, 마지막 일정으로 베른 상공업 직업 학교를 방문한 뒤 학생들과의 간담회에서 "앞으로 학벌이 아니라 능력이 인정받는 사회가 되어야 희망이 있다."라는 취지의 말을 했다. 문제는 그동안 어느 정권에서도 능력 사회를 만들기 위한 구체적인 정책이 없었다는 것이다. 임금이 싸다고 무조건 해외 인력을 받아들였고, 기업이 인력난을 견디지 못해 해외로 공장을 이전하도록 방치했을 뿐이다. 그러나 박 대통령이 이공계 출신이라는 점에 국민은 기대하고 있다. 아마 이공계 기피 현상을 이대로 두고 보진 않을 것이기 때문이다. 근로자의 의욕을 북돋워 주기 위한 정책을 개발해 줄 것으로 믿고 있다. 그러나 필자가 보기엔 선결되어야 할 과제가 몇 가지 있다. 첫째, 모든 정치 지도자가 각성해야 한다는 것이다. 자신의 정치 생명 연장을 위해 현안을 정쟁의 바퀴에 올려놓고 안주하려는 태도를 버려야 한다. 모든 정책에 대해선 평생 실명제를 도입하고 퇴임 후에도 그 책임을 묻는 방안을 모색해야 한다. 둘째, 국민이 공감할 수 있는 미래 지향적 교육 정책의 수립이다. 일시적으로 고급 인력 양성이 필요하다 하여 대학의 신·증설을 장려한 결과,

2008년에 고교 대학 진학률이 83.8%나 되었던 것은 큰 실책이었다. 과연 이렇게 양산된 고학력으로 정말 국가 경쟁력이 올랐는지 물어보면 그 해답이 바로 나온다. 이제 와서 대학 구조 조정을 통하여 잘 못된 교육 정책을 수정하려 하지만, 그 골이 너무 깊다는 것은 모든 국민이 체감하고 있다. 오히려 고학력은 청년 실업자를 양산하는 원인을 제공하고 말았다. 다시 말해 일자리는 있는데 일할 사람이 없는 나라를 만들었다. 그런데도 그 책임을 져야 할 정치인들은 없고, 제 밥그릇 챙기기에 혈안이 되어 있을 뿐 그 심각성을 외면하고 있어서 문제다.

우리가 살길은 고졸 시대를 만들어 가는 것이다. 따라서 정부와 정치 지도자가 나서서 학벌보다 기술과 땀의 가치를 높이 평가하는 능력 위주의 사회를 만들어 가야 한다. 나랏빚이 1,053조(GDP의 80%)인데도 쪽지 예산 확보에 정치 생명을 거는 정치인이 사라지고, 고교 직업 교육 예산 확보에 선의의 경쟁이 일어날 때 고졸 시대는 앞당겨질 것이다. 또한, 사회적으로 고졸 출신을 우대하는 시대가 자연스럽게 열리게 될 것이다. 바로 이것이 박 대통령이 말하는 국력 성장을 위한 능력 사회로 가는 지름길이며, 3만 불 시대를 열기 위한 초석이라는 얘기다.

〈전북도민일보〉 2014. 03. 05(지)

# 초등 교육이 우리의 미래다

　지난겨울, 갑자기 여당 대표가 초등학교를 방문해 화장실을 점검했다는 보도가 관심을 끌었다. 현장을 둘러보고 앞으로 쾌적하고 안전한 학교가 될 수 있도록 최우선으로 예산을 챙기겠다고 했다. 필자는 모교 앞을 지나다가 이 기사가 생각나 들어가 보았다. 옛 기억들이 주마등처럼 스쳐 지나갔다. 그런데 왠지 산만했다. 시설은 낡고 화단의 조형물은 궁색하게 보였다. 물론 계절적인 요인도 있었겠지만, 위인들의 동상은 페인트칠이 벗겨지거나 일부 파손되어 있었다. 더 황당한 것은 사람, 사자, 사슴, 코끼리 같은 동상들 모두 같은 초록색으로 칠해져 있었다. 여기다 동문 선배들이 기증한 조형물이 주변과 어울리지 않았으며, 그렇다고 예술적인 가치가 있는 것도 아니었다. 그곳에 새겨 놓은 글도 마음에 둘 만한 글도 아니어서 안타까웠다. 오히려 이런 것들이 제멋대로여서 몹시 거슬렸다. 내킨 김에 인근 시골 학교에도 가보았다. 그곳도 별반 다르지 않았다. 학교 정문을 들어가자 바로 개교 100주년 기념비가 서 있었지만 너무 컸다. 학교의 규모에 전혀 어울리지 않은 조형물. 어린 초등학생의 입장에서 보면 주눅이 들거나 더 답답해할 것 같았다. 왜냐하면 커도 너무 컸다. 그 곳에 "나 라 고 일 초 석 되 어 라"라는 글이 깊게 새겨져 있었지만, 처음 난 이 글을 읽고도 이해를 못 했다. 띄어쓰기를 무시했을 뿐만 아니라 아예 글자를 독립된 것처럼 자간을 크게 벌려 놓아 한눈에 들어오지 않았다. 워낙 큰 돌이고 글자 수에 맞춰 간격을 배열하다 보니, 그럴 수밖에 없었을 것으로 짐작은 되지만, 차라리 글씨를 붙여 썼더라면 하는 아쉬움이 있었다. 이처럼 아무리 많은 돈을 들여서 동문의 정성을 모아 세웠다고 해도 그 멀대같은 조형물은 이 초등학교에 어울리지 않았다. 더구나 이 학교에 다니면서 새겨진 글이 무슨 뜻인지 모른다면 무슨 의미가 있겠는가 말이다. 진정 생각이 있는 어른이라면 반드시 아이에게 눈을 맞추고, 그들이 쓰는 언어로 그들이 배운 어법에 맞도록 적어야 할 것이다. 지금 세운 기념비는 고대 유물이 아니다. 초등학교에 있으니 그들이 이해할 수 있는 글을 새겨야 한다. 그래야 그 뜻을 마음에 품어 길라잡이로 삼을 거란 얘기다. 그런데 띄어쓰기를 무시했던 120여 년 전 한자 형식을, 그것도 한글로 버젓이 적어 놓은 것은, 어른의 그릇된 독선에 지나지 않는다. 사실 부끄럽게도 어른인 필자도 그 뜻을 몰라 같이 간 동료와 의견을 나누고, 학교 근처의 주민에게 물어보아도 모르겠다고 하는 이 글을 과연 학생들이 얼마나 알고 이해할까? 집에 돌아와 사전을 뒤지고 인터넷을 찾아보아도 그 글의 뜻을 몰라 해당 학교로 전화해 물어봤지만, 전화 받은 사람 역시 모른다고 했다.

며칠이 지난 후 우연히 이 글을 작은 메모지에 간격을 띄지 않고 적다가 그 뜻을 발견하게 되었다. 그래도 개운치 않아 국어 전공 교수에게 물어보았다. 그의 말에 의하면 본래 비문은 띄어쓰기를 무시하거나 다분히 이해하지 못하는 문장을 쓰기도 한다는 얘기였다. 어른으로서 충분히 이해되는 말이다.

필자는 이 기념비는 흉물이라고 판단한다. 하단석에 깨알 같은 글씨로 기증자의 많은 이름이 새겨져 있었는데, 필자는 이들의 생각이 아니라고 판단되지만, 아무튼 철거하거나 다시 초등학생에게 맞도록 고쳐 세워야 한다는 생각이다. 초등학교는 한 사람의 인생에서 가장 기초가 되는 부분을 배우는 곳이다. 그 때문에 눈높이를 같이하고 초등학생의 관점에서 사물을 봐야 튼실하고 건전하게 성장할 수 있다. 특히 초등 교육이란 키 큰 어른의 마음으로 아이들을 내려다봐서는 안 된다. 겸손한 마음으로 조심스럽게 그들의 마음을 읽고, 그들에게 차분히 물어봐야 한다. 왜냐하면, 바로 이들이 우리의 미래이고 주인이기 때문이다. 지금처럼 싸구려 시멘트 동상을 세우거나, 성공한 선배라 하여 가치가 없는 큰 돌덩어리를 학교 중심 화단에 덩그러니 세워 놓은 것은 무책임한 행위라는 생각이다. 이는 마치 초등학교 교정을 어른이라는 이유로 함부로 헤집고 다니는 범법 행위와 같다. 앞으로 교정에 무엇을 하나 세우더라도 학생의 관점에서 미래에 어떤 영향을 미칠지, 그리고 감수성이 예민한 학생들이 어떻게 받아들일지 고민해야 한다는 말이다. 아직 어리다 하여 그들의 생각과 감각을 무시하면 결국 큰 꿈을 꾸는 건전한 아이로 성장할 수 없을 것이다.

다시 강조하지만, 초등 교육은 인격 형성의 시작점이다. 집으로 치면 기초 공사에 해당한다. 따라서 훗날 이들이 성장해서 어떤 영향을 받을지에 대하여 먼저 생각을 해야 한다는 말이다. 혹자는 그게 무슨 큰 문제가 되냐고 반문할지도 모른다. 학교에서는 충분히 고려했고, 시설물에 대해서는 예산이 부족해서 그렇게 관리할 수밖에 없었다고 말하면 할 말은 없다. 사실 필자의 우려가 노파심이거나 기우였으면 좋겠다. 그래도 우리의 미래를 위해 정부는 초등 교육환경 개선에 필요한 예산을 가장 먼저 배정하고, 학교는 눈높이에서 아이들의 마음으로 조형물 하나를 세우더라도, 전문가의 조언을 들어 주변과 어울리도록 조화롭게 세워주길 부탁하고 싶다.

〈전북도민일보〉 2016. 03. 20.

# 뒷북 정책

'뒷북'이란 어떤 일이 끝난 다음에 쓸데없이 수선을 피우는 일이라고 사전에 나와 있다. 당연히 새로운 정책을 시작할 때는 나름의 이유가 있고, 그 결과에 따라 미치는 영향을 고려하지 않을 수가 없을 것이다. 그리고 철저한 준비 못지않게 반드시 책임져야 한다는 마음으로 추진하겠지만, 일부 성공하지 못한 정책에 대해선 책임을 회피하거나 '아니면 말고'라는 식으로 직무를 태만하고 있는 모습이 국민의 눈에 보인다. 이는 마치 초등학생이 숙제 정리를 잘못해서 노트를 찢어버리거나 새 노트로 바꿔치기하는 게 학부모의 눈에 들어오는 것과 같다고 할 것이다. 성숙한 학생이라면 아까운 줄 알고 지우고 쓰거나 지울 수 없다면 두 줄을 긋고, 다시 이어서 써야 맞을 것이다. 왜냐하면 그 잘못된 흔적을 보며 각성할 수 있으니 말이다. 그런데 일부 정부 정책에서 그런 점을 찾아볼 수가 없다. 정책이란 많은 인원과 천문학적인 예산이 수반되므로 신중한 검토와 고민이 필요한데도, 이번 대학의 이공계 증원 정책은 왠지 강박 장애로 인해 태동한 정책 같다는 생각을 지울 수가 없어서 하는 말이다.

얼마 전 문과대 정원을 줄여 공대생 1만 명을 1~2년 안에 늘린다는 보도가 있었다. 언뜻 보기엔 획기적인 정책으로 보일 수도 있겠지만 많은 논란거리가 될 것 같다. 알다시피 그 나라의 교육은 백년대계다. 따라서 좀 더 신중할 필요가 있다고 본다. 지금으로 봐선 좋은 정책이라고 말하기보단 지난해 7월 '청년 고용 절벽 해소 종합 대책'의 후속 조치로 보인다. 문제는 왜 이제야 뒷북을 요란스럽게 치냐는 것이다. 그동안 수많은 사람이 모순을 지적했고, 교육 제도 전반에 걸쳐 오랫동안 좋은 의견을 내놓았는데도 가만히 있다가, 마치 몸이 만신창이가 되어서야 극약 처방을 내리는 것 같은 정책에 믿음이 가지 않는다. 그동안 이공계를 홀대하지 말라고 외치던 때가 바로 수개월 전이다. 그런데 하루아침에 갑자기 인문계가 홀대받고 있다며, 대학 정원은 그대로 놔둔 채 1만 명을 공과대학으로 전환시킨다고 하니 하는 말이다. 통계에 의하면 우리의 대학 진학률은 제조업의 중심 국가인 독일의 3배에 이른다. 이공계 역시 36.5%로 OECD 국가 중 1위다. 엄밀히 따져보면 현재도 많은 게 공대생이다. 더구나 고교 졸업자가 해마다 급감하는 마당에 대학 정원을 그대로 놔두고 공대를 늘리려는 발상을 이해하지 못하겠다. 또 한 번 무리수를 두는 것 같다. 분명히 저출산으로 학령인구가 줄어든다는 통계를 훤히 들여다보고 있었을 정부가 고급 인력 확충이라는 명목 등을 내세워 대학 정원을 자율화하는 바람에 30% 내외로 머물던 1990년대의 대학 진학률이 84%까지 올라가고 고급 인력은 넘쳐났지만, 일자리는 있는데 일할 사람은 없고, 끝내는 외국에서 인력을 수입하는 사태가 벌어지고 말았다. 이미 뿌리 산업은 외국인 근로자가 접수했다는 표현이 정확하다고 본다. 원하면 누구나 대학에 갈 수 있게 만든다는 게 결국 젊은이들을 방황하게 했고, 이공계를 외면하고 문과를 선호하는 풍조가 퍼지며 사실 그동안 이공계는 홀대를 받아왔다. 그 결과 포화 상태에 이른 인문계열의 취업이 어려워지면서 다시 역으로 이공계로 몰려드는 현상이 벌어진 것이다. 결국, 비싼 수업료를 치르고 자연스럽게 제자리를 찾아가고 있는데 갑자기 정부가 나서서 강제적인 이공계 증원을 들고나온 것은 머지않아 또 다른 파행을 몰고 올 것으로 본다.

필자가 판단하기론 현재 청년 실업을 해결하려면 대학 정원을 1990년대 초반으로 돌려야 한다. 그리고 고교 졸업자의 산업체 경력을 대학 학력 기간으로 인정하여 대졸과 동등한 임금을 받을 수 있도록 해야 한다. 현재 시간당 임금 격차를 비교해 보면 1980년대엔 39.6%, 1997년도엔 19.5%, 다시 2007년도엔 30%까지 차이가 나고 있다. 이 격차를 줄여주고 중소기업의 작업 환경을 개선해 주면 된다. 만약 어렵다면 인센티브로 일정 금액을 적립해 장기 근속자에게 목돈을 마련할 기회를 정부와 기업이 나서서 주면 된다. 이렇게 되면 외면하던 젊은이들이 중소기업으로 다시 돌아오게 될 것이라는 얘기다. 필자가 보기엔 지금은 공대생을 늘릴 단계가 아니라고 본다. 차라리 그 돈이면 기업이 원하는 인력을 양성하기 위해 장비와 인력을 교육 기관에 지원해 줘야 한다. 그래야 임금이 열악한 비정규직이 양산되지 않을 것이다. 현재 대기업 정규직의 임금을 100%로 보면, 대기업 비정규직 64%, 중소기업 정규직 52%, 중소기업 비정규직 35%로 그 차이가 엄청나다. 이 상태로는 무슨 정책을 내놓아도 고용이 안정되지 않을 것이며, 오히려 위화감을 주고 갈등만 심화할 것이다.

그런데도 현재 기술 인력을 양성하고 있는 기관의 처지에서 보면 이번 정책이 반드시 성공해야 할 것이다. 그래야 청년 실업이 해결되고 희망찬 미래가 있다고 보기 때문이다. 만약 또다시 실패하면 머지 않아 뒷북칠 여력마저 소진되어 결국 강대국의 경제 지배하에 놓일 수밖에 없을 것이다.

〈전북도민일보〉 2016. 05. 18.

# 한국병의 원인과 대책

한 분야에 오랫동안 관심을 두다 보면 그 흐름에 대하여 식견이 생긴다. 이를 집중적으로 연구하는 전문가가 아니더라도 나름의 기준이 생기고 무엇이 잘못되었는지 의견을 가질 수 있게 된다. 그러나 우리는 이를 받아들이는 사회적 시스템이 부족하다. 오히려 그 자체가 터부시되면서 갈등의 골만 깊어지고 있다. 대부분 비전문가의 의견이라는 이유로 묵살되는 것은 다양성을 인정하지 않는 사회의 전형적인 모습이라 할 것이다. 필자는 이것을 바로 한국병의 근본적인 원인으로 보고 있다. 이 병이 점점 깊어지면 언젠가는 치유할 수 없는 상황에까지 이르게 된다. 이 무서운 병을 치료하고 안정적인 사회를 만들어 가려면 다음과 같은 조치가 필요하다.

첫째, 능력 위주의 사회를 지향해야 한다. 현재 우리 사회는 능력보다 줄(배경)이 중요한 요인으로 작용하고 있다. 공공 기관의 장을 뽑는데도 능력이나 됨됨이보다는 낙하산 인사로 발령을 내다 보니 공직 사회가 무기력해지고 있다. 이러다 보니 기관의 발전은 더디고 창조적이지 못하며, 일관성 없이 발령자의 철학에 따라 우왕좌왕하다 임기를 마치는 것이다. 여기다 재임을 받기 위해 무리수를 두고, 그 책임은 남아 있는 사람들이 처리하려다 보니 서울 지하철의 스크린 도어 사건 같은 일이 계속 터지게 되는 것이다.

둘째, 우리 사회에 진정한 리더가 나타나야 한다. 리더란 모름지기 손해를 봐야 하는데, 현재 우리는 손해를 용납하지 않는 보스의 마인드로 일방적인 명령만을 강요하려 든다. 이 결과 법을 만드는 국회의원이나 법을 집행하는 법조인까지 비리에 연루되는 사태가 벌어지는 것은 우리 사회에 진정한 리더가 없다는 것을 방증하고 있는 것이다. 이러다 보니 콩으로 메주를 쑨다 해도 정부의 결정을 신뢰하지 못하는 세상이 되었다. 지난 2008년도 자료에 의하면 전국 14개 공항 중 11개가 적자라고 한다. 모두 당시 지역 리더가 신공항을 신설했거나 추진하다가 공사를 중단했다. 이 엄청난 손실에 대하여 누군가 책임을 졌다면 지금처럼 가덕도와 밀양이 신공항 신설을 놓고 서로 물고 뜯는 일은 벌어지지는 않았을 것이다.

셋째, 비전문가를 무시하는 풍토가 바뀌어야 한다. 그동안 전문가 집단이 이끄는 교육과 청년 실업 문제가 지지부진한 채로 제자리를 맴도는 이유는 한가지다. 비전문가의 의견을 과감하게 수렴하지 않는 데 있다고 본다. 이를 칸막이 행정이라고 부른다. 한때는 고급 인력이 필요하다며 대학 진학률을 90% 가까이 올려놓더니, 이제는 인문계 대학을 이공계로 전환한다면서 예산을 퍼붓고 있다. 이렇게 갈팡질팡하는 사이 젊은이들은 어른을 신뢰하지 못하는 지경에 이르게 되었다. 비전문가가 봐도 이해가 되지 않는 것이 교육 정책과 청년 실업 문제다. 비전문가인 국민은 그 문제점을 뻔히 보고 있는데 전문가는 새로운 것에만 반응하고 집착하는 병에 걸려 있다고 본다.

마지막으로 거짓이 통하지 못하도록 해야 한다. 우리의 리더와 특권층은 잘못을 뉘우치기보단 나쁜 수단을 부리더라도 진실을 외면하거나 안면박대하면 된다고 생각하며 살고 있다. 지금 롯데 그룹의 사건이 그렇다. 아무리 큰 죄를 지어도 돈과 권력의 힘으로 무마하면 되고, 시간이 지나면 사람의 기억 속에서 사라진다고 믿고 있다. 공인인 연예인조차 음주운전과 불법도박 등으로 물의를 일으키고도 두려워하지 않는 것 같다. 왜냐하면, 고작 몇 개월이 지나면 다시 출연하게 된다고 생각하니 말이다.

이처럼 우리 사회는 복합적으로 심한 병을 앓고 있다. 겉모습은 화려하고 활기찬 것처럼 보일지 몰라도 심한 내홍을 겪고 있다. 필자는 이를 비전문가 입장에서 판단해 보았다. 이는 간단하게 고쳐질 병이 아니다. 반드시 리더가 손해를 감수해야 한다. 희생하며 과감하게 환부를 도려내지 않고는 절대 치료되지 않는다. 병이란 반드시 치료해야 할 때가 있는 법이다. 이대로 가면 감당할 수 없는 지경에 이르게 될 것이다. 지금의 우리 경제 능력이 계속될 거라고 보는 것은 위험한 생각이다. 하루빨리 원인을 분석해 치료해야 한다. 그러기 위해서는 경기장 밖의 관중석에 앉아 있는 선수가 아닌 비전문가의 식견(여론)을 받아들여야 한다. 이를 거부하면 관중이 없는 텅 빈 경기장에서 선수들만 뛰는 일이 생길 수도 있다는 얘기다.

〈전북도민일보〉 2016. 06. 12.

# 주먹구구식 정책이 문제다

우리는 세계를 놀라게 할 만큼 압축 성장을 했지만, 현재 국민 소득이 2만 달러대에 11년째 머물고 있다. 이 이유에 관해서는 많은 의견이 있지만, 필자가 보기엔 계속되는 주먹구구식 정책에 한 요인이 있다고 본다. 한 나라의 정책이란 치밀한 준비와 계획 그리고 충분한 검토가 필요하지만, 유감스럽게도 그 흔적이 보이지 않는다. 반드시 정책에 반영되어야 할 중요한 원칙과 일관성이 부족하다. 또한, 자구적인 노력이 부족해 결국 단발성으로 끝나고 마는 정책이 우리의 발목을 잡고 있다고 본다. 여기서 필자는 실패했거나 실패할 가능성이 있는 중요 정책에 대하여 따져 묻고자 한다.

첫째, 실패한 산아 제한 정책이다. 이는 정부 주도하에 어느 정도 강압적으로 34년 동안 실시한 결과 성공이었다는 평가도 있었지만, 다른 측면에서 보면 철저하게 실패한 것으로 보는 게 맞을 것이다. 그도 그럴 것이, 유소년층과 핵심 노동력인 청년층이 줄어 생산성이 저하되어 결국 국가 경쟁력이 떨어지고 있다는 점이다. 그 때문에 산아 제한은 과도한 정책이었다고 보며, 아마 그대로 두었더라면 오늘날과 같은 저출산으로 파생되는 심각한 사회적인 문제가 발생하지 않았을 거라고 본다.

둘째, 실패할 가능성이 있는 정책으로 절대 농지 해제다. 해제를 검토하고 있는 이유는 쌀 수확량이 넘쳐 쌀값이 폭락하니 절대 농지를 해제해서 쌀값 폭락을 막겠다는 것이다. 현재 많은 석학이 심각한 온난화로 10년 이내에 식량 전쟁이 온다고 예언하는 마당에 농지 훼손은 문제가 있다는 게 중론이다. 알다시피 지금 선진국들은 농토를 보전하면서 미래를 준비하고 있다. 근본 해결 없이 미래를 내다보지 못하고 대책 없이 일관하던 정부가 하루아침에 쉬운 방법을 선택하려는 것은 근시안적인 것으로, 실패할 가능성이 매우 크다고 본다.

셋째, 실패하고 있는 교육 정책이다. 우리는 교육을 백년지대계라고 말한다. 백 년 앞을 내다보는 큰 계획이라는 것으로 인재 양성이 미래라는 얘기다. 그런데 필자가 보기엔 정책이 수시로 변하고 있다. 어떤 이는 이런 교육 정책을 고무줄에 빗대어 말하기도 한다. 예를 들어, 정부는 갑자기 고급 인력 확보 차원에서 대학 정원 정책을 자율화했다. 이 결과 대학 진학률이 83.7%까지 올랐다. 결국, 수년이 지난 후 과잉 공급에 따른 인력 부조화(미스매치)가 발생했다며 곧바로 부실 대학 퇴출을 주장하고 나섰다. 분명 산아 제한 정책에 따라 학령인구가 부족해질 것을 뻔히 예측했음에도 전 교육부 장관은 이제 와서야 100개 대학 정도는 문을 닫아야 한다는 말을 했다. 사실 정원 자율화는 잘못된 정책이었다. 누구나 원하면 대학을 가게 하겠다는 것은 한마디로 포퓰리즘이었다. 이로 인해 대학은 현재 장삿속(4년제 대학 평균 등록금 668만 원)으로 전락하고 말았다. 여기다 입학 자원이 부족해지자 정원 감축 대신 갑자기 수시 모집 제도를 들고나왔다. 이는 우수한 젊은이들을 수도권으로 모이게 하였고, 입학 정원을 채우지 못하는 지방 대학은 외국인 유학생 유치에 나섰다. 결국, 국민 세금으로 외국인 학생을 양성하는 꼴이 되었다. 문제는 외국인 학생 현재 10만 명 중 36%가 한국어와 기초 실력이 부족해 정상적인 수업을 따라갈 수 없는 상태에서도 쉬쉬하며 학위 장사를 계속하고 있다는 것이다. 대학은 자구책 없이 16만 명을 감축하겠다고 하는 정부의 칼을 요리조리 피하는 형국이다. 더 황당한 것은 정원 감축을 유도해야 할 교육부가 별도의 예산을 주면서까지 인문계 학과를 취업이 잘되는 이공계 학과로 만들라고 대학에 종용하고 있다는 것이다. 이에 각 대학은 무엇을 가르쳐야 하는지도 모르고 무조건 생소한 이공계 학과를 경쟁적으로 만들어 2017년까지 109개 학과가 더 늘어난다는 것이다.

교육은 그 나라의 백년대계다. 대학이 먼저 자구책을 마련해야 한다. 지금과 같은 정부의 간섭은 구조 조정의 발목을 잡을 뿐이다. 현재 추진하고 있는 이공계 전환 정책도 다시 검토해야 한다. 과잉 공급으로 다시 홀대를 받을 수 있다. 이러다가 천문학적인 예산과 시간이 손실되고 정책 불신에 대한 국민의 생각이 극에 다다르게 될지도 모른다. 따라서 정부는 대학 스스로 제 살을 깎아 내는 자구책을 내놓을 수 있도록 원칙과 일관성을 고수해야 한다. 현재 대학 정원을 대폭 줄이고 진학률을 1990년도 수준인 20%대 수준으로 낮춰 인력 부조화가 생기지 않도록 강력한 구조 조정을 유도해야 한다. 그래야 국민 소득 3만 불 시대의 고개를 넘을 수 있을 것이다. 지금처럼 일자리는 많은데 일할 사람은 없고, 국민의 요구 사항은 많은데 믿을 만한 정책은 없고, 말 잘하는 지도자는 많은데 믿고 따를 사람이 없다는 소리를 귀담아들어 가며 주먹구구식이 아닌, 백 년을 내다볼 수 있는 정책을 바로 세워나가야 한다는 말이다.

〈전북도민일보〉 2016. 09. 27.

# 아랫돌 빼서 윗돌 쌓는 교육 정책

산업 현장의 인력 부조화는 어제오늘의 이야기가 아니다. 일자리는 있는데 일할 사람은 없다. 정부는 계속해서 양질의 일자리를 만들겠다고 말하지만, 일자리를 찾는 청년들은 시큰둥하다. 공대를 졸업했음에도 다시 학원을 찾아 실기를 배운다거나, 선택한 학과를 버리고 다시 유턴하거나, 당장 돈 잘 버는 방법에만 매달리는 현상이 벌어지고 있다. 왜 이 지경까지 이르게 되었는가. 한마디로 미래를 내다보지 못한 정책의 부재에서 비롯되었다고 본다. 탁상에 앉아 주먹구구식으로 아랫돌을 빼서 윗돌을 쌓는 식의 정책이 잘못이었다.

교육부의 가장 잘못된 정책 가운데 하나가 대학 정원을 고등학교 졸업자의 20%대에서 83.7%까지 끌어올린 것이다. 지금 이 부분에 대해 누구도 책임지는 사람이 없다. 그 결과 십여 년 동안 고교 졸업생이 이공계는 기피하고 인문계는 과잉 현상으로 인해 취업이 어려워지자 지난해부터는 정부 예산을 주면서까지 인문계열 학과를 다시 이공계열 학과로 바꾸는 일이 벌어지고 있다. 더 큰 문제는 이 현실을 파악하지 못하고 공과대학을 설립하려는 정치인들이 설치고 있다는 것이다. 정말 답답한 일이다.

대학을 100개 정도는 퇴출시켜야 한다는 말에는 필자도 동의한다.

또한, 수시 모집으로 지방 대학의 공동화 현상이 점점 심화되고 있기에 수시 모집은 폐지되거나 대폭 개선되어야 한다고 본다. 지금 지방 대학은 살아남기 위해 모자라는 입학 자원을 외국인 학생으로 유치해 학위 장사를 하는 실정이다. 현재 10만 명 이상이 국내에 들어와 있다.

잘못된 정책이라면 과감하게 바꿔야 한다. 바로 그것이 정부가 할 일이다. 1990년대 초반에 극심한 인력난을 해결하기 위해 쉬운 방법을 선택한 결과가 현재 큰 걸림돌이 되고 있다는 사실을 정치 지도자는 인정해야 한다. 당시 외국인 근로자를 수입하기보다는 열악한 중소기업의 작업 환경을 개선하고 대기업과의 임금 격차를 줄여서 젊은이들을 산업 현장으로 가도록 길을 만들어 주었다면 오늘과 같이 청년 실업이 사회 문제가 되지는 않았을 것이다.

〈동아일보〉 2016. 10. 18.

# 바른 역사 교육이 자산이다

6·25 전쟁에서 253전 253승으로 불패 신화를 이룩한 아프리카 에티오피아 강뉴(kagnew) 부대에 대하여 알고 있는 국민은 그리 많지 않다. 필자도 그리스 전쟁 종군기자가 쓴 그 부대의 활약상을 읽고서야 큰 감동을 받았다. 에티오피아는 우리나라에 6천여 명의 지상군을 파병하여 용감히 싸웠고, 일부 병사는 전사했으며, 부대 안에서는 보육원을 만들어 우리 전쟁고아를 돌보았고, 투철한 사명감으로 우리의 생명과 재산을 보호했으며, 우리나라가 공산화가 되지 않도록 큰 힘이 되어 주었다는 사실을 새삼 알게 되었다. 이렇게 고마운 나라가 6·25가 끝난 뒤 7년 동안 비 한 방울도 내리지 않아, 한 해에 100만 명 이상이 굶어 죽었으며, 1974년부터 17년 동안 공산화되어 더욱 황폐한 나라가 되었다고 한다. 여기다 심한 내전을 겪으며 더 못사는 나라로 전락했고, 현재는 국민의 82%가 절대 빈곤에 시달리고 있다니 안타까움을 금할 수 없었다.

역사는 물과 같이 흐르며 반복되는 것이다. 현재 한반도 위기설이 증폭되고 있는 현실에서 다시 한번 새겨볼 말이다. 언제 우리가 또다시 위기에 봉착할지, 또 어떤 형태로 도움을 받게 될지 아무도 모르기 때문이다. 이 순간도 북한은 '서울 불바다'의 구호를 내세우며 우리를 협박하고 있다. 하도 많이 반복되는 일이라 이솝 우화에 나오는 양치기 소년의 거짓말로 치부할 수도 있겠지만, 사실 우리 국민은 조마조마하다. 더욱 불안한 것은 우리에게 또다시 위험이 닥치면 과연 또 다른 강뉴 부대가 나타나 우리를 도와줄 것 같지 않다는 생각이 들어서다. 당시 에티오피아는 아무 연고도 없는 이 땅에 20여 일 동안 배를 타고 들어와 땀과 피를 흘렸다. 자유를 수호하기 위해 목숨을 바쳤다. 우린 이들을 위해 무엇을 했는가. 그동안 못사는 나라가 되어버린 에티오피아를 위해 정부 차원에서 공동의 이익을 만들어 가고 있다는 소식을 들어본 적이 없기 때문이다.

역사는 자랑하고 싶은 것만 있는 게 아니다. 사실 6.25 전쟁처럼 기억하기조차 싫은 역사도 있다. 우리는 그 전쟁으로 모든 것이 파괴되었고 수백만 명의 인명과 재산을 잃었다. 질병과 굶주림, 분단과 냉전 속에서 참혹했던 기억이 있다. 당시 우리의 국민 소득은 겨우 50불 정도로 복구가 완전히 불가능한 상태였다. 그런데 우리는 기적적으로 다시 일어났으며 현재 세계 경제 10위권에 진입했다. 세계가 놀라고 있다. 특히 전쟁에 참전한 나라들이 우리나라의 발전을 보고 경악하고 있다. 문제는 우리 스스로 발전된 경제 혜택을 누리면서도 과거에 도움을 받았던 기억을 망각하고 있다는 점이다. 그 증명으로 6.25를 북침이라 말하는 젊은이가 늘어나고 있으며, 39.7%의 대학생들이 그 전쟁이 언제 일어났는지조차 모르고 있다는 것이다. 필자는 이대로 방치하면 모든 것이 하루아침에 무너져 내릴 수도 있다고 본다. 왜냐하면, 이 순간도 적의 야욕을 모르고 '서울 불바다'를 운운하며 협박하는 북한의 형태를 두 눈으로 똑똑히 보면서도 양치기 소년의 거짓말쯤으로 여기고 있기 때문이다. 이것은 늑대가 얼마나 간악하고 포악한 존재인지 배우지(역사 교육) 못했기 때문이다. 정치 지도자가 설마 하는 생각으로 아픈 과거 역사를 외면하고 현실 정치에만 목숨을 걸고 있기 때문이다. 이 결과 우리 젊은이까지 과거를 모르고 뿌리 없는 나무 열매만을 찾아 나서고 있다는 말이다.

과거의 역사는 우리 삶의 뿌리다. 그 나무가 쓰러지거나 고사하지 않으려면 반드시 뿌리를 깊게 내려야 한다. 그 뿌리가 상하거나 썩으면 그 나무는 이미 죽음으로 다가서고 있다는 게 세상의 이치다. 그 나무는 주변의 도움으로 얼마 정도는 버틸 수 있겠지만, 꽃과 열매를 맺지 못하고 곧 쓰러지게 될 것이다. 이미 지금 우리 뿌리에 무슨 일이 한창 벌어지고 있는지도 모른다. 그래서 우리가 사는 평화로운 이 땅이 다시 전쟁으로 치닫거나 식민지배로 치욕적이고 슬픈 역사를 다시 쓰게 될지도 모른다. 이를 막으려면 지금 당장 한국전쟁에서 강뉴 부대의 활약상 같은 과거의 역사를 젊은이들에게 가르쳐야 한다. 그리고 그들은 왜 낯선 한국전쟁에 참전해 싸웠으며, 그들은 왜 지금 아프리카에서 가장 잘사는 나라에서 가장 가난한 나라가 되었는가를 조곤조곤 가르쳐줘야 한다는 말이다.

〈전북도민일보〉 2017. 08. 11.

# 왜 교육 정책은 늘 흔들리나

공교육이 무너지고 사교육비 부담으로 학부모 허리가 휘청한다는 소리는 비단 어제오늘만의 얘기가 아니다. 이에 정부는 대책을 내놓고 있지만, 불신만 더 심해질 뿐 교육이 안정되지 않고 흔들리고 있다. 필자는 그 이유로 정부가 큰 고민 없이 근시안적인 대책을 쉽게 선택하기 때문으로 본다. 교육은 백 년 이상을 내다봐야 한다. 그런데 우리 교육은 정부가 바뀔 때마다 당연히 손봐야 하는 정책이 되어버렸다. 이번에도 어김없이 외고·자사고 등의 특목고 폐지와 수능 개편안을 수술대에 올려놓았다. 반발이 심해지자 일부 사항을 1년 뒤로 유예하는 것으로 갈등을 봉합했지만, 언제 다시 그 부스럼이 곪아 터질지 모르는 일이다.

사실 교육 정책은 오늘날까지 끊임없이 변화해 왔지만, 1974년부터 시작한 고교 평준화 정책은 엄청난 충격을 가져왔다. 당시 심한 반발에도 불구하고 고교 입시 과열 경쟁을 해소하고, 암기식·주입식 입시 위주 교육의 폐단을 막고, 고등학교 간 학력 격차를 줄이는 한편, 대도시에 집중되는 일류 고등학교 현상을 없앨 목적으로 도입된 이 교육 정책은, 큰 기대 속에 진행되어왔지만 만족할 만한 결과는 가져오지 못했다. 오히려 사교육비 증가와 공교육이 무너지고 있다는 소리가 더 커지면서 1984년에는 천연자원이 없는 우리로서는 인적 자원이 중요하다는 판단에 다시 한번 대원외고, 대일외고를 만들게 되었다. 이후로 이 특목고가 인기를 누리면서, 2016년 8월 현재 특목고와 자율고의 수는 311개로 전체 고교의 13.2%를 차지하게 되었으며, 고교서열화에서 일반고 위에 있는 학교로 제한해도 112개(4.8%)로 늘어나게 되어, 특목고는 명문대학으로 진학하기 위한 관문으로 전락하고 말았다.

이런 문제점을 현 정부가 나서서 해결하겠다고 말한 것은 너무도 당연한 일이다. 다만 무조건 특목고 폐교를 말하기 전에 철저하게 관리·감독을 하지 못한 실책에 대한 자성의 목소리가 먼저 나왔어야 했다. 왜냐하면, 특목고를 방만하게 운영한 책임은 정부와 정치인들에게 있기 때문이다. 특히 정치와 권력의 힘으로 아무 제한 없이 지역구의 현안이라 하여 설립 허가를 해준 게 큰 실책이었다. 그런데 이제 와서 앞뒤 가리지 않고 폐지를 말하는 것은 너무 조급한 판단이다. 이는 마치 쥐가 곡식을 먹는다고 하여 아무 대책 없이 곳간을 몽땅 태우는 것과 다를 바 없다. 따라서 먼저 손익 계산을 하고, 왜 쥐가 곡식을 먹기 시작했는지 따져 봐야 한다. 다시 말해 특목고가 왜 입시학원으로 전락했는지 스스로 묻고 답해야 할 때라는 것이다.

교육은 우리의 미래다. 따라서 더 나은 미래를 위해 길게 보고 다듬어 나가야 할 매우 중요한 정책 과제이다. 그동안 우리의 교육 정책은 원칙과 일관성 없이 너무 쉽게 만들고 파괴해 버리는 바람에 엄청난 경제적 손실과 시간, 그리고 국민 정서에 악영향을 끼쳐왔다. 이제부터라도 전반적인 교육 정책에 대히여 심사하고 숙고해서 정리할 필요가 있다. 특목고 역시 설립 취지를 살려 잘못된 부분은 과감하게 수정하고 보완해야 한다. 그 방법으로 다음과 같은 사항을 제안하고자 한다.

첫째, 특목고 수를 대폭 줄여야 한다. 그 수는 공청회와 연구를 통해 결정하되, 반드시 지역 안배가 필요하고 어떤 외압에도 원칙을 지킬 수 있도록 특별법으로 관리되어야 한다.

둘째, 대학마다 특목고 입학 정원을 별도로 정하고, 대학은 창의력 등을 평가할 수 있는 선발 방법을 도입하여 특목고의 교육 정상화를 유도해야 한다.

셋째, 현 정부에서 검토하고 있는 것처럼 일반고와 전형 일자를 같이하고, 선발된 학생에 대해서는 충분한 능력을 발휘할 수 있도록 정부와 기업이 지원해 주어야 한다. 이외에도 많은 설립 허가 제약 조건을 두어 원칙과 일관성 있게 관리되어야 한다는 게 필자의 생각이다. 또다시 정치 권력 등으로 그 원칙이 무력화된다면 우리 교육엔 미래가 없다고 본다.

정책은 늘 새로운 것을 추구하고 더 나은 미래를 위해 갈고 다듬어나가는 것이다. 지금처럼 권력을 등에 업고 대책 없이 우격다짐으로 원칙에 혼선을 꾀하는 것은 결국 누워서 침을 뱉는 것과 같다는 사실을 정치 지도자들이 먼저 알아야 한다. 진정한 지도자란 모름지기 나라의 미래를 위해 무엇이 바람직하냐는 질문을 계속 스스로에게 던져야 한다. 그리고 정부는 반드시 전문가를 리더로 뽑아 적재적소에 배치해야 한다. 지금처럼 보은 인사와 청탁에 의한 낙하산 인사로 조직을 무기력하게 만들면, 국력은 점점 더 약화하고 말 것이다. 결론적으로 정치 지도자가 교육 현안을 정치적으로 판단하고 늘

정치 생명 연장선상에서 바라본다면 결코 우리에겐 미래가 없다는
얘기다.

〈전북도민일보〉 2017. 09. 06.

제3부

# 정말 당신은
# 애국자인가?

# 잘못된 선택엔 미래가 없다

귀를 막거나 눈을 감아도 내 나이쯤 되면 잘잘못에 대한 감(感)을 잡을 수 있다. 그 감이 후보자를 결정하는 판단 기준이 된다. 사실 나름대로 살아온 경륜이 있어 어지간한 거짓말에는 속지 않는다고 자신 있게 생각하지만, 요즘엔 그 자신감이 사라진 지 오래다. 왜냐하면 선거철만 되면 서로 물고 뜯는 난장판이라 뭐가 뭔지 모르겠다. 한마디로 아수라장이다. 알게 모르게 새빨간 거짓말이 난무하다 보니, 이제는 무엇이 진실이고 거짓말인지 구별이 되지 않는다. 왜냐하면 사람의 그 속을 들여다볼 수 없기 때문이다. 그렇다고 전혀 무관심으로 방관할 수 없는 것은 나 또한 성인이기 때문에 일말의 책임감 같은 것이 있어서다. 그래서 절대 거짓말에 속지 않으려 버둥대지만 쉽지가 않다.

갑자기 내년 선거를 앞두고 현 정부가 지난 정부의 실정(失政)을 여과 없이 꺼내 들고 있다. 어찌 보면 긍정적인 현상이라 보이지만, 이 또한 선거 전략의 일환이라면 충분히 과장되었을 개연성이 충분할 것이다. 여기다 현 정부의 실정에 대해선 말을 아끼고 있어 더 의심이 가는 부분이다. 누군가 내게 세상일을 뚝뚝 끊어 보지 말고 길게 보라는 얘길 해 주었다. 진정 길게 보아서, 좋아지기 위한 순서에 포함된 과정이라면 좋으련만 이대로 우리나라의 성장이 주저앉을까 염려된다는 얘기다.

정치 비전문가인 내가 보기에도 요즘 정국은 혼돈 상황임이 틀림없다. 거짓이 오히려 진실을 압도하고 더 큰소리치는 세상이 되어버렸다. 누군가는 분명 거짓말을 하고 있는데 갈 데까지 가보자는 싸움판이 계속되고 있다. 설령 거짓이 밝혀지더라도 솜방망이 처벌을 받거나 쉽게 잊어버린다는 것을 잘 알고 있으므로 거짓이 난무하고 있다. 결국, 어떻게 하든 소나기만 피해 가면 된다는 생각을 하는 것 같다. 벌써 지위 높은 사람들이 내년 총선을 겨냥해 공직을 사퇴하는 일들이 속속 벌어지고 있다. 또 진흙탕 싸움이 벌어질 것이다. 말로는 명예 회복을 위해 출마한다고 말하지만, 그것은 검은 거짓말이다.

나에게 친구가 해 준 말이다. "네가 아무리 분별력 있는 사람이라 하더라도, 전문 사기꾼과 삼십 분만 대화하면 너 또한 그 그룹에 속하지 않을 수 없다."고 말이다. 믿고 싶진 않지만 아마 그럴 거라고 본다. 그들은 법을 요리해서 먹고 사는 사람들이다. 자신의 잘못을 법의 테두리 안에 넣고 호도할 수 있는 능력자다. 한결같이 국민을 주인이라 말하고, 말만 잘하는 사람들이다. 이들의 방송 토론을 들어 보면 우리나라엔 아무런 문제가 없는 것처럼 보인다. 문제라면 상대가 인정을 해 주지 않는다거나 트집을 잡기 때문이라고 그들은 말하고 있다. 그리고 자기가 권력을 잡고 경쟁자가 협조만 하면 세계를 지배할 수 있다고 서슴없이 말하는 사람들이다. 아마 이들의 말대로라면 우리나라는 이미 선진국에 들어갔으며 국민의 삶의 질이 향상되었을 것이다. 그런데 아직 그리되어 행복하다는 국민이 별로 없다.

우리나라 청소년들조차 90%가 한국을 부패한 나라로 보고 있다. 이 말에 부끄럽다거나 느낌이 없다면 우리에겐 미래는 없다고 본다. 10대 청소년들마저 자기가 사는 조국이 썩을 대로 썩은 나라로 인식 하고 있다는 데도, 국제투명성기구(TI)가 매년 발표한 부패지수에서 도 한국은 중하위권을 벗어나지 못했다는 지적에도 밤잠을 설치는 위정자가 없다면 우리는 분명 불행한 나라에 살고 있다.

이제 더 기다리지 말고 유권자가 나서서 바른 선택을 통하여 놀 라운 의식 수준을 보여 줄 때가 되었다고 본다. 단절되지 않는 부패 의 고리를 그들에게 맡기지 말고, 바로 우리 유권자가 잘라버려야 한다. 예전처럼 후보자가 건네주는 식권 하나에 감사하여 정을 주 는 일이 없어야 할 것이다. 우리 동네의 이익을 위해 후보를 선택하 는 것은 자살 폭탄 테러와 같은 것이다. 혈연이라는 이유로 표를 주 면 가문을 망치게 될 수도 있다는 생각을 하면서 바른 선택을 해야 할 것이다.

〈전북일보〉 2003. 12. 24.

# 거짓말 잔치는 언제 끝나려나

길가는 사람들을 붙들고 이것저것 물어보고 싶다. 거짓말 잔치는 언제 끝나겠냐고. 속이 훤히 들여다보이는 일을 놓고, 끝까지 시치미를 떼는 그들이 원하는 게 무엇이며, 때만 되면 나타나 이 나라의 주인공처럼 설쳐대는 역겨운 소리에 귀를 막고 있는 당신은 누구이며, 썩은 양심의 악취로 코가 뭉그러지는데, 억울하다고 땅을 치며 통곡하는 국민이 늘어나는데, 왜 당신(일부 정치인)들은 거짓말만 해야 하는지 물어보고 싶다.

요즘 세상은 실타래처럼 엉켜 있다. 이 현실의 난제를 누구에게 물어야 할까. 이 세상에 없는 이순신 장군에게 물을 수도 없고, 그렇다고 하늘에 대고 따져 물을 수도 없는 일이다. 무엇이 진실이고 거짓인가. 말만 무성하여 더욱 혼란스럽다. 거짓이 난무하여 진실과의 경계가 모호해진 현실이 오늘날만의 문제는 아니겠지만, 아무리 거짓이 다반사라 해도 못 할 거짓말이 있는 법인데, 진실이라 해도 신의를 지켜야 할 경우가 있는데, 너무 쉽게 생각 없이 던지는 말을 어떻게 받아들여야 할지 누구에겐가 물어보고 싶다.

말은 인간이 가지고 있는 가장 무서운 무기이지만, 황금보다 귀하며, 호흡하는 생명줄과도 같다고 했다. 따라서 말을 잘한다는 것은 가장 큰 축복으로 존경받고 자랑할 만한 일이다. 그러나 봇물 터지 듯 쏟아지는 거짓말 덩어리에 치여 상처받는 사람들이 한둘이던가. 특히 말만 잘하는 정치인이 꽂는 비수는 나라를 혼란스럽게 하고, 거짓을 진실로 왜곡하는 뻔뻔스러움에 익숙한 그들은 국민을 슬프게 한다. 토론에 나선 후보자들의 말솜씨는 실로 찬란하다. 거짓을 말해도 어느 것 하나 빼거나 더할 수 없는 능숙한 언어의 조각들, 오히려 너무 완벽하고 형식적이지 않아서 순수하게만 느껴지는 표현력에 감탄하는 사이에 불법 대선 자금에 연루되어 붙들려간 사람들이 약속이나 하듯 풀려나고, 아직도 러시아 유전 개발 사업의 몸체는 오리무중이며, 법을 집행하는 어느 헌법 재판관도 자신의 탈세에 대하여 아리송한 해명만 하고 있으니 끝이 없는 노사 대립 해결의 실마리를 찾을 수 있겠는가. 또한, 아들의 국적을 포기하려는 부모를 일방적으로 비난할 수만은 없지 않은가. 대통령 측근들이, 고위 공직자들이 먼저 법을 무시하고 거짓말로 일관한다면 국민은 무엇을 믿으란 말인가. 지금 와서 김대엽 병풍 사건까지 거짓이라 말하면 도대체 국민은 어쩌란 말인가. 한 나라의 운명을 건 대통령 선거에서 큰 영향력을 끼쳤던 이 사건을 그냥 지나칠 일인가. 세상에 이보다 황당한 일이 어디 있는가. 목적을 위해 수단과 방법을 가리지 않는 현실에 적응하지 못하는 대다수 국민만 억울할 뿐인가. 거짓말에도 등급이 있는 법이다. 어쩔 수 없는 것과 애교로 봐 줄 수 있는 것, 때로 기쁨을 줄 수 있는 것, 용서할 수 있는 것, 나라를 망하게 하는 것 등의 거짓말이 있다면, 병풍 사건은 어디에 속하는가. 육성 녹음테이프까지 들고나와서 고백했던 사건이 아니던가. 지금 와서 모든 것이 조작이라 한다면 이를 조사하거나 부추긴 모든 사람은 반드시 책임을 져야 정상적인 나라가 아니겠는가 말이다.

　말은 뱉으면 된다. 돈이 드는 것도 아니고, 그리 힘이 드는 것도 아니다. 필요에 따라 입을 열면 된다. 그 말의 진실 여부도 숨길 수 있다. 양심을 저버리고 편리한 대로 말할 수도 있다. 그게 말의 장점이고 단점이다. 그러나 여기서 거짓말은 현란하여 빛 좋은 개살구라 했으니, 거짓말에 현혹되지 않을 국민이 어디 있겠는가. 따라서 나라의 장래를 위해서, 그리고 말만 전북 사랑을 앞세우는 전북 출신 정치인을 가려내기 위해서라도, 상습적인 불법 쓰레기(거짓말) 투기꾼을 발본색원하여 거짓말의 잔치를 끝내야 할 때라고 본다.

〈전북일보〉 2005. 06. 02.

# 민선 4기 당선자들, 전북 발전에 힘써야

민선 4기의 출발은 힘차다. 희망이 보인다. 무엇인가 새롭게 변하여 어둠이 가시고 새로운 빛이 떠오를 듯하다. 불가능도 없고 갈등도 없을 것 같은 설렘으로 4년 뒤를 생각해 본다. 분명 지금보다 나아질 것 같다. 설마 지금 같기야 하겠는가. 숱하게 듣고 보고 깨달았을 터인데, 막무가내로 우격다짐하듯 아무것이나 내용물도 없이 포장하겠는가. 뻔히 들통날 것을 알면서 알맹이도 없는 공약으로 세금을 낭비하는 행정을 펼치겠는가.

특히 김완주 전북도지사는 경제에서 시작하여 경제로 끝을 내겠다는 각오를 밝힌 바 있다. 오직 경제만을 생각하겠다는 일념으로 지구 반대편까지 날아가서라도 기업을 유치하겠다는 강한 의지를 밝혔다. 제2의 대덕단지 조성을 통해 환황해권 첨단 부품 소재 산업의 중심으로, 식품 산업의 메카로, 열린 도정으로 마른자리만 찾지 않겠다고 했고, 도민에게 듣고 배우고 도민에게 평가를 받겠다고 하니 정말 미덥지 않은가 말이다. 그러나 그의 취임사에 구구절절 희망이 깃들어 있긴 하지만 염려가 된다. 이 모두가 허풍이면, 아니, 의례적인 상투어라면, 또 실망으로 상처만 깊어지는 것은 아닐까 하는 생각 끝에서 왜 자꾸 용두사미라는 고사가 생각나는지 모르겠다.

　지난달 지방 어느 일간 신문사가 주관한 민선 4기 당선자를 위한 세미나가 리베라호텔에서 있었다. '글로벌 시대에 전북이 나아갈 방향과 새만금을 활용한 전북 발전 동력 방안'을 주제로 토론이 있었다. 그런데 여러 이유를 내세워 마지막까지 자리를 지키지 않는 당선자들의 모습에 실망이 컸다. 물론 당선자로서 바쁜 일정도 있었겠지만, 전북 발전의 효율적 추진에 관한 비전을 제시하는 토론 마당보다 더 중요한 일이 무엇이었는지 궁금하다. 어떻든 민선 4기는 시작되었다. 모두가 화려한 조명과 우레와 같은 박수를 받으며 무대 위에 올라섰다. 누가 뭐라 해도 4년 동안 대부분 주관적으로 지자체를 꾸려 나갈 것이다.

　조각가 미켈란젤로가 어느 교회의 천장 벽화를 그리고 있었다. 높은 천정에 달라붙어 점 하나까지 정성을 다해 그리고 있었는데, 이를 밑에서 바라보던 친구가 말했다.

　"야, 이 사람아. 뭐 하고 있나. 여기서 보니 아무것도 보이지 않는데, 적당히 하고 내려오게나." 하고 그가 빈정대자,

　"여보게. 지금 평가하지 말고, 그림을 다 그린 후에 다시 보아 주지 않겠나?" 하고 대답했다고 한다. 당선자 역시 4년 후에 공과를 놓고 얘기하자고 할 것이다. 물론이다. 바라기는 당선자 모두가 미켈란젤로처럼 영원히 기억되길 빈다. 이제 전북의 당선자가 전북을 다시 일으켜 세워줄 거라 믿는다. 전북의 발전을 위해 앞장서 줄 거라 믿는다. 16개 시·도 중에서 기초 투자 환경 16위, 지방 정부 정책 환경 15위, 정보화 기술 환경 13위라는 낙후에서 반드시 살려낼 것이라고 말이다. 사실 역사적으로 현 정부처럼 전북의 인맥이 화려한 적이 없는데도 불구하고 홀대받고 있는 전북, 호남에서조차 변두리 취급받고

있는 전북, 광주 전남의 더부살이로 추락한 전북을 이대로 방치한다면 그것은 배신이다. 다음엔 절대 감언이설에 현혹되지 않을 것이다. 머지않아 허풍을 떨어 권력을 얻은 권력자는 모두 퇴출당할 것이다. 권력만을 탐하여 종횡무진 잔머리를 굴리는 세력은 유권자의 힘으로 도태될 것이다. 말만 화려하고, 참신한 아이디어를 창출하지 못한 죄로 몰락할 것이다. 무계획으로 혈세를 축내는 무능한 당선자가 있다면 무거운 책임을 묻게 될 것이다. 다시 한번 부탁한다. 호남의 중심인 전북이 되살아나길, 일자리가 넘쳐나고 교육 걱정이 없길, 삶의 질이 향상되길, 다양한 문화예술 공간이 서민의 곁으로 다가서길, 도심에서 훔쳐 간 녹지공간을 되돌려주길, 선거 기간 동안 유권자와 손잡고 나눴던 약속을 잊지 않길 두 손 모아 빈다.

〈전북일보〉 2006. 07. 16.

# 우리 아이의 미래를 위해

　총선은 전쟁이었다. 빼앗기 위해 수단과 방법을 가리지 않는 전쟁. 인간으로서 최소한의 배려와 예의도 없었다. 동물적인 감각으로 서로 뒤엉켜서 진흙탕 속에서 뒹굴었다. 얼굴에 철판을 깔고 국민이 지켜보는 앞에서 뻔한 거짓말을 해댔다. 서로 의기투합하여 상대를 공격하고, 자기편이 아니면 할퀴고 물어뜯어 승자와 패자 모두 상처로 만신창이가 되었다. 옳은 충고엔 귀를 막고, 목젖이 터지도록 소리를 질렀던 총선. 그 막은 내렸지만, 갈등은 물밑에서 다시 세상 밖으로 나오고 싶어 버둥대고 있다. 정말 부끄럽고 창피한 일이다. 무책임한 어른의 행동을 본 우리 아이들이 흔들리고 있다. 성장기에는 폭력 조직을 모방하고, 교사조차 이를 통제하지 못하는 지경에서 어른의 싸움은 끝이 보이지 않는다. 그 이유가 어디에 있는가 한번 생각해보면 다음과 같다.

　첫째, 승자와 패자 모두 지나치게 오만무례하다. 한 치의 양보 없이 끝장을 보겠다는 지도자들. 모함하는 것도 모자라 감시하고, 무시하고, 특권 의식으로 패거리 정치를 하고 있다. 또한, 그 기득권을 유지하기 위해 국민을 우롱하고, 거짓을 진실로 포장하여 상대를 공격하고, 아니면 말고 식의 폭로 정치로 국민을 불안하게 하면서 최소한의 정치적인 도의마저 실종시켜 버렸다.

둘째, 존경할 만한 지도자가 보이지 않는다. 국민의 마음을 헤아리고 자신을 버리는 헌신적인 지도자를 찾을 수가 없다. 국민에게 희망과 꿈을 줄 수 있는, 자기의 잘못을 솔직히 고백하고 미래를 내다보며 기다릴 줄 아는 지도자가 없다. 모두가 조급증에 걸려있다. 자가당착에 빠져있다. 정치 지도자 스스로 자생할 수 있는 환경을 파괴하면서도, 상생의 정치를 입버릇처럼 말하는 이중인격 장애인이 되어 가고 있다.

셋째, 국민이 정치인의 싸움에 지쳐 병들어가고 있다. 서로 옳다고 싸우는 판 속에서 무엇이 옳은지 분별력을 상실했다. 그들의 화려한 말솜씨와 빈틈없는 연기에 현혹되어 버렸다. 이제는 국민도 자기편이 아니면 콩으로 메주를 쑨다 해도 믿지 않는 편견을 가지게 되었다. 상대의 작은 실수에도 칼을 들이대는 정치판 속에서 도덕성, 공정성보다는 혈연, 학연, 지연 등이 지도자 선택의 기준이 되어 버렸다.

이처럼 싸움으로 시작과 끝을 맺으려는 모습은 참으로 부끄러운 일이다. 더욱 심각한 것은 이와 같은 어른들의 언행을 아이들이 따라 하고 있다는 것이다. 이대로 내버려 두면 우리에겐 미래가 없다. 따라서 지금이라도 이를 막으려면 적극적인 정치 참여가 필요하다고 본다. 이대로 두면 배가 산으로 가거나, 신뢰하지 않는 새우(정치인)끼리 모여 박이 터지라 싸우면서 고래 등(국민)이 터지게 될 것이다. 더 멍들고 무너지기 전에 대선을 앞두고 남발하는 공약(公約)의 확성기를 빼앗고, 법과 질서를 무시하면서까지 권력을 탐하는 그들을 막아야 한다. 정상엔 누구나 오를 수 있지만, 그곳에서 오래 살 수는 없다는 사실을 명확히 가르쳐줘야 한다. 우리의 미래인 아이를 위해서라도, 유권자가 분명한 주인 행세를 해야 한다. 바로 그것이 주인의 의무이며 권리이다. "주인 노릇을 잘하면 집이 광채가 나고, 주인 노릇을 못 하면 집이 잡초로 뒤덮인다."고 하지 않던가. 나라가 더 어려워지기 전에, 우리 아이들이 더 난폭해지기 전에, 교사를 무시하고 학교 폭력이 심화되기 전에, 어른들 스스로 특별한 조처를 내려야 한다. 바로 그 시점이 대통령 선거가 될 거라는 얘기다. 어쩌면 마지막 기회가 될지도 모를 일이다. 따라서 12월 대선은 더 치열한 전쟁이 될 것이다. 서로 뒤엉켜 난투극을 벌이게 될 것이다. 숨겨놓은 화력을 집중하여 국민의 지지를 얻고자 할 것이다. 모든 수단과 방법을 동원하게 될 대선에 유권자가 흔들리지 않고 올바른 선택으로 가닥을 잡아야 한다. 지금 감당할 수 있을 때, 전 국민 절반의 참여가 아니라 완전(100%) 참여로 막가파식 정치판을 바꿔야 한다. 아이들에게 참된 주인 의식을 심어주기 위해서라도, 아이들의 손을 잡고 유권자 모두 투표장으로 나가 주인 노릇을 해야 한다. 그래야 정치판이 바뀌고 나라가 안정되며 우리와 아이들의 미래가 밝아질 거라는 얘기다.

〈전북도민일보〉 2012. 04. 23.

# 4.13과 공자의 오악(五惡)

　요즘은 아슬아슬한 살얼음판을 걷는 기분으로 무슨 일이 곧 생길 것만 같다. 닿기만 해도 곧 폭발할 것 같은 일촉즉발 상황의 연속이다. 코앞에서 핵실험을 감행한 북한에 대해서도 극명한 견해 차이를 보이는 정치로 인해 국민이 불안하다. 한쪽에선 핵무장론을 주장하고, 다른 한편에선 우리의 핵무장은 구시대적인 민족주의적 포퓰리즘이라며 감정적으로 핵무장을 선언하면 재앙이 올지도 모른다고 말하고 있다.

　여기서 필자는 누구의 주장이 옳고 그른지 그 중요도를 논하자는 게 아니다. 다만, 막장 드라마처럼 갈등의 끝이 보이지 않는다는 점을 말하고자 한다. 정치인들은 영리한 사람들이니 나름의 이유가 있겠지만, 왜 서로 자기주장만 내세우며 민생을 외면한 채 고집을 피우고 있는지 모르겠다는 것이다. 북한이 남한을 불바다로 만들겠다고 공공연하게 말하고 행동하는 것을 두 눈으로 확인하면서도 왜 이견을 좁힐 수 없는지 묻고 싶다. 정치인으로서 국민의 재산과 생명을 가장 우선시해야 할 그들이 본분을 망각하고 있는지, 일반 대중의 인기에 영합하고자 철저히 계산된 발언만 일삼고 있는지는 몰라도 이대로 가다간 돌이킬 수 없는 불행을 겪게 될지도 모른다는 생각이다. 필자는 지금의 정치 형태로는 이 난국을 헤쳐나갈 수 없다는 시각이 많다고 본다. 오르지 국가의 안위나 국민의 행복보다는 자신들의 정치 생명을 우선으로 하는 그들로서는 국민이 느끼고 있는 지금의 불안을 해소할 수 없다고 보는 것이다. 당리당략에 따라 시급한 테러 방지법 등을 볼모로 잡고 있는 것을 보면 우리의 정치 수준을 알 수 있다.

사실 국민은 정치 지도자를 통하여 안정된 나라에서 위기를 똑바로 보길 희망하고 있다. 그리고 국민을 위한 정치로 평화로운 나라로 발전하고 운영하길 간절히 바라고 있다. 여야를 불문하고 서로 머리를 맞대는 가운데 총화로 국력을 신장하고 국격을 높여 주길 그들에게 염원하고 있다. 그런데 그들은 제삿밥에만 관심을 둘 뿐, 북한의 핵실험을 보고도 그들은 전쟁할 능력이 없다거나 위협적이지 못하다는 당론만 주장하고 있으니 안타깝다는 말이다. 차라리 그들이 우매하여 당론에 따라 말하고 행동하는 꼭두각시에 불과하다면 또 다른 방법을 찾아보겠지만, 그들은 영리하다. 오히려 그들 중에는 비리를 저지른 당사자이면서도 똥 싸고 매화 타령하듯 호들갑을 부리는 머리 좋은 사람들도 있다. 이런 그들이 뻔뻔스럽게도 상대의 의견에 대하여 무조건 어깃장을 놓거나 고집을 부리고 있으니 얄밉기만 하다.

그렇다고 자신들이 속해 있는 당과 이견을 조율하고 이를 당의 색깔로 내세우는 것 자체를 뭐라 하는 것은 아니다. 다만 이 당론이 국민의 안정과 국가의 이익보다 우선할 수 없다는 말을 하려는 것이다. 무조건 앞뒤를 가리지 않고 정치 생명을 연장하기 위한 언행만을 일삼으니 하는 말이다. 국민은 오르지 평화롭고 아름다운 삶을 영위할 수 있도록 상호 이해관계를 조정해 주길 원하며, 상호 불신 정치로 끝없는 갈등을 조장하는 것을 원치 않는다. 여기서 우리는 냉정하게 이런 죽은 정치를 두고 지적한 공자의 얘길 새겨볼 필요가 있다.

그는 지도자의 잘못된 행실을 오악(五惡)의 형태로 지적하고 있다. 이 오악을 등한히 여기면 나라가 위태로워지므로 절대 용서하지 말라고 충고까지 하고 있다. 오악이란 무엇인가. 첫째, 만사에 빈틈이 없고 시치미를 딱 떼면서 간사하고 악독한 수를 쓰는 자, 둘째, 공정치 않은 일을 하면서도 겉으로는 공정한 척 일 처리를 하는 사람, 셋째는 전부 거짓말투성이면서도 워낙 언변이 좋아서 거짓도 진실인 것처럼 떠들어 대는 사람, 넷째는 속으로 음흉한 악당이면서도 머리가 좋고 아는 것이 많아 사람을 잘 홀리는 사람이다. 끝으로 못된 일을 도맡아 하면서도 동시에 사람에게 은혜를 베푸는 사람에 대하여 말하고 있다. 안타깝게도 지금 우리나라의 정치인을 염두에 두고 하는 말 같아 씁쓸하다. 그 증거로 북한이 우릴 위협하고 있는데, 위협이 아니라고 말하는 쭉정이 같은 정치인을 걸러 내야 한다. 유권자로서 이를 계속 방관하면 나라가 위태로워진다는 것을 명심해야 한다. 어쩌면 4.13 총선이 우리에게 주어진 마지막 기회일 수도 있다. 때문에 우리나라가 더 심각한 위험에 다다르기 전에 결단을 내려야 한다. 그래야 사회가 안정되고 북한으로부터의 위협을 막을 수 있다. 지금처럼 자중지란이 계속되면 우린 위기를 극복할 수 없을 것이다. 더구나 이 와중에도 정부가 낙하산 인사로 국민을 실망하게 하거나 지역차별과 지역감정을 부추기면 되돌릴 수 없는 위기에 봉착하게 될 것이다. 이 위기는 어쩌면 회복이 불가능하게 될지도 모른다는 얘기다.

〈전북도민일보〉 2016. 02. 21.

# 국민은 왜 정치를 불신하는가

　사람들이 정치 관련 TV 뉴스나 신문을 보지 않는 이유는 여러 가지가 있을 것이다. 가장 큰 이유는 정치에 대한 불신과 편집자의 사고에 길들어져 판단에 영향을 줄 수도 있다는 염려 때문일 것이다. 사실 드라마 중독처럼 하루에 3시간 이상 뉴스를 시청하거나 신문을 보는 사람이 많다고 한다. 시청할 수 없는 사람은 틈틈이 휴대전화로 뉴스를 검색하면서 필요한 정보를 얻지만, 아예 뉴스를 보지 않는 사람도 점점 늘어난다고 한다. 특히 이들은 정치 관련 뉴스가 나오면 채널을 돌리거나 TV를 꺼버리는데, 그 이유가 정치 지도자들이 말하고 행동하는 것을 보면 짜증이 나고 지겹다는 것이다. 늘 싸우고, 모략하고, 거짓말하고, 현안의 중요성보다는 당리당략에 따라 행동하는 아바타 집단 같다는 것이다. 자기만 살겠다고 이합집산을 밥 먹듯이 하고, 정치인으로서 가져야 할 신의나 정의도 없고 여의도로 입성하기 전에 소신까지 반납하고 들어가 오직 당에만 충성하는 그들을 보면 화가 난다는 것이다. 모든 행위를 정치 생명의 연장선으로 연결해 놓고 꼭두각시처럼 춤추는 꼴을 왜 봐야 하냐는 것이다.

　사실 19대 국회는 서로 싸우기만 하다가 아까운 세월을 보냈다. 물론 시작할 때는 상생의 정치를 운운하며 민생 해결에 몸을 던지겠다고 분명히 말했다. 그런데 20대 국회는 시작하기도 전에 더 심해질 것 같다는 말이 나오고 있다. 그 이유로 후보자 중 전과자가 19대 국회에서는 20%였지만, 20대 국회에서는 40.57%나 되고, 6명 중 1명이 병역 면제자이며, 선거사범은 32%나 증가했다는 것이다. 이는 결과적으로 19대 총선 때보다 훨씬 과열됐고, 혼탁한 상태로 총선이 치러졌음을 의미한다. 현재 검찰은 당선인 가운데 1명을 기소하고, 5명은 불기소 처분했고, 98명은 수사 중이라고 하니 불똥이 어디로 번질지 모르는 가운데 벌써 보궐 선거 얘기가 나오고 있다. 필자 생각에도 대선까지 겹쳐 20대 국회는 중요 민생 현안을 볼모로 잡고 벼랑 끝까지 밀고 가다가 자신의 정당 이익에 따라 배를 산으로 몰고 갈 것 같다.

이처럼 한국 정치에 관한 불신이 극에 달해 있다. 국민들은 이제 그들이 콩으로 메주를 쑨다고 해도 믿지 않는다. 마치 막장을 보는 것 같은 정치는 이미 썩어 그 존재 가치를 상실했다. 이대로 간다면 국민이 반대하고 원치 않아도 공멸할 것이다. 그래서 지금 국민이 바라는 것은 최소한 국회의원으로서 국가 이익을 우선으로 직무를 양심에 따라 성실히 수행해 주는 것이다. 그러려면 초심을 잃어버리고 우쭐대지 말아야 한다. 알고 보면 잘나서 선택된 게 아니라는 것을 알고 때마다 각성해야 한다. 어쩔 수 없이 선택할 수밖에 없었던 유권자의 마음을 헤아려야 한다. 끝까지 침묵을 지키며 투표에 참여하지 않은 사람이 전 유권자의 42%나 된다는 점을 명심해야 한다. 89억 원의 예산을 투입하여 사전투표제까지 들이댔지만, 그들은 의사표시를 하지 않았다. 이에 대하여 222억 원의 예산을 추가 편성해 사전투표를 7일로 연장하자고 주장하는 국회의원이 있다니 한참 잘못된 사람이다. 이런 식으로 할 바엔 차라리 투표일을 지정하지 말고, 투표함을 들고 집과 직장으로 직접 찾아다니는 게 더 나을 것이다. 그러면 총선 경비(20대 총선예산 3,270억)의 일부가 절약될 것이다. 또, 지상파 3사의 출구 조사도 문제다. 무엇이 그리 급하다고 66억 원이나 들여 무리하게 미리 당락을 예측하려는지 이해되지 않는다. 이미 투표는 끝났고 결정된 결과를 좀 더 빨리 안다고 뭐가 달라지는가 말이다. 한숨 돌릴 틈조차 주지 않고 국민을 볼모로 붙들어 놓는 이유가 무엇인가. 물론 보도란 신속성이 생명이라지만 좀 느긋하게 지켜볼 수는 없는가 말이다. 매년 정확한 결과를 예측하지도 못하면서 모든 방송사가 정규 방송을 중단하고, 선거 결과만을 놓고 설왕설래 설레발치듯 요란을 떠는 이유가 무엇인가. 필자가 보기엔 낙선한 후보에게 대못을 박고, 당선자의 존재 가치를 하늘 끝까지 치켜세우는 오류를 범하고 있다고 본다. 이는 너무 잔인하고 지나치다. 결과적으로 당선자를 우월감에 사로잡히게 하고, 나라를 쥐락펴락할 수 있는 권력자로 착각하게 하는 요인일 수도 있을 것이다. 물론 사실 당선자들은 호감을 가지고 축하해주는 것이 마땅한 일이다. 왜냐하면, 이들이 우리에겐 매우 중요한 대변자이기 때문에 그만한 예우가 필요하다. 그러나 지금까지 그들이 국민에게 보여준 행태를 보면 엄청난 시간과 국력을 낭비하고 있다는 시각이 많다. 겨우 300명의 국회의원을 선택하면서 나라가 온통 선거에 매달려 촉각을 곤두세우고 있으니 하는 말이다. 얼마든지 조용하고 차분하게 선거를 치를 수 있는데, 유독 우리나라만 그러지 않는가 싶어 씁쓸하다. 물론 그들이 국민을 위하고 일꾼의 소임을 다하고 있다면 꽃가마라도 태워주고 싶은 게 국민의 마음일 것이다. 감히 다시 한번 강조한다. 타협 정치라는 게 얼마나 어려운지 알고 있다. 그래도 참고 소신으로 당리당략을 떠나서 국민을 위해 국가 이익에 우선하는 정치를 부탁한다.

〈전북도민일보〉 2016. 04. 19.

# 국회, 말짱 도루묵인가?

20대 국회의 시작을 바라보는 국민 대다수가 역시 도로 '묵'이 될 거라고 생각할 것이다. 그토록 잘해달라고 말하고 설명했는데도, 분명히 그러하겠다고 약속해 놓고도 보기에 민망할 정도로 경솔하고 조심성이 없이 출발하고 있다. 뭐가 그리 급한지, 그동안 참고 기다렸다는 듯 개원 시작부터 국회를 아수라장으로 만들어 버렸다. 배울 만큼 배운 사람들이, 세상 물정을 알 만큼 아는 사람들이, 초장부터 막장 드라마를 능가하는 주인공처럼 떼거리로 야유하고, 호통치고, 삿대질도 모자라 거짓을 진실인 것처럼 폭로하는 모습을 보자니 울화통이 터질 지경이다. 필자는 이런 정치인을 향해 15년 동안 지켜볼 정도로 지적질(칼럼)을 해왔다. 그때마다 다음에는 달라지겠지 하는 생각으로 버텨왔지만 20대 국회 역시 별반 다르지 않다는 생각이 든다.

도대체 그들은 왜 국회에 들어가면 싸움닭이 되는가. 왜 국회의원만 되면 조급증 환자처럼 구는가. 주인(국민)이 시키지도 않았는데 입에 거품을 물고 악을 쓰는가. 정말 차분하고 논리적으로 설명하고 이해를 구할 수 있는 상대가 아니라는 생각이 들어서인가. 아니면 의사당이 높아 우쭐해지고 싶어서인가. 그것도 아니면 상대를 철천

지원수로 보고 보복 공격을 해야 살아남을 수 있다고 생각하기 때문인가. 그렇다면, 그 자리에서 내려와야 한다. 그리고 다시 공부해야 한다. 우리의 적은 지금 이 순간에도 전 국토를 불바다로 만들겠다고 위협하고 있는 북한이라는 것을 말이다. 이렇게 말해도 알아듣지 못하면 당신들은 정치를 모르는 방안퉁소에 불과하다. 필자가 아는 정치란, 공동체에서 일어나는 갈등이나 대립을 조정하고 문제를 해결해 가는 활동을 말하는데, 점점 더 어려워지고 있다. 그 이유로는 갑자기 로또를 맞은 것처럼 수많은 특권이 쏟아져서일 것이다. 여기에 빠져들어 본분을 망각하고 주인 노릇을 하려는 까닭에 충돌이 생기고 서로 원수처럼 싸우는 것이다. 이런 얄팍한 특권 의식을 버리려면,

첫째, 법질서부터 확립해야 한다. 법은 누구에게나 공평하다는 인식이 퍼져야 한다. 돈과 권력의 막강한 힘으로 면죄부를 받거나 피해를 보는 일이 없어야 한다. 누구든지 죄를 물어야 하고 공정하게 집행해야 선민의식이 사라지게 될 것이다. 그래야 고위 공직자의 막말을 막을 수 있다. 책임지는 정치로 국민을 존중하고 무섭게 볼 것이다. 지금처럼 국민 대다수가 세상일이 불공평하다는 생각이 깊어지면 하루아침에 공든 탑이 무너질 수 있다는 말이다.

둘째, 법을 만드는 국회의원부터 대한민국의 미래를 학습해야 한다. 필자가 보기에 우리의 미래는 바람 앞의 등잔불 같다. 빛은 점점 밝아지는데, 바람은 멈추지 않고 더 거세게 부는 형국이다. 등잔불이 꺼지지 않게 하려면 국민은 사력을 다하고 지도자들은 국민의 방패가 되어 소임을 다해야 한다. 지금 이웃의 강대국들이 돌풍을 일으키며 다가오는데, 집 안에서 엉뚱한 정쟁으로 에너지를 소진하고

있는 지도자들이다. 이는 마치 군인이 경계해야 할 구역을 벗어나 낮잠을 자거나, 노닥거리며 시간을 허비하고 있는 것과 같다고 할 것이다. 분명히 지도자로서 직무가 있고 그 책임을 다해야 할 의무가 있는 법인데 날이면 날마다 싸우고 있으니 국민이 불안하다. 지금 우리 지도자들이 해야 할 일은, 왜 일본이 헌법을 개정하려 드는가, 왜 중국이 사드 배치를 그토록 반대하는가, 지금 북한이 무엇을 노리고 있는가, 그리고 이대로 가면 우리의 미래는 어떻게 될 것인가 등을 학습해야 한다. 지금처럼 사사건건 정략적인 판단으로 안방에서 자중지란을 벌이면 누가 웃고 있을지 깊게 생각해야 한다.

셋째, 청년 실업 문제 해결에 여·야 모두 매진해야 한다. 생산적이어야 할 우리 젊은이들이 지금 방황하고 있다. 이 문제를 국회에서부터 머리를 맞대고 앉아 해결책을 마련해야 한다. 법을 고쳐서라도 우리 젊은이가 땀의 가치를 찾아가는 길을 열어줘야 한다. 이 문제를 다른 나라 얘기처럼 여기고 정치 생명 연장선에서 지역의 예산 확보에만 급급해하지 말고 우리 젊은이가 뿌리내릴 수 있는 터전을 먼저 마련해 줘야 한다.

물론 개인에 따라 더 중요한 문제가 있을 수 있을 것이다. 그러나 필자가 보기엔 이런 기본적인 문제 해결이 없는 발전은 사상누각에 불과하다는 생각이다. 이 상태가 지속되면 모두 망할 거라고 본다. 우유를 담은 유리컵을 던지면 깨지는 법이다. 이 우유를 다시 쓸어 담을 수 없다는 것은 상식이다. 다시 묻고 싶다. 정말 모든 것을 다 잃고 다시 복구할 수 없는 형편이 되어서야 정신을 차리겠는가? 왜 적들이 원하는 대로 말하고 행동하는가. 아무리 자기 잘난 맛에 세상을 산다지만, 이 땅은 당신들만 사는 땅이 아니다. 누구나 공평하게 누려야 하는 우리 모두의 땅인 것을 부인할 터인가. 일꾼인 당신들이 이 나라의 주인인 국민을 두려워하지 않고 섬기지 않는다면 그동안 쌓아 온 성장 엔진이 꺼지게 될 것이다. 제발 국민이 왜 지금 20대 국회를 '말짱 도루묵'이라고 하는지 새겨들어야 할 것이다.

〈전북도민일보〉 2016. 07. 13.

# 민심(民心)

　성경에는 다음과 같은 일화가 있다. 간통 혐의로 끌려 나온 여성이 침묵하고 있을 때, 군중이 예수에게 묻는다. "이 여자를 어떻게 해야 합니까?" 예수께서 대답하기를 "너희 중에 죄가 없는 자부터 돌을 던져라." 하니 사람들이 하나둘씩 돌아갔다는 이야기다. 이번 사태를 보고 대응하는 정치 지도자에 대한 적절한 비유가 될지는 모르겠지만, 자신의 결점을 생각하지 않고 남의 잘못만 비난하는 행동에 대하여 안타깝다는 말을 하고 싶다. 사실 정치란 자신의 성과보다 상대의 잘못 때문에 먹고사는 거라고 하지만, 나라의 중차대한 문제를 두고 자신들의 잘못에 대한 반성 없이 무조건 돌을 던지는 것은 언어도단이라는 얘기다.

　진정 이 나라의 미래를 생각하는 지도자라면 이 부끄러운 국정 농단 사태가 왜 일어났는가, 그리고 그 책임이 누구에게 있으며, 왜 국민이 촛불을 들었는지 스스로 먼저 물어봐야 한다는 말이다. 필자의 생각으론 여·야 모두 같은 공범이라고 본다. 정도의 차이는 있었지만, 과거로부터 반복되어온 일이다. 그 대표적인 일이 낙하산 인사다. 그 특징으로 자신이 원하는 사람을 앉히기 위해 권력을 남용했고, 유능한 것처럼 포장하기 위해 원칙을 농단해 왔다. 보은 인사를 위하여 자신이 가진 권력을 과시하거나, 개인의 이익을 얻기 위해 정상적인 법을 무시하면서까지 특정인을 임명하는 데 권력을 남용해 왔다. 잘못된 처사를 감추기 위해 내규를 바꾸고, 여러 사람을 들러리로 세워 보호까지 했다. 오직 자기 자신만의 시녀를 만들어 후일을 도모하려 하고 기관의 발전은 염두에 두지 않았다. 임용에 있어 반드시 고려해야 할 전문성, 실력, 인품, 사명감, 열정 등을 무시했다. 이는 결국 직장의 사기를 떨어뜨렸고 발전을 저해하는 요인이 되어 청탁이라는 문화가 일상이 되다 보니 이번과 같이 국정 농단이라는 초유의 사태가 벌어진 것이다.

현재 우리는 권력과 인맥 그리고 돈의 위력에 짓눌려 있다. 그러다 보니 특권층이 생겨났고 이 부류에 속하기 위해 비합법적인 방법으로 힘 있는 정치인의 입김만이 통하는 사회가 되어 이런 난국이 되었다는 얘기다. 그런데도 잘못을 뉘우치기는커녕 국민 속으로 파고들어 애국자인 양 소리치니 화가 난다.

이제 더는 속지 않을 것이다. 좌시하지 않을 것이다. 마지막 보루라는 생각으로 새 술을 새 부대에 담을 것이다. 혹시 이런 어수선한 분위기를 틈타 민심(民心)을 이용해 정권을 잡을 거라 착각하지 말라고 경고한다. 국민을 기만하여 혹여 정권을 잡아보겠다는 속셈이라면 그 생각을 버려야 할 것이다. 지도자들이여. 진정 이 나라에서 함께 살기를 원하는 최소한의 애국자라면 모든 것을 포기하고 국민의 마음으로 돌아가 촛불을 들어라. 얄팍한 속셈으로 시위 현장의 맨 앞자리만을 노려 스포트라이트만을 노리지 말고 현장으로 들어가 함께 소리를 질러라. 밀치고 밀리며 때론 상처 난 발등을 밟히는 고통을 감수하면서, 그곳에서 거친 숨소리와 땀 냄새를 느끼며, 넘어지면 죽을 수도 있다는 위험을 느껴 봐라. 그리고 가장 사랑하는 가족과 함께 손을 잡고 단 한 번만이라도 시위 현장에서 믿는 도끼에 발등을 찍혔다고 고통스러워 몸부림치는 국민을 바라봐라. 더 참을 수 없다며 울부짖는 모습을 눈여겨봐라. 그 눈물이 모여 냇물을 이루고, 이대로 두면 이 눈물이 모여 강을 이루고 결국 바다로 모여 흘러가 거친 파도를 만들어 해일(쓰나미)처럼 밀려오리라는 것을 직접 깨달아 보아라. 이제껏 해온 것처럼 민심을 바로 보지 못하고 영리하다고 자만하며, 앉아서 천 리를 보고 있다고 착각하지 마라. 그동안 권력으로 리모델링한 집에서 방안퉁소처럼 잘난 척했던 것이 하루아침에 무너지게 될 것이다. 과거처럼 손바닥으로 하늘을 가릴 수 있다고 꿈꾸지 마라. 여태까지 누렸던 권력에서 벗어나 그동안 권력을 견제하지 못한 죄를 알아차려야 그나마 그 마음이 가벼워질 것이다. 언론도 마찬가지로 일부 특권층의 입맛에 맞춰 국민을 호도한 죄를 사과해야 할 것이다. 시시콜콜한 일상을 침소봉대하고 호들갑을 떨어 국민의 생각을 흐리게 만든 죄를 고백해야 할 것이다. 이제 국민은 더 이상 정치 지도자와 언론의 잘못을 절대 묵인하지 않을 것이다. 더 늦기 전에 욕심을 버리고 국민과 함께 이 나라를 위기에서 구출하자는 게 지금의 민심(民心)이다. 이를 바로 읽지 못하고 경거망동하면 모두 망하게 될지도 모른다는 게 여론이다. 따라서 지금은 마음을 모아 수렁 속으로 빠져드는 이 나라를 구출하는 게 먼저다. 제발 돌을 던지려고 하지만 말고 오직 국민의 한 사람으로 이 나라의 미래만을 위해 고민하는 정치 지도자와 언론이 되어주길 바란다. 그동안의 잘못을 인정하고 반성과 사과를 통하여 이 초유의 국정 농단 사태를 수습하라는 게 국민의 명령이다. 이것이 민심이다. 바로 이 촛불의 민심이 천심(天心)이라는 얘기다.

〈전북도민일보〉 2016. 12. 06.

# 정말 당신은 애국자인가?

# 정말 당신은 애국자인가?

칼럼

얼마 전 미국 대선에 러시아가 개입했다는 의혹에 대하여 미 의회가 초당적으로 조사하기로 했다는 보도가 있었다. 특히 미 트럼프 당선자가 속해있는 미 공화당 상·하 수뇌부가 러시아의 대선 개입 의혹을 규명하겠다는 것은 당리당략보다는 먼저 국익에 따른 판단인 것으로 보인다. 만약 우리가 이런 경우라면 어떠했을까? 분명 이분법으로 접근하면서 진흙탕 싸움을 벌였을 것이다. 결국, 권력의 힘으로 진실은 묻히고 상처만 남아 불신의 골만 더욱더 깊어졌을 것이다. 그러면서도 우리 정치인들은 변함없이 애국자인 양 말하고 행동했을 것이다. 발전의 걸림돌이 된 것에 대한 반성 없이 정치 생명 연장을 위해 끊임없이 거짓말로 진실을 호도했을 것이다. 그리고 확실한 증거 앞에서는 기억나지 않는다고 시치미를 뗄 것이다. 필자는 이런 우리 정치인(특권층)에게 묻고 싶다. "진정 당신은 애국자입니까?"

애국자란 나라를 사랑하고 몸 바쳐 헌신하는 사람을 말한다. 진정 그들이 말하는 것처럼 애국자라면 우리는 이미 선진국이 되었을 것이다. 그렇다면 오늘과 같은 불미스러운 사태는 계속 반복되지 않았을 것인데, 그러지 못하는 일부 정치인들을 보노라면 나락으로 추락

제3부 정말 당신은 애국자인가?　119

하는 것 같아 불안한 생각이 든다. 정치인들이 국민을 볼모로 삼고 정치를 비정상적인 도구로 이용하는 사이코패스 같아 짜증이 난다. 여기서 말하는 사이코패스란 법으로 정해진 규율을 따르지 않거나, 구속될 만한 행동을 반복하고, 개인의 이익이나 만족을 위해 거짓말과 사기 행동을 일삼고, 충동적이며 공격적이고, 자신이나 타인의 안전을 신경 쓰지 않으며, 책임감도 부족하고, 다른 사람에게 상처를 주거나 법을 어기면서도 자책감을 느끼지 않는 사람을 말한다. 이런 우리 정치인들로 인하여 우리나라가 필리핀, 북한, 그리스, 아르헨티나 등의 국가처럼 몰락할까 봐 염려된다는 말이다.

사실 이들 나라는 한때 우리보다 잘살았던 나라다. 특히 필리핀은 아시아에서 일본 다음으로 부강했으며, 우리나라에 최신 돔식(式) 공법을 적용한 장충체육관을 지어준 나라다. 아르헨티나는 남미에서 최초로 선진국으로 진입할 수도 있었지만 포퓰리즘에 빠져 그 꿈이 좌절되어 버렸고, 그리스는 퍼주기식 복지 정책으로 국가 부도 위기를 맞은 나라다. 지금 많은 국민이 우리나라가 그리될까 불안해하고 있다. 이미 그런 조짐을 보인다고 말하는 학자도 많다. 그런데도 이 경고를 무시하고 이 순간에도 정치 싸움만 벌이고 있으니 한심스럽다는 얘기다.

이들이 정치 병에서 치유를 받고 제자리로 돌아오게 하려면 국민의 냉철한 판단이 필요하다. 먼저 그들의 말장난에 휘둘리지 않는 것이다. 학연, 지연, 혈연 등으로부터 벗어나야 하고, '유전무죄, 무전유죄'라는 단어를 가장 부끄러운 것으로 인식할 수 있도록 법 앞에 모든 것이 평등하게 만들어나가야 한다. 진실 앞에서 최고의 학벌과 최고의 대학을 나왔음에도 기억이 나지 않는다는 그들을 지구 밖으

로 추방해야 한다. 그리고 작은 소리를 크게 듣는 지도자를 찾아야
한다. 지금처럼 대통령 탄핵으로 조기 대선이 치러질 수 있다는 가정
하에 나대는 잠룡 주자의 언변에 현혹되지 말아야 한다. 마치 대통령
이 된 것처럼 언행을 하는 사람과, 반드시 자신이 대통령이 되어야
한다며 이합집산으로 세력을 규합하려 계산기를 두드리는 대선주자
들의 행적을 꼼꼼히 따져봐야 한다. 그리고 국민이 한목소리로 물어
봐야 한다. "당신은 국민을 이 나라의 주인으로 생각하는가?" 그렇다
고 자신 있게 대답하는 사람이 있다면, "왜 정권이 바뀔 때마다 부끄
러운 사태가 계속 반복해서 생기는 이유가 어디에 있다고 보는가. 진
정 당신이 그동안 한 정치인으로 나라를 위해 몸 바쳐 헌신했는데도
어쩔 수 없었다고 보는가. 정말 초당적으로 판단하고 당리당략에 따
라 처신하지 않았고, 나라의 이익을 위해 일했다고 자부하는가. 나라
가 빚 때문에 어려운 지경에 처해 있어도 표를 얻기 위해 복지 예산
을 퍼 달라거나, 정치 생명 연장을 위해 지역 예산 확보에만 눈독을
들인 적이 정말 없었는가. 그리고 거짓말을 한 적이 없는가?"라고 물
어봐야 한다.

이제 시작이다. 그동안 앞으로 가지 못하고 터덕거렸던 세월이 얼
마인가. 어쩌면 우리에게 주어진 마지막 기회인지도 모른다. 서로 손
잡고 이 나라의 미래를 위해 함께 가자. 지나간 일에 연연하지 말자.
정치적인 계산으로 발목을 잡지 말자. 그리고 시시비비를 분명하게
가리고 지난 과거를 타산지석으로 삼아 앞으로 한 발짝 나가보자.
어렵지 않다. 당신들이 욕심을 버리면, 법을 지키면, 양심을 팔지 않
으면 할 수 있다. 진정 당신들이 국가를 사랑하고 몸을 던져 헌신하
면, 우리는 세계를 지배할 수도 있다. 진정 당신들이 어떤 어려움 속

에서도 애국자가 되길 자청한다면 우리는 이 위기를 극복할 수 있다는 말이다.

〈전북도민일보〉 2017. 01. 03.

# 국민은 잡룡(雜龍)을 원치 않는다

하도 언론에서 대통령을 하겠다는 사람들을 잠룡(潛龍)이라 표현하기에 사전을 찾아보았다. 물론 그 뜻을 짐작하지 못하는 바는 아니지만, 그래도 정확한 뜻을 알고 싶어 찾아보니 잠룡이란 왕위를 잠시 피해 있는 임금이나 기회를 아직 얻지 못하고 묻혀 있는 영웅을 비유적으로 이르는 말이라고 나와 있었다. 그렇다면 현재 대통령 후보로 거론되고 있는 그들이 잠룡들인가? 유감스럽지만 필자의 판단으론 그렇다고 얘기할 만한 후보가 없다. 그들은 대통령 병에 걸린 환자일 뿐이라는 생각이 든다. 그 때문에 그들이 나댈수록 시름이 더 깊어질 뿐이다. 왜냐하면, 그러한 이들은 그전에도 선거철만 되면 목이 터지라 외치는 애국자이기 때문이다. 늘 국민을 위하겠다고 말하고, 가장 공명정대한 인사와 청년 실업 해결은 물론 잘사는 나라로 만들겠다고 큰소리쳤던 그들이 국민에게 상처만 남기는 일이 거듭되고 있으니 말이다.

대통령은 한나라의 최고 통수권자로 나라를 대표하는 사람이다. 다시 말해, 나라를 이끌고 가는 사람이다. 그런데 그 자리에만 올라가면 보은(報恩)이라는 명목으로 낙하산 인사를 통해 조직을 무력하게 만든다. 또한, 그 막강한 권력으로 치부(致富)하려거나, 비위에 맞추어 무조건 복종하는 집단을 거느리려 한다. 그러다 보니 국민을 위한 통치보다는 권력을 영원히 누리겠다는 욕심이 앞서고, 결국 양심과 진실은 거추장스러운 존재로 만들고, 표를 얻기 위해 거짓과 인신공격도 모자라 포퓰리즘으로 국민의 감성을 자극하는 사람들이다. 그러다 안 되면 일회용 컵처럼 쓰고 버리면 된다고 쉽게 생각하는 그들을 결코 잠룡으로 인정하고 싶지 않다는 말이다.

한 나라의 대통령 후보라면 멀리 봐야 하고, 국민에게 반드시 신의를 지켜야 한다. 이제는 보복과 오기 정치에서 멀어져야 하고, 실현 불가능한 약속도 하지 말아야 한다. 국민을 선동하다가 불리하면 극약 처방을 내려서도 안 된다. 이를 모르는 후보라면 1200년이라는 기간 동안 나라를 통치했던 로마의 역사를 살펴볼 필요가 있다. 그들이 성공할 수 있었던 것은 정치를 관용(寬容)의 틀에서 서로 인정하고 포용했으며, 자기편과 반대였던 사람도 과감하게 등용하고 발탁했다. 법과 제도를 중시했으며, 특히 지도자에겐 높은 도덕성을 요구했다. 그 예로, 초대 황제는 자신의 딸과 손녀가 법을 어겼다 하여 유배를 보냈다. 이를 보더라도 그들은 만인이 법 앞에 평등했다. 그 결과 인류 역사상 가장 오래된 국가를 유지할 수 있었다.

그러나 우리 후보들은 대통령이 되기 위해서 태어난 사람처럼 말하고 행동하고 있다. 그럴듯한 공약을 내세워 반드시 지키겠다며 혈서라도 쓸 것처럼 읍소하고 있다. 선거 때마다 반복되는 일이다. 겉으로 보면 마치 화병에 꽂아 놓은 꽃처럼 화려하다. 그러나 뿌리 없는 대부분의 공약은 곧 시들어 버려지고 만다. 청년 실업 문제를 보더라도 공약대로라면 이미 오래전에 뿌리를 내려 해결된 문제였다. 그런데 갈수록 더 심각해지고 있다. 그 이유는 근본적인 해결 없이 빚을 얻어서라도 예산을 쏟아붓고, 권력으로 밀어붙이면 되는 줄 알고 있는 것이다. 안보, 경제 등의 문제도 마찬가지다. 현안을 오직 표로만 계산하고, 무조건 당선되고 보자는 속셈을 가지는 그들이 과연 애국자인가에 대해서 생각해볼 일이다. 정말 이번에도 이런 상태가 지속된다면 국력은 점점 쇠퇴하고 결국 대한민국은 몰락할지도 모른다는 게 필자의 생각이다.

잠룡(潛龍)은 잡룡(雜龍)과 다르다. 잡룡이란 용도 아니면서 용처럼 말하고 행동하는 대통령 후보를 빗대어 이르는 말이다. 진정 올바른 잠룡이라면 미래를 봐야 할 것이다. 내일 당장 정치적인 미아가 되더라도 소신 있게 말하고 바르게 행동해야 한다. 뼈가 시리도록 아프거나 손해를 보아도 반드시 법을 지켜야 하고, 거시적인 감각으로 세계를 봐야 한다. 또한, 국가 안보를 이용한 정치 생명 연장은 결국 멸망으로 가고 만다는 사실을 잊어서는 안 된다. 특히 대통령은 민심 위에 법이 있음을 스스로 인지하고, 어떤 어려움이 있어도 국민을 끊임없이 설득해야 한다. 그래야 진정한 지도자가 될 수 있다.

이제 더는 우리에겐 버틸 힘이 남아 있지 않다. 현재 거론되고 있는 잠룡들이 변해야 나라가 바로 선다. 따라서 국민은 공의롭고 합리적으로 나라를 위한 방안을 숙고하는 사람, 어제의 적을 포용하고 잘한 부분에 대해서는 아낌없는 지원과 격려를 보낼 수 있는 사람, 함께 가기 위해 자리를 양보하고 국익에 도움 되는 길을 선택할 줄 아는 사람, 신랄한 비판에 대해서도 합리적으로 대처해 나갈 수 있는 사람을 대통령으로 선택해야 한다. 절대 이번만큼은 잔머리 굴리는 잡룡에게 속지 말아야 한다.

〈전북도민일보〉 2017. 02. 02.

# 누가 대통령이 되길 바라는가

어떤 후보를 선택하느냐에 관한 기준은 각자 다르겠지만, 필자는 정직성과 미래를 보는 안목을 눈여겨보고자 한다. 정직성에 대해서는 두 눈으로 보거나 직접 들어보지 못했고, 충분히 납득할 수 있는 자료가 없어 주관적일 수밖에 없다는 생각이 들지만, 후보 공약은 지문과 같은 것으로 우리의 미래이며, 우리 모두 함께 이뤄나가야 할 목표이므로 꼼꼼히 따져 보고자 한다.

첫째, 일자리 창출에 누가 적임자인가를 보고 있다. 왜냐하면, 일자리는 인간의 존엄으로 그동안 많은 돈과 시간을 투자했지만, 해결하지 못한 난제이다. 국민의 정부로부터 지금까지 100조 원에 가까운 돈을 투입하고도 해결하지 못한 문제를 후보자들이 앞다투어 대통령이 되면 해결할 거라고 서슴없이 말하는 것은 전과 비슷하다. 필자가 보기엔 믿음이 가지 않는다. 전과 별반 다른 내용이 없어서다. 그 이유로는 단기적인 극약 처방으로 쉬운 선택을 내리고 있는 것을 꼽을 수 있다. 임기 내에 해결할 듯 말하지만, 현재는 그 골이 너무 깊어져 있다. 그런데도 반드시 해결하겠다는 약속을 하면서도, 문제를 해결하지 못하면 언제라도 책임지겠다는 후보가 없다는 점이 아쉽다. 결국 이번에도 흐지부지될 것이고 다시 다음 정권으로 넘어가 더 심한 공방 거리의 씨앗으로 남게 될 거란 예상이 가능하다.

둘째, 안보 문제다. 대선 때마다 약방에 감초처럼 등장하는 안보 문제와 이를 적당히 이용하는 후보들이다. 지나치게 표를 의식해 제대로 된 공약을 말하지 못하는 면들도 보인다. 어떤 후보들은 병역 기간을 감축한다고 하고, 사병의 봉급을 대폭 올리거나, 병영 생활을 가정생활의 연장선에서 획기적으로 개선하겠다는 등 혹할 공약들이 많다. 문제는 좋은 얘기만 하고 껄끄러운 얘기는 뒤로 미루는 가운데, 우리 국민의 71%가 우리의 안보 상황이 심각하다고 여기고 있다는 점이다. 현재 북한이 핵무기로 모든 방법과 수단을 가리지 않고 적화 통일을 하겠다고 으름장을 놓고 있는데도, 일부 후보들은 자다가 봉창을 두드리며 국민의 의식을 따라가지 못하고 있다. 옛말에 천둥이 잦으면 비가 온다 했듯, 언제 일어날지도 모르는 재앙을 앞에 두고 서로 의견이 다른 이유는, 한 표라도 긁어모아야 정권을 창출할 수 있다는 공학적인 계산이 깔렸기 때문일 것이다. 안보엔 여·야가 있을 수 없다. 한목소리를 내야 그들(북한)이 두려워한다는 것을 명심해야 할 것이다.

셋째, 후보가 가져야 할 안목으로 경제 공약이 있다. 사실 우리의 1950년대 국민 소득은 북한보다 못한 50불에 불과했다. 그런데 우리는 3만 불 시대를 눈앞에 두고 있으면서도 10여 년이 넘도록 답보 상태이다. 어느 학자의 말처럼 지금까지 했던 노력의 100배를 더 해야 가능하다고 말하고 있는데, 우리는 아직까지 그 구태를 벗어나지 못하고 있다. 잘못된 정부 정책 때문이다. 필자는 모든 현안을 정치적 생명 연장선에서 보려는 정치 지도자에게 그 주된 원인이 있다고 본다. 먼저 정경 유착의 고리부터 끊어야 한다. 그래야 '갑을' 관계가 사라지게 되고, 우리 기업도 독일이나 일본 같은 선진국처럼 대기업이 중소기업의 눈치를 보는 상생의 페어플레이가 이뤄질 것이다. 경제 발전은 중소기업이 우수 제품으로 경쟁력을 확보했을 때만 가능한 일이다. 중소기업이 살아남아야 꿈을 꾸는 우리의 우수한 청년들이 희망을 품고 그곳에 삶의 둥지를 틀게 될 것이다. 지금과 같은 저임금과 열악한 작업 환경에서 청년의 일자리 문제와 경제 발전은 이뤄질 수 없다는 말이다.

결론적으로 우린 겉모습은 말짱한데 속이 너무 많이 곪아 있다. 전반적으로 수술 없이는 치유할 수 없는 상태라고 생각한다. 사회에 깊게 뿌리내린 부조리와 불합리가 커다란 걸림돌이 되는 세상. 선거를 마치면 보은 인사라는 명목으로 또 한 번 몰아닥칠 낙하산 인사가 그 골을 더욱 깊게 팔 것이다. 결국, 후보의 초심은 사라지고, 새로운 개혁 의지는 무기력해지고 실패를 거듭하는 정부로 남을 수 있다는 말이다. 더 큰 문제는 후보가 이런 예측 가능한 현상을 심각하게 받아들이지 않는다는 점이다. 이러다 호미로 막을 것을 가래로도 막을 수 없는 사태가 도래할지도 모른다. 이런 후보들을 보면서 국민이 불안해하고 있다. 아니, 성찰 없이 대통령 꿈만 꾸는 후보들을 보면 두렵기까지 하다. 무책임하게 사탕발림하듯 좋은 말만을 토하는 것이 바로 대통령병이다. 이런 후보들을 보는 국민에게 감히 묻고 싶다. 누구를 위한 대통령을 뽑으려 하는가? 진정 국민을 위한 대통령을 뽑으려 한다면, 모든 관계를 버리고 오르지 누가 더 정직하고 미래에 대한 도전 의식을 가졌으며, 대통령으로서 스스로 손해를 보고 희생할 수 있는 사람인지를 잘 보고 선택해야 할 것이다.

〈전북도민일보〉 2017. 03. 09.

# 차기 대통령의 책무

얼마 전 한국 언론진흥재단에서 인터넷을 통해 전국 20~50대 성인 남녀 1,084명을 대상으로 온라인 설문 조사를 했다. 내용은 사회·국제 분야에 대한 것으로 진짜 뉴스 2건과 가짜뉴스 4건을 섞은 뒤 사실 여부를 맞히는 테스트를 실시한 결과, 만점자는 1.8%, 3건을 맞힌 사람은 38%에 불과했다. 문제 중 오답률(75.1%)이 가장 높았던 뉴스는, 진짜 뉴스에 가짜 내용을 그럴듯하게 포장으로 덧붙인 것이었다.

이처럼 가짜 뉴스도 교묘하게 꾸미면 충분히 속일 수 있다는 것을 확인한 것이었다. 문제는 이런 방식이 만연한 결과, 응답자 83.6%는 우리 사회의 분열이 더 심해지고 있다고 답했고, 76%는 진짜 뉴스를 가짜로 생각했다는 점이다. 더 우려스러운 것은 이제 입맛에 맞는 가사만을 믿으려 한다는 것이다. 이대로 가면 모두가 콩으로 메주를 쑨다 해도 믿지 못하는 세상이 될 것이란 얘기다.

필자는 살 만한 세상이란 진실이 살아 있어야 하고, 모든 것을 희생하고서라도 진실의 가치를 최우선으로 해야 하며, 나라의 최고 통치권자는 반드시 진실만을 말하고 행동해야 한다고 본다. 또한, 모든 이가 법 앞에 평등해야 하고, 기득권 세력 등이 나라의 미래를 염려

하고, 돈과 권력을 취하기 위해 싸우지 않아야 가능한 세상이라고 본다.

그런데 지금 우리는 무엇이 진실인지 거짓인지 구분할 수 없는 혼란 속에서 다툼만 계속하고 있다. 세월호 침몰 원인을 두고도 어떤 이는 바닷속의 암초와 부딪혔다 하고, 또 다른 이는 폭침 또는 잠수함과 충돌했다고 주장하고 있다. 1987년 KAL 858기 폭파 사건에 대해서도 김현희 씨는 스스로 북한 공작원이었고 바로 자신이 폭파범이라 말하고 있는데, 아직도 정부의 자작극이라 주장하는 자가 있으며, 17년이 지난 천안함 폭침도 한·미가 짜고 벌인 공동 자작극이란 얘기가 끊임없이 이어지면서 그 소문이 스마트폰 앱(애플리케이션) 등으로 세상에 퍼져 나가는 중이다. 국민은 이런 소식을 접할 때마다 혼란스럽고 불안하기까지 하다. 왜냐하면, 정부 발표와는 달리 새로운 주장들이 나름 논리적이고 과학적이라는 것과, 모바일·온라인을 통해 급속도로 퍼지면서 진실 여부에 관한 판단이 어렵다는 것이다. 그리고 그보다 더 심각한 것은 국민이 정부를 신뢰하지 못한다는 것이다.

이런 불신의 세상을 바꿔나가려면 먼저 국민을 대표하는 지도자부터 변해야 한다. 절대 가짜가 발붙이지 못하게 깨끗한 통치를 해야 한다. 가짜로 돈과 권력을 잡을 수 없는 정의로운 세상을 구현하기 위해 지식인들 스스로도 침묵하거나 대통령병에 걸린 후보를 찾아다니며 거짓말을 조장해선 안 된다. 대통령을 포퓰리즘에 빠지도록 유혹하고 매사 정치 연장선상에서 기득권을 가지려 버둥대게 하여서도 안 된다. 더 늦기 전에 현 대통령 후보부터 한 마디의 말과 행동도 나라의 미래를 생각하며 해야 한다. 사사로운 것에 마음을 두지 말고, 개인의 부귀영화를 탐하지 말고 국민을 똑바로 보고 진실한 사람이 되도록 마음을 비워야 한다. 특히 거짓 공약으로 국민을 현혹하지 말고 국민에게 무엇이 필요한지 물어봐야 한다. 대통령 당선을 위한 공약보다는 국민과 함께할 수 있는 약속을 해야 한다. 따라서 초라하고 보잘것없는 거라도 실현 가능성 있는 공약, 포기하지 않고 끝까지 국민을 설득할 가치가 있는 공약을 내놓아야 한다. 필요한 정책이라면 아무리 어려워도 국민을 유혹하지 말고 온몸과 마음으로 진정성 있게 설득하겠다는 각오를 보여줘야 한다. 그리고 모든 힘을 집중해 진실이 살아 숨 쉴 수 있도록 국민을 공론의 장으로 끌어내야 한다. 특히 이해관계로 거짓을 유포하는 자들을 양지로 불러내 국민 앞에서 말하게 하고, 그들의 얘기를 경청해야 한다. 그동안 지겹게 벌였던 탁상공론과 밀실 정치를 버리고 반드시 정책을 실명제로 공개하고 진행 과정을 투명하게 공개해야 한다. 만약 국민이 이해하지 못하면 알아들을 때까지 인내하고 시간을 두고 설득해야 한다. 그래야 믿음이 생기고 나라가 안정되며 정부를 믿고 어려움을 함께하려는 자발적인 자정 운동이 일어나게 될 것이다.

우리는 현재 더는 지체할 수 없는 갈림길에 서 있다. 사회가 점점 부패하고 양극화가 심화하여 분열되고 있다, 젊은이들은 꿈을 잃고 방황하면서 3만 불 시대를 열지 못하고 10여 년간 답보 상태에 머물고 있다. 그런데도 그 심각성을 무시하고 거짓된 달콤한 말과 감언이설로 국민을 속인다면 머지않아 우리는 공멸하게 될 것이다. 따라서 차기 대통령의 가장 중요한 책무는 진실로 국민을 위한 정치, 국민을 위해 모든 것을 버릴 수 있는 정치, 모든 사안을 정치 생명 연장선에서 보지 않는 정치를 할 때 우리의 밝은 미래가 보장될 것이다.

〈전북도민일보〉 2017. 04. 05.

# 2022년 5월 9일

"이제 당신은 국민에게 추앙받을 훌륭한 전 대통령이 되셨습니다. 그동안 초심을 잃지 않고 국민에게 꿈을 꾸게 하고 희망찬 정의로운 사회를 만들어 주었습니다. 누구에게나 공정한 기회가 주어지고, 죄 지은 사람은 누구나 벌을 받고, 죄 없는 사람이 억울하게 누명을 쓰는 일이 사라졌습니다. 정치 생명 연장을 위해 당리당략에 따라 움직이거나 상황 변화에 따라 말을 바꾸는 비굴한 정치인의 설 자리가 없어지고, 이제 자전거를 타고 출퇴근하는 국회의원들이 생기기 시작했습니다. 더욱 반가운 것은 보복 정치인이 먼저 잘못된 소신을 버리고 국민과 나라를 위해 무엇을 할 것인가 고민하는 봉사자로 거듭나고 있다는 사실입니다. 이 모두가 적폐 청산의 공약을 실천한 대통령 통치 철학의 결과입니다. 물론 아직 해결해야 할 문제가 남아 있지만 이대로 계속 신뢰가 회복되어 간다면 머지않아 좋은 세상이 될 것입니다. 대통령님! 수고하셨습니다. 고맙습니다. 당신은 이 나라를 갈등과 편 가르기라는 수렁에서 국민을 건져낸 유일한 영웅입니다."

물론 위의 내용은 모든 국민이 바라는 꿈같은 얘기다. 그러나 지금 대통령의 취임 1개월 과정을 지켜보며 가능하다는 생각이 든다. 바로 이게 우리 국민이 원하는 것인데 그동안 왜 터덕거렸나? 그것은 한마디로 기득권자의 행패를 막지 못한 우리 국민 모두에게 그 책임이 있다 할 것이다. 이것을 알면서도 왜 모든 것이 답보 상태인가. 최고 통치권자가 먼저 모든 사안을 정치 공학적으로 보았고, 많은 정치 지도자가 민의를 무시한 결과라고 본다. 미래보다 현실에 안주하고 국민의 순수한 열정을 가로막으면서도 권력과 부를 누리려 했던 욕심 많은 특권층이 득세하도록 판을 깔아 줬기 때문이었다. 국민은 지금 노력한 만큼 좋아지는 세상을 원하고 있다. 돈과 권력이 없어도 박탈감에 빠지지 않는 세상을 원한다. 진정 완전하고 공의로운 세상이 아니더라도 법과 질서가 지켜지고 기다리면 자기 순서가 온다는 믿음이 있는 그런 세상을 갈망한다. 거짓과 진실이 모호해진 세상이 정말 싫다는 얘기다. 목소리(돈과 권력)만 크면 이기는 세상이 아니라 작은 소리에도 그 의미를 부여하는 소박한 세상, 지금처럼 서민 앞을 가로막는 장애물에 상처만 받고 우는 국민이 생기지 않길 희망한다는 말이다. 이제까지 최고의 권력을 가진 지도자가 국민의 아픔을 헤아려 주지 못한 결과, 돈과 권력으로 인하여 국정을 농단하는 사태를 불러왔다고 본다. 이 농단이란, 어느 힘 있는 특정인이 가장 좋은 자리를 차지하여 이익이나 권력을 독점했다는 말이다. 그중에서도 국정, 즉 나라의 정치를 농단했다는 말은 온 국민을 논 가운데 서 있는 허수아비쯤으로 보았다는 말이다. 참으로 수치스러운 일이다. 앞으로 다시는 이런 일이 생기지 않으려면, 먼저 원칙과 일관성이 있는 정책과 정확한 의사 표시를 할 기회를 국민에게 부여해야 한다. 이에 정부는 끼리끼리 뭉친 칸막이 문화를 과감히 헐어야 하고, 최고 통치권자가 먼저 손해를 봐야 정의로운 사회가 이뤄질 것이다. 그래야 믿고 존중하고 추앙받는 대통령이 만들어질 것이다. 그러나 쉽지 않을 것이다. 필자는 그동안 많은 대통령을 경험하면서 국민이 실질적으로 주인이 되는 완전한 세상을 본 적이 없다. 그래도 문재인 대통령을 지난 1개월 동안 지켜보면서 예전 대통령과는 다르다는 생각이 들기 시작했다. 생소하고 파격적인 행보가 국민을 놀라게 하고 있다. 아직 시작에 불과하지만 남은 59개월이 기대된다. 무엇인가 희망적이라는 기대감으로 '2022년 5월 9일'이라는 제목으로 나름의 소견을 쓰고 있다. 이날은 대통령께서 임기를 마치는 날이다.

결론적으로 우리 국민이 원하는 것은 튼튼한 안보와 인사 탕평책, 그리고 보여주기 위한 정책 개발을 억제하고, 국민의 작은 소리를 들어주는 시스템 개발이 먼저라고 생각한다. 시간은 생각보다 넉넉하지 않다. 기다려 주지 않는다. 바로 지금이 타이밍일 수도 있다. 주저하다가 '2022년 5월 9일'이 돌아올 수도 있다. 필자는 이날 온 국민이 아쉬워하며 잠시 일상을 멈추고 대한민국이 들썩거리도록 손뼉을 치며 행복해지길 원한다. 대통령이 퇴임하며 청와대를 나서는 길 초입부터 온 국민이 보내준 카네이션으로 끝없는 꽃길이 전국 방방곡곡에 이어지길 바란다. 그날은 온 국민이 정의로운 사회가 뿌리내렸음을 박수로 환영하고, 진정한 한류 정치와 문화가 세계를 지배한 세상임을 확인하면서 그 기쁨을 만끽하고 싶다. 그리고 그날 내 생애에 최초로 존경하는 대통령을 퇴임식장에서 만나보고 싶다는 말이다.

〈전북도민일보〉 2017. 05. 12.

제4부

# 전북 그랜드 디자인

# 전북이 변하고 있다

최근 도 행정과 관련한 설문 조사에서 '김완주 도지사, 직무 잘한다.'라는 응답이 66%로 나타났다고 한다. 참으로 반가운 일이다. 그러나 민선 4기의 걸음이 불안하다. 어디로 가겠다는 것인지, 무엇을 하겠다는 것인지 모호하다. 경쟁적으로 뽑아냈던 공약들, 당선의 미끼로 삼았던 차별화된 약속들, 하늘을 두고 맹세한다던 당선자도 17대 국회의원들을 닮아가지는 않을까 염려가 된다.

민선 4기로 출발하던 김완주 도지사는 "경제를 우선시하고 경제를 위해 모든 일상을 포기하겠다."라고 했다. 도민은 이 얘기를 귀에 담아 두고 있다. 아니, 아로새겨 놓고 지켜보고 있다. 많이 속았음에도, 힘찬 전북의 소리가 신명 나게 들리길 소망하며 말이다.

물론 쉽지 않은 일이다. 몸을 던져 실천할 의지를 보이며, 자신의 일상을 포기해야 하는 일이다. 전북이 호남의 중심이 되고, 가장 살기 좋은 고장으로 거듭나기 위해선 뭔가 남다른 희생이 필요할 것이다. 이 일은 도지사 한 사람의 몫은 아니다. 바로 내가 나서야 하고, 내가 주인이 되어야 가능한 일이다. 돌이켜보면 전북 낙후의 원인 뒤에는 말로만 애향을 노래하는 일부 정치인들이 있었다. 고급 거짓말로 순박한 유권자를 농락하던 그들을 생각하면 이제 신물이 난다.

가리고, 감추고, 철저히 정략적인 그들을 보는 것은 지겨운 일이다. 배울 게 없는 그들의 특징은 거짓말을 잘못된 투쟁의 도구로 사용하는 데 익숙해져 있다는 것이다. 무늬만 지역 대표인 그들. 지금의 여당에서 대부분의 실권을 잡고 있었음에도 도민들은 소외되고 있다는 생각에 섭섭한 마음을 가지고 있는 것이다. 무조건 한 정당만을 고집스레 지지한 결과가 아닌가 싶어 억울한 면이 있다. 잘하라고 국회로 보냈더니, 제대로 말도 못 하고 눈치만 보고 있는 그들을 보며 화가 나 있다. 한나라당 박근혜 전 대표가 우회적으로 꼬집은 것처럼, 쥐도 못 가져가는 그들을 보며 도민은 부끄러워하고 있는 것이다.

17대 어느 당선자는 국회로 보내주기만 하면, 지역 발전을 위해 목숨을 걸겠다고 했다. 그는 생명 농업을 육성하여 위기의 농업을 구하겠다고 했고, 완주 산업단지 진입도로 및 철도를 개설하겠다고까지 했다. 그러나 두터운 인맥을 동원해 과감한 지원을 이끌어 내겠다던 그의 공약은 대부분 허풍이었다. 물론 일궈낸 것도 있다. 그러나 처음부터 무리한 약속이었음에도 목숨을 걸겠다고 한 당신들이, 이제 와서 지역의 발전을 위해 탈당하고 새판을 짠다고 하면 누구인들 잘한다고 하겠는가. 지역의 발전을 위해 목숨을 걸겠다고 말한들 누가 믿겠는가 말이다. 차라리 국회의원 자리가 탐나서 더 하고 싶다고 말하는 것이 더 솔직하다고 본다. 그리고 서울에 살면서 고향은 호남이라 말하지 말라는 것이다. 진정한 의미에서 서울에 사는 당신들은 전북 사람의 불편함을 피부로 느끼지 못하는 가짜 고향 사람이 아닌가. 가만히 있다가 때(선거)가 되면 국정 보고를 꼬박꼬박 지역민에게 보내기 시작하는 당신들의 속셈이 뻔하지 않은가 말이다. 이제 당신들의 도움 없이도 전북은 변화하고 있다. 오늘이 어제가 아니듯, 제2의 대덕단지 조성을 통해 환황해권 첨단 부품 소재 산업의 중심으로, 식품 산업의 메카로, 열린 도정으로 마른자리만 찾지 않겠다고 한 김완주 지사의 열정에 기대를 걸고 있다. 오직 경제만을 생각하는 일념으로 지구 반대편까지라도 날아가 기업을 유치하겠다는 도지사의 말에 희망을 걸고 있다. 이제 낙후의 대명사를 떨치고, 호남의 중심이 될 것이며 광주 전남의 자투리에서 벗어나 새롭게 도약할 것이다. 우렁차고 힘찬 에너지가 솟구쳐 낙후된 전북의 마당에 도민의 힘이 모이는 놀이판이 벌어질 것이다. 도민 모두가 조화롭게 어우러져 신명 나는 호남 중심의 전북이 될 것이다. 이제 더 이상 거짓말만 잘하는 당신(정치인)들의 설 자리는 없어질 거라는 얘기다.

〈새전북신문〉 2007. 05. 10.

# 미스터 일자리

　김완주 전북지사가 지난 6·2 지방선거에서 자신을 '미스터 일자리'라 불러 달라고 했다 한다. 그가 지난 민선 4기 때, 각계각층 도민에게 가장 시급하게 필요한 일이 무엇인가 물었더니, 한결같이 전북의 아들·딸에게 일자리를 만들어 달라는 얘기였다고 한다. 그래서 스스로 '미스터 일자리'라고 불러 달라 했다는 후문이다. 참으로 다행스러운 얘기다. 인간적으로 가장 견디기 어려운 것이 배고픔이라는 것을 잘 알고 있는 도의 수장이기 때문이다. 여러 정치적인 악조건에서 가장 낙후 지역으로 남아 있는 전북의 '배고픔의 서러움'을 제대로 알고 있으니 말이다.

　자신을 '미스터 일자리'라고 불러주길 희망하며, 영혼을 팔아서라도 일자리를 만들어가겠다는 그의 모습에서 전북의 밝은 미래를 본다. 누군가는 표를 계산한 고도의 술수라고 말하는 사람도 있지만, 김 지사의 성장 배경을 보면 마음에서부터 우러나오는 간절한 소원인 것을 알 수 있다. 그는 가난이 얼마나 스스로를 초라하고, 억울하고, 비극적인 삶의 꼭지로 몰아넣는지, 그 절망의 맛을 본 사람이라는 것이다.

　진정 우리에게 필요한 것은 일할 수 있는 직장이다. 아니, 일자리는 전 세계적으로도 가장 중요한 과제다. 바로 이 시대가 이끌어 가야 할 모토이다. 그 때문에 동분서주하며 일자리를 만들려는 것이다. 지금 전북에서 김완주 지사가 매년 100개 기업유치와 8,000개의 일자리를 창출하겠다는 각오를 밝히고 있다. 도민의 힘을 결집해야 할 때다. 김 지사가 말하듯 유치 기업에 땅을 무상으로 제공하거나, 100년 이상 무상 임대를 주고라도 좋은 일자리를 만들어나가야 한다. 혹자는 돈키호테적 발상이라고 핀잔을 퍼부을지 모르겠지만, 우리에게 일자리는 미래의 살길이며 바로 아름다운 삶을 만들어가기 위한 가장 기본이라는 것을 명심해야 한다.

김 지사는 보릿고개에 소나무껍질을 먹어본 사람이다. 그래서 전북을 잘살게 하는 일이라면 무엇이든 하겠다고 말하는 그를 주목해야 한다. 오늘도 그는 한국폴리텍대학 신기술연수센터에서 있었던 특강(일자리 관계기관 및 단체 워크숍)에서 조목조목 왜 일자리가 필요한가에 대하여 굵고 힘 있게 메시지를 전달했다. "일이란 삶을 유지하고 향상시켜 주는 역할이다. 할 일이 없다는 것은 견디기 어려운 고통이다."는 명쾌한 결론을 내려주었다.

진정 '미스터 일자리'라고 스스로 말하는 김 지사에게 믿음의 박수를 보낸다. 그러나 무늬만 '미스터 일자리'가 아닐까 하는 염려가 든다. 혹시 보통의 정치인처럼 도민을 배신할 문제의 정치인이 아닐까 생각해 본다.

20여 년 전 국민의식 성향 조사(서울대 사회과학연구소)에서도 71%가 정치인을 가장 부패하고 타락한 장본인으로 보고 있었으며, 현재도 별반 달라진 게 없다. 오히려 더 부패하고 있다. 세상을 무대로 삼는 추한 연기력만 향상되었다. 그러나 인간 김완주는 눈물 젖은 빵을 먹어본 사람으로, 일자리(도지사)를 지키기 위해, 자신의 안위를 위해 거짓을 말할 사람으로는 보이진 않는다. 다만 염려할 뿐이다. 진정으로 존경받는 도지사이길 희망한다. 전북의 밝은 미래를 위해 비록 가는 길이 멀고 험하고 외로워도 항상 긍정의 힘으로 견뎌내는 승리자가 되길 원한다. 또한 인간적으로 상대의 작은 아픔도 크게 느끼는 배려의 아름다움을 가진 도지사이길 바란다.

〈전북일보〉 2010. 10. 12.

# 완주·전주 통합에 대하여

3년 전 한 통의 전화를 받았다. 전주시와 완주군 통합에 대하여 어떻게 생각하느냐는 전화였다. 별로 생각해 본 적이 없다고 하니 찬성과 반대 중 선택을 해 보라 했지만, 사실 한 번도 진지하게 생각해본 적이 없다고 하고 전화를 끊은 적이 있다.

또다시 통합에 관한 얘기가 솔솔 나오고 있다. 찬반의 목소리가 높다. 문제는 3년 전과 지금의 정치 상황이 전혀 다르다는 것이다. 그때는 임기 말이었고, 지금은 통합되어도 거의 임기를 채우고 나갈 수 있는 시점이라는 것이다. 물론 정치 상황과 일치하지는 않지만, 정치적인 계산법으로 보면 통합이 될 거라는 의견이 많다.

사실 전주·완주 통합 논의는 오래전부터 시작되었지만, 일부 정치인의 이해관계가 상충하여 좌절되었다는 얘기가 설득력을 얻고 있다. 77년 전 완주·전주가 서로 다른 행정구역으로 나뉘었을 때도 정치적인 논리로 분리되었으며, 통합 실패 후 다시 꺼내 든 것 또한 지나치게 정치적이라는 생각이 든다. 마치 기다렸다는 듯이 단체장들이 적극성을 띠는 이유가 어디에 있는가? 군민은 속이 보인다고 말하고 있고, 시민은 강 건너 불구경하듯 보고 있다.

지나간 일이지만 진정으로 통합을 원했다면 공직에서 물러날 각오와 어떤 경우에도 자리에 연연하지 않겠다는 약속이 필요했다. 정치적인 계산법으로 접근하지 말고, 주민의 처지에서 논리를 개발하고 설득해야 통합의 진정성을 조금이나마 인정할 것이라는 얘기다. 지나치게 정략적으로 통합을 추진하다 보니 지지부진한 게 아닌가 싶다. 따라서 방법이 틀렸다고 본다. 말로만 주민을 위하고 지역 발전을 말하면서도 반대의 입장은 작은 목소리로 치부하고, 마치 통합이 이뤄지면 없던 것도 있게 된다는 과대 포장을 해온 결과이다. 작은 소리를 경청해야 한다. 이제까지는 화려한 청사진만 나열(홍보)하고 곤란한 것은 덮으려 해서 진정한 통합이 멀어졌던 것이다. 주민은 바보가 아니다. 현재 주민은 17년 전에 통합했던 이리시·익산군의 경우를 바라보고 있다. 그 당시에도 결코 부작용은 절대 없을 거라고 말했지만, 군청 소재지였던 함열과 석재 경기로 번성기를 누렸던 황등의 공동화 현상이 심각하다는 것을 다 알고 있다. 신중해야 한다. 그렇다고 주민에 의한 자율 투표로 결정하는 통합엔 반대한다.

3년 전, 전주 MBC가 전주·완주 통합에 대한 여론 조사 결과를 '리서치엔 리서치' 여론 전문 조사기관에 의뢰했었다. 전주시는 찬성 73.2%에 반대 8.4%, 완주는 찬성 43%, 반대 37.2%로 나타났다. 이를 지역의 전체 주민 수로 환산해 보면, 전주는 약 5만 5천 명, 완주는 3만 명 정도가 반대한 셈이다. 결국, 통합을 반대한 완주 주민의 37.2%는 전주시 인구의 4.5%에 불과하다는 것이다. 따라서 주민 투표로 자율 통합한다는 것은 곧 무력 통합이라는 주장이 있는 것이다.

사실 전주와 인접한 지역에선 반대할 이유가 없고, 전주 생활권에서 멀리 떨어진 지역에서는 합의가 없는 통합엔 찬성할 이유가 없다.

그러나 언젠가는 통합될 것으로 본다. 필자는 빠를수록 좋다고 본
다. 그렇다고 해서 마음만 가지고 되는 것은 아니다. 먼저, 통합 지역
의 단체장과 의원, 그리고 공직자들이 마음을 비워야 한다. 먼저 자
리에 연연하지 않아야 한다. 김문수 경기도지사처럼 대통령 후보 경
선에서 떨어지면 도지사직을 다시 수행하겠다는 양다리 자세로는
절대 불가하다. 통 큰 양보가 필요하다. 또한, 통합에 대한 접근 방식
의 전환이 필요하다. 먼저, 10개 항의 완주·전주 상생 발전 사업의 추
진 공약을 홍보하기보다는 불만의 소리를 먼저 경청해야 한다. 그 실
천 가능 여부를 심도 있게 다뤄 양보하고 농민을 배려하는 자세가
필요한 것이다. 둘째, 서로 존중해야 한다. 전주시는 인구가 많고, 완
주군은 땅이 넓다. 이를 두고 서로 중요하다고 소리를 높이면 통합은
어렵다. 굴뚝새가 공작새에게 청혼하는 격으로 접근하면 서로 손해
다. 셋째, 10년 뒤에도 자신의 판단이 옳았다고 말할 수 있어야 한다.
현재의 정치적인 입지를 공고히 하기 위해 핏대를 세우며, 빛만을 쫓
아가는 불나방처럼 말하지 말기를 간곡히 부탁한다. 통합을 시장에
서 물건을 사고파는 것처럼 흥정의 대상으로 본다면, 역사의 죄인이
될 수도 있다는 것을 명심해야 한다. 돌다리도 두들겨 보고 걷는다
는 말이 있듯 심사숙고해야 한다. 끝으로, 스스로 희생 없이 정치적
인 논리로 통합을 밀어붙인다면 훗날 치욕적인 통합의 사례로 남게
될 거라는 얘기다. 지금부터라도 반대자를 힘으로 몰아붙이지 말고,
소외된 지역의 요구 사항을 경청해야 한다. 통합되었을 때 생기게 될
문제점에 대하여 감추지 말고 아는 대로 공개해야 한다. 정말 해결할
수 없는 문제라면 양해를 구하고 상생의 길을 찾을 수 있도록 끝까
지 설득해야 한다. 지금도 많은 유언비어가 난무하고 있는 시점에서

정치적으로 밀어붙인다면, 정치에 대한 불신의 골만 깊어지게 될 것이라는 얘기다.

정말 진정한 의미에서 전북을 걱정하고 미래를 생각한다면, 지금 누리고 있는 모든 혜택을 과감히 버리고, 가장 소중한 것을 내려놓을 수 있는 자세, 즉 자신을 태우는 불쏘시개가 되려는 지도자(단체장, 국회의원, 지자체 의원 등)가 절실히 필요한 때이다.

〈전북도민일보〉 2012. 05. 02.

# 전북도지사는 이런 사람이

중국 춘추시대의 공자는 사람에게 다섯 가지의 죄가 있다고 했다. 물건을 훔치는 죄 따위와는 비교도 안 되며 이런 죄를 범한 사람이 오히려 인재처럼 보일 수도 있다고 경고한 공자가 선거철만 되면 생각이 난다. 왜냐하면, 대다수 후보가 여기에 속하는 죄인이기 때문이다.

사실 선거 풍토는 예나 지금이나 크게 달라진 게 없다. 오히려 그럴듯한 말과 행동이 판치고 그 방법이 지능화되어 가고 있다. 누구도 책임지지 않는 언행이 난무하는 현실에 유권자는 선거에 관심을 버린 지 오래다. 그러나 후보자는 이런 풍토를 이용해 쉽게 어부지리로 당선되려 공천에만 목숨을 걸고 있을 뿐이다.

이런 후보자가 이 시간에도 자동차 매연이나 황사에 아랑곳하지 않고 거리를 누비고 있다. 마주치는 사람마다 달려가 손을 내밀며 90도로 허리를 굽히거나, 지나치는 유권자를 부르기 위해 확성기를 동원하고, 그도 모자라 높은 건물 벽을 초대형 사진으로 도배해 가면서 한 표라도 놓치지 않으려는 모습이 안쓰럽기까지 하다.

왜 이들은 이런 절박한 모습으로 그 자리를 탐하는 것일까. 이유는 둘 중의 하나다. 진정 지역의 발전을 위해 희생을 자처하거나 아니면 도지사의 자리가 주는 혜택을 사리사욕에 이용하겠다는 것이다. 이런 속마음을 감추는 인재에 대하여 공자는 다음과 같이 경고를 하고 있다. 공자는 첫째, 만사에 빈틈없이 시치미를 떼며 간악한 수를 쓰는 사람이 있을 수 있다는 것이다. 그래서 한번 물어보고 싶다. 정말 도지사 출마가 순수한 봉사의 열정인가. 아니면 오직 그 자리를 탐할 뿐인가 하고 말이다. 사실 유권자를 무시하고 정당의 상투만을 잡기 위해 눈치를 보거나 저울질하는 후보는 나쁜 사람이다. 그동안 준비 없이 망설이다가 차려 놓은 밥상에 숟가락(공천)까지 빼앗겠다고 덤비는 이런 후보는 버려야 할 카드이다. 갑자기 낙하산을 타고 내려와 4년 동안의 도정을 책임지겠다고 하니 어처구니없는 일이 아닌가. 물론 자신의 후보 공천 당위성에 조목조목 능변으로 변명하겠지만, 『목민심서』에도 나와 있듯이, 업무를 파악하고 적용하고 추진하고 그 결과를 보려면 적어도 6년의 세월이 지나야 한다고 했다. 현직 도지사가 이임하는 마당에 그럼 누가 가장 적임자인가는 당원이 아닌 순수한 유권자가 판단할 일이다. 관록 있는 사람이 잘할 거라는 판단은 잘못이다. 중앙 정부에서 그 능력을 발휘한 사람이라면 그는 중앙 정치가가 맞다. 도지사는 지역 현안을 잘 아는 사람, 즉 현 도지사가 아니라면 그 차선책으로 지역 주민과 함께 동고동락하면서 공적을 쌓아온 사람에게 전북 발전의 수레를 맡겨야 한다는 것이다.

공자는 둘째, 악으로 공정하지 않은 일을 하면서도 겉으로 공정한 척 처리하는 사람이라 했다. 바로 이런 사람들이 도덕성의 타락과 물신주의와 한탕주의를 조장하며 사회를 혼란스럽게 만들어 간다. 최근 일당 5억 원의 노역이 여론에 밀려 중단되기는 했지만, 사실 이 책임은 공정하지 못한 것을 공정한 척 처리한 사람(지도자)에게 있다. 셋째, 언변이 매우 좋아 모든 거짓말을 진실인 것처럼 말하는 것을 큰 죄라 했는데, 이는 선거 때만 되면 나타나는 사람을 두고 한 말 같다. 묻지 마 폭로전을 당선 등식처럼 여기며 덤비는 후보들이 새겨 들어야 할 말이다. 넷째로는 악당이면서 기억력이 좋아 여러 사람을 홀리는 사람이다. 마지막으로 못된 일을 하면서도 동시에 은혜를 베 푸는 것처럼 행동하는 이중인격자를 공자는 5악에 포함시켰다.

공자는 이런 5악을 범한 사람이 인재처럼 보일 수 있다고 경고했 다. 물론 완벽한 후보는 세상 어디에도 없다. 오직 착한 후보처럼 얘 기하며 사기꾼같이 현혹하려는 사람이 있을 뿐이다. 이번에는 속지 않아야 한다. 바로 그것이 전북 발전의 시작이다. 어느 날 갑자기 나 타나 4년 동안 책상머리에 앉아 창밖 경치만 바라보다 떠나면서 최 선을 다했다고 말할 사람을 배제해야 한다. 우문현답(愚問賢答)이라 했듯, 지금 전북엔 부드러움과 강함의 조화를 이루며 비난을 마다치 않고 전북 발전을 위해 바보처럼 현장을 누빌 수 사람이 필요하다. 비난을 두려워하지 않는 사람, 바로 이런 사람이 도지사가 되어야 한 다. 화이부동(和而不同), 즉 남과 사이좋게 지내기는 해도 무턱대고 어 울리지는 않는 사람, 공과 사를 분명히 구분할 수 있는 사람이 필요 하다.

공천이 당선이라는 등식이 계속되면 그동안 힘들게 내렸던 뿌리마 저 고사하고 말 것이다. 정말 이번에는 줄기가 자라고 꽃을 피우며 열매를 맺고 결실을 볼 수 있도록, 공자의 5악을 철저히 적용하여 쭉 정이를 가려내는 공천이 필요하다. 눈치 보며 당선을 저울질하며 뛰 어든 힘 있는 후보를 버리고, 소탈한 서민적인 감성으로 새로운 전북

문화를 창조할 수 있는 준비된 후보를 공천해야 한다. 진정으로 강하고 부드러움으로 한바탕 전북을 비벼나가는 외유내강(外柔內剛)의 사람이 전북도지사가 되어야 할 것이다.

〈전북도민일보〉 2014. 04. 02.

# 전주 세계소리축제에 대한 소견

1995년 지방자치제도가 시작되면서 지역 경제 활성화를 위한 수단으로 많은 지역 축제가 남발되었다. 축제의 양적 증가는 긍정적인 측면도 있었지만, 몇몇 성공적인 사례를 제외하면 부정적이고 비판적인 의견이 더 많았다. 그 이유로 대부분의 축제가 공공 지원금에 의존하면서 본래 가지는 목적과 비전이 퇴색되고 있어 미래를 담보할 수 없다는 것이다. 그나마 우리 지역의 '전주 세계소리축제'는 비교적 성공적이라고는 하지만 다시 한번 냉정한 평가를 할 때라고 본다.

'전주 세계소리축제'는 2001년에 시작하였으며, '우리 소리를 중심에 둔 세계 음악 예술제로써, 우리의 음악과 세계의 음악이 한자리에서 만나 소리의 향연을 펼치는 고품격 공연예술축제'라고 소개되고 있다. 이와 같은 정의를 내리기까지 내부적으로 많은 진통과 검토가 필요했을 것이다. 이 결과 소리 축제가 문화예술축제로써 좋은 반향을 일으켰고, 전라북도의 대표적인 축제로 자리매김하게 되었다고 본다. 전주 세계소리축제 조직위원회가 발표한 '2010 전주 세계소리축제 평가 보고서'에 따르면 방문 관객을 대상으로 한 설문 조사에서 전체의 82.6%가 "다시 방문하겠다."고 응답했으며 78.6%는 "다른 사람에게 축제를 추천하겠다."고 답했다. 그런데 유감스럽게도 필자는 다시 가고 싶다는 생각이 들지 않는다. 그 이유는 거창한 풍악 소리(홍보)와는 달리 함께할 만한 프로그램이 부족하다고 보기 때문이다. 물론 개인의 취향과 추구하는 가치가 다르기에 그럴 수도 있겠지만, 나이별, 성별의 차이를 함께 아우를 수 있는, 즉 가족과 함께 즐길 수 있는 홍거운 마당을 찾아볼 수가 없다. 구경거리는 있어도 오래 두고두고 이야기할 거리가 부족하다는 말이다. 물론 개인적인 우려일 수도 있겠지만, 미래에 대한 평가는 많은 다른 축제와 마찬가지로 그리 밝지만은 않다고 본다. 이대로 두면 예산과 시간만 낭비하는 축제로 전락할지도 모른단 생각이다. 그동안 '전주 세계소리축제'는 13회를 걸치면서 많은 스토리를 가지게 되었다. 그러나 많은 시간이 지났음에도 축제에 대한 만족도가 안정적이지 못하다고 하는 것은 창조적인 동력이 부족하다는 의미일 것이다. 필자가 생각하는 축제란 살아있는 생물이라고 본다. 숨을 쉬며, 체온과 표정이 있고, 말하고 자생 능력을 갖춘 생명체다. 또 사람과 소통하고 함께 즐기면서 삶의 위안과 시름을 달랠 수 있는 벗과 같은 것이다. 따라서 특히 문화예술축제는 귀한 생명을 다루듯 해야 한다.

현재 문화관광부가 축제 육성 관련 정책을 시행하면서, 대부분(80%) 관 주도로 운영하고 있다 보니 축제의 본성인 아날로그적인 감성과 개별적 독창성이 부족한 축제가 되고 있다. '전주 세계소리축제'는 일찍이 이런 폐단을 벗어나기 위해 얼마 전부터 민간 주도로 운영하고 있지만, 아직 관의 예산 지원으로 부정적인 영향을 벗어나지 못한 모습이 곳곳에서 나타나고 있다.

지역 문화예술축제는 지역을 대표하는 꽃으로 자생 능력이 필요하다. 그런데 이 꽃이 화려한 플라스틱 조화(造花)로 교체되어 가는 것 같다. 조화인 국화꽃(문화예술축제)은 봄부터 소쩍새가 울지 않아도 되고, 천둥과 먹구름도 기다릴 필요 없으며, 그립고 아쉬움에 가슴 조일 이유가 없이 그저 옮겨놓으면 되는 간단한 것이기 때문이다. 예산을 지원하는 관의 처지에서 보면 원하는 결과를 선명하게 볼 수 있다는 점에서 선호하겠지만, 눈으로만 보고 평가하고, 지시 사항과 맞지 않으면 운영진과 주최측을 수시로 교체해도 되는 '갑'의 역할만을 충실히 행하면 된다는 행정 편의주의를 벗어나지 못하고 있다.

결론적으로 그동안 '전주 세계소리축제'에 대해 문제점으로 지적되어 온 중요한 3가지는 축제의 정체성, 명칭, 예산에 대한 문제다. 이 중에 가장 중요한 것은 예산의 자립에 있다고 본다. 2015년 8월의 한 졸업 논문에 의하면 '전주 세계소리축제'를 유지하기 위해 1인당 평균 18,744원을 기부할 수 있고, 총 경제적 가치는 약 350억 원으로 나타나고 있다. 얼마든지 관에 대한 의존도(현재 70%)를 줄일 수 있다고 보는 것이다. 필자도 도민의 한 사람으로서 이 논문에서처럼 축제의 예산에 관한 관 의존도를 줄여나가야 한다고 본다. 그래야 관의 간섭을 피할 수 있고, 남은 여력을 모아 세계의 소리가 참여하는 예술축제를 만들어 도민에게 나눠줘야 한다. '전주 세계소리축제'는 누구의 간섭 없이 전문가적인 견지에서 도민이 참여할 수 있는 축제로 만들어가야 한다. 그리고 가지고 있는 정보를 낱낱이 공개하고 냉정한 도민의 평가를 가감 없이 받아가면서 자생 능력을 배양해야 한다. 또한, '전주 세계소리축제'에 관련된 모든 사람이 합심하여 씨줄과 날줄을 촘촘히 엮어 만든 방석에 도민을 정중히 초대해야 한다. 그다음은 아프리카 속담인 "거미줄도 모이면 사자를 묶는다."처럼 도민의 마음을 모아, 까다롭고 치밀한 세계인을 불러들이는 '전주 세계소리축제'를 만들어 가야 한다는 말이다.

〈전북도민일보〉 2015. 08. 03.

# 로컬 푸드 직매장, 제대로 가고 있는가

얼마 전 로컬 푸드 직매장에서 명월초라는 건재를 구매했다. 집에 돌아와 비닐 포장을 열어 보고 실망했다. 긴 줄기가 그대로 구겨져 잎 속에 감춰져 있었다. 물론 불편함을 감수하고 가위로 잘라 차를 끓여 먹을 수 있겠지만, 이를 로컬 푸드에서 상품으로 판매했다는 사실을 이해하기 어려웠다. 불편한 기분 탓인지는 몰라도 완전히 건조되지 않아 곰팡이 특유의 냄새가 나는 것 같았고, 깨끗하게 만들거나 관리되지 않았다는 생각이 들었다.

사실 '로컬 푸드 직매장' 하면 안전하고 신선한 먹을거리를 제공하는 곳, 생산자와 소비자 간의 신뢰를 최우선으로 하는 직거래 장터로 알려져 있고 많은 사람이 찾고 있다. 그런데 요즘 유행에 따라 매장을 확대하면서 로컬 푸드 직매장이 가지고 있는 고유의 장점이 퇴색되고 있다고 본다.

로컬 푸드는 식생활 패턴이 변한 현대인에게 필요한 착한 사업이다. 이는 안정적인 먹거리 확보 차원에서 미래의 변화를 대비하기 위한 중요 사업이다.

우리의 식생활도 경제 발전과 더불어 변했다. 1980년대까지만 해도 쌀이 국민 1인당 열량의 50% 정도를 차지했으나 2005년에는 29%로 감소했다. 반면, 같은 기간 내에 축산물과 유지류의 공급 비중은

11%에서 22%로 늘어났다. 이 결과 환경 문제와 만성질환과 비만이 늘어나고, 이에 천문학적인 경제적 손실과 사회적 비용이 필요해졌다. 이 대안으로 한 지자체에서 친환경 먹거리 사업을 로컬 푸드라는 이름으로 전개하여 큰 성공을 거두게 되었다. 문제는 이 사업이 대박 난다는 이유 하나로 준비 없이 쉽게 성공 열쇠를 가지려는 데 있다. 결국, 철저한 관리를 등한시하면 부실한 유사 직매장을 만들어 가게 될 것이다. 신선하고 안전한 먹거리보다는 이익 창출에만 눈을 돌려 실패한 사업으로 전락할 수 있다는 얘기다.

로컬 푸드는 완주군 용진농협에서 시작되었다. 1년 6개월 동안의 철저한 준비 기간을 통하여 2012년 4월에 개장했다. 그 결과 중학교 사회 교과서에 나올 정도로 우수 사례로 꼽혔다. 이를 정부에서도 인정했고, 이를 모델로 2016년까지 같은 매장을 100개소까지 확대한다는 계획을 세워 놓고 있을 정도로 성공을 거둔 사업이다. 문제는 1호점이 탄생한 지 2년 6개월 만에 확실한 관련법 없이 양적 증가에만 치중하는 것 같아 염려된다는 말이다.

로컬 푸드란 매장과 가까운 거리에 있는 생산자가 이름을 걸고 직접 재배한 신선한 먹을거리를 소비자와 나누는 곳이다. 다시 말해 무·저농약으로 키운 친환경 먹거리를 안정적으로 저렴한 가격으로 함께 먹자는 의미가 담겨 있다. 이는 농업이 가지고 있는 본래 기능에 잘 부합될 뿐만 아니라, 나가서는 환경을 개선하고 지역 공동체를 살리며 지역 경제를 활성화할 수 있는 좋은 대안이 될 수 있다는 점에서 좋은 평가를 받고 있다. 또한, 로컬 푸드는 지구 온난화를 막고, 지역 경제에 크게 이바지할 수 있을 것으로 주목을 받고 있다. 특히 우리에게 안전한 먹거리를 제공하는 마지막 보루라는 점에서 많은 관심을 받고 있으며, 로컬 푸드 사업을 통해 불신 사회를 정화할 수 있는 촉매제가 될 수 있을 거란 기대까지 걸고 있다. 따라서 로컬 푸드 사업은 소비자의 건강한 먹을거리 확보와 우리의 미래를 위해 신뢰를 저버리면 절대 안 된다는 생각이다. 지금보다 더 철저한 품질 관리와 인증을 통해 신뢰를 쌓아가야 한다. 또한, 정부는 농민과 소비자를 위한다는 명목으로 유행처럼 번지는 직매장을 양적으로 확대하는 것을 신중히 검토해야 한다. 먼저 법적인 정의가 선명한 직매장 인증 제도와 관련법부터 마련해야 한다. 그리고 유사 직매장 인허가를 막을 수 있는 법적인 제도적 근거를 만들어야 하고, 지나친 관여보다는 생산자와 소비자가 공감하고 필요에 따라 인증 매장이라는 현판을 내걸도록 지원해 줘야 한다. 지나친 간섭은 오히려 지역의 특색을 살리지 못하고 자생 능력을 앗아가는 요인이 될 것이다. 일방적인 행정 개입보다는 생산자가 어떤 경우에도 신선하고 안전한 농산물을 제공해야 한다는 대원칙을 지킬 수 있도록 철저히 지도하고 감독해야 할 것이다. 필자는 모처럼 도농(都農) 간 상생의 구원투수로 선택된 로컬 푸드 사업이 좌초될까 염려되어서 하는 말이다. 물론 지금도 많이 고민하고 최선의 노력을 하는데 지나친 우려라고 볼 수도 있을 것이다. 서두에 언급했던 불량 명월초 건재 하나만을 가지고 과민 반응을 보이는 것이라 할 수도 있다. 그러나 옛말에 "하나를 보면 열을 알 수 있다."는 속담이 있다. 이 시점에서 로컬 푸드 직매장이 제대로 운영되고 있는지 되돌아보자는 것이다. 필자는 오늘도 퇴근 길에 로컬 푸드 직매장에 갈 일이 생겼다. 황토 고구마와 열무 한 단을 사 오라는 집사람의 전화를 받아서다.

〈전북도민일보〉 2015. 10. 03.

# 만경강을 지켜야 전북의 미래가 있다

　요즈음 만경강 자전거 길을 달리다 보면, 둔치에 억새와 갈대가 어우러져 장관이다. 적어도 필자가 보기엔 그렇다. 갈바람에 살랑거리는 그 모습은 어디와 비교해도 빠지지 않을 만큼 아름답다. 인위적인 꾸밈이 아니라 자생적으로 만들어졌기에 그 가치가 높다 할 것이다. 생각 같아서는 많은 사람이 찾아와 보고 느끼며, 행복한 삶을 구가했으면 좋겠다. 그런데 사람이 보이지 않는다. 왠지 우리의 곁에서 멀어지고 있다는 생각이 든다. 그동안 시민에게 친수 공간을 조성한다고 하천 정비 사업을 했으나 실패했다고 본다. 이에 익산시는 접근성이 떨어져 시민들이 찾지 않는다며 대규모 택지 개발을 강 주변에 추진하겠다고 밝혔다. 참으로 한심스러운 일이다. 강이 만신창이가 되어서야 후회할 것인가. 중국의 부자들처럼 깨끗한 환경을 찾아 이민을 떠나게 만들려는가. 이 강은 익산시만의 소유가 아니다. 이 강은 전북의 젖줄이며 후대에 물려줄 유산이다. 수천억 원을 투입하여 개발했으나 사람이 찾지 않는다면 분명히 그 이유가 있을 것이다. 필자가 보기엔 무리한 개발로 자연을 파괴했거나 관리되지 않았기 때문이라고 생각한다.

　필자는 거의 매일 만경강 자전거 길을 주행하다 보니, 아쉬운 점이 많다. 주변 축사로 인한 악취, 벌레 먹어 군데군데 사라진 가로수, 안전을 고려하지 않은 자전거길 등. 둔치 안으로 들어가 보면 그 실태가 더욱 심각하다. 불법으로 버려진 무단폐기물로 몸살을 앓고 있다. 보다 못해 개인적으로 가끔 쓰레기를 주워 오기도 하지만 화물 트럭으로 버려놓은 쓰레기는 감당할 수가 없다. 그 양이 엄청나기 때문이다. 그 내용물을 보면 건축 폐기물, 생활용품 및 가구, 날카로운 유리 조각들, 심지어는 집에서 사용했던 물건들과 각종 농약 살포에 쓰였던 잡다한 물건 등 이루 말할 수 없을 정도로 다양하다. 그런 곳이 한두 군데가 아니다. 낚시터는 더 가관이다. 가족과 동호인끼리 텐트를 치고 즐기는 것은 좋지만, 밤새 매운탕을 끓여 먹고 남은 음식물 쓰레기를 그대로 버리거나, 부탄가스통, 소주병, 맥주 캔, 라면 봉지 등 각종 쓰레기를 그대로 두고 간다. 더 심각한 것은 눈에 띄지 않도록 감춰 놓아서 치울 기회까지 빼앗아간다는 것이다. 다시 또 낚시터를 찾을 때 그 쓰레기를 치우는 게 아니라, 그 자리를 피해 깨끗한 옆자리를 선택하다 보니 점점 낚시터 오염 면적이 넓어지고 있다. 또, 차량 진입을 막기 위해 세운 쇠말뚝과 바위 돌을 파손하거나, 길을 우회해 차를 끌고 들어가 자연을 파괴하고 있다. 물론 일부 극소수가 저지르는 행위지만, 바로바로 치우지 않아 강이 점점 망가지고 있다.

우리는 모두 자연을 보호해야 한다. 특히 지자체도 그러하지만, 개인이 취미 생활을 위해 막무가내로 자연을 훼손해도 된다는 법은 어디에도 없다. 훼손은 범죄다. 누가 보고 있지 않는다고 해서 파괴하거나 그 원인을 제공하면 결국 재앙을 불러오는 것이다. 다시 말해 개발과 취미라는 명목을 내세워 자연을 파괴한다면 누워서 침을 뱉는 격이라 할 것이다. 그런데도 시내 중심가에서 5㎞나 떨어져 사람들이 접근하지 않는다는 명목으로 강변에 대규모 주택을 건설하려는 것은, 그 넓은 강에 쓰레기를 차떼기로 투기하는 것은, 그리고 낚시터를 오염시키는 것은 엄연한 범죄 행위다. 인간은 자연 안에서 자연과 더불어 상호 작용을 통해 사는 존재일 뿐이다. 따라서 자연의 관점에서 미래를 봐야 한다. 더 늦기 전에, 혹독한 대가를 치르기 전에, 우리가 당장 만경강을 보호하려면,

첫째, 현재 만경강의 모습을 보존하기 위해 계도와 함께 감시 감찰을 강화해야 한다.

둘째, 강에 '국가 지점 번호판'을 곳곳에 설치하고 불법 신고에 대해 신속하게 대처할 수 있는 시스템(GPS 좌표를 이용한 드론 시스템 등)을 구축해야 한다.

셋째, 불법 투기한 폐기물에 대해서는 경찰 수사를 통해 반드시 투기자를 밝혀내야 하고, 과태료를 물게 해야 한다. 현행법으로는 손수레나 운반 장비를 이용하여 투기 시에 과태료 50만 원을 부과하지만, 이를 10배 이상으로 인상할 필요가 있다.

넷째, 둔치로 무단 진입하려는 차량을 막기 위해 CCTV를 설치해 자연 훼손을 막아야 한다.

만경강은 우리 모두의 것이다. 전북을 가로지르는 우리의 젖줄이다. 이 강은 앞으로 우리와 더불어 살아가야 할 자연이다. 그러기 위해선 그동안 파고 뒤집고 시멘트로 덧칠되고 있는 만경강의 아픔을 먼저 치유해야 한다. 미래를 예측하지 못하고 머리맡에 대규모 주택단지 조성으로 사람을 불러들이겠다는 발상과 쓰레기를 버리는 넓은 장소로만 착각한다면 슬픈 일이다. 이는 마치 아마존 원시림을 벌

목하고 불을 질러 농토를 확보하고서 땅을 치며 후회하는 것과 다를 바 없는 일이다.

〈전북도민일보〉 2017. 11. 13.

# 익산 폐석산을 이용한
# 그랜드 디자인(Grand Design)

   우연한 기회에 익산의 폐석산을 돌아볼 기회가 있었다. 일단 그 규모에 깜짝 놀랐다. 한마디로 어마어마했다. 이런 곳에 불법 폐기물로 땅을 메우고 그 침출수로 지역 주민의 건강에 악영향을 주었다는 사실에 대하여 도저히 이해할 수가 없었다. 경기도 포천처럼 폐석산을 관광 자원으로 개발하는 데에 성공한 사례도 있는데 왜 메웠을까? 법에 따라 했겠지만, 결과적으로 다시 원상복구에 수천억 원이 들어간다니, 여기다 일부 시 공무원까지 불법 매립에 연루되어 징계를 받았다니 참으로 안타까운 일이다. 시는 이 지경이 되도록 무엇을 하고 있었는지. 이러고도 '시민이 행복한 품격 도시 익산'이라고 자랑하고 있을지 궁금하다. 더 이상 이런 불상사는 없어야 할 것이다. 그리고 원상복구란 명목으로 메우기보단 새로운 가치를 창출하는 쪽으로 디자인해야 한다는 일부 시민의 주장에 공감한다. 얼마든지 가능하다고 본다. 이곳을 랜드마크로 현대의 문화수도를 구상해도 좋을 만큼 폐석산은 가치가 있다고 본다.

   이곳은 마치 중국의 옥룡설산을 배경으로 한 인상여강(印象麗江) 공연장을 방불케 하는 장소다. 1년에 500만 명이 찾는 그곳보다 더 웅장하고 큰 규모를 가지고 있다. 중국은 인위적으로 무대를 만들었지만 폐석산은 그 모습대로 무대로 이용해도 될 만큼 완벽하다. 현 상태에서 지붕만 씌우면 전천후 공연공간이 생긴다. 담수만 해도 아름다운 호수가 된다. 그 앞에는 낭산 저수지가 있으며, 그 둘레는 푸른 낭산의 산이다. 바로 남쪽 전방엔 미륵산이 보이고, 호남 고속도로에서 직선거리로 10㎞ 이내에 있다. 물론 말처럼 쉽지 않다는 것도 알고 있다. 그래도 의견을 종합하고 이를 시가 주도적으로 계획하고 시민들의 동의를 얻어 추진하면 가능하다고 본다.

여기서 경계할 것은 전문성이 없는 시 공무원들이 둘러앉아 탁상에서 결정할 문제는 아니라는 점이다. 반드시 전문가의 의견을 받아 익산의 100년 뒤의 모습을 그리면서 치밀한 논의와 예측 가능한 변수를 도출하고 설계에 반영한 후 공청회를 열고 차분히 접근하면 될 것이다. 단기간 내에 무엇을 하겠다는 생각을 버려야 한다. 스페인의 사그라다 파밀리아 성당은 130년째 공사를 하고 있다. 적어도 후세에게 훌륭한 유산을 남기겠다는 마음으로 폐석산을 문화 공간으로 만들어 갔으면 한다. 어찌 보면 필자의 생각이 허무맹랑하다고 질책할지도 모르지만, 세계 곳곳에 있는 유명 관광지를 보면 답이 있다. 지금은 세계적인 명소지만, 당시 그 건물을 구상하고 짓는 과정에서 대부분 비난을 면치 못했다. 그러나 지금은 그로 인하여 먹고살고 있다.

따라서 판단은 빠를수록 좋다고 본다. 일본의 마스다 히로야가 『지방소멸』이라는 책에서 지적한 것처럼 지자체가 소멸하면 필요 없는 얘기가 되고 만다. 그는 앞으로 일본의 지자체 중 절반 정도가 소멸하게 될 거라고 밝혔다. 그 이유로 가임 여성의 인구가 노인 인구의 절반에 못 미치기 때문이라고 했다. 이에 우리나라 한 신문사가 같은 방법으로 분석한 결과, 우리도 20년 후엔 지자체의 30% 정도가 파산할 가능성이 크다는 연구 결과를 내놓았다.

앞으로 우리의 일부 중소 도시가 소멸할 거라는 것은 새삼스러운 얘기가 아니다. 설마 익산은 그런 일이 없을 거로 생각한다면 그것은 우물 안 개구리와 다를 바 없을 것이다. 다행히 익산은 22년 전 이리시와 익산군이 통합해서 만들어진 시다. 그 이름을 익산이라 한 것은 우연이 아니라고 본다. 익산(益山)은 산이 보탬이 된다는 말이다. 뜻 그대로 풀이해 보면 그렇다. 이제 그 돌이 바닥을 보이고 껍질만 남았다. 허가 면적 기준으로 해도 어림잡아 23만 평이나 된다. 그게 속이 빈 돌산으로 남아 있다. 이 공간이 엄청난 웅덩이가 되었다. 그 둘레와 바닥은 단단한 돌로 이뤄져 있다. 어쩌면 이곳은 하늘이 내려준 천혜의 요충지다.

필자는 이를 버리지 말고 이를 이용해 익산을 일으켜 세우자고 말하고 싶다. 얼마든지 가능하다는 이야기를 하는 것이다. 왜냐하면, 익산은 적잖은 고대와 근대 문화가 분포되어 있다. 먼저 역전을 중심으로 한 근대 문화, 미륵사지 둘레에는 고대 문화와 이를 바탕으로 폐석산에 현대 문화를 상징하는 랜드마크를 조성하면 접근성·거리·위치적으로 튼튼하고 안정감이 있는 삼각 문화 벨트를 구축할 수가 있다. 이곳을 중심으로 금강과 만경강을 연결해 주면 엄청난 시너지 효과가 생겨 훌륭한 관광 지구가 형성될 것이다. 이것이 필자가 주장하는 익산의 그랜드 디자인(Grand Design)이다. 전국 어디를 둘러봐도 이런 조건을 갖춘 곳은 없다. 그래서 필자는 전문가의 진단을 근거로 한 익산의 새로운 디자인이 필요하다고 주장하는 것이다.

〈전북도민일보〉 2017. 12. 19.

# 한국 GM 사태에 대한 소견

한국 GM(General Motors)은 지난 13일 군산 공장을 5월 말에 폐쇄한다고 발표했다. 이에 전라북도가 혼란에 빠졌다. 설마 했던 일이 현실이 되자 벌집을 쑤신 듯 여기저기서 난리다. 마치 갑작스럽게 당하는 것처럼 놀라고 있으니 씁쓸하기만 하다. GM의 폐쇄는 이미 예견된 일이었지만, 지난 대선 기간에 어느 후보도 그 문제를 거론하지 않았다. 전라북도도 대책을 마련하지 못한 것을 보면, 아직도 이 사태를 GM이 한국 정부의 지원을 더 받아내기 위한 압박용 카드쯤으로 보는 것 같다.

그런데 도널드 트럼프 미국 대통령은 선거 운동 때부터 미국 우선주의를 외쳤다. 당선된 그는 '한국 GM 군산 공장 폐쇄는 내 업적'이라고 했다. 이런데도 폐쇄를 번복할 거로 생각한다면, 그것은 위기관리 대처 능력을 상실한 불감증이라고 본다. 비전문가인 필자가 봐도 그들은 지금 폐쇄를 위한 순서를 밟고 있으며, GM은 결국 미국 대통령이 말하듯 북미 최대의 자동차 도시였던 디트로이트로 유턴하게 될 것이다. 그 이유는 현 미국 대통령이 말해서가 아니라, 국내 기업인 현대 조선 군산 공장의 폐쇄도 막지 못했는데 의지대로 할 수 없는 외국인 회사의 철수를 막을 수 있는 능력이 우리에겐 없기 때문이다. 그렇다면 받아들여야 한다. 문제는 군산시다. 이러다가 미국의 디트로이트처럼 파산하지 않을까 하는 염려가 앞선다. 사실 디트로이트는 1950년대에는 인구가 180만 명이나 되었다. 그곳은 미국의 3대 자동차 업체인 포드, GM, 크라이슬러가 자리 잡고 있었으며, 제2차 세계대전 이후 최고의 전성기를 누렸다. 명실공히 세계의 자동차 산업의 메카였다. 그런데 1980년대부터 일본의 자동차 공업의 선전으로 인하여 점점 쇠퇴하다가 2013년도에는 인구가 70만으로 줄어들면서 재정 악화로 파산을 당한 곳이다. 그 결과 공원의 70%가 폐쇄되고, 일부 가로등은 깨지고, 범죄 발생률은 높아졌다. 공공 서비스의 질은 낮아지고, 빈집이 늘어나기 시작하면서 참혹한 도시로 변했다. 이런 뼈저린 경험을 한 미국이 지금 수단과 방법을 가리지 않고 있다는 것을 우린 뻔히 알고 있다. 설마 우방인데, 가혹한 조치로 우릴 힘들게 하지는 못할 거라고는 생각한다면 그거야말로 난센스(nonsense)의 극치다. 지금 우리가 할 수 있는 일은 피해를 최소화하는 것이다. 근로자들이 받을 충격을 완화해주는 조치가 가장 먼저다. 이를 위해 정부가 가진 모든 카드를 동원해야 한다. 또 이런 일이 생기지 않도록 재발 방지 시스템을 구축해야 한다. 이번 사태가 더 심각하게 다가오는 것은 현대 조선의 철수를 경험하고도 설마 했던 결과물이다. 이를 깨닫지 못하고 좌면우고한다면 더 큰 불행에 봉착하게 될지도 모른다. 이제 와서 KDB 산업은행의 책임이라거나, 노사 간 갈등에서 비롯된 것이라는 둥, 서로 책임을 전가하려는 듯한 양상은 오히려 GM을 유리하게 만들 것이다. 필자가 보기엔 이번 사태는 총체적 부실이라고 본다. 정부는 알면서도 방치했고, 산업은행은 눈뜬 봉사였으며, 노사가 하나 되지 못한 결과가 폐쇄의 정당성을 확보해 주었다고 본다. 문제는 이 폐쇄의 결정이 국내의 다른 GM에게도 폐쇄의 빌미를 줄 수 있다는 점에서 매우 심각하게 받아들여야 할 것이다. 필자의 생각으론 문제를 확대하지 말고 GM 군산 공장을 조속한 시일 내에 제삼자에게 고용 승계까지 포함한 인수가 이뤄지도록 길을 열어줘야 한다고 본다. 그리고 가능하다면 이번 같은 먹튀를 방지하기 위해 국내 기업 우선 정책이라도 펴야 할 것이다. 다음으로는 정부가 나서서 군산 GM과 협력업체 근로자에 대한 단기 고용과 실직자 재취업 등을 고민하여 대책을 세워야 한다. 또한, 다른 공장의 노조는 생산성을 향상하고, 사용자 측은 투명경영으로 신뢰를 회복하여 지켜야 한다. 끝으로 정부의 위기관리에 대한 불감증 해소를 위해 낙하산 인사를 중지해야 한다. 이번에 산업은행에서 한국 GM에 파견한 이사들의 무관심과 무능이 그 이유다. 낙하산 인사의 가장 큰 폐단은 이질감이다. 이 이질감이 기관을 무기력하게 만들고, 방만한 경영 패턴을 만들어 가게 되는 것이다. 바로 이점이 청산해야 할 적폐다. 필자는 우리가 선진국 문턱인 3만 불 시대에 진입하지 못하는 것은 낙하산 인사가 주된 원인이라고 본다.

아무튼, 군산의 위기 극복은 조금 더디 가더라도 미래를 보고 결정해야 한다. 군산이 정치 운동의 각축장이 되어서는 절대 안 된다. 그리고 지금 우리 국민이 할 수 있는 일은 정부의 판단을 믿고 함께 고통을 분담하는 것이다. 한 번 돌린 물로는 물레방아를 다시 돌릴 수 없다고 했다. 이미 깨진 신뢰를 생각지 않고 정부의 공적 자금을 GM에 투입한다는 것은 밑 빠진 독에 물 붓기가 될 것이다.

〈전북도민일보〉 2018. 02. 22.

# 전북 그랜드 디자인

2750년이 되면 우리나라에서 한국 사람을 찾아볼 수가 없다고 한다. 100년 뒤에는 우리나라 인구가 약 1,000만 명으로 줄어들고, 20년이 지나면 우리 지자체의 30% 정도가 소멸한다는 예측도 나와 있다. 이런 경고에도 반응이 없는 지도자들에게 묻고 싶다. 당신은 이런 예측에 대하여 어떻게 생각하는가? 지도자로서 이런 경고에 적절히 대처하고 있는가. 당장 코앞에 닥친 일이 아니라 좀 두고 보고 있는가. 아니면 내가 신경 쓴다고 해서 해결될 일이 아니라며 포기하고 있는가. 그것도 아니면 설마 하고 방심하면서 권력만을 탐하고 있는가. 그렇다면 정말 당신들은 지도자의 자질이 없는 사람들이다. 옛말에 천둥이 잦아지면 반드시 비가 내린다는 말이 있듯, 자꾸 경고가 나온다는 것은 머지않아 그리될 거라는 징후다. 그런데도 눈앞에 보이는 것이 전부인 양 말하고 행동하면 어쩌란 말인가. 당신들은 우리의 대표가 아니던가. 대표가 대표다워야 한다. 장군이 병사의 마음을 가지면 군대를 통솔할 수 없다고 했듯, 전북이 다른 지역보다 낙후된 원인을 남의 탓으로만 돌리는 당신은, 도대체 무슨 생각으로 그 자리에 앉아 있는가?

도지사는 반드시 지역 현안에 대하여 무엇이 중요하고, 무엇이 우선이며, 무엇이 미래를 위한 것이지 판단할 수 있는 계획을 미리 세워야 한다. 그게 바로 전북 그랜드 디자인이다. 이대로 가면 머지않아 회생할 수 없을 정도로 성장 동력을 상실하게 될 것이다. 이미 많은 보도를 통해 알고 있는 것처럼 전남 고흥군의 경우, 2040년에는 인구가 0명이 된다고 한다. 이는 단순한 추측이 아니라 현재 고령 인구와 가임 여성 관계를 놓고 시뮬레이션한 결과다. 그런데 군이 내세우는 정책을 보면 아직 그런 위기를 실감하지 못하고 있다는 것을 알 수 있다. 가령 세계 최대 태양광 발전소 건립, 친환경 농업지구 지정 선포, 친환경 농산물 공급 거점, 중장기적으로 글로벌 신재생에너지 테마랜드 조성 등이 그렇다. 아마 이는 예산만 낭비하고 구호로만 끝날 개연성이 크다. 왜냐하면, 인구를 모이게 하는 정책이 빠져 있기 때문이다. 개인적인 생각으론 귀농·귀촌을 위한 정책으로 전환해야 그나마 소멸의 시기를 뒤로 늦출 수 있다고 본다. 그러기 위해서는 먼저 인구와 시설을 압축해 작지만 행복한 지역으로 만들어 삶의 질이 높은 도시 생활을 표방해야 수도권 인구를 불러들일 수가 있을 것이다. 이런 대안 없이는 절대 고흥군의 소멸을 막을 수 없다. 결론적으로 각각의 지자체가 어떻게 하면 인구를 늘려갈 수 있느냐에 초점이 맞춰져야 한다는 얘기다. 왜냐하면 사람이 없는 지자체는 존재할 수 없기 때문이다. 우리 전북도 마찬가지다. 전북의 인구가 최고치를 달성했던 시기는 1966년도다. 당시 전북 인구는 250만 명이었고, 전국 인구는 약 2,915만 명이었다. 2019년 예상 인구는 약 5,114(176%)만 명으로 증가했다. 이런 증가 폭으로 계산해 보면 전북의 인구는 현재 441만 명이 되어야 한다. 그런데, 실제로는 약 58% 감소한 185만 명에 불과하다. 그 이유가 어디에 있다고 보는가? 당연히 수도권 집

중 현상에 있다. 그렇다면 어떻게 해야 하는가? 수도권 수준으로 삶의 질을 향상시켜야 한다. 그러기 위해서는 도시를 압축해 세출액을 줄여서 삶의 질을 높일 수 있는 정주 여건을 마련해 주어야 한다. 지금처럼 원도심을 버리고 외곽 개발로 주거지가 팽창하는 형태로는 도시를 살릴 수가 없다. 여기다 빈집이 늘어나는 원도심을 살리겠다고 천문학적인 예산을 쏟아붓는 도시재생사업은 한마디로 자가당착이다. 더 늦기 전에 미래를 위한 전북을 그랜드 디자인이 필요하다는 말이다.

여기서 전북 단체장들에게 묻고 싶다. 100년 뒤에 전북의 인구는 얼마나 되겠는가? 현 추세로 보면 36만 명 정도가 되고, 전주는 13만 명, 익산은 많아야 6만 명 정도가 된다고 한다. 이게 현실이다. 수도권 집중으로 벌어지는 인구 감소를 막아야 하는데 지금의 정치 구조로는 거의 불가능한 일이다. 다만 지자체에서 할 수 있는 일은, 세수 확보만을 위해 주거지 개발을 외곽으로 확대하지 하지 않는 것이다. 그리고 정책을 정치 생명을 연장하기 위한 것에 맞추지 말아야 그나마 소멸의 시기를 지연시킬 수가 있다고 본다.

다행히 우리 전북엔 비장의 무기가 남아있다. 그런데 미래를 위한 디자인이 없는 지금, 이 무기는 사용조차 못 하고 고철로 버려질지 모른다. 이 무기는 바로 새만금이다. 잘 이용하면 전북의 새로운 먹거리는 물론, 우리나라의 성장을 주도할 수 있는 보석이다. 따라서 전북의 100년을 내다볼 수 있는 디자인은 새만금을 중심으로 설계되어야 한다. 그러기 위해서는 지금처럼 군산, 김제, 부안이 새만금 땅을 더 많이 점유하려고 법정 싸움까지 갔던 것에 대한 반성이 필요하다. 지금이라도 더욱 큰 그림을 위해 새만금을 하나의 자치 도시인 새만금시(市)로 만들어 사업을 일관되게 추진하면 좋을 것 같다. 그래야 지금처럼 사업이 터덕거리지 않을 것이다.

지도자는 눈앞의 이익만 봐서는 안 된다. 또 모든 사안을 정치 생명의 연장선상에서만 봐서도 안 된다. 그리고 조급하게 임기 내 성과를 위해 서두르지 말고, 대대손손 과업을 물려줘 이뤄나가는 안정된 정치가 필요하다. 다시 말해 직감(直感)적인 인기 정책을 배제하고, 100년 이상 내다볼 수 있는 전북 그랜드 디자인을 근거로 무슨 일이든 차근차근 실천해야 한다.

- **전주시의** 인구는 지금 추세로 100년 뒤에는 13만 명 안팎이 될 것이다. 그런데도 인구를 늘리는 것보다 도시를 외곽으로 확장하는 정책에만 치중하는 것 같다. 이는 소멸에 대한 인식 부족으로 생기는 안일한 정책의 결과다. 결국, 지금과 같은 정책이 계속되면 원도심의 공동화 현상이 가속화될 거라는 많은 지적에도 딴전을 벌이고 있다. 아마 냄비 안에 개구리처럼 서서히 열을 가하니 견딜 만해서 그런 것 같다.

전주시 인구가 2015년에 65.4만 명을 정점으로 지금까지 계속 줄어들고 있다는 것은 이미 다 알고 있는 사실이다. 인구가 줄면서, 전북의 심장인 원도심의 황폐화는 매우 심각한 상황이다. 점점 활력을 잃어가고 있으며, 이미 소멸의 길로 접어들었다고 말하는 게 맞을 것이다. 그런데도 전주시는 이를 외면하고 외곽의 택지 개발에만 관심을 두는 것을 이해할 수가 없다. 솔직하게 35사단이 이전하고 대단위 아파트를 건설한 결과로 전주시 인구가 늘어났는지 묻고 싶다. 필자는 아니라는 전제로 오히려 구도심의 쇠퇴와 공동화 현상만 부추겼다고 보고 있다. 그런데도 전주시는 만성지구, 효천지구, 천마지구에 258㎡도 모자라 서민 주거지를 안정적으로 제공한다며 전주역 근처 장재마을에 100만㎡ 면적의 택지를 개발하겠다고 발표하고 있다. 참으로 한심스러운 일이 아닐 수 없다. 이대로 가면 미래가 어떻게 된다는 사실을 정말 모르고 있는지, 아니면 알면서도 임기 내에는 절대 그런 일이 일어나지 않으니 상관없다는 것인지 이해되지 않는다. 물론 전혀 다른 의견도 있을 거라 본다. 그러나 우리나라 인구가 2030년까지 증가하고 이후부터는 기하급수로 감소한다는 예측은 알 만한 사람은 다 알고 있는 엄연한 사실이다. 그런데도 전주시를 외곽으로 확대하는 이유가 무엇인지 묻고 싶다. 혹시 도시 소멸에 관해 전주시는 무관하다고 보는가? 아니면 절대 그런 일은 발생하지 않는다고 믿고 있는가. 그것도 아니면 지역을 확대해서 인근 지역의 인구 유입을 통해 인구 감소를 막으려 하는가. 만약 그런 계산이라면 이는 모두가 불행해지는 물귀신 작전에 불과하다. 정책이란 100년 이상을 내다볼 수 있는 설계, 즉 디자인이 필요한 법이다. 이런 그림이 없기 때문에 어느 날 갑자기 현 대한방직 터에 143층짜리 건물을 짓겠다고 나서는 것이 아니겠는가? 아직 확실한 전주시 의견은 나와 있지 않지만, 이런 사업이 과연 누구를 위한 것인지 먼저 생각해야 할 것이다. 물론 사업을 추진코자 하는 업체는 전주시의 도시 형태와 성장 패턴을 바꿔 새로운 도시로 만들어 가겠다고 말하고 있지만, 묻고 싶다. 그동안은 이런 고급스러운 정책이 없어서 전주시의 발전이 답보 상태였다고 보는가? 그렇다고 하면 다시 묻고 싶다. 이 모든 것을 누가 담보할 것이며, 책임은 누가 지겠는가. 분명 누군가는 확실한 답을 해야 한다. 아마 이 물음에 자신 있게 답하지 못하면 그것은 사기의 시작에 불과하다.

시의 중요 정책은 몇 사람이 탁상에서 결정할 문제가 아니다. 전문가들이 미래를 진단하고 반드시 공론화 과정을 거치도록 해야 한다. 그리고 이 과정에서 추진코자 하는 정책이 전주시 미래에 어떤 영향을 끼칠지에 대한 분석이 필요하다고 본다. 개인적인 생각으론 더 이상의 택지 개발은 중단되어야 한다고 본다. 현재 인구가 줄어드는 추세에서 도심을 외곽으로 확장하는 것은 도시의 역동성을 약화시키는 결과를 초래하게 될 것이다. 만약 주변 시·군의 인구를 유입하겠다는 인구 정책이라면 결국 공멸을 자초하게 될 것이다. 그래도 이를 무시하고 계속해서 주택을 건축하겠다고 한다면, 그것은 전주시가 건설업자의 관점에서 시를 운영하고 있다는 비판을 받게 될 것이다.

고령화와 저출산에 따른 인구 감소 문제는 결코 먼 미래가 아니고 지금 현실의 문제가 되어버렸다. 그런데 전주시는 그다지 위기감을 느끼지 못하고 있는 것 같다. 그 결과 엉뚱하게 대한방직 공장 터를 개발하자는 의견에 확실한 태도를 보이지 못하는 것이라고 본다.

전주시가 좀 더 미래를 내다보고 호텔과 컨벤션 센터를 건립하고 싶다면 얼마든지 더 좋은 장소를 찾을 수도 있을 것이다. 가령 물이 있고, 서울의 남산처럼 전망대를 세워 야간 조망권을 확보할 수 있으며, 교통 여건이 좋아 접근하기 쉬운 곳을 찾으면 된다. 다만 이곳에도 반드시 지켜야 할 것은, 절대 주거지를 포함해서는 안 된다는 것이다. 시민의 삶의 질을 높일 수 있는 시설이면 된다.

결론적으로 현실적으로 인구 감소를 막기란 매우 어려운 일이다. 이런 판국에 도시를 외곽으로 팽창하는 것은 막아야 한다. 지금의 방식으론 전주시를 절대 살릴 수 없다. 이미 일부 선진국들이 무리

수를 두다 실패한 경험이 있는 것처럼, 토지 이용도를 높이기 위해서는 주거 시설, 공공시설, 상업 시설, 교통 시설 등을 한곳에 압축함으로써 삶의 질을 향상시켜야 한다. 시설이 한곳에 모여 도시 기능의 효율성을 높여야 도시의 에너지가 분산되지 않고 중심으로 집중된다. 이것이 소멸을 막을 수 있는 답이다. 따라서 전주시가 전북을 대표할 만한 광역시를 꿈꾼다면 중구난방으로 난개발을 할 게 아니라, 100년 뒤를 위한 전주시만의 그랜드 디자인부터 해야 할 것이다.

- **익산시의** 인구는 30만 명을 기준으로 턱걸이를 하고 있다. 2017년 11월에는 30만 명을 지키지 못해 정치권에서 비상이 걸렸고, 이를 채우기 위해 타지 대학생에게 주소를 이전케 함으로 간신히 30만 명을 지켰다는 것은 비밀이 아니다. 그렇다면 앞으로 익산시 인구 30만 명은 얼마나 유지될 것인가. 필자는 힘들 거라고 생각한다.

필자는 우연한 기회에 익산시와 관련된 보고서와 책 30권 이상을 읽었다. 익산시는 어느 도시와 비교할 수 없을 정도로 근대와 고대문화 유산이 많이 산재해 있는 국내 유일의 도시다. 또한, 전북 교통의 중심지로 한때 50만 도시를 꿈꾸던 도시가 점점 쇠퇴해가고 있는 것은 안타까운 일이다. 사실 도시가 무기력해지는 이유는 자연적인 면도 있지만, 그보다는 지도자의 잘못된 정치적인 욕심 때문인 경우가 많다. 필자가 보기에 익산시는 후자에 속한다고 본다. 먼저 1995년 이리시와 익산군이 통합을 하면서 약속한 시청사 이전이 길까지 뚫어 놓고 이뤄지지 못한 것은 정치인들이 욕심을 부렸기 때문이라고 본다. 이 문제가 시민 간의 갈등을 부추기다 최근에서야 용역 결과가 공개되었다. 위치는 현 청사 뒤쪽이라고 발표했다. 그런데 과연 시청사가 익산시의 중심이 아닌 남쪽으로 치우쳐진 그 위치가 타당한지, 앞으로 도심의 비좁은 도로는 어떻게 할 것이며, 익산시가 내세우는 교통 요충지로써 외부의 접근성을 확보할 수 있을 것인지 등을 생각해보면 이 또한 정치적인 판단일 수 있다는 것이다. 물론 공사를 시작해봐야 알겠지만 말이다. 또 한 가지는 KTX 익산역 문제다. 요즘 전주 혁신도시에 KTX 신역을 건립하기 위한 타당성 조사를 하고 있다. 익산역에서 13.8㎞밖에 떨어지지 않은 곳이다. 그 이유로는 현 익산역이 버스 터미널과 거리가 떨어져 환승이 불편하고, 다른 지역에서 역에 접근하려면 시내 중심부를 통과해야 하고, 주차 공간이 턱없이 부족해 주차하기가 어렵다는 것이다. 2006년부터 KTX 정차역 위치가 논란에 빠졌을 때, 당시 시장은 100년을 내다보는 역을 만들어 도민이 가장 편리하게 이용할 수 있도록 하겠다며 그 자리에 재건축을 했지만, 개통한 지 5년도 넘기지 못하고 뜨거운 감자가 되어버렸다. 왜 멀리 보지 못했을까? 이것 역시 정치적으로 판단했기 때문이다. 당시 조금만 미래를 보고 정차역 위치로 거론되었던 목천포 쪽으로라도 이전했더라면, 현재의 익산역이 가지는 단점을 한 방에 해결하고, 대규모 환승센터와 물류센터, 컨벤션 센터 등을 건립할 수 있었을 것이다. 또 요즘 거론되고 있는 유라시아 철도 출발 거점으로 추진해도 손색이 없을뿐더러, 당연히 지근거리에 신역을 세우려는 소모적인 시도도 없었을 것이다. 이 모두가 지역 이기주의를 부추겨 정치 생명을 연장하려는 핌피 현상(PIMFY syndrome)을 부추겼던 지도자에게 그 책임이 있다고 본다. 지금이라도 익산시 미래를 위해 새로운 디자인을 해야 한다. 다시 말해 그랜드 디자인이 필요하다는 말이다. 설계만 잘되면 다른 도시와 달리 익산은 급성장할 잠재력이 충분한 도시라고 본다. 적어도 내가 보기에는 그렇다. 왜냐하면, 익산은 역전을 중심으로 한 근대 문화와 금마와 왕궁을 중심으로 한 고대 문화가 산재하고 있다. 여기다 황등과 낭산에 분포된 엄청난 폐석산에 현대 문화를 조성하여 삼각 벨트를 형성하고, 이를 익산역과 연결하면 엄청난 시너지 효과를 얻을 수 있다고 본다. 여기다 금강과 만경강을 연결해 주면 어디에 내놓아도 손색이 없는 훌륭한 관광 지구가 형성된다는 얘기다. 그러나 하루아침에 될 수는 없다. 그렇다고 터무니없는 '장밋빛 계획'도 아니다. 모두 현재 존재하는 것으로, 이를 보완하고 스토리를 만들어 현대와 근대 그리고 고대의 얘기를 동시에 체험할 수 있는 디자인을 한다면 세계적인 관광의 중심이 될 수 있을 것이다. 결국, 구슬이 서 말이라도 꿰매야 보석이란 말이 있다. 아마 익산을 두고 전해오는 속담일지도 모른다.

'익산시 관광 마스터 플랜' 보고서에 의하면 익산은 다양한 볼거리가 없다는 의견이 47.3%로 가장 높고, 그다음으로 시내 교통 불편이 28.8%, 체험 프로그램 부족이 25.5% 순으로 나타나 있다. 그렇지만 조금만 눈을 돌리면 익산만큼 볼거리가 많고 교통이 좋은 곳은 전국 어디에도 없다. 그런데 이를 발굴하고 발전시켜야 할 지도자가 보이지 않는다. 왜 시민이 익산시를 떠나려 하는가 고민하는 지도자도 없다. 시민을 설득하고 의식을 고취시킬 만한 인물이 없다. 타 시도와 마찬가지로 구태여 희생할 필요성을 느끼지 않고 자신의 정치 생명 연장에만 눈을 돌리고 있다. 결과적으로 타 지역에 비해 삶의 질이 떨어지면서 익산을 떠나는 사람이 증가하고 있다고 본다. 이를 방치하면 100년 뒤 익산시 인구는 대략 6만 명 정도가 된다. 상상하기조차 끔찍한 일이다. 그러나 이대로 안주하면 어려운 상황이 앞당겨

지게 될 것이다. 아마 지금 제기되고 있는 시청사 건축과 전주 혁신
도시 KTX 신역 신설에 결과가 익산시의 미래를 결정하게 될 것이다.
따라서 익산시는 100년 뒤를 상상하며 시청사 건립을 다시 검토하
고, KTX 신역 신설을 어떤 일이 있어도 막아야 한다. 그리고 더 이
상 익산이 가지고 있는 에너지가 분산되지 않도록, 익산시를 압축할
수 있는 그랜드 디자인을 만들어 놓아야 한다.

〈칼럼에서 못 다한 얘기〉 2018. 09. 01.

제5부

# 국민이 원하는 것

# 정말, 5월의 고백처럼 새로워지길

껍질을 뒤집어쓴 채 잊어버리고 싶었습니다. 왜냐면 사는 게 너무 힘이 들고 복잡해섭니다. 잘난 사람만 사는 세상 같아 속도 상하고 지겹기도 했습니다. 버둥대 보았지만, 몸과 마음이 지쳐 쉬고 싶었습니다. 그래서 껍질을 뚫고 들어가 잠시 눈을 감고 굴러가는 대로, 발에 차이는 대로 어디든 지금보다 못하겠느냐 하는 심정으로 살고 있습니다. 그동안 이 껍질을 만드느라 피골이 맞닿았지만, 지금은 참으로 아늑하고 편안해서 좋습니다. 특별히 눈치 볼 것도 없고, 서로 다툴 것도 없고, 하루가 언제 시작되는지 몰라도 늘 행복한 마음으로 푹 잠을 자니 좋아서 또 자고 있습니다.

그런데 이상합니다. 언제부터인지 겨드랑이가 간지럽기 시작합니다. 그래서 손을 뻗어 긁고 싶은데 손가락 하나 까닥할 수가 없습니다. 이럴 줄 알았으면 껍질을 더 크게 만들었을 것인데, 갑자기 도피하려 급조하다 보니 너무 작아 숨이 막혀 좋았던 기분도 사라지고 온몸이 옥죄여 옵니다. 발바닥에서부터 머리끝까지 간지러워 미치겠습니다. 몸이 비비 꼬이듯 고통스럽고, 너무 어두워 무섭고, 자꾸만 파란 하늘이 보고 싶어집니다. 졸졸 흐르는 시냇물 소리를 듣고 싶고, 텁텁한 흙내음도 맡고 싶고, 치고받고 터지고 제 잘난 맛에 살았

던 모습도 그립고, 썩어 뭉그러져 보기 흉하던 그들의 양심까지도 그
리워 미치겠습니다.

온 힘을 다해 몸을 움직여 봅니다. 어림없습니다. 발버둥을 치니
살이 타는 냄새만 진동하고, 살이 빠져 거죽만 남고 말았습니다. 더
이상 견딜 수 없어 포기하는 마음으로 눈만 끔벅거려 봅니다. 내 의
지와 달리 꽁꽁 얼어붙은 땅거죽을 도저히 뚫고 나갈 힘이 없었습니
다. 그래서 후회하다 지쳐 포기하고 세상을 등지려고 정말 눈을 감
았는데, 이게 무슨 일입니까.

그런데 언제부터인지 몸이 좀 자유로워졌습니다. 기분이 야릇하게
좋아집니다. 칠흑같이 어두웠던 껍질 속으로 어슴푸레한 빛이 스며
들고 있습니다. 몸부림으로 얇아진 껍질에 그 빛이 흘러들어와 몸을
따스하게 데워 줍니다. 밤에는 좀 서늘해도 한낮의 햇볕이 온몸을 비
추니, 겨자씨와 같이 작은 불씨가 살아나더니 기력이 회복되어 갑니
다. 쥐어짠 걸레 같은 육신에 핏기가 돌기 시작합니다. 근육에 힘이
붙더니, 어디선가 새소리가 들려오고, 땅거죽이 들썩거리는 소리에
귀가 간지럽습니다. 왠지 모르게 마음이 설레고, 보이지 않는데도 보
이고, 들리지 않는데도 들리는 듯 이상합니다. 아무튼, 다 빠지고 없
는 기력이 마력처럼 신비하게 되살아납니다. 순간 나도 모르게 문을
박차고 나갔더니, 벼락을 맞은 듯 아무것도 보이지 않습니다. 뿌연
안개 속입니다. 몽롱합니다. 얼마 후 정신을 차리고 눈을 뜨니 멈춰
버린 시계추가 움직이기 시작합니다. 땅 위에 찬란한 빛살이 서로 부
딪히고 엇갈려 하늘과 땅 사이에 가득 찹니다. 땅속의 차가움은 사
라지고 따스함이 감싸고돕니다. 깜짝 놀라 눈을 뜹니다. 정말 아름
다운 세상입니다. 연초록 나뭇잎 사이로 젖어 들 듯 내려앉은 5월의

햇빛이 찬란하여 환상적입니다. 연못에 모여 있는 올챙이들의 꼬리춤이 신비롭습니다. 물 밖 두덩에 소루쟁이의 넓적한 입들 사이로, 숨은 듯 보이는 개불알꽃이, 귀여운 여인의 덧니처럼 앙증스럽습니다. 짝을 찾아 조잘대는 박새가, 드보르의 봄의 교향악을 지휘하며 봄의 향기로 가득 채워줍니다.

결심합니다. 그들의 남겨준 5월, 그 숭고한 희생을 잊지 않겠다고, 그 정신으로 말하고 그 뜻으로 살겠다고, 다시는 혼자만을 위한 껍질 같은 것은 만들어 비겁하게 숨거나 등지고 싶은 심정으로 살지 않겠다고, 아무리 누르고 억압해도 당당하게 내가 이 세상의 주인이라는 심정으로 살겠다고 다시 결심합니다. 그동안 보기 싫고, 듣기 싫고 탓하기 싫어 양심까지 버리고 껍질을 만들어 혼자 숨어 버렸지만, 너무 고통스러운 시간이었음을 고백합니다. 이제 모든 것이 내 탓이라 생각하고 용서합니다. 죽이고 싶도록 미워도 다시 함께 살렵니다. 새롭게 시작하는 마음으로, 새로운 시대를 만들어 가렵니다. 결코, 힘이 있다 하여 남을 업신여기지 않을 것이며, 조금 힘들다 하여 함부로 말하지 않고, 관련 없다 하여 외면하지 않고, 늘 한결같은 마음으로 이 나라를 살피고 돌아보겠다고 고백하는 지도자가 많았으면 좋습니다.

〈전북일보〉 2004. 05. 30.

# 사라진 4,322,413원

내가 살기 위해 남에게 손해를 끼치는 행위를 사기(詐欺)라 한다. 사기는 남의 고통과 어려움을 염두에 두지 않고, 사욕을 채우고자 수단과 방법을 가리지 않는다. 뜻대로 되지 않으면 상대의 목숨을 빼앗기까지 한다. 이러한 인간 욕심의 끝은 어딜까? 모르긴 해도 사기꾼이 동시에 죽지 않는 한 그들의 사기 행각은 계속될 것이다. 아마 풍요로운 삶을 살아가는 세상이라 하여도 그 수가 줄어들 뿐, 사기꾼은 어느 세상에도 존재하게 된다.

5년 전 한 통의 전화를 받았다. 800만 원이 연체되었으니 카드사로 나와 달라는 얘기였다. 놀라서 한달음에 달려갔다. 누군가 필자의 이름으로 3장의 카드를 발급받아 사용하고 갚지 않았다는 것이다. 카드 발급에 사용된 통장은 잔액이 남아있지 않은 휴면 계좌라 금전적인 손해는 보지 않았지만, 전주까지 오가며 해명 자료를 제출하느라 많은 시간을 허비해야 했다.

올해 초에도 한 통의 메일을 받았다. 한 인터넷 쇼핑몰에서 유출된 개인 정보를 경찰청 사이버 테러 대응센터가 발견했다는 것이다. 이후 수차례 보이스 피싱으로 의심되는 전화를 받았다. 절대 속지 않는다는 생각으로 부드럽게 응대해 주었다. 그러던 어느 날, 요즈음 보이스 피싱으로 피해가 많이 발생하고 있으니 절대 속지 말라는 전화를 또 받았다. 반드시 통화가 끝난 후에는 남겨진 번호로 꼭 확인을 바란다며, "여기는 사이버 수사대입니다."라는 친절한 설명까지 남겼다. 114로 확인해 본 결과, 맞는 전화번호였다. 며칠 후 사이버 수사대라는 곳에서 다시 전화가 걸려왔다. 쇼핑몰에서 유출된 개인 정보를 이용해 3억 원이 필자의 통장에서 돈세탁 되었다는 것이다. 범인은 추적 중이며 우선 사용 중인 모든 통장의 입출금이 중지될 예정이라고 알려왔다. 당장 이를 막으려면 서류를 준비해 가까운 경찰서로 직접 가서 조사를 받으라는 얘기였다. 바쁘면 전화상으로 응대할 수 있도록 도와주겠다는 전화를 받았다.

화가 머리끝까지 올라왔다. 너무 진지하게 말하는 바람에 전화통을 붙들고 있었던 나 자신에 대한 화였다. 그 뒤에도 서너 차례 비슷한 전화를 받았다. 알고 보니 필자뿐만 아니라 집사람도, 이웃 동료도 한두 번씩은 받아본 전화였다. 그래도 다행인 것은 누구도 속지 않았다는 것이다.

그런데 4,322,413원을 사기당한 사람이 주변에서 발생했다. 농사를 짓는 시골의 어른이시다. 지난 토요일 오후, 한 통의 전화를 받고, 발신자(사이버 수사 요원으로 착각)의 요구대로 통화 상태를 유지한 채 오토바이로 읍내 우체국까지 갔다고 한다. 시키는 대로 현금 지급기를 꾹꾹 눌렀고, 결국 1원의 잔액도 없이 통장의 모든 돈이 사라져 버렸다는 것이다. 이 사실은 절대 타인에게 말하지 말고, 명세표는 바로 문서 세단기에 넣어 버리라고 했단다. 다음날인 일요일에 뒤늦게 사실을 알고 우체국과 경찰에 신고했지만, 되돌릴 수는 없었다. 넋 나간 사람처럼 허공을 응시하던 그분의 모습이 내 마음을 아프게 했다. 사실 이 금액은 이 어르신이 1년 동안 농사를 짓기 위해 피와 땀을 흘려야 겨우 손에 쥘 수 있는 엄청난 돈이었다. 그래도 이 모든 책임은 노인 자신에게 있다는 것이 안타까웠다. 그러나 유출된 개인 정보에 대해서 너무 가볍게 보는 정부 당국의 책임은 정녕 없는 것인가 묻고 싶다. 정말 빼앗긴 4,322,413원을 찾을 수는 없는 일인가. 도대체 누굴 원망해야 하나. 이처럼 우리 사회에 만연한 위험에 노출된 국민(서민)은 어쩌란 말인가?

최근 시행된 '한국 사회에 대한 인식 조사'에 따르면, 응답자의 71.4%가 위험에 노출되어 있다고 생각한다고 하니 심각한 일이 아닐 수 없다. 어린 자식을 가진 부모는, 혹 자동차 사고는 나지 않을까, 아이가 유괴되지는 않을지 걱정하고, 가장(家長)은 혹시 직장에서 해고되지는 아니할까 좌불안석이다. 과자 하나 마음 놓고 먹을 수 없는 나라. 인터넷은 강국이지만 악성 댓글로 사람이 죽어가는 나라. 정치인은 끝없는 싸움질이요, 은행조차 믿을 수 없는 나라. 전화가 오면 혹 보이스 피싱은 아닌지 걱정이 앞서는 나라. 대부분의 성인들의 개인 정보가 유출되고, 2006년 6월부터 2008년 2월까지 보이스 피싱으로 596억 원이나 피해를 본 나라에 사는 국민은 불안하다는 얘기다. 이제라도 더 나은 미래를 위해 정부가 나서야 할 때이다. 정부는 위험에 대비하고 관리할 수 있는 능력을 키워, 안정된 한국 사회를 만들어야 할 것이다.

〈전북도민일보〉 2008. 11. 11.

# 국민이 원하는 것

1997년도에 IMF 사태로 불어 닥쳤던 찬바람을 생각하면 아직도 오금이 저린다. 졸지에 실업자가 되어 거리에 나앉았던 사람들은 그 아픔을 잘 알고 있을 것이다.

국민은 불안하다. 어찌 될 것인가. 정말 정부는 철저한 대비를 하고 있는지 궁금하다. 그러나 시원한 답이 없다. 열심히 노력하고 있다고 홍보하지만, 국민은 믿지 않는 눈치다. 자꾸 잘될 거라 말해야 하는 그 숨겨진 고충을 모르는 바는 아니지만, 아직도 구태의연한 방법으로 국민에게 접근하는 것이 고루하다.

의사가 환자에게 병명을 숨기는 데는 이유가 있을 수 있다. 그러나 환자 가족에까지 숨기려 한다면 그것은 우롱일 것이다. 아니, 범죄가 될 수도 있다. 이처럼 아집 상태가 지속될수록 우리 경제는 파탄 나게 될 것이다. 지금처럼 법 집행이 무르고 느려터지거나, 국민의 억울함을 풀 길이 없는 형국이 오래 갈수록 우리는 더 큰 아픔을 겪게 된다는 사실을 간과해서는 안 된다는 얘기다.

지금 우리 경제가 어렵다고 여기저기서 아우성이다. 그러나 국민은 시큰둥하다. 책임 있는 사람이 그 심각성을 외면하고, 병든 말(言語)만을 뱉기 때문이다. 나라의 중대사를 논하는 자리에서 화려하게 구사하던 말도 슬그머니 사실무근이라고 말하고, 책임을 회피하는 일이 비일비재한 세상에서 믿음은 먼 나라 얘기가 되었다. 능변으로 연기하는 정치가는 넘쳐나지만, 이를 실천하는 지도급이 턱없이 부족하기 때문이다. 따라서 이 시대에 사는 우리가 먼저 회복해야 할 일은 말의 신뢰다. 특히 지도자의 말은 준비되고 호전적이지 않은 단어만을 구사할 수 있는 능력이 필요하다. 한번 뱉은 말은 되돌릴 수 없다는 사실을 모르는 사람이 없는데도, 잘 생각하지 않고 불쑥불쑥 아무 데나 총을 난사하듯 쏟아내는 말은 우리 경제를 파탄 내는 주범이 될 수 있다는 것이다. 지도자는 늘 조심조심, 가다듬고 고민하고 나서 말을 해야 한다. 지도자들이 변하지 않는다면 아마 IMF 때보다 혹독한 겨울이 닥쳐올지도 모른다. 소비가 위축되고 문을 닫는 가게가 속출하게 될지도 모른다. 다시 금융 위기가 한바탕 요동치게 될 수도 있다. 그렇다고 누구 탓만 하고 이대로 주저앉을 수는 없다. 이렇게 어려울 때 서로 싸우고 으르렁댈 수는 없다. 이 어려운 경제 난국을 벗어나려는 100가지 극복 종합 대책보다는 잘못을 인정하고, 국민에게 호소하고, 신뢰를 쌓는 말이 중요하다는 얘기다.

황새가 조개와 싸우면 어부만 이득을 본다는 얘기가 있다. 이 어부들은 현재 더 많은 조개를 얻으려고 세상을 불법(다단계 사건, 농산물 표시제 무시 등)으로 도배하려 하고 있다. 이를 막으려면 먼저 정부가 안정되어야 한다. 서로 악을 쓰며 소리를 질러대는 국회 정국으로는 국민을 다스릴 수 없는 것이다. 요즘 국회를 보면 도대체 누굴 위해 싸우는지 모르겠다. 국민을 위해 예산을 세운다고 하고, 서로가 국민을 위한다고 말하면서도, 당리당략에 치고받고 난리다. 보이지 않는 낭떠러지 작전으로 상대를 끝까지 무시하고, 이득이 없으면 외면해 버린다. 마치 같은 방, 같은 침대를 쓰고 있으면서도, 서로 다른 생각을 하는 위험한 부부의 동거 같다. 이혼조차도 거부하고 끝장을 보겠다는 모습을 보며, 경제의 위기를 극복한다는 것은 먼 얘기처럼 들린다.

이제 2008년도 며칠 남지 않았다. 경제 위기는 2008년에 웃으며 묻고 가야 할 것이다. 국민을 안심시키고, 마음을 얻으려면 서둘지 말고 서서히, 천천히, 조심스럽게, 놀라지 않도록, 포기하지 않도록, 달래듯 국민에게 접근해야 할 것이다. 요즘처럼 어려울 때일수록 급격한 변화나 혁신을 얘기하는 것은 바른 해결책이 아니다. 끝까지 포장된 말로 해법을 얘기한다면 새로운 불법이 판을 치게 될 것이다. 이 추운 겨울, 대한민국 국민의 삶도 꽁꽁 얼어붙을 것이다.

〈전북도민일보〉 2008. 12. 16.

# 뿌리 산업이 우리의 미래다

이제라도 뿌리 산업 육성에 대한 지원 방안이 정부에게서 나온 것은 참으로 다행스러운 일이다. 그러나 2017년까지 세계 6위의 뿌리 산업 강국으로 나라를 발전시키겠다는 발표에 대해선 믿음이 가지 않는다. 그동안 찬밥 취급을 받던 산업이 갑자기 수혈한다고 해서 기사회생하리라고 보지 않는다는 것이다. 뿌리는 생명줄이다. 뿌리가 약해지면 성장해야 할 줄기와 열매가 부실해진다는 것은 상식이다. 그런데도 우리는 경제 발전의 혜택에 고무되어 마치 뿌리 없이도 더 많은 열매를 맺을 수 있다고 착각하고 있는 것 같다.

현재 우리에겐 32만 명의 청년 실업자가 있다. 그런데도 뿌리 산업은 인력을 구하지 못해 어려움을 겪고 있다. 외국인 근로자조차 제때 공급받지 못하는 뿌리 산업은 고령화로 무너지고 있다. 더 심각한 문제는 양질의 일자리를 창출하겠다고 말하는 정부의 정책을 보면 정작 본질조차 제대로 파악하지 못하고 있다는 생각이 든다는 것이다. 필자가 듣기엔 양질의 일자리란 자칫 근로 조건이 좋은 대기업을 위주로 정책을 펴겠다는 소리처럼 들려 뿌리 산업을 포기하겠다는 얘기로 들린다.

우리에게 뿌리 산업은 생명줄이다. 그 뿌리가 지금 썩어가고 있다.

이대로 가면 우리 산업의 토대가 무너진다는 것은 불 보듯 뻔한 일이라고 많은 학자가 지적하고 있다. 이대로 가면 다시 되살릴 수 없는 암담한 지경에 이르게 될 것이라고 경고하는데, 이를 바로잡지 않아 무너지면 그 모든 책임은 지도자에게 있다 할 것이다. 따라서 지도자가 먼저 변해야 한다. 지도자가 더 솔직해야 한다. 진실을 왜곡하지 말아야 하고, 특히 당리당략에 따른 수단을 버려야 땀과 기술의 가치가 주목받는 사회가 될 것이다. 더 늦기 전 근본적인 문제 해결에 초점을 맞춰야 한다. 줄기를 튼튼히 하고 튼실한 열매를 얻으려 한다면 빈약해진 뿌리를 회복하는 게 우선이다. 다시 말해 중소기업의 작업 환경을 개선하고, 대기업과의 임금 격차를 줄여줘야 한다.

세계적인 명품인 스위스의 손목시계, 독일의 쌍둥이 칼, 이탈리아의 핸드백 등은 튼튼한 뿌리 산업에서 탄생하였다. 이처럼 뿌리 산업의 강국인 독일과 일본에서는 장인 정신이 깃든 세계적인 명품을 생산할 수 있다. 우리 자동차도 뿌리 산업의 비중이 90%에 달한다. 조선 산업도 35%가 뿌리 산업인 용접으로 이뤄져 있다. 현재는 외국인 근로자들이 이 일을 도맡아서 하고 있다. 문제는 그들에게서 혼이 담긴 제품을 기대할 수는 없다는 점이다. 이 결과 관련 부품 수입 비율이 점점 높아지고 있다. 뿌리 산업 약화로 산업 전반이 도미노처럼 무너지기 전에 현 정부에서는 정책 실명제를 도입하여 뿌리 산업 진흥 5개년 계획을 관리 및 감독해야 한다. 정권이 바뀌더라도 지속해서 지원해야 하고, 젊은이들이 뿌리 산업 현장의 주역이 되도록 작업 환경과 처우 개선을 해야 한다. 2010년에는 뿌리 산업에 종사하는 외국인 근로자 비율이 23.5%에 이르렀다. 현장엔 40~50대 나이의 근로자가 전체의 63%, 월 평균 수입으로는 가장 낮은 수준이고, 산업 재해도 다른 중소기업보다 2배가 높은 실정에서 젊은이의 외면은 당연한 일이 되었다.

뿌리 없는 나무란 없다. 뿌리가 튼실해야 열매 또한 알차다. 대통령은 하루빨리 뿌리 산업의 기초를 다시 회복시켜 튼실한 뿌리를 내리도록 환경을 조성해야 할 것이다. 하루빨리 뿌리 산업 육성으로 제조업의 경쟁력을 갖춰나가야 한다. 일관성 있는 강력한 지도력으로 중소기업을 대기업의 횡포로부터 막아줘야 한다. 문어발식 경영엔 과감하게 칼질을 해야 한다. 뿌리 산업을 3D, 즉 더럽고, 어렵고, 위험한 일을 하는 것으로 생각하는 의식을 바꿀 수 있도록 작업 환경과 복지 혜택 등을 위해 과감한 투자와 아낌없는 지원을 해야 한다. 결국, 뿌리 산업에 종사하는 근로자가 자긍심을 가져야 사회가 안정되고, 학력 인플레가 사라지며 더불어 사교육비도 크게 줄어들 것이다. 그리고 미래 성장 동력에도 탄력이 붙어 머지않아 독일과 일본처럼 뿌리 산업의 강국이 될 거라는 얘기다.

〈전북도민일보〉 2013. 07. 23(지)

# 우리의 나무가 죽어가고 있다

　어디를 가나 믿음과 신뢰가 무너지고 원칙과 일관성은 사치가 되었다. 형식은 귀찮은 존재가 되었고, 거짓은 조건 없는 만능 무기가 되어 진실을 무기력하게 만들어 버렸다. 요즈음의 세태를 말하는 것이다. 이제 과학이 발달해 뿌리 없이 잎과 껍질에도, 하다못해 죽은 가지에서도 더덕더덕 열매가 열린다고 말하고 있다. 이 모두가 허울을 뒤집어쓰고 놀고 있는 소리다. 국민을 우롱하는 처사다. 그러다 보니 겨우 몇 개 붙어 있는 진짜 열매까지 불안하다. 태풍에 견디려면 당장 버팀목이라도 세우든지, 과감하게 가지치기를 하든지, 아니면 끈으로라도 묶어서 피해와 손실을 조금이나마 막아야 할 판에 그 나무를 보호하고 지켜야 할 주인이 없다는 얘기다.

　주인인 농부(지도자)는 장돌뱅이처럼 싸다니고만 있다. 모든 것을 남의 탓으로만 돌리고 상실한 의욕을 찾을 생각조차 하지 않고 있다. 할 일 없이 싸움판만 찾아다니며 구경만 하고 있다. 그러다 지치면 흥분하고, 멱살잡이하고, 빗나간 목적에 죽기 살기로 물어뜯는 싸움닭이 되어버렸다. 그 역겨운 무책임에 나무가 쓰러져가고 있다. 더 큰 문제는 마치 나무가 자라는 이 땅이 못 살 곳처럼 말하고 있다는 것이다. 또 모든 책임이 남에게만 있는 것처럼 말하고 행동한다는 것이다. 더욱더 안타까운 것은 그 말의 끝이 상대의 상처를 후벼 파는 칼날 같아 위태하다는 것이다. 이처럼 끝없는 싸움판을 전전하는 지도자에게 묻고 싶다. 당신은 지금 누굴 위해 싸우고 있는가.

　서로 앙숙처럼 싸우는 사이 금쪽같은 시간이 지나간다. 이웃집(이웃 나라) 나무뿌리가 우리 밭의 수맥 속으로 파고든다. 이러다가 우리가 지켜야 할 나무는 죽고, 미처 익지 못한 열매가 우수수 땅에 떨어질 것이 불 보듯 뻔하다. 이 상황에서도 한 치 앞도 보지 못하고 허세만 부리면 어쩌란 말인가. 지금 우리 나무의 뿌리가 고사(枯死)하고 있는데 상대를 죽여야 사는 것처럼 호도하고 싸움질만 하면 어떻게 되냐는 것이다. 이러려고 선택된 농부가 되었는가. 그렇게 큰소리 치고 땅땅거리며 자신이 제일 적임자라고 말했던 당신은 허상이었단 말인가. 세상을 들었다 놨다 할 것처럼 힘자랑하던 당신이 정말 이 정도 수준의 사람인지 다시 한번 묻고 싶다. 분명히 그 입으로 모든 것을 깔끔하게 정리하고 머리카락을 잘라서라도 뿌리를 만들어 제대로 된 나무를 만들어 보겠다고 말하지 않았는가. 빛 좋은 플라스틱 열매는 버리고, 진짜 땅의 기운을 머금은 영양분이 풍부하고 때깔 좋은 열매를 주겠다고 약속하지 않았나. 풍요로운 농촌의 신뢰를 회복시키겠다고 큰소리를 치지 않았나 말이다. 의심하던 사람의 집을 일일이 찾아가 바짓가랑이를 잡으면서 분명 당신이 살려놓겠다고 말하지 않았는가 말이다. 이제 와서 뭐라고? 상대 때문에 못 해 먹겠다고? 그것도 말이라고 하는가. 지게는 어디다 버리고 작대기만 질질 끌고 다니며 기웃거리고 있는가. 우린 분명 신성한 한 표를 당신에게 주었고, 당신은 지금 우리가 준 표로 권력의 힘을 가지고 있지 않은가. 이제 와서 졸부처럼 이간질이나 하고, 모든 책임은 상대에게 돌리고, 결국 선동 정치로 잔머리 굴러가면서 나무를 돌보지 않으면 어떻게 하겠단 말인가.

제발 깨어나길 바란다. 지금보다 미래를 보고 무럭무럭 자라는 우리 새끼들을 보란 말이다. 이들에게 무엇을 물려줘야 하는지 잘 알지 않나. 지금대로라면 머지않아 마지막 한 가닥 남은 생명 줄기인 뿌리마저 고사하리라는 것은 당신과 우리, 아니, 세 살 먹은 아이도 알지 않는가. 지금 실오라기 같은 마지막 남은 뿌리로 버티는 나무가 넘어지면 우리는 끝이라는 것을 알고 있지 않은가. 제발 정신 차리고 내일 종말이 온다 해도 한 그루의 사과나무를 심겠다던 사람의 얘기를 잘 새겨들으란 말이다. 자꾸 남의 탓이나 하고 거짓부리로 허세를 부리지 말고, 엉뚱한 거짓으로 말도 안 되는 사상으로 허튼소리 말고, 당신의 실수나 잘못을 떠넘기려고 호들갑 떨지 말고, 거짓을 감추기 위해 위장막을 치지 말고, 자꾸 눈속임으로 나무에 거짓 열매를 달지 말고, 이 땅은 당신 자식은 물론 당신이 그렇게 사랑하고 귀여워하는 손자 녀석들이 살아가야 할 땅이 아니던가. 이제부터라도 땀과 노동의 대가로 꽃을 피우고 열매를 맺어주길 바란다. 물 주고 거름을 주는 데 힘에 부치면 말하라. 걸을 수 있는 동네 아이부터 지팡이로 의지하여 걷는 노인까지 불러 함께 우리 나무를 살려보자. 어디 한번 빨가벗고 고추 내놓으며 멱 감으며 놀던 순수한 어린 시절로 돌아가 우리 나무를 살려보자.

어떤가? 내 말이 맞지 않나? 더 늦기 전에 잘 생각하게나. 권불 3년이라 했네. 당신에게 주어진 곳간의 열쇠도 빼앗기거나 부러져 못 쓸 날이 반드시 오는 법이라네. 부탁하네. 더 늦기 전에 욕심, 게으름, 시기, 질투로 우릴 구렁텅이로 몰고 가지 말게. 우릴 희생양으로 삼아 권력의 생명을 연장하지 말게. 당신으로 인하여 우리 모두가 불행해지면 너무 억울하지 않겠는가?

〈전북도민일보〉 2013. 10. 28.

# 경고를 무시하면 재앙이 닥친다

진주만 근처를 배회하던 일본 어선을 탐지한 미연방 수사국(FBI)은 정부에 긴급 보고서를 올렸다. 당시 동양에 선교사로 갔다가 돌아온 윈터저드 박사도 일본이 전쟁 준비로 광분하고 있다고 경고를 되풀이했지만, 미국 당국은 신경을 쓰지 않다가 결국 많은 희생자와 배가 파괴되었다는 얘기는 픽션이 아니다. 1945년 8월 6일, 일본 히로시마 상공에 미군 비행기 편대가 나타나 헤아릴 수 없이 많은 삐라를 뿌리며 50리 밖으로 대피하라 했지만 "거짓말일 거다.", "공갈이다.", "그때 가 봐야 안다."면서 대다수 사람이 무시했던 결과, 30여만 명의 생명과 재산이 원폭으로 잿더미가 되었다는 것 또한 사실이다. 2008년 5월 12일 중국 쓰촨성 대지진 때 6만 9,000여 명이 사망했을 때에도 3일 전부터 두꺼비 수십만 마리가 이동하면서 도로를 뒤덮자 주민들이 불안해했지만, 두꺼비 번식기의 정상적인 이동이라고 무시했다는 얘기를 우린 들어서 안다. 우리나라도 수많은 사람이 일본의 야욕을 경고했음에도 그것을 수용하지 않아서 7년 동안 대혼란을 겪었던 임진왜란이 있었다.

이처럼 경고를 무시하면 엄청난 대가를 치르게 된다는 사실이 역사적으로 증명되고 있다. 그럼에도, 우리는 지금 무엇을 하고 있느냐는 것이다. 3년 전 연평도를 폭격한 북한이 또다시 청와대를 불바다로 만들어버리겠다고 이를 갈고 있는데, 일부 학자들이 경제 성장의 엔진이 꺼질 수도 있다고 말하고 있는데, 야당은 여당 때문에 못 살겠다고 말하고, 여당은 야당이 발목을 잡아서 어찌해 볼 도리가 없다고 말하고 있으니 말이다. 경고란 아무리 미약한 소리라도 경청하는 것이 지도자의 가장 큰 덕목이다. 넘지 말아야 할 경계선은 넘지 말아야 한다. 그런데 이를 넘어가 난투극을 벌였다면 이미 지도의 자격을 상실한 것이다. 아무리 속이 뒤집힐 정도로 화가 나고 답답하다고 해도, 선(법)을 넘어가 폭행을 주고받았다면 정말 부끄러운 일이 아니겠는가. 철천지원수 사이라 해도 둘 사이엔 지켜야 할 기본이 있다. 이를 힘(권력)이 있다 하여 무시한다면 나라가 아수라장이 되는 것은 시간문제일 것이다. 그것도 힘없는 경호원에게 시비를 걸어 난투극을 벌였다면 어느 국민이 잘한다고 말할 사람이 있겠는가. 참으로 씁쓸한 일이다. 지혜로운 정치인이라면 우리 정치가 비비 꼬인 이유에 대하여 잘 알 것이다. 왜 국민이 차가운 눈길을 보내고 있는지도 알 것이다. 또한, 오죽했으면 야당이 법을 어겼는지 알 것이다. 이를 뻔히 알면서도 주먹을 휘둘렀다면 그는 정말 나쁜 지도자라 할 것이다.

우린 세계 10위의 경제 강국이다. 우리의 생각과 행동의 양식도 그 수준에 맞춰야 하지 않겠는가. 자랑할 만큼 국격이 향상되었는데, 당리당략을 위해 막무가내로 멱살잡이했다면 개탄할 일이라는 얘기다. 정치인이란 국민을 위해 존재하는 사람이다. 따라서 의무적으로 국민의 마음을 읽어야 한다. 그런데 국민의 생각은 아랑곳하지 않고 분별없이 치고받는다면 이미 자격을 상실한 정치인이라 할 것이다. 누가 뭐라 해도 이런 무자격자가 판치는 세상은 무법천지일 뿐이다. 이대로 두면 서로 제삿밥에만 관심을 두고 서로 궤변만 늘어놓는 세상이 될 것이다. 더 큰 권력의 방망이를 잡으려 하다 코앞에 닥친 위험을 놓치는 실수를 범하게 된다는 말이다.

지금 우리는 중요한 갈림길에서 깊어진 갈등 속으로 빠져들고 있다. 옳고 그름의 판단 기준이 흐려져 혼돈의 문 앞에 다가가 있다. 모든 국민은 아는데 지도자는 모르는지, 서로 의견이 다르니 답답하다. 일부 유럽이 무리한 복지 정책으로 국가 부도 위기에 몰려 어려움을 겪는 현실을 보면서도 공약을 지키라 한다. 종교인들까지 나서 북한의 연평도 폭격이 당연하다고 말하고 있는데도 서로 다른 목소리다. 이웃 일본의 행위를 보고 제2의 임진왜란을 말하고 있는데, 어디로 튈지 모르는 북한이 서울을 불바다로 만들어 버리겠다고 위협하고 있는데, 경제 성장의 엔진이 꺼질 수 있다고 많은 학자가 우려하고 있는데 지도자들은 둘로 나뉘어 싸움에 혈안이 되어 있다. 이들은 국민을 위한 길이라 설명하지만, 국민이 보기엔 정치 생명이 끊어지지 않기 위해 수단과 방법을 안 가리는 패거리로밖에 보이지 않는다. 이제 믿을 정치 지도자가 없다. 우리 국민이 먼저 이에 동요되지 않고 용기를 내야 한다. 경고를 듣지 않고 경거망동하는 정치 지도자들을 그대로 방관해서도 안 된다. 그래야 우리를 지킬 수 있다. 그래야 닥칠지도 모르는 엄청난 재앙을 막을 수 있다. 그래야, 아름다운 이 땅을 후손에게 물려줄 수 있다는 말이다. 역사적으로 경고를 무시한 나라는 망했거나, 엄청난 대가를 치렀다. 그게 사실이고 현실이라는 것을 우리 지도자가 먼저 인식해야 이 나라가 안정될 것이다.

〈전북도민일보〉 2013. 11. 27.

2014년 8월 14일. 킬리만자로 정상으로 걸어가며…

제6부

# 킬리만자로의
# 연가

# 생명의 은인

　나는 2000년 7월 28일 12시경 백두산 백운봉(2,691m)의 바위 뒤에 웅크리고 있었다. 길을 잃어버렸다. 짙은 안개와 돌풍까지 불어 극도로 긴장하고 있었다. 왜냐하면, 가이드가 길을 모르겠다는 것이다. 한마디로 조난을 당한 것이다. 개인적으로 소백산과 태백산에서 조난을 경험해 보았지만, 완전히 경우가 달랐다. 그때는 혼자였고, 백두산에서는 18명이나 되었는데도 더 두렵고 답답했다. 우리는 각자 흩어져 앞으로 나갈 길을 찾아보았지만 허사였다. 시간은 가고, 바람은 거세게 불고, 시야 확보가 안 되니 그야말로 어디로 가야 할지 모르는 고립무원의 상태가 되었다. 길인가 싶어 내려가면 안개와 거친 바람만 있을 뿐, 아무런 방법이 없었다. 시간이 지나면서 이러다 모두 죽을 수도 있다는 생각에 동요가 일어나기 시작했다. 여기저기서 탄식 소리가 들렸다. 감정이 격해지면서 육두문자로 가이드를 원망하는 사람, 이대로 죽으면 절대 안 된다고 말하는 사람, 자식들에게 재산 분배를 하지 않고 왔다며 땅을 치는 사람, 마냥 하늘만 멍하니 바라보는 사람, 고개를 숙이며 혼자 흐느끼는 사람 등, 그 시각 백운봉은 마치 초상집을 방불케 했다. 그렇다고 누구도 자신 있게 어떤 대안을 내놓을 수 없는 상황이 계속되었다. 한마디로 막연하고 험악한 분위기였다. 자칫 잘못 건드리기라도 하면 금방 폭발할 것 같았다. 이럴 때일수록 차분하게 의견을 모아야 하는데, 이 상태로 얼마나 지났을까. 누구랄 것도 없이 올라왔던 청석봉으로 슬슬 내려가기 시작했다. 이때 안개 속에서 바싹 찌그러져 있는 일인용 텐트를 발견했다. 겉보기에는 누군가 그 안에 죽어 있을 수도 있는 모습이었다. 이를 보자 더욱 우왕좌왕하기 시작했다. 이러다 우리도 죽을 수도 있다는 생각에 다시 백운봉으로 올라갈 수밖에 없었다.

이처럼 백두산은 사람의 접근을 철저히 막은 채 갈등을 조장하고 있었다. 머리를 맞대고 어떻게 해야 할지 의논해 보았지만 뾰족한 방법이 없었다. 휴대폰도 터지지 않아 현재 상황을 외부에 알릴 수도 없었다. 그러자 자연스럽게 하산하자는 의견이 나왔지만, 문제는 올라온 길을 찾을 수 없다는 데 있었다. 당시 백두산 종주 개방이 된지 얼마 되지 않은 이유도 있었지만, 정상 부분은 항상 강한 비바람이 불기 때문에 마치 물 위를 걸어온 것처럼 지나온 길의 흔적이 남아 있지 않았다. 더구나 짙은 안개로 1㎝ 앞을 분간할 수 없는 상황이라 시야를 확보할 수 없는 게 더 큰 문제였다. 이런 상황에서 현지(연변) 가이드만 길을 찾겠다며 안개 속으로 사라졌다가 나타나길 반복했을 뿐이었다. 후에 안 일이지만 그는 길을 찾으러 간 게 아니고 또다른 바위틈에서 안개가 걷히기를 기다렸다고 한다. 이렇게 발만 동동 구르며 시간만 속절없이 흘러갔다. 그렇다고 대책 없이 무작정 기다릴 수만은 없었다. 누군가 지도를 찾았다. 일행 중 한 명이 허접한 지도를 꺼냈다. 지도라고 보기엔 너무 단순했다. 천지의 모습과 북한과 중국 땅을 표시한 경계선 표시가 전부였다. 더 정확히 말하면 5·6호 경계 초소로 올라오는 길만 표시된 지도였다. 이 또한 후에 안 일이지만 당시엔 중국 군인조차 기밀 사항이라 지도를 볼 수만 있을 뿐 복사를 못 했다고 한다. 그 때문에 우리나라처럼 샛길과 등고선 등이 표시된 자세한 백두산 지도는 어디에서도 구할 수가 없었다. 나는 이 지도를 받아 잔디 위에 펼쳐놓고 늘 가지고 다니던 나침판을 그 위에 올려놓았다. 그리고 남쪽으로 내려가자고 제안했다. 더 늦기 전에 고도를 낮춰야 한다는 생각과 올라온 길을 만나기 위해 남쪽을 선택하자고 한 것이다. 그러나 의견이 갈렸다. 잘못했다간 모두 죽을 수도 있다는 것이었다. 간단하게 결정한 문제가 아니었다. 망설이는 사이에 아까운 시간만 흘러갔다. 나는 더 이상 지체할 수 없음을 설명하고 나침판을 들고 길을 나섰다. 처음엔 대부분 엉거주춤 서 있었다. 가이드 역시 두 주먹을 불끈 쥐며 말렸다. 이러다 다 죽을 수도 있다는 것이었다. 그래도 난 나침판을 들고 지침이 가리키는 쪽을 향해 내려갔다. 그러자 망설이던 사람들이 하나둘씩 따라오기 시작하더니, 점차 모든 일행이 하나가 되어 하산하기 시작했다. 그러나 나침판이 가리키는 방향으로만 간다는 것은 매우 힘든 일이었다. 왜냐하면, 어떤 장애물이 있어도 가리키는 방향으로만 가야 했기 때문이다. 위험 지구를 지날 때마다 가이드가 격하게 가는 길을 막았다. 그렇지 않아도 두려운데, 길도 아닌 길을 힘들게 가고 있는데, 가이드가 마음의 갈등을 부추겼고, 앞서가던 난 멈추기를 수없이 반복했다. 그러나 나에겐 확신이 있었다. 하나님과 나침판이 반드시 길을 안내할 거라고 믿고 있었다. 그래서 가능한 나침판이 가리키는 대로, 계속 안개 속을 뚫고 내려올 수가 있었다. 오히려 가이드가 걸림돌이 되었지만 더 이상 지체할 수 없었다. 자꾸 시간이 흘러갔기 때문이다. 난 나침판만을 믿고, 길이 없는 곳에 길을 만들어가며, 발바닥을 디딜 수 있는 곳만 있으면 어디든 딛고, 죽음의 문턱에서 도망치듯 정신없이 내려왔다.

하산을 시작한 지 5시간가량 지났을까. 모두 녹초가 되고 두려움이 극에 다다랐을 때 기적이 일어났다. 구부러진 길모퉁이가 짠하고 눈앞에 나타난 것이다. 순간 한마음으로 부둥켜안고 울음을 터트렸다. 길길이 뛰며 고함을 질러댔다. 모두는 나를 향해 '생명의 은인'이라 했다. 가슴이 벅차올랐다. 온 세상을 다 얻은 것 같았다. 18년이 지난 지금도 그 순간을 잊을 수가 없다. 만약 그때 나침판이 없었다면 어땠을까. 그리고 그 허접한 지도가 없었다면, 그리고 두려움을 이길 수 있는 하나님의 은혜가 없었다면, 아마 난 이 글을 남기지도 못했을 것이다. 나는 이 부분에 늘 감사하다는 생각을 하고 있다. 그리고 지금도 어려운 일이 닥치면 그때 그 순간을 생각하며 힘을 얻고 있다.

우리 일행은 한숨을 돌리고 길을 따라 다시 걷기 시작했다. 지천으로 널려있는 야생화를 감상하며 피곤도 잠시 잊은 채 걷고 또 걸었지만, 다람쥐 쳇바퀴 돌 듯 제자리걸음을 하는 것 같았다. 왜냐하면, 백두산은 워낙 큰 산이고, 또 이 산이 거느리고 있는 날개가 너무 거대했기 때문이다. 따라서 어지간히 걸어서는 이곳에서 벗어날수가 없었다. 그래도 우리는 위기를 넘겼다는 생각을 하며 말없이 걷기만 했다. 얼마를 걸었을까. 정상 부분과 달리 나무가 보이기 시작했다. 수목한계선 안으로 들어온 것이다. 이때 일행 중 한 명이 가지고 온 고도계를 보더니 한라산 높이와 같다고 했다. 이 말이 마음에 안정을 주었다. 지금까지는 바위와 풀만 있는 길을 걸어왔기 때문이다.

우리 일행은 백두산을 벗어나려고 손전등을 의지한 채 자정 무렵까지 걸었지만 더 이상 갈 수 없었다. 저체온 현상 환자가 발생한 것이다. 이런 상황에서 계속 걷는다는 것은 무리였다. 그리고 이른 아침부터 계속 걷기만 했으니 지칠 만도 했다. 우리는 현 위치에서 비박하기로 했다. 먼저 저체온 현상이 일어난 환자를 위한 모닥불을 피우기 위해 남자들은 주변으로 흩어져 나무를 하고, 여자들은 일단 점심으로 준비한 도시락을 그제야 꺼내 먹었다. 이는 먹는 게 아니라 꾸역꾸역 입안으로 빗물과 함께 밀어 넣었다고 말하는 게 맞을 것이다. 밤이 되니 기온이 급격히 내려가고 체력은 점점 탈진되어 가고 있는 상태였다. 가랑비까지 내려 몹시 추웠다. 다행히 나무가 비에 젖어 있는데도 불이 붙었다. 역시 뒤에 안 일이지만 자작나무에는 유지방 성분이 있어 어지간한 비에도 불을 지필 수 있다는 사실을 알게 되었다. 그러나 이런 상황에서 가스라이터는 무용지물이었다. 저체온 환자가 건네준 지포 라이터로 겨우 불을 피울 수가 있었다. 아마 불을 피울 수 없었다면 무슨 일이 생겼을지도 모르는 일이었다. 나는 이 라이터가 그렇게 고마울 수가 없었다. 난 담배를 태우지 않아 라이터가 필요 없었지만, 집에 돌아와 똑같은 지포 라이터를 구입해서 산에 갈 때면 나침판과 함께 꼭 챙겨가고 있다.

피곤했다. 모두 긴장 속에서 뜬눈으로 가이드를 기다리고 있었다. 가이드를 먼저 보내 조난 신고를 부탁한 상태였기 때문이다. 이것이 큰 실수였다는 것을 다음날에야 알았다. 백두산은 우리 뒷동네 산이 아니었다. 신고하러 갈 만한 거리가 아니었다. 모르긴 해도 당시 중국엔 우리나라와 같은 119 같은 구조대가 없었을뿐더러, 있었다 한들 조난 지점까지 오기엔 거의 불가능한 일이었다. 설령 헬기가 뜬다

해도 위치를 파악할 수 없어 실질적으로 구조가 어려웠을 것이다. 아무튼, 우리는 가이드를 기다리며 머리를 맞대고 날이 밝으면 어떻게 할 것인가 의논했다. 난 손수건 한 장을 바닥에 펼쳤다. 연변 공항에서 어린 꼬마에게 우리 돈 1,000원에 산 손수건이다. 이 위에 나침판을 다시 올려놓았다. 그리고 날이 밝는 대로 서쪽으로 가자며 서로 의견을 주고받았다. 새벽 4시쯤 되었을까, 어둑했지만 걸을 수 있을 정도로 날이 밝아졌다. 난 카메라 가방을 단단히 메고 나침판을 손에 들고 또 앞장을 섰다. 문제는 완전히 밝지 않아 많은 위험 요소가 도사리고 있다는 점이었다. 특히 깊이를 알 수 없는 크레바스(Crevasse) 속으로 빠질 수도 있는 상황이었다. 왜냐하면, 잡풀이 키 높이로 자라있어 시야를 가리고 있었기 때문이다. 더 힘들게 했던 것은 쓰러져 있는 나무가 풀에 가려 보이지 않는다는 것이다. 이 나무는 물기를 머금고 있었고, 이를 발견하지 못하고 밟았을 때 그 나무가 무릎 정강이에 부딪혔다. 그 고통은 이루 말할 수 없었지만, 참으며 뒤에 따라오는 사람에게 주의를 주고, 난 계속 앞장서서 걸었다. 출발한 지 20여 분쯤 지났을까. 갑자기 풀 속에서 큰 짐승이 불쑥 나타났다. 하마터면 뒤로 발라당 넘어질 뻔했다. 가이드였다. 놀라움도 잠시, 가이드로부터 자초지종을 듣고 미안한 마음이 들었다. 우리가 부탁한 대로 조난 신고를 위해 출발했지만, 도저히 어두워 갈 수 없었다고 했다. 사실은 낮이라 해도 사람이 있는 곳까지 가려면 무려 12시간 이상 걸어야 갈 수 있는 거리였다. 그래서 다시 돌아가고 싶었지만, 용기나 나지 않아 판초 우의를 뒤집어쓰고 자다가 인기척에 벌떡 일어났다는 것이다. 이처럼 우리 일행이 조난을 당하고 비박까지 하며 길을 헤매고 있을 때, 여러 사정으로 동참하지 못하고 백운

산장에서 기다리던 일행이, 도착 예정 시간을 넘기자 중국 공안에 조난 신고를 했다고 한다. 그리고 백두산 산신령이라 부르는 할아버지의 말에 따라, 다음날 오후 3시 30분까지 내려오지 않으면 한국 대사관에 연락하기로 했다고 한다. 이렇게 한편에선 기다리고, 또 다른 한편에선 조난을 당해 사투를 벌이고 있었지만, 당시엔 서로 연락할 방법이 없었다. 우리가 산에서 빠져나오려면 무작정 걷는 수밖에 없었다.

해가 중천을 향하고 초여름 햇볕이 따갑게 내리쬐고 있었다. 우리는 패잔병처럼 계속 한 방향으로 걷고 또 걸었다. 땀으로 온몸이 범벅이 되었지만, 피곤하고 지쳐서 쓰러지려 했지만, 말없이 백두산을 벗어나기 위해 앞만 보고 걸었다. 가끔 옆에 있는 동료들의 표정을 살피며, 고개를 뒤로하고 쌀쌀맞게 문전 박대했던 백두산 봉우리를 슬쩍슬쩍 뒤돌아보며 말이다. 백두산 봉우리는 어제 무슨 일이 있었냐는 듯 선명한 얼굴로 우리를 내려다보고 있었다. 그렇게 매몰차게 우리 일행을 거절했던 백두산이 깨끗하게 세수한 모습으로 바라보며 웃고 있었다. 다시는 함부로 접근하지 말라는 듯 꾸짖고 있는 것 같았다. 마치 승자처럼 웃고 있었다. 그러나 우리에겐 대꾸할 힘조차 없었다. 문득 백두산 천지는 3대에 걸쳐 덕을 쌓아야 볼 수 있다던 말이 생각났다. 그렇다고 날씨가 좋으니 다시 뒤돌아 올라갈 수도 없었다. 어서 빨리 백두산의 치마폭을 벗어나야 한다는 생각에, 나는 나침판을 들고 있는 손에 힘을 주었다. 그리고 지침이 가리키는 쪽으로 더 빠르게 걸었다. 그런데 걸어가는 왼쪽으로 산이 가려 시야가 확보되지 않아 답답했다. 하는 수 없이 시야를 확보하기 위해 길도 없는 급경사(약 70°)인 산을 기어 올라가야 했다. 나뭇가지와 풀뿌리를 잡아가며, 가시에 찔리거나 미끄러져 몸에 생채기가 생겨도 포기할 수 없었다. 이렇게 거의 2시간 이상을 처절하게 기어 올라갔다. 산에 오르니 눈앞에 보이는 것은 끝없는 지평선이었다. 여기서 멈출 수는 없었다. 다시 마음을 다잡고 어깨까지 자란 잡풀을 헤치며 한없이 걸어 보았지만, 또 다른 지평선이 이어졌다. 정말 가도 가도 끝이 없었다. 여기서 또 한 번의 결정이 필요했다. 이때 가이드가 의견을 제시했지만 이미 신뢰를 잃어버린 상태라 무시되었다. 난 여기서 어느 정도 왔으니 임도를 찾기 위해선 다시 이 산에서 내려가야 한다는 의견을 내놓았다. 모두 이견 없이 따라주었다. 역시 앞장서서 없는 길을 개척하며 하산을 했다. 경사가 심해 발을 헛디뎌 미끄러지기 일쑤였다. 서로가 조심조심하자는 구호를 외치며 내려오는데, 선두에 섰던 내가 이끼 낀 바위를 밟고 미끄러져 그대로 굴러떨어지고 말았다. 뒤를 바짝 따라오던 사람들이 "이 교수가 죽었다."고 외마디 소리를 질렀다. 문득 내가 이렇게 결국 죽는구나 싶었다. 그런데 카메라 가방이 바위에 먼저 부딪혔다. 순간, 가방 속에 있는 렌즈의 파손이 염려되었다. 이는 몸과 바위가 직접 부딪치지 않았다는 증거다. 반대로 몸이 바위와 직접 부딪쳤다면 그 충격에 사망했을지도 모른다. 당시엔 별거 아니라 생각했지만, 후에 생각하니 참으로 위험천만한 순간이었다. 아마 카메라 전용 배낭이 아니었다면 그 충격으로 카메라 파손은 물론 적어도 몸에 상처가 남아 있었을 것이다. 그러나 아무 일도 일어나지 않았다. 아찔했던 순간이 지나고 정신을 차렸을 때, 또 한 번의 기적 같은 일이 일어났다. 눈앞에 들쭉(블루베리와 비슷함) 열매가 지천으로 널려 있었다. 이를 손으로 정신없이 훑어 입안으로 밀어 넣어 허기진 배를 채웠다. 그리고 다시 임도를 찾아 걷고 또 걸었다. 몸은 점점 지쳐 녹초가 되었지만, 그 고통을 의식하지 못했다. 발걸음이 무거웠지만, 저절로 떼어졌다. 이렇게 아무 생각 없이 걷기만 했다. 오르지 죽음에서 탈출하는 도망자처럼 그냥 앞만 보고 걷다 보니, 우리 일행은 울창한 숲길을 걷고 있었다. 결국, 백두산 호랑이라고 부르던 할아버지가 예상했던 시각인 오후 3시 30분경이 되어서야 백두산의 그늘에서 벗어날 수가 있었다.

이렇게 2000년도에 백두산에서 발생한 조난 사고는 나에게 진한 추억을 만들어 주었다. 쉽게 천지의 모습을 허락하지 않았던 백두산. 그 산은 우리 일행에게 혹독한 시련을 경험하게 했었다. 그 뒤 1년이 지나면서 난 또다시 도전하겠다는 생각을 가지게 되었다. 생각할수록 억울했다. 날씨 때문에 백두산의 속살을 보지 못한 것보다 더 아쉬운 것은, 조난 과정에서 단 한 장의 사진도 남기지 못했다는 사실이었다. 거의 25kg에 가까운 카메라 장비를 등에 메고 다니면서 어떤 상황에서도 멋진 장면을 사진 속에 담고자 했던 내가, 얼마든지 마음만 먹으면 가능했는데, 죽을지도 모른다는 공포감을 이기지 못했다는 게 안타까웠다. 당시엔 당연하다고 생각했는데, 죽을 수도 있다는 생각이 먼저 들어 누구도 경거망동하게 카메라를 꺼내 셔터를 누를 수 없는 분위기였다. 아마 지금처럼 개인 휴대폰과 디지털 소형 카메라가 있었다면 어떠했을까. 모를 일이지만 모두가 죽을 수도 있다는 생각 때문에, 아마추어의 생각을 초월하지 못했을 거란 생각이 들기도 하지만, 지금이라면 누군가는 사진을 남겼을 것이다. 그러나 당시엔 어느 누구도 그러지 못했다. 그래서 이 일은 모든 일행의 기억 속에만 존재하고 있다. 너무 아쉬운 일이다. 그래서 다시 한번 가보고 싶었다. 그리고 그런 상황이 또 생기면 어떤 경우라도 사진을 꼭 남기겠다고 작심했다. 주변 사람들은 그렇게 고생하고도 또 가고 싶으냐고 했지만, 난 1년 뒤 다시 백두산으로 들어갔다. 지난해와 마찬가지로 백운 산장에서 지프를 타고 새벽에 5호 경계로 올라갔다. 백두산 일출을 촬영하려고 장군봉을 향해 사진작가들이 줄지어 서 있었다. 그런데 그들은 해가 뜨기도 전에 하산을 했다. 원래 일출 사진이란 구름이 약간 있어야 보기 좋은 법인데, 구름 한 점 없이 날씨가 너무 좋았기 때문이다. 나는 지난해 하지 못했던 것을 보상받기라도 하듯 닥치는 대로 비디오카메라까지 동원해 전투적으로 사진을 찍어댔다. 마치 집에 백두산을 옮겨놓고 말겠다는 생각으로 프로 작가처럼 찍었다. 이때까지도 1년 전에 만났던 현지 가이드는 날 알아보지 못했다. 그도 그럴 것이 선글라스와 모자를 꾹 눌러쓰고 있었기 때문이다. 어쩌면 그 고생을 하고 다시 오리란 생각을 못 했을 것이다. 조금만 관심을 가지면 바로 알 수 있었을 터인데 말이다. 조난당했던 백운봉에 도착해서야 안경을 벗으며 손을 불쑥 내밀었더니 그때야 깜짝 놀라며 인사를 했다.

안개가 없는 백운봉은 약 100여 평 정도 되는 약간 경사진 평지였다. 조난을 당할 만한 곳이 전혀 아니었다. 조금만 침착하게 살폈더라면 소천지 쪽으로 내려갈 수 있는 길을 충분히 찾을 수 있었다. 당시 좀 더 침착하게 대처하지 못했던 게 아쉬웠다. 가이드 역시 백두산을 4번씩이나 올라왔다고 하면서도 길을 제대로 안내하지 못한 게 이해되지 않았다. 너무도 평범한 곳에서 갑자기 변화하는 자연 앞에서 속수무책으로 속았다는 게 억울했다. 흥분하고, 당황하고, 죽으면 안 된다며 고함을 지르고, 울고, 한숨을 몰아쉬고, 땅을 치며 후회하던 사람들이 1년 전에 이 자리에 있었다는 게 믿기지 않았다. 너무 허망했다. 나는 가이드를 조용히 불렀다. 1년 전 가이드가 안내했던 쪽으로 가 보자고 했다. 그곳에 도착하자 가이드는 내 손을 두 손으로 덥석 잡았다. 아마 모르긴 해도 가이드를 따라갔으면 대형 사고가 났을지도 모르는 위험한 장소였다. 가이드는 거듭 사과를 했다. 나는 말 없이 배낭 속에서 나침판을 꺼냈다. 가이드의 손에 쥐어 주었다. 보기엔 하찮을 수 있는 물건이지만 어쩌면 18명의 생명을 안내한 귀중품이라고 난 믿고 있었다. 미안해하는 그에게 부탁했다. 언제든 길을 잃어버리면 나침판을 믿고 길라잡이로 사용하라고 말이다.

나는 지금도 여기서 경험한 황금 같은 상처를 마음속에 품고 있다. 그리고 나침판은 절대 거짓이 없다는 것과, 수많은 도전자가 나침판을 이용해 길을 찾았고, 나침판이 주는 교훈으로 살아가고 있다고 여기고 있다. 다시 말해 성공적인 인생을 살기 위해선 반드시 나침판과 같은 멘토와 나침판과 같은 길라잡이를 만나야 한다고 학생들에게 생각날 때마다 말하곤 한다. 그리고 마음이 흔들릴 때마다 백두산에서 함께했던 나침판을 떠올린다. 지금 내 배낭 속에는 새로운 나침판이 있다. 그리고 산에 갈 때마다 정상에서 혹은 휴식을 취할 때면 꺼내서 본다. 지금 내가 어느 방향으로 가고 있는지, 그리고 백두산에서 있었던 일을 생각하며 만지작거린다. 마치 누가 보면 세상 누구도 가지지 않는 귀한 물건을 가지고 있음을 자랑이라도 하듯 말이다. 이처럼 난 나침판만 있으면 마음이 편안해진다. 그래서 산에 갈 때마다 반드시 챙긴다. 죽음의 고비를 넘겼던 소백산, 태백산, 심지어는 금강산 관광 때도 가지고 갔다. 킬리만자로, 안나푸르나, 옥룡설산, 키나발루, 북 알프스 등에서도 나침판과 함께하며 휴식을 취했다. 앞으로 가게 될 몽블랑, 안데스, 밀퍼드, 마추픽추, 피츠로이 등에도 함께 갈 것이다. 이것만 있으면 적어도 길을 잃어버리지 않을 수 있기 때문이다. 이런 자신감에 대하여 식구와 아는 지인들은 우려하고 있지만, 나에겐 적어도 든든한 벗이다. 나침판이 있으니 산이 더욱 좋아진다. 산에 가면 세상의 모든 것을 얻은 기분이 들어서 좋다. 나이가 들면서 산이 더 좋아지고 있다. 아마도 그 이유는 산만이 나에게 고통을 요구하고, 늘 날 따뜻하게 보듬어주며, 날 보면 먼저 인사하고, 항상 변함없이 그윽한 눈빛으로 바라봐 주기 때문일 것이다. 내가 말을 꺼내지 않는 한 먼저 말하지 않고, 절대로 내 말을 가로막지 않고, 무엇을 요구하지도 않는 산. 내 마음의 쓰레기를 무한정 버려도 받아주고, 정상은 변함없이 그 자리에 반드시 있으며 올라간 만큼 가까워지기 때문이다. 그래서 난 산 정상에 주저앉아 펑펑 울 때가 많다. 내려오기 싫어서다. 산을 벗어나면 언제나 경쟁하고, 눈치 보고, 아부하고 살아야 하니 싫다. 세상의 정상을 오르려고 수단과 방법을 가리지 않고, 때론 벌레처럼 달라붙는 달콤한 유혹을 물리치지 못해 파멸하고, 억지로 웃거나 울어야 하는 세상이 식상해서다. 그러나 여기에도 인생의 길라잡이인 나침판이 있다면 모든 것이 순탄할 것이다. 늙어도, 병이 들어도 당연한 것처럼 받아들이면 되니 말이다. 왜냐하면, 나침판은 변함없는 정직함이 있기 때문이다. 그래서 오늘도 난 산에 가려고 나침판을 꺼내 놓고 바라보고 있다. 또 정상에 가면 나침판을 요리조리 돌려가며 습관처럼 방향을 잡아볼 것이다. 그리고 그동안 내가 걸었던 이 땅의 모든 산길을 찾아 다시 그 기억을 더듬어 갈 것이다. 그동안 스치며 지나왔던 숱한 이야기를 찾아 행복하게 나이를 먹어 갈 것이다.

인생이란 시간이 지나면서 주름살은 늘어나지만, 열정을 가진 마음은 시들지 않는다고 했다. 결국 시든다는 것은 고뇌, 공포, 실망 때문에 나타나는 후회의 현상이다. 혹 지나간 일로 힘들어지면 빅토리아 홀트(Victoria Holt) 말처럼 "절대 후회하지 마라. 좋은 일이라면 그것은 멋진 것이다. 나쁜 일이라면 그것은 경험이 된다."라는 말로 위로받으며 남은 생을 살고 싶다. 그래도 도저히 참을 수 없이 힘든 일이 생기면, 백두산에서 조난당했던 사람들이 이구동성으로 외쳐주었던 '생명의 은인'이란 최고의 찬사를 되새김질하며 그 고비를 넘기려 한다.

〈2000년에 백두산을 종주하다 조난 당한 이야기〉 2000. 07.

# 춘래불사춘(春來不似春)

칼바람이 깨진 창의 유리 끝을 가르며 위협하듯 지나간다. 마지막 겨울 부스러기를 모아 꽃샘이란 추위로 세상을 위협한다. 그 바람이 내 가슴팍으로 파고든다. 따스한 바람을 맞이하려고 벌려놓은 옷 사이를 헤집고 지나간다. 떠나고 싶지 않다며 떼를 쓰지만 어쩔 수 없이 밀려가는 뒷모습이 측은하기까지 하다. 끝까지 앙알대며 가기 싫다는 그를 보자니 측은지심이 꿈틀거린다. 그동안 거침없이 살 속까지 파고들었던 바람, 이를 견디지 못해 솜이불을 뒤집어쓰게 했던 바람, 자기 맘대로 세상을 꽁꽁 얼게 했던 바람, 세상을 공포 분위기로 조장하던 바람, 마치 영원한 승자인 양 칼(권력)을 마구잡이로 휘둘러 대던 그가 떠나며 그 자리에 봄이 자리를 잡아가기 시작했다.

오늘 아침 뜨는 해가 유난히 따스하다. 그 햇살에 연초록 아지랑이가 모락모락 피어오르며 실낱같은 봄바람이 일어난다. 비단결 같은 그 바람이 마른 갈대의 긴 몸통을 휘감아 도니, 그 무리가 넘실거린다. 기다렸다는 듯 바윗덩어리 같던 얼음이 녹아 웅덩이로 졸졸거리며 흘러간다. 그 물소리가 점점 커지며 천 길 낭떠러지 아래로 떨어진다. 다시 계곡을 따라 흐르던 물이 땅속으로 스며들어 나무뿌리를 적신다. 물을 머금은 뿌리가 연초록의 물감을 줄기로 뿜어 올리자, 그 가지 끝에서 초록 잎들이 세상을 향해 머리를 내밀기 시작한다. 훈풍이 속삭이듯 그 잎 사이를 들락거린다. 잎들이 간지러운 듯 꿈틀거리니 단단히 여몄던 옷고름이 스르르 풀어진다. 도톰하고 풍만한 가슴팍이 살포시 드러나며 얼굴이 붉어진다. 그 이마에 송골송골 꽃망울처럼 땀이 맺히고, 아직도 남아있던 겨울의 부스러기가 게슴츠레 눈을 뜨며 놀란 듯 사라진다. 끝까지 달라붙어 있던 겨울의 먼지가 봄바람결에 묻혀 흔적도 없이 사라진다. 땅속에서 움츠리고 있던 식물이 땅거죽을 밀고 서둘러 나오기 시작한다. 이 소리에 놀라 잠을 깬 개구리가 세상 밖으로 나와 이리 뛰고 저리 뛰고 난리다. 이렇게 또 다른 봄이 자리를 잡기 시작하며, 꽃망울까지 터진다. 그 향기가 우중충했던 공간에 채워진다. 온통 회색 바탕이었던 세상이 초록 물감으로 덧칠해지니, 아궁이를 들락거리던 부지깽이도 싹을 틔우겠다고 설레발을 치고 있다. 따스한 햇볕을 꽃 머리에 이고 있는 꽃길에선 봄 향기가 물씬거리고, 두툼한 얼음 옷을 벗어버린 바위를 초록의 이끼가 뒤덮기 시작한다. 벌과 나비도 꿀을 찾아 나불거리고, 다람쥐들이 옹달샘을 오가며 목을 축이니, 지나간 겨울은 기억 속으로 사라져 그 흔적조차 보이지 않는다. 그런데 왠지 아쉽다. 개운치가 않다. 겨울에 받았던 긴 고통이 뼛속까지 배어 있어서인가. 새로운 일상이 시답지가 않다. 누가 이런 마음을 읽어 춘래불사춘(春來不似春)이라 했던가. 봄이 왔어도 봄 같지 않다는 것이다. 사실 긴 겨울을 희망 하나로 참고 견뎠다. 그래서 반갑고 고마워야 할 봄이다. 그러나 겉모습만 변했을 뿐, 속은 그대로인 것 같아 슬프다는 얘기다.

사실 나에게 겨울은 너무 길었다. 아무리 사력을 다해 벗어나려 해도 제자리를 걷고 있었다. 발버둥 쳐도 세상은 변하지 않고, 오히려 거짓이 진실을 묻어버렸다. 노력한 만큼, 기다린 수고만큼, 뜻대로 채워지지 않았다. 이런 상태가 계속되니 솔직히 살맛이 안 났다. 그래서 그토록 봄을 기다렸는데 막상 봄이 되고 보니 한숨과 한탄이 먼저 밖으로 뛰쳐나온다. 그동안 봄을 기다리며 타협하고 나름대로 적응하며 잘 살았는데, 부는 바람에도 허리가 부러지도록 휘어졌는데, 때때로 양심과 자존심까지 버렸고, 견딜 수 없어 영혼까지 팔면서 힘겹게 버텨왔는데, 막상 봄이 되니 부질없었다는 생각이 먼저 들기 시작했다. 제때 꿈을 이루지 못하고 세월을 허송했다는 생각 때문인가. 아니면 이제 나이를 먹어 다시 기회가 오지 않는다는 절망감인가. 속절없이 무너지는 꿈이 안타까워서인가. 자꾸만 감정선까지 무뎌져 가고 있다. 봐도 본 것 같지 않고, 들어도 들은 것 같지 않고, 진실과 거짓의 경계가 모호해지면서, 오히려 달콤한 말과 밀담이 그리워지고 있다. 욕심이 줄어들기는커녕 더욱 자라 커지면서 새로운 번민이 눈을 가리기 시작했다. 그러나 이제 필요 없는 것들이라 반갑지가 않다. 오히려 날 무기력하게 만들고 인생이 허무하다는 신호가 계속 들어온다. 이제라도 봄을 간절하게 느껴보고 싶지만, 너무 늦게 찾아온 봄이 밉지만, 어쩌면 인생이란 다 그렇고 그런 것으로 생각해야 할 것 같다. 지나가 버린 인내와 고통에 대한 보상을 포기해야만 봄 속에서 행복을 만날 것 같다. 더 이상 이 땅의 주인공처럼 살지 못했다고 억울해하지도 말고, 더는 찡그리지 말고, 더 늦기 전에 서둘러 마음의 짐부터 내려놓고, 지금 당장 무엇부터 다시 시작해야 할지를 고민해야 할 것 같다. 일단 밖으로 나가서 하늘과 땅을 번갈아 보며 가슴으로 긴 호흡을 시작하자. 지난날을 후회하며 더 이상 몸부림치지 말고, 그냥 봄 마실 길을 따라 동구 밖 길로 나서자. 서둘러 가면 그 길 끝에 사라지고 있는 겨울의 뒷모습이 보일 것이다. 그를 향해 손을 흔들며 당당히 말하자. "너는 더 이상 날 겨울 속에 다시 가두지 못할 것이다."라고 말이다. 왜냐하면, 이미 난 겨울이 지나면 반드시 봄이 온다는 것을 알고 있기 때문이다. 물론 지나가 버린 봄은 다시 오지 않는다는 것도 알고 있다.

〈봄이 오는 길목에서 세상을 바라보며〉 2012. 03.

# 내년에 꽃씨는 누가 뿌리라고요

　형님! 가을비가 추적추적 내려 잠을 설치지는 않으셨습니까. 자식들이 자꾸 깨우는 바람에 혹 뜬눈으로 밤을 지새우지는 않으셨습니까. 친척과 친구가 찾아와 매정하다고 말하는 바람에 난감하지는 않으셨습니까. 저도 형님의 갑작스러운 부음에 허겁지겁 달려와 눈과 귀로 확인하고도 믿어지지 않아 하염없이 눈물을 흘리고 있습니다. 이런 마음을 아는지 주룩주룩 비가 내립니다. 비를 피해 나뭇잎 뒷면에 달라붙어 우는 풀벌레 소리가 허겁지겁 찾아오는 조문객의 슬픔을 더 깊게 합니다. 자식들은 형님의 영정 사진을 지키며 계속 가슴을 치며 울어대고, 이제 아버지까지 가시면 우리는 어떻게 사냐며 눈이 퉁퉁 부르트도록 울고 있습니다. 이렇게 사흘 밤낮을 울더니 목이 메어 제대로 말도 못 합니다. 형님, 이를 어쩌면 좋습니까? 시간이 지날수록 더욱 커지는 이 슬픔을. 제발 사진 속에서 웃지만 말고, 졸지에 길라잡이를 잃어버려 방황하는 자식들에게만이라도 잠시 현몽하셔서 뭐라고 말 좀 해 주시기 바랍니다. 싸우지 말고 잘 살아야 한다고 말입니다.

　형님! 주야장천 사흘을 우니 비는 멈추고 거짓말처럼 하늘이 높고 푸릅니다. 오늘은 이 땅의 가족, 친지와 이별하는 날입니다. 가시는 그곳엔 부모 형제와 그렇게 그리워하던 형수님도 계십니다. 서둘러 가서 만나보고 싶으시겠지만, 아무리 급해도 마지막으로 사셨던 집안을 먼저 둘러보려고 집으로 가고 있습니다. 지금 막 장례식장을 나와 평소 오가던 길을 따라가고 있습니다. 형님과 가족들이 타고 있는 운구차를 해가 등 뒤에서 밀어주고 있습니다. 가는 길옆으로 익어가는 황금빛 벼들도 머리를 조아리고 있습니다. 때마침 부는 바람이 다 익은 벼 포기 사이를 헤집고 다니며, 젖어 있는 벼 모가지를 흔들어 댑니다. 그 넘실거림이 장관입니다. 이는 농부가 여름 내내 이글거렸던 태양을 등에 지고 힘들고 고달파도 쉬고 싶다는 그 유혹을 흙 속에 묻고 농사일에만 몰두해 만들어낸 귀한 모습입니다. 비록 그 수확으로 여유로운 생활을 누리지는 못했지만, 형님과 같은 분들이 그 고된 농부의 삶을 멈추지 않아서 볼 수 있는 풍요로운 가을의 모습입니다. 그런데 이제 형님의 논에 누가 뒤를 이어 씨를 뿌리고 거두게 되나요? 농사일이 힘들다며 고향과 형님을 두고 떠난 자식 중, 어느 한 놈도 형님 자리로 돌아와 농사를 천직으로 알고 살 놈이 없는데 어쩌시려고, 무슨 생각으로 갑자기 영정 사진 뒤로 숨으셨나요. 아무 유언도 없이 갑자기 삶을 포기할 만큼 말 못 할 큰 아픔이 있었나요. 도저히 이해가 되지 않습니다. 아무리 힘들어도 수확 시기를 놓치면 밥맛이 없어진다고 늘 서둘러 가을 농사일을 시작하셨던 형님이, 자식들에게 아무런 당부의 말도 없이 바람처럼 세상을 떠나시다니 믿어지지 않습니다. 제가 알고 있는 형님은 절대 그럴 분이 아닙니다. 잘 보세요. 저렇게 목 놓아 우는 8남매를, 어찌할 바를 모르고 허둥대는 꼴을 보란 말입니다. 며칠 후면 뿌리고 심고 가꾸었던 벼를 수확하신다는 형님의 말을 건성으로 들었던 자식들입니다.

올해는 벼를 수매해 경운기도 고치고, 막내아들에게 전셋집을 얻어 주겠다던 약속이 허공으로 사라졌다고 더 크게 울고 있습니다. 형님, 어디 말 좀 해보세요. 혹시 이 땅을 떠나신 이유가 먼저 가신 형수님이 보고 싶어서였나요? 아니면 농사일이 너무 힘들어 더 하고 싶지 않았나요. 그래도 그렇지요, 아무리 그렇더라도 자식들에게는 내가 없어도 이렇게 저렇게 잘 살라 당부하고 가셔야지요. 이렇게 갑자기 가버리시면 자식들은 어떻게 살란 말인가요. 이미 도시의 자식들이 다 된 저것들이 어떻게 살기를 바라시나요. 형님의 영정 사진을 들고 가는 철없는 큰손자도 오열하는 자신의 부모를 보면서 닭의 똥 같은 눈물을 흘리고 있습니다.

형님! 집에 도착했습니다. 바로 이곳이 형님이 사셨던 곳입니다. 직접 집을 짓고 고치고, 형수님과 함께 사시며 아들딸을 낳고 키웠던 곳입니다. 예고도 없이 구급차에 실려 병원으로 가시느라 제대로 정리도 못 하고 떠났던 집입니다. 자, 잘, 천천히 둘러보세요. 지금 이웃과 친구들이 떠나시는 형님을 마지막으로 만나려고 모여들고 있습니다. 자식들은 집 안에 들어서자마자, 형님의 손때가 묻어 있는 물건들을 하나씩 부여잡고 미친 듯이 오열하고 있습니다. 며칠 전 텃밭에 뿌렸던 김장 배추 씨앗들이 울음소리에 깜짝 놀라 서둘러 싹을 틔우고 있습니다. 그 옆으로 익어가는 빨간 고추들도 손을 흔들어대며 주인을 부르며 웁니다. 그 밭고랑 사이에 선명하게 남아 있는 형님의 발자국을 눈으로 따라가던 막내며느리가 함석 대문을 주먹으로 치며 대성통곡을 합니다.

"아버님! 내년에 꽃씨는 누가 뿌리라고요. 그동안 모아 놓은 꽃씨는 어떡하라고요."

이 소리에 몰려온 사람들에게 슬픔이 복받쳐 따라 웁니다. 형님께서 촘촘히 매어준 철삿줄을 타고 올라가던 머루 열매까지 줄을 흔들어 대며, 비스듬히 세워준 대나무를 타고 하늘로 올라가던 나팔꽃이 꽃잎을 접고 그 안에서 울고 있습니다. 냇가에서 주워다 화단 경계석으로 일일이 세운 작은 조약돌까지 형님을 찾고 있습니다. 형님이 써서 기둥에 붙였던 '입춘대길'이란 글씨까지 마룻바닥으로 내려와 주인인 형님을 맞이하고 있습니다. 이 소리와 광경을 듣고 보고 있던 큰아들이 갑자기 마루 기둥을 주먹으로 치며 괴성을 지릅니다. 첫째 딸은 토방에 나동그라져 있는 흙 묻은 장화를 바로 일으켜 세우면서, 둘째 딸은 형님이 책상 삼아 쓰셨던 밥상 위의 돋보기와 날짜가 지난 신문을 집어 들면서, 셋째 딸은 응급차에 실려 가느라 어지러워진 아버지의 이부자리를 끌어안으면서, 넷째 딸은 아버지의 땀 냄새가 배어 있는 작업복을 부여잡으면서, 다섯째 딸은 형님이 여수 오동도에 놀러 가 형수님과 함께 찍은 사진을 가슴에 끌어 앉으면서, 막내아들은 집 안으로 들어오지도 못하고, 울다 쓰러진 아내(막내며느리)를 붙들고 통곡하니 온 동네가 울음바다가 되어버렸는데 형님만 사진 속에서 훤하게 웃고 계시네요.

형님! 도대체 서둘러 간 이유가 무엇인지 다시 한번 묻습니다. 저 벼와 배추, 고추들은 누가 거두고, 내년엔 누가 다시 씨를 뿌려야 하나요. 말 좀 해보세요. 형님같이 빈틈없고 끊고 맺음이 분명하신 분이, 급성 폐렴 하나 못 이기고 홀쩍 떠난 이유를 몰라 허둥대는 자식들을 위해서, 제발 한 마디만 해주세요. 내가 없어도 싸우지 말고 잘 살아야 한다고요. 그 말을 듣지 못한 자식들이 지금 형님을 산에 두고 돌아와 서로 싸우고 있습니다. 사위들까지 합세해 재산 문제로 소란을 피우고 있는 저 꼴을 보시란 말입니다. 이웃들이 혀를 끌끌 차며 수군대는 모습에 고개를 들 수가 없습니다. 그동안 형님 부부가 얼마나 애지중지했던 자식들인가요. 허리가 부러지도록, 몸을 사리지 않고 먹이고, 가르치고, 어려운 형편에도 바리바리 싸서 시집·장가 보냈던 놈들이 아니던가요. 바로 엊그제까지도 농사지은 것을 아끼지 않고 차 트렁크에 잔뜩 실어 보내주었던 자식들인데, 형님이 안 계시니 싸움을 계속하고 있습니다. 한 달이 지났는데도 해결의 그 실마리를 찾지 못하고 싸우고만 있습니다. 어느 자식도 아버지를 따라 농부가 되겠다는 놈은 없고, 돌아가신 형님의 마음을 헤아려 고개 숙이는 놈도 없습니다. 점점 갈등의 골이 깊어지는 것을 보다 못한 제가, 살아생전 아버지를 생각해 보라고 했더니, 아저씬 자기들 집안일에 관여하지 말라 하니 어쩌면 좋습니까. 이대로 가면 자식들은 서로 미워하게 될 것입니다. 한자리 한 상에서 밥을 먹을 일이 없는 원수지간이 될 것 같습니다.

 이 모습을 지켜보던 친척·친지·이웃들이 쑥덕거리고 있습니다. 저 집에 내년 봄 꽃씨는 누가 뿌리냐면서요.

〈갑작스럽게 운명하신 사촌 형님을 그리며〉 2012. 09.

# 제자의 결혼식 날

"교수님! 저, 결혼해요."

얼마 전 연구실로 찾아와 청첩장을 불쑥 내밀었던 제자가 있었다. 그녀는 많은 제자 중의 한 사람이었지만 유독 얌전했다. 체격은 작지만 아금박스럽고 당찼다. 거친 남학생들 틈에서도 당당하게 대학 생활을 무리 없이 해냈던 여학생이다. 이 학생을 특별히 기억하게 된 것은 설악산으로 MT를 갔다 오던 중 버스 안에서 있었던 일 때문이다. 관광버스를 타면 으레 그러하듯이, 학생들도 가만히 앉아 있지를 못했다. 모두가 들떠 있었고, 그냥 차만 타고 가기엔 그랬던지, 누군가 나서서 순서대로 노래를 부르자고 제안을 했다. 이에 손뼉 소리가 터져 나왔고 다들 한 번씩 마이크를 돌려가며 노래를 불렀다. 어떤 학생은 그만하라 해도 자꾸 더 부르려 하고, 또 어떤 학생은 쑥스러운지 끝까지 못 하겠다고 고집을 피우는 가운데 이 여학생의 순서가 되었다. 차 안에 잠시 침묵이 흘렀다. 왜냐하면, 평소 말수가 적고 점잖은 편이라 무렴할까 봐 기다리고만 있었는데, 그녀는 조금의 망설임도 없이 노래를 불러 모두를 놀라게 했다. 그런데 엉뚱하게도 〈두만강〉이라는 옛날 가요를 부르기 시작했다. 갑자기 차가 뒤집힐 정도로 심하게 들썩였다. 참으로 신선한 충격이었다. 여기다 구성지고 정확하게 가사와 박자를 딱딱 맞춰가며, 그것도 차분하게 끝까지 불렀다. 이에 모든 학생은 버스가 떠나가도록 앙코르로 환호했고, 그 학생은 망설이지 않고 〈목포의 눈물〉을 이어 불렀다. 그 열창은 가녀린 몸에서 나오는 큰 울림으로 버스 안을 가득 채웠다. 다 같이 손뼉을 치며 합창했다. 여기저기서 응원의 괴성과 함성이 터져 나왔다. '앙코르'는 계속되었고, 이 학생은 차분하게 의자에 꼿꼿이 앉아 아주 편안한 모습으로 〈갈대의 순정〉, 〈동백 아가씨〉 등을 이어서 불렀다. 한 편의 공연을 보듯 매우 감동적이었다. 노래가 끝난 뒤에도 그 여운이 오래 계속되었다. 사실 보통 요즘 학생들은 대부분 랩이나 빠른 속도의 노래를 부른다. 그런데 이 여학생은 정확한 가사와 박자로, 그것도 당황하지 않고 차분하게 옛날 노래를 부른 결과 그 감동이 오래오래 지속되었다. 아마 그 이유는, 지나치게 빠르게 변하는 현대 문화에 대해 이 학생이 잠시 쉼표를 찍어준 거라 생각했다.

학교에 돌아와 이 학생을 조용히 불렀다. 그리고 물어보았다. 왜 흘러간 노래를 불렀느냐고. 빙긋이 웃으며 하는 말, "교수님. 저 이상하죠? 그런데 저 이런 노래 엄청나게 좋아해요. 우리 아버지가 좋아하시니까요."

이 학생의 얘기를 정리해보면 다음과 같다. 그녀는 딸이 여섯이나 되는 집의 막내딸이라 했다. 어릴 때부터 아버지가 부르시던 노래를 따라서 불렀고, 아버지가 힘든 농사일을 하고 돌아오시거나 술에 취하시면, 막내딸을 무릎 위에 앉혀 놓고 노래를 함께 불렀다는 것이다. 이런 아버지가 피곤해하면 부엌에 들어가 젓가락을 들고나와 옆에 있는 물건을 두드리며 노래를 부르거나 아버지 앞에서 춤을 추었다고 한다. 이렇게 어려서부터 시작한 노래가 이 학생에겐 극히 자연

스러운 일이 되었다는 것이다. 나는 다시 이렇게 물었다. 그래도 그
렇지, 또래답지 않게 옛날 노래를 부르느냐고. 그랬더니 되레 날 쳐
다보며 오히려 날 이상한 사람으로 만든 학생이다. 나는 맑은 마음과
아버지를 생각하는 효심에 감동했다. 이 학생은 졸업을 했고 그 인연
으로 난 몇 번인가 지인들을 통해 중매를 섰지만, 빈번히 실패했다.
그 이유는 아주 왜소한 체격 탓일 거로 짐작하고 있었다. 그 뒤로도
수년 동안 인연을 만들어 주려고 늘 관심이 있었는데, 어느 날 갑자
기 찾아와서는 남자 친구의 명함을 주면서 어떤 사람인지 잘 알아봐
달라는 것이었다. 그리고 3년이 지나 다짜고짜 청첩장을 내밀며, 교
수님이 오신 것을 확인하고 난 후에야 신부 입장을 하겠다고 으름장
까지 놓았다. 조용한 협박이었다. 후에 알았지만 이런 식으로 주변
친구들을 결혼식장으로 모이게 한 새침데기 같은 제자였다. 청첩장
을 가지고 찾아오던 날 함께 찾아온 학생은 이미 4년 전에 결혼한 같
은 반 친구로, 둘째 사내아이를 등에 업고 왔다. 학생 시절의 단아한
모습은 이미 사라지고 수더분한 이웃 동네 아주머니가 되어 있었다.
차림새로 보아 일하다가 웃옷만 대충 걸치고 서둘러 차 시간에 맞춰
나왔다는 것을 알 수 있었다. 이렇게 세월이 지나면서 학생들은 생
활 여건에 따라 변해가고 있었다. 당연한 일이지만 인간이란 세월에
묻어가다가 언젠가 사라지고, 색이 더하고 벗겨지면서 아름다움을
그려가는 거란 생각이 문득 들었다.

　나는 청첩장을 주고 간 제자가 돌아가고 난 뒤 고민에 빠졌다. 그
날 또 다른 중요한 약속이 있었기 때문이었다. 그래서 그 자리에서
바로 갈 수가 없다고 말하지 못한 것이 후회되었지만, 곰곰이 생각해
보니 학생의 아버지를 한번 보고 싶었다. 나 역시 두 딸의 아버지이

기 때문이다. 그래서 전화를 했다. 참석하겠다고. 받아놓은 날짜가 다가왔다. 집에서 식장까지는 승용차로 대략 15분 정도면 충분히 갈 수 있는 거리였다. 그래도 예전 경험에 따라 1시간 전에 서둘러 출발했다. 전주시 외곽에 있는 이 예식장은 주말만 되면 주차 전쟁터가 되기 때문이다. 한 번은 주차를 못 해 예식이 끝나 밥만 먹고 와야 했던 일도 있었다. 이날도 예식장 아르바이트 청년이 계속 호루라기를 불어 대고 곳곳에 경찰들이 배치되어 주차정리를 하고 있었지만, 역부족이었다. 예식 시작 10분 전이 되었는데도 정체는 풀리지 않았다. 하는 수 없이 다른 사람처럼 길가 주차를 할 수밖에 없었다. 이를 지켜보고 있던 아르바이트 청년이나 경찰조차도 어쩔 수 없는 경우라 생각했던지 아무 말이 없었다. 서둘러 꽁무니 주차를 하고, 바삐 뛰었다. 이미 예식이 진행되고 있었다. 곧바로 식장 안의 인파를 뚫고 들어갔다. 신부의 아버지를 보기 위해서였다. 전형적인 촌로(村老)였다. 막걸리를 좋아하고 농사일에 찌든 그런 사람 말이다. 그래도 막내딸을 바라보며 연신 눈물을 닦아내는 그의 모습과 표정에서, 딸과 함께 행복하게 불렀던 흘러간 노랫소리를 마음으로 들을 수 있었다. 예식이 막 끝나 나오려는데, 제자들이 날 먼저 알아보고 여기저기서 불쑥불쑥 나타나 인사를 했다. 많은 시간이 지난 그들은 모습에서 옛 모습을 찾아볼 수 없을 정도로 성숙해져 있었다. 피로연 식탁에 마주 앉은 제자들의 건장한 모습을 보며 빠른 세월을 실감했다. 문제는 이런 제자들을 그냥 보내지 않고, 나 자신도 모르게 밥상머리 훈계를 했다는 것이다. "절대 기죽지 말고 당당하게 살아라. 훗날 자랑스러운 사람이 되어라. 그리고 건강해야 한다." 다행히 제자들은 내 얘기를 끝까지 들어주었다. 집에 돌아와 생각하니 괜한 소리를 했나 싶었지만 그래도 좋았다. 아무튼 난 이 엉뚱한 여학생을 통하여 잊고 살았던 아버지를 생각해 보았다. 유복자라 얼굴은 모르지만, 우리 아버진 무엇을 좋아하고 즐기셨는지 궁금해지기 시작했다. 어머니라도 계시면 물어볼 수 있으련만…….

며칠이 지났다. 퇴근하니 아내가 정신 차리라며 주차 위반 통지서를 내밀었다. 확인하면서 되레 웃으니 아내는 날 물끄러미 바라보았다. 그리고 그날 있었던 일과 제자에 관한 얘기를 해 주었더니, 아내도 "참, 좋기도 하겠다."며 웃어 버렸다. 지금도 그 예식장 앞을 지날 때면 그 제자와 주차 딱지가 생각난다. 그리고 잘 살고 있겠지 하며, 나도 모르게 〈동백 아가씨〉 노래를 흥얼거리게 된다.

〈제자의 결혼식에 참석하고〉 2012. 12.

# 딸이 통곡하다

 거세게 부는 바람이 노란 은행잎을 쓸어버리듯 날려 보내고 있다. 무거워 바람에 날아가지 못하는 열매는 오가는 사람의 발에 으깨어지거나 나뒹굴고 있어 보기에 흉하다. 어머니가 계셨다면 귀한 대접을 받았을 열매다. 단 한 개라도 허투루 버려질까 봐 바닥에 비닐 멍석을 깔아놓거나, 미리 털어서 겉껍질을 벗기고 씻어 햇볕에 바싹 말려, 오일장 난전에서 팔았던 소중한 열매였다. 그런데 자식들은 행여 발에 밟혀 인분 냄새가 옮겨질까 봐 피해 다니며 어머니의 유품을 정리하고 있다. 조금 쉬었다가 해도 좋으련만, 뭐가 그리 급한지 서두르는 것 같아 딸이 보기에 서운하다. 또, 만지면 안 되는 것을 대하듯 장갑을 끼고 수건으로 입을 동여매고 청소부처럼 무조건 쓸어 담아 버리고 있다. 그러나 외동딸인 그녀는, 살아있는 사람의 물건을 대하듯, 어머니의 옷을 입어 보고, 모자를 써 보고, 다시 그 모습을 거울에 비춰보며 차분하게 정리를 하고 있다. 그러다 낯익은 물건이 나오면 가슴에 묻고 얼굴에 비비며 통곡을 한다. 아들과 며느리들은 이런 딸의 모습에 신경을 끄고, 품삯을 받는 일꾼처럼 손에 잡히는 대로 내다 버렸다. 왜 이고 지고 갈 것도 아닌 것을 필요 없이 모아두었는지 모르겠다며 투덜대기까지 했다. 하지만 거의 노인과 함께 지냈던 딸은 어머니 물건에 애착을 보이며 버리면 다시 주워 오길 수차례 반복했다. 그러자 며느리들은 딸의 눈치를 보면서 장롱을 까발리듯 샅샅이 뒤지기 시작한다. 대부분 오래되어 탕이 나고 쥐가 갉아먹어 성한 것이 하나도 없다. 그래도 딸은 버리는 것이 죄스러운지 기억에 남는 물건이 나올 때마다 부여잡고 자꾸만 울고 있지만, 사실은 어머니가 살아계실 때는 구박만 받았던 딸이었다. 늘 무시당하며 오빠들을 위한 희생이 당연한 것처럼 살았다. 그나마 아버지가 복덩이라며 귀여워해 주지 않았다면 견디기 어려웠을 것이다. 그런데 아버지가 갑자기 돌아가시자 가세가 기울어졌고, 어머니는 악착같이 보따리 장사로 아들 셋 모두를 대학까지 보냈지만, 딸은 초등학교를 졸업하고 식모처럼 일만 했다. 한때는 원망도 해 보았지만 포기하고 산 지가 오래전 일이다. 그러나 홀어머니는 아들에게 마지막 남은 땅까지 팔아 사업 자금을 대줄 정도로 강한 애정을 품고 있었지만 정작 성공한 아들은 없다. 반면 딸은 주워 온 자식같이 시녀처럼 부려먹었어도 해 준 게 없다. 그런데도 딸은 결혼해 이웃 동네에 살다 보니, 어머니의 수족 노릇을 할 수밖에 없었다. 세월이 지나면서 오빠네 식구들은 멀리 산다는 핑계로 집안에 큰일이 있을 때만 마지못해 오는 손님 같은 사람이 되어 가고 있었다. 이제는 형제가 모이기 힘들 거라 생각하며 짐을 정리하다 말고, 갑자기 그녀가 오열하기 시작한다. 아들과 며느리는 빨간 지갑을 가슴에 품고 울고 있는 모습을 멀대같이 바라보고만 있다. 큰아들이 갑자기 참았던 울음을 터뜨린다. 본인이 외국에 출장을 나갔다가 특별히 동생에게 주려고 사 온 손지갑이다. 이를 보자마자 어머니는 자기를 위해 큰아들이 사 왔다며, 식구와 주변 사람들에게 선수를 치는 바람에 노인의 물건이 된 것이다.

이런 내용을 알고 있는 주변 사람들이, 누가 봐도 노인에게 어울리지 않으니 딸에게 주라 말했지만, 큰 소리로 역정을 내며 죄 없는 딸에게 욕까지 퍼부어대며 지켰던 그 지갑이다. 그동안 보이지 않아 잊고 있었는데, 검은 비닐에 꼭꼭 말아 장롱 속에 깊숙이 감춰두었던 것이다. 딸에겐 다시는 욕심내지 말라면서도, 가족이 모일 때마다, 내가 죽으면 이 집과 집에 있는 모든 것은 딸에게 줄 거라고만 했었다. 이런 사실은 식구는 물론 알 만한 사람은 다 알고 있었다. 그러나 모두가 값이 나가는 게 없기에 시답지 않은 노인의 푸념쯤으로 생각하고 있었다. 딸 역시 서운했지만, 나이를 먹으면서 이해했다. 왜냐면 어려서부터 아버지가 평소 노름과 술에 절어 살았기 때문에, 마음고생이 많았던 어머니였다. 아마 남편의 사랑을 받지 못하고 궁색하게 살아서 그럴 거라고 짐작하고 있었다. 그런데 요즘엔 어머니가 노인정에 나가면 만나는 사람마다 딸 자랑을 하고 다닌다는 말을 이웃에게 전해 들었지만, 별로 신경 쓰지 않았다. 왜냐하면, 요즘도 자기를 대하는 게 전과 다름없기 때문이었다. 오히려 나이가 들어갈수록 새로운 물건이 생길 때마다, 딸을 일부러 불러 놓고 실컷 자랑만 할 뿐이었다. 그런데 세월을 이기는 장사 없다고 하루가 다르게 점점 쇠약해지고, 가끔 엉뚱한 소리를 해 무슨 일이 생기지 않을까 하루가 멀다고 친정집을 들락거렸다. 한 지붕 밑에서 살지 않았을 뿐이지, 같이 사는 거나 진배없을 정도로 왕래가 잦았다. 그러던 얼마 전 서울에 사는 아들 내외가 해외여행을 간다며, 초등학교에 다니는 아이들을 좀 봐 달라는 연락이 왔다. 하는 수 없이 서울로 올라갔다가 사흘 만에 급한 연락을 받고 내려왔을 땐, 이미 어머니는 혼자 집에서 세상을 떠난 뒤였다. 그것도 매일 노인정에 나오던 어머니가 보이지 않자, 친구가 허실 삼아 집으로 가 보니 이미 돌아가셨다고 했다. 결국, 아무도 없는 어두운 방에서 갑자기 도진 심장병으로 방 안을 헤매다 세상을 떠난 것이다. 다행히 서울에 올라가기 전 노인정에 들러, 동네 노인들에게 어머니를 부탁해서 그나마 일찍 발견하게 된 것이다.

　딸은 지금 어머니의 임종을 지켜드리지 못했다는 죄책감에, 슬픔을 참으며 유품을 다시 정리하고 있다. 곳곳에 숨겨져 있는 물건들은 사용도 못 하고 쌓아 놓기만 한 것들이다. 살아생전에는 귀하고 소중한 것이었는지는 몰라도 이제 쓰레기가 되어 버려지고 있다. 이제 주인을 잃어버린 낡은 이 집조차도 흉물이 될 것이다. 늘 황금 나무라고 거름을 주며 관리하던 은행나무도 누군가의 손에 잘려나갈 것이다. 딸은 울다가 빨간 손지갑만을 들고 밖으로 슬그머니 나간다. 땅거미가 짙어진 시월 하순의 바깥바람이 세차게 불고 있었다. 금세 더 많은 은행 열매가 떨어져 있었다. 은행이 발에 밟히지 않게 조심스럽게 대문 밖으로 걸어 나간다. 무슨 생각이 들었던지 뒤돌아 와 은행나무를 한참을 올려다본다. 그리고 은행 하나를 발뒤꿈치로 살짝 짓이겨 본다. 속껍질이 부서지며 나는 소리와 냄새를 뒤로하고, 어머니가 지팡이를 짚고 다니던 고샅길로 쌩쌩 걸어 나간다. 잠시 걸음을 멈추고 하늘을 올려다보며 오도카니 서 있다. 강한 가을바람에 부딪히는 댓잎 소리가 속삭이듯 스멀거린다. 저만치에서 어머니가 부르는 것 같다. 갑자기 오빠와 공놀이를 하다 간장독을 깼다고 부지깽이를 들고 쫓아오는 어머니가 보인다. 몸뻬 차림으로 머리에 수건을 두르고, 포대기로 다 큰 아들을 업고 집 안으로 들어가는 그 뒷모습이 보이는데, 유품을 싣고 나가는 트럭이 차 문짝을 두들기지 않았다면 그대로 한참을 서 있었을 것이다. 딸은 정신을 차린 듯 집 안으로 다시 들어간다. 어머니가 했던 것처럼 은행을 주워 비닐봉지에 담는다. 그리고 허청에 갖다 놓고는 방 안으로 들어간다. 식구와 둘러앉아 어머니를 생각하며 오래도록 얘기를 이어간다. 밤이 깊어지자 누구랄 것도 없이 하나둘씩 고꾸라지듯 옷을 입은 채로 드러눕는다. 그녀도 팔을 베개 삼아 옆으로 쪼그려 눕는다. 다들 눕자마자 피곤한 듯 코를 골기 시작하지만, 그녀는 자세가 불편한 듯 벽을 바라보고 다시 돌아눕는다. 그리고 빨간 지갑을 꺼내 만지작거리다 다시 주머니에 넣는다. 피곤했지만 정신이 말똥말똥하다. 잠이 오지 않아 한참을 그대로 있다가, 누렇게 변하여 갈라진 비닐 장판 끝에 눈길을 멈춘다. 어머니의 체취를 느끼며 소리 없이 울기 시작한다. 덕지덕지 붙여놓은 청테이프 위로 하염없이 눈물이 떨어진다. 그러나 무슨 생각이 들었든지 흉하게 붙어있는 테이프 자락을 신경질적으로 쭈욱 잡아뗀다. 얇은 장판이 함께 뜯겨 같이 딸려서 올라온다. 그 바닥에 푸른 지폐가 보인다. 한두 장이 아니다. 헤아릴 수 없을 정도로 많다. 그녀는 벌떡 일어나며 자신도 모르게 소리를 지른다.

"오빠!"

어찌나 크고 당황한 소리였던지, 막 깊은 잠 속으로 들어가려던 방 안의 식구들이 동시에 벌떡 일어나면서, 약속이나 한 듯,

"돈이다!"

하고 소리쳤다. 언제부터 넣어두었는지 습기를 먹어 돈에 곰팡이가 슬어 있었다. 이를 서둘러 조심스럽게 모아 한 장씩 헤아린다. 그리고 잠시 침묵이 흐른다. 귀에 딱지가 지도록 말했던 노인의 소리가 들린다. 평소에는 누구 하나 그 말에 신경을 쓰지 않았다. 왜냐면 딸에게 줄 게 없다는 생각을 해서다. 며느리들이 고개를 벽으로

향하며 눈물을 닦고 있다. 아들들도 눈물 바람으로 뛰쳐나가 버린다. 딸이 방바닥을 치며 통곡한다. 틈틈이 드렸던 용돈을 쓰지 않고 모아둔 돈이라는 것을 알고 억장이 무너져 내린다. 죽을 둥 살 둥 품앗이를 하고 푸성귀를 팔아서 몰래 숨겨 놓았던 돈이다. 이를 모으며 무슨 생각을 했을까 생각하니 가슴이 미어지는 것만 같다. 그렇게 인색하셨던 어머니, 병원 의사들은 돈을 빼앗아 가는 도둑놈이라고 말씀하시며, 병원 가는 것을 극구 마다하셨던 어머니, 그 흔해 빠진 은행 열매 하나도 허투루 보지 않고 돈으로 보았던 어머니, 남의 논두렁에 콩을 심어 오일장에 내다 파셨던 어머니, 그 구두쇠 같은 어머니를 생각하며, 천덕꾸러기 취급을 받던 그 딸이, 노인의 영정 사진을 가슴에 묻고 대성통곡하고 있다. 이 딸은 다름 아닌 친구의 여동생이다.

〈친구 여동생의 얘기를 듣고〉 2012. 12.

# 5월, 벼랑 끝 소나무

　30년 만에 찾아온 추위를 견딜 수 없어 껍질을 스스로 벗고 죽어버리고 싶었습니다. 왜냐고요? 너무 추워 숨조차 쉴 수 없어서입니다. 지금은 몇 개 남지 않은 잔뿌리를 목숨 줄로 삼고 바위틈에 겨우 박고 사는 처지입니다. 갈라진 등껍질 틈으로 칼바람이 파고들어 온몸이 얼음덩어리입니다. 바람이 살 속을 후벼 파니 정말 하루하루가 지옥입니다. 폭설까지 머리에 내려앉아 짓누르고 있으니 죽을 지경입니다. 의지와는 상관없이 몸이 점점 오그라들어 갑니다. 옴짝달싹 할 수 없어 겨우 숨만 쉬고 있습니다. 살기 위해 버둥대는 것도 지쳐서 지겹습니다. 이제 정말 눈 감고 쉬고 싶습니다. 그런데 본능적으로 몸이 버둥거립니다. 폭설에 부러진 상처에 동상이 걸릴까 봐 죽을 힘을 다해 송진액을 뿜어냅니다. 점점 쇠락해지는 힘까지 쥐어짜느라 피골이 맞닿아 몰골이 흉하게 변해가고, 온몸이 뒤틀려 제대로 자라지 못하고 있습니다. 결국, 짜부라져 이렇게 겉늙어 버렸습니다. 그 아픈 삶의 흔적이 하나의 나이테를 만들어 가면서 지금도 삶의 포기 경계선을 넘나들고 있는데, 사람들은 속도 모르고 날 잘생긴 소나무라며 바라보는 것도 모자라 카메라를 들이댑니다. 어떤 이는 날 자기 집 정원에 옮기고 싶다며 욕심을 냅니다. 난 이런 시시콜콜한 일에 대하여 일일이 생각할 여유조차 없습니다. 습관적으로 살아남기 위해 잔뿌리를 돌 틈으로 사력을 다해 밀어 넣고 있습니다. 이를 멈추면 지금 당장 몸무게를 견디지 못해 뿌리째 뽑혀버릴지도 모르기 때문입니다. 아니, 아무 일도 하지 않고 이 겨울을 보냈다간 내년 봄엔 고사목으로 덩그러니 남을지도 모른다는 두려움과 절박함이 날 깨우고 있는데, 나보고 아름답다고 말하는 인간들이 이해되지 않습니다.

실은 나도 이 자리에 뿌리를 내리기 전에는 원대한 꿈을 가지고 있었습니다. 엄마 품을 떠나 날개 달린 씨앗으로 하늘을 날 때만 해도 좀 특별해지고 싶었습니다. 가능하면 높은 자리가 좋아 과감히 이곳을 선택했습니다. 당시엔 멀리 내려다보이는 바위틈 벼랑 끝에 자리 잡고 마음껏 우쭐대고 싶었습니다. 그래서 바람에게 특별히 부탁해 망설임 없이 이곳에 뿌리를 내렸습니다. 날 먹잇감으로 삼던 동고비까지 이곳에서 살기가 힘들 거라 만류했어도, 고집 하나로 도도하게 어린 시절을 이곳에서 보냈습니다. 많이 생각하고 잡은 자리라 그냥 멋지게 살 줄 알았습니다. 그런데 많은 시간이 지나서야 바위틈에 뿌리를 내린 불행한 소나무란 것을 깨달았습니다. 조금만 바람이 불어도 두근두근, 소나기가 퍼부어대면 바위가 갈라져 뿌리가 뽑힐까 불안불안. 더 심한 고통은 한여름의 뙤약볕이었습니다. 그 더위가 주는 갈증에 피가 마르고, 겨울의 칼바람엔 살을 후벼 파는 아픔에 괴로워 견딜 수가 없었습니다. 이 쓴맛을 좀 더 일찍 알았다면, 힘이 남아돌 때 뿌리를 더 깊숙이 박아 놓았을 터인데, 지금까지 살아온 삶의 태반이 허송세월이었다는 것을 60여 년이 지난 지금에야 알게 되었습니다. 이제 아무리 발버둥 쳐도 예전만큼 힘이 나지 않습니다.

물론 산다는 게 고달프고 힘이 든다는 것은 이미 알고 있었지만, 후회를 반복하며 어두운 그림자를 뒤집어쓰고 살다 보니 온몸이 상처로 얼룩져 있습니다. 그래도 살아야 했습니다. 왜냐면 내일은 서쪽에서 해가 뜰지도 모르기 때문입니다. 하지만 잘 압니다. 그런 일은 일어나지 않는다는 것을. 그래서 내 생각이 모두 부질없다는 것을. 삶이란 결국 늘 벼랑 끝으로 떠밀리듯 위험하게 살아야 한다는 것을. 그래서 목숨을 포기하고 싶을 때가 한두 번이 아니었습니다. 이제 나이가 들어가니 이런 생각조차 귀찮아집니다. 여기서 잠들면 죽는다는 것을 알면서도 점점 수면제를 먹은 것처럼 아늑하고 몽롱해집니다. 눈꺼풀이 저절로 감기며 코를 골지만, 그때마다 살을 파고드는 칼바람이 잠을 깨우곤 합니다. 그래서 난 목숨을 여태껏 부지하고 있으며, 고목이 되어가고 있습니다. 그런데 이번 겨울은 도저히 넘기지 못할 것 같습니다. 언제부터인지 개미들까지 병든 가지 사이를 타고 오르내립니다. 한낮에 햇볕이 나면 쩍쩍 갈라진 등과 바늘 솔잎 사이로 벌레들이 들락거리기 시작합니다. 온몸이 간지러워 미치겠습니다. 그 가려움이 온몸에 전이되어 발바닥에서부터 머리끝까지 간지러워 죽을 지경입니다. 마음은 떼굴떼굴 굴러서라도 해결하고 싶지만, 깡마른 엉덩이에 깔린 손을 빼내어 그곳을 긁고 싶은데도 손가락 하나 까딱할 수가 없습니다. 포기하고 눈을 감으려 하는데 자꾸 누군가 흔들어 의식을 깨웁니다. 그런데도 곧바로 눈을 뜰 수가 없습니다. 눈이 부셔 오랫동안 연습을 하고 나서야 가까스로 눈을 떴습니다. 그런데 저 멀리 떠나고 있는 겨울의 뒷모습이 보이기 시작합니다. 난 이 광경을 멍하니 바라봅니다. 언제부터인지 따스한 햇볕과 부드러운 바람이 마음속에서 일어나기 시작하면서 날개가 서서히 펼

처집니다. 그 날개가 움직이면서 조용하던 심장이 뛰기 시작하더니 바짝 말라붙은 핏줄에 피가 돕니다. 자신도 모르게 날개가 '좌악' 완전히 펴집니다. 힘찬 날갯짓과 함께 내 마음이 공중으로 날아갑니다. 세상이 아래로 보입니다. 땅속에서 꿈틀거리는 새싹의 움직임이 느껴집니다. 아래에 있는 계곡으로 내려가니 아직 녹지 않은 얼음판 밑에서 흐르는 물소리가 들립니다. 그 소리를 따라 텁텁한 흙 향기가 긴 들숨에 젖어옵니다. 이를 '후' 하고 길게 오장육부가 쏟아지도록 뱉어냅니다. 그 끝에서 멈춰있던 기억들이 꿈틀거리기 시작합니다. 지난봄 송충이들과 치열하게 싸웠던 일조차 그리움으로 밀려옵니다. 밤마다 강한 발톱으로 내 등줄기를 할퀴던 부엉이가 떠오릅니다. 다시 한번 온 힘을 다해 하늘로 치솟아봅니다. 벼랑 끝에 매달리듯 붙어 있는 내 모습이 보입니다. 여기저기 살펴보니 뼈만 앙상합니다. 건들면 부서질 듯 위태위태합니다. 껍질은 거북이의 등처럼 더 깊게 갈라져 있고, 이미 떨어냈어야 할 솔잎들을 움켜쥐고 있는 손 마디마디가 애처롭게 보입니다. 멋있게 살기 위해 버둥대던 욕심의 흔적들도 보입니다. 그 위에 따스한 봄볕이 내려와 앉으니, 덩달아 모든 나무와 풀들이 살아나며 푸르게 웃고 있습니다. 기분이 점점 좋아지며 잃었던 기력이 회복됩니다. 신비하게 말라붙은 근육에 생기가 돕니다. 어디선가 팔랑대며 조잘대던 작은 새들이 소리를 앞세우고 완연한 봄을 몰고 옵니다. 덩달아 앞산 모퉁이를 돌아 서둘러 따라 오는 봄바람이 귀를 간지럽게 합니다. 난 날개를 접고 마음 문을 활짝 열고 그 꽃바람을 맞이합니다. 몽실몽실한 봄기운이 온몸으로 파고듭니다.

　다시 봄이 된 것입니다. 이곳 벼랑 끝에 뿌리를 내린 지 61년째, 힘들어하다가도 다시 만나는 봄은 더욱더 반갑고 아름답습니다. 찬란한 빛살이 서로 부딪히고, 엇갈려 하늘과 땅 사이에 가득 차는 것 같아 좋습니다. 연초록 나뭇잎 사이로 젖어 들 듯 빨려 들어가는 햇살이 환상적입니다. 아련히 나부끼는 아지랑이 속을 넘나드는 그리움이 있는 신비로운 세상이 참 좋습니다. 저 멀리 농부가 걸어가고 있는 논둑길에 개불알꽃이 웃는 여인의 덧니처럼 앙증스럽습니다. 올해처럼 정말 이렇게 아름다운 봄을 본 적이 없습니다. 역시 올봄은 빛나는 보석입니다. 그동안 정신없이 앞만 보고 쫓기며 살면서 부딪치는 모든 것을 적으로 알고 치열하게 살았습니다. 나만 벼랑 끝에 사는 것 같아 불행하다는 생각으로 살았습니다. 이제 벗어 버리겠습니다. 이제 시작이라는 생각으로 모든 것을 좋아할 것입니다. 그리고 모든 것을 사랑할 것입니다. 지금 소유하고 있는 것들과 처지를 자랑으로 여기며 살겠습니다. 더 멋진 삶을 만들기 위해 자신을 포장하지 않겠습니다. 푸르고 향기 나는 잎들을 다듬어가며 오래오래 이곳에서 자리를 지키며 살겠습니다. 어떤 역경과 고난이 와도 꿋꿋하게 자리를 지켜 작지만 고귀한 거목이 되겠습니다. 벼랑 끝으로 칼바람이 불고 눈보라가 쳐도, 폭설이 가지를 덮쳐 짓눌러도 절대 포기하지 않겠습니다. 어떤 경우에도 당당히 견디고 가슴을 펴고 허리를 곧추세우며 보란 듯이, 서 있는 자리에 서서 멀리 보겠습니다. 혹 가지가 꺾이고 볼썽사나운 몰골이 되어도 실망하지 않고, 이 땅에서 주어진 삶을 무궁히 살아가겠습니다. 억만년이 흘러 바위가 갈라지고 부서져 먼지가 될 때까지 늘 희망을 품고 살겠습니다. 마지막 벼랑 끝의 주인으로 남아도, 당당한 오월의 푸른 소나무로 오래오래 살아가겠습니다.

〈완주군 안수산 등산길, 벼랑에 붙어 있는 소나무를 보며〉 2014. 02.

# 킬리만자로 연가

 바람이 케냐의 암보셀리 국립공원의 마른 초원 바닥을 헤집듯 요란한 소리를 내며 으르렁거리고 있다. 난 태연한 척 숙소 앞 나무 의자에 앉아 조용필의 〈킬리만자로의 표범〉을 들으며, 어둠 속으로 사라지는 거대한 산의 모습을 바라보고 있다. 커피를 마시며 오감을 열어 놓고 있는 모습은 마치 멋있는 영화의 한 장면 같지만, 허허벌판 초원 중앙에 자리 잡은 고급 호텔, 널따란 방에 하얀 시트, 그리고 품격 높은 집기와 가구들이 부담으로 다가온다. 점점 거세게 불어오는 바람과 그 소리에 주눅이 들어가면서, 마음 바닥에 깔려 있던 양심이 고개를 들며 꿈틀거리기 시작하고 있다. 이런 생각을 지우려고 숙소 밖으로 나와 나무 의자에 앉아 있자니, 오늘 사파리(Safari) 차에 이리저리 몰리고 허둥대던 동물들이 자꾸만 떠오른다. 마치 평화롭게 살던 동물 마을에 들이닥친 침입자가 된 기분이 든다. 마음대로 초원을 가로질러 길을 내고, 그 길을 지프로 종횡무진 누비며 흙먼지를 일으키는 나쁜 인간 중 하나라는 생각이 든다. 이런 어리석은 인간들의 행위에 놀라 숨거나 시야에서 멀어지던 동물들이 눈앞에 아른거리기 시작한다. 특히 굼떠서 바로 피하지 못하고 먼지를 뒤집어 쓰고서 달아나던 집채만 한 코끼리, 무리에서 떨어져 홀로 뒤

뚱거리며 걸어가던 하마, 그 옆으로 투어 차를 보자마자 잽싸게 피하던 얼룩말, 동물의 왕이라는 사자조차도 사람을 피해 풀숲에 숨어 귀만 보인다. 이렇게 겁먹은 동물들이 사람을 피해 멀리 도망치더니 어두워지자 다시 호텔을 향해 모여드는 것 같다. 이를 부추기듯 킬리만자로가 거친 바람을 토해내고 있다. 칠흑 같은 어둠 속에서 밀려오는 그 소리가 두렵고 무섭다. 마치 눈을 가려 놓고 거칠게 성토하는 것 같아 불안하다. 바람 소리와 그 위력이 호텔을 금방이라도 삼켜버릴 것처럼 위협적이다. 난 맨정신으론 잠들 수 없는 상황에 안절부절 못하고 있다. 주저주저하다 바람과 어둠 속을 향해 말을 걸어 본다.

"사람들이여. 킬리만자로 자락에 머무는 모든 짐승의 삶을 방해하지 마라. 언젠가 그들의 터전이 파괴되어 재앙을 만나고서야 후회하지 말고 그들을 자유롭게 놔둬라. 그리고 킬리만자로여. 그 분노를 거둬라. 본래 인간은 어리석은 존재. 용서하고 기다리면 언젠가 그 끝이 보일 것이다. 이 무서운 바람 소리로 사람들을 두렵게 하지 마라. 정말 자신들이 만물의 영장인 줄 착각하고 더 심하게 자연을 파괴할지도 모른다. 잘 생각해봐라. 너희 중에 코끼리는 사람보다 힘이 세다. 사람은 사자나 얼룩말보다 느리며, 독수리처럼 날지도 못한다. 너희들이 가지고 있는 능력에 비하면 인간의 능력은 아무것도 아니다. 이곳의 주인은 바로 너희들이다. 그러니 침입자를 떠나게 하려면 기다려라. 사람에겐 스스로 뉘우칠 수 있는 생각이 머릿속에 있다. 이게 바로 너희들과 다른 점이다. 이것이 사람만이 가지고 있는 능력이다. 지금 나처럼 세상에 있는 모든 사람은 느끼기 시작했다. 인간이 바로 자연을 파괴하는 주범이라는 것을. 추한 욕심으로 초원을 마구잡이로 파헤쳐 길을 내고 승리한 장군처럼 차를 타고 다니며,

너희들을 위협하고 있다는 것을. 이 일이 얼마나 잘못된 것인지, 더 파괴하면 결국 공멸한다는 것을. 그래서 당연히 이곳이 더 파괴되기 전에 떠나야 하는 것도 잘 알고 있다. 기다리면 더 이상 침범하지 않고 이곳을 떠나 멀리서만 지켜볼 것이다. 그리고 고백하지만, 사람은 보기와 달리 약한 마음을 가지고 있다. 지금처럼 바람만 조금 거칠게 불어도, 강한 비바람과 눈보라가 휘몰아쳐도, 갑자기 천둥소리만 들려도 겁을 먹는 존재다. 서로 사랑하다가도 눈빛만 달라도 의심하고 상처를 받는 게 사람이다. 이에 반해 너희들은 돌덩이처럼 강하다. 너희들은 인간보다 빠르고 날카로운 발톱과 송곳 같은 이빨, 하늘을 훨훨 나는 날개가 있지 않으냐. 기죽지 말고 거친 자연과 더불어 습관처럼 행복해라. 이 밤의 추위가 뼛속 깊이 파고들어 얼어 죽을 것 같아도 그것은 지나가는 순간이라는 것을 명심해라. 행여 분한 마음에 그 높은 킬리만자로 정상까지 올라가 길을 잃고 헤매다가 얼어 죽을 수도 있다. 힘들어도 벗과 함께 의지하며 때를 기다려라. 뿔뿔이 흩어져 혼자되어 억센 바람과 추위에 떨지 말고, 서로 부둥켜안고 도란도란 얘기하며 견뎌라. 조금 견디기 어렵다고 도시의 조명을 쫓아갈 수는 없지 않으냐. 쓸데없이 호기심으로 불나방처럼 유혹의 빛을 쫓다가 길을 잃어버리면 다 죽는다. 너희도 인간처럼 목숨이 하나뿐이다. 그 귀한 목숨을 지나가는 고통을 견디지 못해 버리면 땅을 치며 후회할 일이다. 세상의 모든 길엔 오르막이 있으면 내리막길이 있는 것처럼, 아무리 거센 폭풍우가 닥쳐와도 참고 기다리면 반드시 또 다른 세상이 오는 법이다. 이 밤이 춥다는 것은 곧 따뜻한 햇볕이 다가옴을 뜻하는 것처럼, 지금의 바람은 날카롭지만 지금 밑에서 한 가닥 빛을 이끌고 올라오는 희망이라는 태양이 솟아오르고 있다는 사실을 잊지 마라. 이 태양이 세상을 부드럽게 비추면 다시 새로운 세상이 오는 법이다. 반드시 바람이 멈추고 추위가 사라질 것이다. 제발 기죽지 말고 이 땅의 주인임을 명심해라. 다시 말하지만, 사람을 무서워할 것 없다. 사람처럼 빈틈이 많은 동물은 이 지구상에 존재하지 않는다. 그 내면을 들여다보면 자기 잘난 맛에 사는 욕심꾸러기에 불과하다. 또 한 치 앞도 내다보지 못하고, 잔머리를 굴리며 빼앗고 부수고 편 가르며, 울타리 속에 갇혀 사는 어리석은 바보들이다. 다만 너희와 다른 것은 기억력이 좋아 과거를 뒤돌아볼 수 있고, 잘못한 일에 대하여 용서를 빌고, 보다 나은 미래를 위해 끊임없이 생각할 줄 안다는 것이다. 지금 나를 보면 알 수 있지 않으냐. 어제 킬리만자로의 정상에서 점점 녹아 사라지는 만년설을 보았고, 오늘 오후엔 사파리 투어를 통해 암보셀리 공원이 망가지는 모습을 보면서, 이러다간 인간의 욕심으로 결국 또 하나의 낙원이 사라질 거라는 생각에 두려워 떨고 있질 않느냐. 내가 지금 겁을 먹고 용서를 비는 마음으로 말하고 있질 않느냐. 케냐의 암보셀리 공원의 모든 동물이여, 너희들과 달리 인간들이 도구를 사용한다고 하여 두려워하지 말라. 자칫하면 인간 스스로 만든 그 도구로 인간이 망할지도 모른다. 그리고 이 땅에 사는 동물 중에 사람처럼 연약하고 변덕스러운 존재는 없다. 다시 말하지만, 너희들은 이곳에선 가장 위대한 존재다. 또한, 저 거대한 킬리만자로가 너희를 품고 있는 한, 너희들은 이 땅의 확실한 주인이며, 바로 이곳이 너희들이 살아가야 할 터전이라는 것을 명심해라……"

밤이 되자 전혀 다른 모습으로 다가오는 암보셀리 공원의 밤, 내가 잘못된 침입자란 생각이 들게 했다. 두려웠다. 어둠 속에서 불어오는 강력한 바람 앞에 주눅이 들어 버렸다. 정말 토네이도처럼 무시무시한 바람이 호텔을 집어삼킬 것 같아 겁에 질려있었다. 이는 공원의 수많은 동물과 킬리만자로가 우리 인간에게 던지는 마지막 경고처럼 들렸다. 자연을 더 파괴하면 큰 재앙이 기다리고 있다는 메시지 같았다. 그래서 잠을 이루지 못하고 숙소 앞 나무 의자에 앉아 독백을 하고 있었다.

〈케냐 암보셀리 호텔에서 황폐화되어가는 현장을 보고〉 2014. 07.

# 껌 아저씨의 고백

  교회에서 어린아이들이 내 이름은 몰라도 날 보면 '껌 아저씨'라 부른다. 나에게 오면 언제나 껌을 주기 때문이다. 그래서 내 비밀 장소에는 어린아이들이 좋아하는 풍선껌이 항상 준비되어 있다. 혹 없어서 주지 못할 때는 그 아이의 이름을 적어 놓고 있다가, 다음 주에는 꼭 그 아이를 불러 주곤 했다. 그런데 이 일을 그만두려 한다. 이유는 부모가 싫어하는 것 같아서다. 귀한 자식이 껌 하나를 먹기 위해 구걸하듯 졸래졸래 쫓아다니는 모습이 보기 싫은 눈치다. 그래서인지 교회 올 때 껌을 사서 오거나, 아예 주전부리할 것을 준비해서 오는 아이들도 있다. 물론 극소수의 얘기다.

  내가 껌을 나눠주는 이유는 딱 한 가지다. 아이들을 칭찬하기 위해서다. 이름을 불러주고 눈높이를 맞추면서, "참 씩씩하고 예쁘게 생겼구나. 착하고, 영리하고, 공부도 잘하게 생겼네. 노래도 잘하고 춤도 잘 추는구나. 너는 앞으로 훌륭한 사람이 될 거야. 글씨도 예쁘게 잘 쓰고 그림도 잘 그리는구나." 그때그때 상황에 따라 진정성을 가지고 칭찬을 아끼지 않는다. 그러다 보니 껌을 먹고 싶어서 오기도 하지만, 그 칭찬이 듣고 싶어서 오는 아이들도 있는 것 같아서 6년째 계속했다. 이 일을 지켜보는 처지에서 보면 쉬운 일 같지만,

신경 쓰는 일이 많다. 먼저 어린아이들의 이름을 반드시 외워야 하고, 껌이 떨어지지 않도록 준비해야 하며, 원칙과 일관성을 유지해야 한다. 그리고 칭찬은 진정성을 가지고, 껌은 어떤 경우에도 한 개씩만 주어야 한다. 아이들이라 동생이나 친구를 갖다 주겠다며 더 달라고 생떼를 부리는 경우가 많다. 그러나 내가 껌을 하나만 주는 이유는 껌을 먹이려는 데 목적이 있는 게 아니라, 껌을 통하여 칭찬으로 아이들의 자존감을 키워 주려는 데 뜻이 있기 때문이다. 아이들이 소문을 듣고 찾아오면 반드시 대면해서 소통하고, 침울해하고 있는 아이가 있으면 등을 토닥여주고 머리를 쓰다듬어 주기도 한다. 이렇게 시작하는 격려와 칭찬 한마디는 운명을 바꿀 수 있는 좋은 선물이라고 난 생각하고 있다. 바로 자존감을 높여주고 긍정적인 마인드를 심어주는 보약이라고 생각한다. 실제로 칭찬을 많이 받고 자라면 자존감이 강해지고, 도전 의식이 높아진다는 보고서가 나와 있다. 물론 과하거나 잘못된 칭찬은 오히려 독이 된다는 점도 잘 알고 있다.

옛말에 "될성부른 나무는 떡잎부터 알아본다."는 말이 있다. 이 말은 어릴 때 이미 개인의 성격과 중요한 가치관이 형성된다는 것을 의미한다. 적어도 내가 경험한 바에 의하면 그렇다. 나도 어릴 적에 형성된 성품으로 현재까지 살아왔다. 그 때문에 지난 시간을 뒤돌아보며 후회되는 게 많다. 좀 더 용기를 내지 못하고 늘 주눅이 든 상태로 산 것이 아쉽다. 이때 누군가가 나에게 관심을 가져주고 용기를 북돋아 주었더라면 하는 생각이 많이 든다. 물론 그때는 대부분 그렇게 살았다. 먹고살기 어려울 때였고, 당시의 어머니들은 자식에게 밥만 먹이면 저절로 크는 것으로 생각했던 때였다. 특히 홀어머니셨던 어머니는 먹고살기 위해 머슴처럼 일하느라 늦둥이인 나에게 신경 쓸 겨를이 없었다. 그 때문에 난 방목 상태였다. 스스로 좌충우돌하면서 살았다고 보는 게 맞을 것이다. 그러다 보니 난 내부의 갈등을 혼자 삭히려다 그 벽을 넘지 못하고 열등감에 사로잡히기도 했다. 결국, 난 늘 기가 죽어 있었다. 그러다 보니 자존감은 떨어지고 자신의 의사를 분명하게 밝히지 못하고 시키는 일만 하는 피동적인 사람이 되어버렸다. 반면 아버지가 있는 부잣집 친구들은 누군가의 시중을 받으며 자랐다. 가령 책가방을 들어다 주거나, 머슴이 자전거로 등하교까지 시켜주었다. 여기다 담임교사의 과외 수업을 받는 특권까지 누리며 어린 시절을 보냈다. 그러나 이들 역시 독선적이고 의타적인 사람이 되었다. 이유는 세심한 배려와 격려 그리고 칭찬이 빠져있는 성장 과정을 보냈기 때문이라고 본다. 다시 말하지만, 자존감과 분명한 색깔을 가지고 영향력 있는 사람이 되려면 반드시 긍정적인 마인드가 필요하다. 여기다 적극적인 추진력까지 더하려면 많은 칭찬을 받아야 한다. 이런 성격은 어릴 때부터 형성되는 것으로, 사람에게는 어릴 때의 성장 과정이 매우 중요하다는 말이다. 그런데 왜 껌 나눠주기를 왜 포기하려는가. 이 역시 어릴 때 형성된 성격 탓일 것이다. 옳다고 생각하면 밀고 나가면 되는데, 나에게는 먼저 상대의 기분을 헤아려 보는 습관이 몸에 배어있다. 좋게 말하면 배려지만, 나쁘게 말하면 배짱이 없다고 해야 할 것이다. 아무튼 난 부모들을 설득할 만한 자신감이 없다. 왜냐하면, 요즘의 아이들은 금쪽같은 자식이기도 하지만, 이미 부모가 너무 많은 정보를 가지고 있어서다. 요즘 양로원에 가면 가끔 노인들끼리 언쟁을 벌인다고 한다. 모두가 자신의 손녀, 손자가 천재라고 우긴다는 것이다. 그도 그럴 것이, 자신들이 자녀를 키울 때와는 달리 모든 것이 빠르기 때문이다. 이처럼 정보는 아이들을 겉으로 판단하게 만든다. 또한 여기에 고무되어 부모를 분별력 없게 만들기도 한다. 따라서 과한 정보는 오히려 올바른 교육 방법에서 이탈하게 만들고, 아이를 독선적이거나 무기력하게 만드는 원인이 되기도 한다. 옛말에 "아는 것이 많으면 모르는 것이 더 많다."는 말이 있다. 이는 자식의 양육에 대하여 너무 다양한 지식을 가지고 있으면, 오히려 잘못된 방향으로 갈 수도 있다는 말이다. 사실 어떤 일에 대하여 많이 알수록 망설이는 게 사람의 속성이다. 왜냐하면, 경험 없이 얻어지는 정보는 그 가치를 알아보기가 쉽지 않기 때문이다. 따라서 정보란 어떻게 이해하고 적용하느냐가 중요하다. 단순히 많은 정보에 취해버리면 추진력을 잃거나 그럴듯한 포장에 마음을 빼앗기게 되는 법이다. 나아가서 순수한 상대의 호의까지 무시하거나 부담으로 알고 개인적인 판단으로 문제를 해결하려 든다. 이처럼 정보란 동전의 양면과 같은 것이다. 잘 사용하면 도움이 되지만 잘못 처리하지 못하면 오히려 독이 될 수도 있다는 것이다. 여기서 문제가 되는 것은 이런 정보를 때와 장소를 불문하고 원하면 언제든 얻을 수 있다는 것이다. 예전처럼 선생님이나 선배 또는 경험자에게 사정하거나 껄끄러운 대면을 하지 않아도, 소셜 미디어(social media)에 접근만 하면 원하는 모든 정보를 얻을 수가 있다. 구태여 암기할 필요도 없고, 정보를 얻기 위해 책을 사 읽을 필요도 없다. 가령 외국에 나가지 않아도 실시간으로 상황을 검색해 볼 수 있고, 아들을 가르치기 위해 위인전을 직접 읽어보거나 자료를 뒤적이지 않아도 된다. 노는 것도 예전처럼 굳이 흙을 만지고 옷을 더럽히면서까지 밖에 나가 놀게 할 필요도 없다. 손바닥 크기의 휴대폰 하나만 던져주면 몇 날 며칠이고 혼자서 놀게 할 수 있다. 이런 편리함에 요즘 교회의 풍경도 많이 달라지고 있다. 예전 같으면 어른들이 예배를 보는 시간에 아이들은 숨바꼭질, 끝말잇기, 공기놀이, 동화책 읽기, 아니면 집에서 장난감을 가지고 와 놀거나 밖으로 나가 흙장난을 했지만, 지금 아이들은 각자 개인 휴대폰을 들고 와이파이(Wi-Fi)가 잘 터지는 곳으로 모여든다. 때문에 아이들이 모여 있는데도 조용히 하라고 주의를 줄 필요도 없다. 예전과 달리 아이들이 모여 있어도 숨소리조차 들리지 않는다. 하나같이 눈이 휴대폰 액정을 응시하고, 손가락만 그 위에서 왔다 갔다 할 뿐 쥐죽은 듯 조용하다. 그러다 보니 아이들의 시력은 저하되고, 자세는 꾸부정해지고, 친구와 노는 방법(사회성)까지 실종되어 가고 있다. 만약 이들에게서 휴대폰을 못 하게 방해하거나 빼앗으면 무슨 일이 생길지 불 보듯 뻔하다. 짜증을 내거나 심하면 금단 현상까지 보인다. 이렇게 현대 문명의 도구인 휴대폰은 아이들에게서 오감으로 얻어지는 감성을 메마르게 하고, 인간관계의 중요성을 앗아가는데도 부모는 편리함에 더 이상 손을 쓰지 않는다. 오히려 이 도구를 통하여 아이들의 머리가 좋아진다고 착각하기도 한다. 당장은 조용하기 때문에 신경 쓰지 않아도 된다는 생각을 하고 있다. 어차피 다 가지고 노는데 우리 아이만 못하게 할 수 없지 않냐고 반문한다.

사실 자그마한 휴대폰 속에서 펼쳐지는 세상은 현실보다 더 달콤하고 흥미진진하다. 아이들은 이를 마른 스펀지처럼 흡수하고 있다. 이제 이런 휴대폰이 아이들의 분신이 되어버렸다. 이를 대신할 만한 새로운 놀이도 없다. 결국엔 현실과 가상세계를 혼동하는 무법 상태가 되어 갈 것이다. 문제는 이를 계속 방치하면 미래는 개인의 의지와 달리 프로그램에 따라 말하고 행동하는 시대가 될 것이란 점이다. 그리고 아이들이 어른이 되면 감성, 즉 사랑, 우정, 효도, 믿음, 신뢰 같은 말은 사전에서조차 사라지고 말 것이다.

이렇게 세상이 하루가 다르게 변해가고 있다. 문득 상전벽해(桑田碧海)라는 사자성어가 떠오른다. 결국, 내가 살았던 지난 시대는 추억 속에서나 존재하는 고전이 되어가고, 이런 얘기조차 현재 어린아이를 두고 있는 부모에게는 고리타분하게 들릴지도 모른다는 게 안타깝다. 그러나 분명한 것은 살아 보고 겪어 보니 알 것 같다는 얘기다. 인간은 절대 주인의 의도에 따라 자그마한 상자에 갇혀 알만 낳는 닭이 되어서는 안 된다는 얘기다. 이 넓은 땅을 놔두고 상자에 갇혀 주는 먹이나 먹고 살이 쪄서 팔려나가는 모습이 아니라, 자연 속에서 방목 상태로 살아야 행복하지 않겠냐는 말이다. 그러기 위해서는 어른들이 나서야 한다. 자칫 잘못하면 못 먹고 못살았던 한을 풀기 위해 원하는 모든 것을 자녀에게 주려 한다면 그것은 스스로를 자멸로 몰고 가는 길이다. 껌 한 개의 가격은 불과 100원 남짓하다. 그러나 거기에 담겨있는 가격은 매길 수조차 없다. 결론적으로 자라나는 아이들에게 어떻게 하면 자존감이 강하고 긍정적인 마인드를 심어줄 수 있는지 함께 고민하자는 말이다. 행복은 있고 없고의 문제가 아니라는 것은 우린 이미 경험하고 들어서 알고 있다. 행복의 원천은 마음으로부터 나온다는 것도 알고 있다. 이런 마음은 자존감과 긍정적인 힘이 바탕이 되어야 가능한 일이다. 여기서 자존감이란 자신의 재능이나 능력을 믿는 마음이다. 또한, 긍정적인 마인드란 어떤 사실이나 생각을 그렇다고 믿는 것이다. 이것이 세상을 바꾸는 힘이다. 이 힘은 감당하지 못할 정도로 많은 정보에서 나오는 게 아니라, 바로 아주 작은 소소한 칭찬에서부터 점점 커진다는 사실을 난 믿고 있다.

〈교회에서 어린아이들에게 껌을 주고 있는 일에 대하여〉 2018. 05.

수
필

# 나는 등록금 고지서를 위조했다

중학교 미술 시간이었다. 손을 데생한 내 그림을 보고는 선생님께서 참 잘했다며 칭찬을 해 주셨다. 소질이 있다며 교실 뒤 게시판에 걸어 주기까지 했다. 그 한마디에 난 화가가 되겠다고 결심한 적이 있다. 그때부터 어린 학생이 그림에 관심을 가지고 당시 전주에서 열렸던 미술 전시회를 빼놓지 않고 찾아다녔던 기억이 난다. 또 시간 날 때마다 그림을 그린답시고 허접한 화판과 이젤을 메고 사찰을 찾아다니기도 했다. 그러나 그 꿈은 곧 포기해야만 했다. 이유는 물감과 그림 도구를 살 돈이 없어서다. 형에게 돈을 타 쓰는 형편에 그림을 그리겠다며 돈을 달라고 했다면 "미친놈이 공부나 하지, 무슨 소리야." 하고 심하게 혼이 났을 것이다. 그때는 다들 그렇게 살았다. 이때 아버지가 계셨더라면 어떠했을까. 아마 아무리 형편이 어려워도 혼이 날줄 뻔히 알면서도, 돈을 달라고 졸랐을 것이다. 어머니가 계셨지만, 글씨를 쓰고 읽을 줄 모르셨기 때문에 큰아들이 동생을 잘 거둘 거라 믿었을 것이다. 사실 우리 어머니는 막내아들이 전주로 학교에 다닌다는 것 외에는 무엇이 필요하고 무엇을 어떻게 해 줘야 한다는 것에 대해선 전혀 신경을 쓰지 않았다. 그러나 중학생인 난 용돈이 필요했다. 가지고 싶었던 하모니카도 사야 하고, 친구들과 어울려 빵도 사 먹어야 하고, 영화도 봐야 하고, 영어 학원도 다녀야 했는데 내 수중엔 돈이 없었다. 그러다 보니 행동에 제약을 받았고, 자연히 쓸데없는 곳에 돈을 쓰지 않는 착한 아이가 되어버렸다. 어른의 입장에선 철이 든 듬직한 학생으로 각인되어갔지만, 이제 와 생각해 보니 당시의 내 모습이 안쓰럽기만 하다.

난 용돈은 품위 유지비라고 생각한다. 용돈은 구동하는 기계의 윤활유와 같은 것이며, 숨을 쉬게 하는 숨통이라고 본다. 이처럼 중요한 용돈이 턱없이 부족하다는 것은, 제대로 된 생활을 할 수 없었다는 얘기다. 그 때문에 난 비정상적인 방법을 동원할 수밖에 없었다. 그 방법의 하나가 수업료나 책값 고지서를 위조하는 거였다. 가령 숫자 3을 8로, 1을 4로 고쳐서 용돈(비자금)을 만드는 것이다. 이게 가능했던 이유는 당시의 고지서는 줄판(가리방)에 양초를 먹인 종이를 얹고, 그 위에 철필로 글씨를 써서 등사(謄寫)해 나눠 주었기 때문이었다. 활자가 아니라 개인 필체기 때문에 조금만 신경 써서 수정하면 가능한 일이었다. 그렇다고 이런 일이 자주 있는 게 아니었다. 학기가 시작할 때만 가능한 일로, 일 년에 두 번 정도밖에 기회가 없었다. 그리고 숫자를 무조건 고칠 수는 없었다. 고지서 금액 중 뒤에서 세 자리 범위에서 고치는 정도였다. 가령 수업료 고지서 금액이 13,310원이라면 48,840원으로 고치는 게 아니라 13,840원 정도로 고쳐서 530원의 돈을 더 타낸다는 것이다. 이 금액을 지금 화폐 가치로 환산하면 약 8,800원 정도로 만 원이 채 안 되는 금액이었지만, 이것도 고치고자 하는 숫자에 1자나 3자가 들어가 있지 않으면 포기할 수밖에 없었다. 그렇다고 앞자리에 있는 큰 숫자를 고칠 수는 없었다. 배짱이 없기도 했지만, 학교마다 이미 등록금이 고지되어 있기 때문이기도 했다. 이런 식으로 확보한 용돈은 턱없이 부족했다.

이렇게 생긴 용돈은 대부분 헌책방에서 책을 빌려 보거나 친구들과 어울리는 데 사용했다. 그 외에 소소한 군것질은 달걀을 낳는 암탉을 찾아다니면 해결되었다. 당시에는 닭을 풀어놓고 방목했기 때문에 알 낳는 장소가 일정하지 않았다. 암탉들의 알 낳는 장소가 각기 달랐기 때문에, 식구들이 모르는 곳에 알을 낳는 곳을 발견하면 그날은 횡재하는 날이었다. 필요할 때마다 하나씩 슬쩍해서 점방(가게)으로 달려가 과자나 필요한 것을 바꿔 먹었다. 그리고 엿장수가 오면 집 안에 뒹구는 구멍 난 고무신이나, 빈 병을 가져다가 엿과 바꿔먹는 것이 전부였다. 어찌 보면 아주 못된 놈이라고 생각할 수도 있지만, 당시 어린아이들은 다 궁색하게 살던 때라 다 그렇게 한 것으로 알고 있다. 당시 우리나라의 국민 소득은 80달러(1960년대 기준)로, 북한의 30% 정도밖에 되지 않았다. 북한보다 못살았다고 하면, 아마 지금의 젊은이들은 상상하기조차 어려울 것이다. 지금은 물건들이 쓰고 넘친다. 필요 없어서 버리는 데도 돈을 준다. 필요해서 샀는데도 마음에 들지 않으면 처박아 놓는다. 초등학교 교사인 친구가 한 얘기다. 학생들이 빠져나간 자리엔 항상 주인을 잃은 물건들이 가격을 불문하고 점점 늘어난다고, 끝까지 주인이 나타나지 않아서 수거하는 사람을 부르는 경우가 많다고 했다. 이를 두고 한 마디로 격세지감이란 말이 적당할 것 같다.

아무튼, 난 서류를 위조했고, 달걀을 훔쳤다. 집 안의 헌 물건을 가져다가 엿으로 바꿔먹었다. 결과적으로 지금의 잣대로 보면 몹시 나쁜 놈이었지만, 우리 어머니는 날 세상에서 가장 착하고 잘생긴 막둥이라고 했다. 그래서 그런지 난 지금 거짓말을 제일 싫어한다.

물론 거짓말을 좋아하는 사람은 이 세상에 없을 것이다. 어쩔 수 없이 하게 되는 거짓말을 빼고는 말이다. 얼마 전에는 중고 자전거 (MTB)를 사면서, 집사람에겐 아주 싸게 샀다고 거짓말을 했다. 며칠 지난 뒤 자초지종을 얘기했을 땐 이미 다 알고 있었다. 어설픈 내 연기에 속지 않고, 더 이상 묻거나 투덜대지 않는 집사람을 보고 미안한 생각이 들었다. 역시 거짓말은 서로 소통하지 않고 상대의 마음을 헤아리지 못하는 데서 시작된다는 것을 알았다. 나도 마음대로 속단하고 고지서를 위조할 게 아니라, 형님에게 잘 설명하고 돈을 타낼 수는 없었는지 이제야 생각하게 된다. 이렇게 지나고 나서야 자신의 어리석음을 깨닫는 게 사람이다. 나 역시 후회가 된다. 그러나 다 지나간 일이다. 그래도 어린 시절 고지서를 위조하고, 달걀을 훔쳐다 군것질을 했던 습관이 집사람에게 거짓말을 하게 했다면 빨리 고쳐야겠다. 먼저 반성하는 의미로 설거지와 집 안 청소부터 하고, 건강을 위해 열심히 자전거를 타면서, 어린 시절의 잘못을 곰곰이 되씹어 봐야 할 것 같다.

〈자전거 전국 일주를 준비하면서〉 2018. 09.

2007년 12월 30일. 동구 밖 버스정류장으로 가다가…

제7부

# 우리 엄니

# 인생을 말하는 이(人)

"……"

"그것은 성격 차이겠지요. 아마 내가 그런 경우를 당했어도 마찬가지였을 거예요. 하지만 참고 이겨내야 합니다. 하고 싶은 대로 하면 반드시 후회하게 됩니다. 지금의 생각은 잠시 접어두고 지나온 과거와 미래를 연결해 보기 바랍니다. 그러면 삶과 죽음의 갈림길에 서 있는 자신의 모습이 보일 겁니다. 여기서 어떤 길을 선택하든 본인이 결정하겠지만, 다시 생각해 봐야 합니다. 왜 죽어야 하는지, 죽고 나면 무슨 일이 벌어질지, 혹시 주인공이 사라졌으니 무대까지 없어질 거라고 생각했다면 그것은 착각입니다. 주인공이 사라져도 아무 일도 생기지 않을 겁니다. 또 다른 사람이 그 자리를 메우고, 시간이 지나면 아무도 기억해 주지 않을 겁니다. 아니, 죽음에 이르게 한 가해자의 기억에서조차 남아있지 않을 겁니다. 결국 죽은 사람만 억울하다는 얘깁니다. 때문에 어떤 경우라도, 순간적인 감정으로 목숨을 결정해서는 안 됩니다. 제발, 마음을 진정하고 다시 한번 진지하게 생각해 보기 바랍니다."

소년이 단단히 붙잡고 있던 손을 풀어 준다. 그리고 실랑이를 벌이다 나뭇가지에 긁힌 정강이 상처를 슬그머니 어루만지며 호흡을 가

다듬는다. 소녀도 진정이 되었는지 흐트러진 머리와 옷매무새를 고치곤 멀거니 하늘을 바라보는 그녀에게,

"세상에서 바보처럼 살고 싶은 사람은 없습니다. 곤경에 빠지길 원하는 사람도 없고, 불행한 가족관계를 만들고 싶은 사람도 없습니다. 이런 상황을 피하고 싶은 게 사람의 본능입니다. 그러나 갑자기 시련이 닥쳐오면, 대부분 다른 생각을 하게 됩니다. 먼저 은영 씨처럼 삶을 포기하려는 사람도 있고, 그대로 인정하고 잠시 그 자리를 피하는 사람, 아니면 이를 극복하려 애를 쓰는 사람 등이 있습니다. 여기서 중요한 것은, 시간과 환경에 따라 생각이 바뀐다는 겁니다. 따라서 강하게 부는 바람일수록 일단 피해야 합니다. 태풍이 분다고 참나무처럼 작신 부러지지 말고, 버드나무처럼 휘어져야 합니다. 왜냐하면 강한 바람일수록 금세 지나가기 때문입니다……"

단추가 떨어져 나간 웃옷 자락을 여미고 있는 소녀를 계속 곁눈질하며,

"사람은 누구나 내 떡보다 남의 떡이 크게 보이는 법입니다. 그래서 다른 사람이 나보다 배부른 것처럼 보입니다. 그런데 자세히 들여다보면 다 그게 그겁니다. 겉보기와 달리 사람은 서로 다투고, 충돌하고, 시기하고 질투하고, 때론 거짓말도 하며 삽니다. 그리고 싫어도 웃고, 관심을 끌기 위해 자존심을 버리기도 합니다. 이것이 우리가 사는 세상의 속살입니다. 다만 느끼고 받아들이는 정도가 다를 뿐입니다. 문제는 경험이 많은 어른은 큰 실수가 적지만, 아직 우리처럼 젊은 사람은, 위험한 판단을 내릴 수밖에 없다는 겁니다. 이는 정상에 올라가 본 어른과 달리 마음이 앞서기 때문에 그렇습니다."

소녀의 표정을 살피며 말하던 그가 생뚱맞게,

"은영 씨를 보고 있으려니, 갑자기 「고양이와 닭」이라는 이솝우화가 생각납니다. 한 번 들어 볼래요? 재밌는데…… 하하하……."

잠시 화제를 바꾸려는 그의 말에도, 그녀의 표정은 겨울 날씨처럼 쌀쌀맞기만 하다. 이를 보며 긴 한숨을 내쉬는데, 나는 그 심정을 안다는 듯, 몇 개 남지 않은 단풍나무 잎이 가는 바람을 이기지 못하고 속절없이 떨어지고 있다. 그중 빨간 잎 하나가 그녀의 볼 위를 스치며 땅 위에 살포시 내려앉는다. 유난히 곱다. 그녀가 이를 주우려 하자, 그가 화살 같은 속도로 그 잎을 집는다. 이를 그녀의 손바닥 위에 얹어주며, 살짝 몸을 밀쳐 본다. 그러자 큰 눈으로 그를 똑바로 바라보며,

"오빠는 아직 내 마음을 몰라…… 아무것도 모르면서 다 아는 것처럼 말하지 마…… 정말 내 마음이 어떤 상태인지 알아? 왜 쓸데없이 고집 피우냐고 말하지 마. 날 정말 철딱서니 없는 애로 취급하지 말란 말이야…… 그래, 맞아. 난 이솝우화에 나오는 병든 닭이야. 그럼 오빠는 의사로 변장한 고양이겠네. 난 그 고양이가 싫어."

얌전하던 벌이 갑자기 달려들어 독침을 쏜 것처럼 당황스럽지만,

"그래요. 당연히 모르죠. 자신을 고양이 앞의 닭이라 말하는 은영 씨의 마음을 어떻게 알겠어요. 그러나 이솝우화에 나오는 고양이는 앓고 있는 닭에게 분명하게 물었어요. 병세가 어떠냐고, 그리고 놀랄까 봐 의사로 변장까지 하고 달려갔어요. 왜 그랬을까요? 그것은 순수하게 병든 닭을 염려하는 마음으로 갔다고 생각할 수는 없나요? 그 고양이의 진정성을 믿어줄 수는 없나요? 세상의 고양이는 다 똑같다는 편견을 버릴 수는 없나요?"

말문이 터진 소녀가 그의 말을 끊고 받아치려다 참고 있는 게 그

표정으로 나타났다. 그래서 기다렸지만, 끝내 입을 다물고 고개를 더 푹 숙였다. 그리고 맥없이 옆에 있던 나뭇가지만 잘라 맨땅을 파헤치고 있다. 이에,

"죽음으로 모든 문제를 해결하겠다는 것은 어리석은 행동입니다. 제발 서두르지 말고 주변으로 눈을 돌려보세요. 그러면 다른 길이 보일 겁니다. 죽음을 피해 일단 그 길로 가면 됩니다. 그리고 가는 동안 다시 생각해 보는 겁니다. 왜 하필 수없이 많은 길을 놔두고 자살의 길을 가려는 건지 자신에게 물어보면 됩니다. 아무리 아프고 힘이 들어도, 너무 억울해도, 목숨보다 더 중요한 것은 이 세상에 없다는 결론이 나올 때까지 계속 걷는 겁니다."

소나기 퍼붓듯 숨도 쉬지 않고 얘기를 뱉어내자, 그녀가 다시 고개를 더 숙인다. 이에 소리를 더 낮춰,

"누구나 어느 한 곳에 몰입하다 보면 그것이 진실인 양 착각하게 됩니다. 좋은 결과가 현실로 나타나지 않으면, 모든 삶이 부정적으로 보이면서 자신감이 떨어집니다. 마치 세상의 모든 고통이 자기에게만 다가오는 것 같고, 그러다 보면 결국 자괴감에 빠져 자살을 생각합니다. 그러나 조금만 주변을 둘러보면, 삶이란 누구나 고달프고 힘이 든다는 것을 알 수 있습니다. 여기서 아주 중요한 사실은, 좋은 일이든 나쁜 일이든 강물처럼 다 흘러간다는 겁니다. 그러니까 싫은 일을 애써 붙들지 말고 흘러가도록 놔둬야 합니다. 그러다 보면 그 고통 뒤에 가려 보이지 않았던 행운이 나타날 수도 있습니다. 결국 '삶이 그대를 속일지라도, 슬퍼하거나 노하지 말라. 설움의 날을 참고 견디면, 기쁨의 날이 오고야 말리니.'라고 말한 그 시인의 마음으로 기다리면 누구나 행복해지는 겁니다. 그래도 견디기 어려워 죽고 싶다

면, 그 죽을 용기로 살면 됩니다. 솔직히 이 땅에 사는 사람 중에서 죽고 싶다는 생각을 한두 번쯤 안 해본 사람이 얼마나 될까요? 그런데도 자살하지 않고 살아 있다는 것은, 개똥밭에 굴러도 이승이 저승보다 낫기 때문일 것입니다."

잠시 얘기를 멈추고, 그녀가 바라보는 어둑한 하늘을 같이 바라본다. 얼마가 지났을까? 다시 침묵을 깨고,

"사실 자살이란 대부분 미움에서 시작됩니다. 원망해도 필요 없거나, 자신의 무기력함을 느끼게 될 때, 누구나 한 번쯤 죽음을 생각합니다. 이때 본능적으로 복수의 칼을 꺼내 들지만, 행동에 옮기지 못하고 대부분 스스로 무너집니다. 다행히 이 칼은 실체가 없는 거라 상대가 전혀 눈치채지 못하는 경우가 허다합니다. 그런데 이 칼을 서둘러 사용함으로써 안타깝게 세상을 떠난 사람도 있습니다. 난 이런 사람을 옆에서 지켜본 적이 있습니다. 그러니까 내가 중학교 3학년, 여름방학 때의 일입니다. 난 지금도 그때 그 일을 생각하면 마음이 너무 아프지만, 나를 죽음의 문턱에서 붙잡아준 사건이기도 합니다. 한 번 들어 볼래요?"

"그게 무슨 소리야? 오빠가, 죽음의 문턱이라니?"

소년도 과거에 죽으려고 했었다는 말에 두 눈을 동그랗게 뜨고 그를 바라본다. 그러자 그가 호흡을 가다듬고 작심한 듯 이야기를 이어간다.

"그래요. 내가 이런 얘길 다시 내 입으로 하리란 생각을 상상도 못해봤는데, 오늘 이 자리에서 말하게 되네요. 그러니까 우리 윗집에 살던 아주머니가 순간적인 감정을 누르지 못해 음독자살한 얘기입니다. 그가 막상 죽어갈 땐, 그 고통을 참지 못하고 살려 달라 애원하

던 그 모습을 차마 눈 뜨고 볼 수가 없었습니다. 입으로 버끔을 토하고 몸을 비틀며, 악을 쓰는 그 처절한 모습…… 그것은 마치 마지막 생명줄을 놓치지 않으려고 버둥대는 짐승 같았습니다. 그러나 이미 늦은 일이었습니다. 그 약은 독성이 매우 강한 제초제였습니다. 그런데 왜 그 약을 먹었을까요? 그 이유는 시어머니의 시집살이와 남편의 무심함 때문이라는 소문이 파다했습니다. 얼마나 답답하고 억울했으면, 생후 3개월 된 딸 앞에서 농약을 마셨겠습니까. 당시엔 그럴 수도 있을 거라 생각했습니다. 정말 오죽했으면, 얼마나 견디기 어려웠으면 그랬을까 하는 동정심도 있었습니다. 그러나 시간이 지나면서 잘못된 선택이란 생각이 들었습니다. 만약 나라면 더욱 보란 듯이 웃으며 자신 있게 살았을 것 같았습니다. 물론 당해보지 않고는 누구도 속단할 수는 없지만, 그래도 자살은 이 세상의 모든 기회를 포기하는 것이기 때문에, 잘못이라는 결론을 내렸습니다. 왜냐하면 생명이란, 하나님께서 이 땅에서 잘 살라고 내려준 단 하나의 특권인데, 그 아주머니는 헌신짝처럼 버렸으니 말입니다. 그냥 가지고만 있어도, 생명은 빛이 나는 보물과 같은 것입니다. 욕심을 부린다고 더 살 수도 없고, 그렇다고 남에게 팔 수도 없는 표입니다. 사람에 따라 그 값이 달라지지 않는 단 한 장의 표입니다. 따라서 불평 없이 그 표가 사라질 때까지 지켜야 할 책임이 우리에게 있는 겁니다."

소녀가 다소곳이 듣고 있는 것을 확인하며, 더욱 진지하게,

"다시 얘기하지만, 삶은 누구에게나 공평합니다. 그런데 스스로 그렇지 않다고 생각하는 데서 문제가 생깁니다. 설령 그렇지 않다고 해도, 낮이 지나면 밤이 오고 오르막이 있으면 내리막이 있는 것처럼, 성급하게 포기하지 않고 기다리면 또 다른 길이 나타나는 게 세상의

이치입니다. 만약 지금의 은영 씨처럼 절망하다 지쳐 이제 끝이라는 생각이 들면, 잠시 멈추고 지나온 길을 뒤돌아보면 됩니다. 그러면 그 끝에서 또 다른 길이 나타납니다. 그래도 그 길이 보이지 않으면 나타날 때까지 기다리면 됩니다. 시간이 지나면 반드시 새로운 길이 나타나는 게 우리가 가는 인생길입니다. 그때 그 길로 가다가 여유 있을 때 뒤돌아보면 됩니다. 결국 인생이란 기다림 속에서 성숙해지고 어른이 되어가는 겁니다. 이 과정이 누구나 힘들고 두려운 것은 똑같습니다. 왜냐하면 삶이란 산의 정상을 오르는 것과 같기 때문입니다. 누구나 정상을 오르려면 편안한 길과 험난한 길이 반복되는 겁니다. 여기서 험난한 길을 선택하면 정상에 먼저 오를 수 있지만, 편안한 길을 선택하면 시간이 더 많이 걸리는 것은 당연지사입니다. 이때 중요한 것은 포기하지 말고 끊임없이 가다 보면, 누구나 정상에 도착할 수 있다는 것입니다. 혹시 나에게만 무거운 짐이 더 얹어져 있다고 생각한다면, 그것은 못난 투정이라고 생각하면 됩니다. 그래도 도저히 견딜 수 없다면 다름을 인정하고, 잠시 해찰을 해서라도 조금 늦게 도착하면 됩니다."

소녀의 눈가에 이슬이 맺힌다.

"여기서 더 중요한 것은 피해자가 원하는 만큼 가해자는 벌을 받거나 평생 고통을 받지 않는다는 겁니다. 오히려 태연하게 지켜보는 것만으로도 가해자에겐 고통이고 지옥이 된다는 것을 알아야 합니다. 왜냐하면, 우리 마음속엔 누구나 마음의 가책이라는 놈이 늘 자리 잡고 있기 때문입니다."

소녀의 눈에서 눈물이 흘러내리기 시작한다.

"자, 이제 그만 내려갑시다. 어두워지면 식구들이 기다립니다."

그러나 소녀는 양손으로 무릎을 부둥켜안고, 그 위에 머리를 올려놓은 채, 어깨가 들썩이도록 울기만 한다. 이 모습을 지켜보면서,

"더 늦기 전에 산에서 내려가야 합니다. 그리고 오늘 일은 다음에 생각하고…… 이 고비를 넘겨야 또 다른 세상을 볼 수가 있습니다. 자, 어서 더 어두워지기 전에 내려갑시다."

소녀의 웃옷 자락을 살며시 당겨보지만, 바위처럼 움직이지 않는다. 지금껏 입이 아프도록 많은 말을 했지만, 소녀는 요지부동이다. 물론 애당초 쉽게 마음을 돌리리라고는 생각하지 않았지만, 점점 어두워지는 하늘을 보자 한숨이 절로 나온다. 그는 하는 수 없다는 듯이, 꼭꼭 숨겨 놓은 무기를 꺼낸다.

"내가 은영 씨의 마음을 이해할 수 있는 것은…… 나도, 죽으려 했던 적이 있어서……."

"왜요? 정말요?"

그녀가 화들짝 놀라며 두 눈을 동그랗게 뜨고, 얼굴을 똑바로 바라본다. 그는 이때다 싶어, 지나간 자신의 아픈 상처를 건드려 나간다.

"나도 죽어 버리려고 깊은 저수지로 뛰어든 적이 있습니다. 한번 들어 볼래요? 고등학교에 합격하고도 입학을 포기해야만 했던 그 기분을 아마 모를 겁니다. 그러니까 등록금을 내야 하는데, 아버지가 노름을 해서 집안 살림을 거덜 냈습니다. 그 바람에 학교에 갈 수 없게 된 그 심정을, 이런 아버지가 나더러 장남인 형의 학비를 벌어야한다며 남의 집에 가서 잔심부름하라고 했을 때 그 심정을 누가 이해하겠습니까? 분노가 폭발했습니다. 견딜 수 없는 좌절감에 빠졌습니다. 난 아버지에게 처음으로 사정없이 고함치며 대들었습니다. 그

때마다 돌아오는 것은 거친 꾸중이었습니다. 이를 견디지 못하고 말리던 어머니의 손을 뿌리치고 무작정 서울로 올라갔습니다. 그러나 준비 없이 올라간 서울 생활은 만만치 않았습니다. 갈 곳도 없었을 뿐더러, 배가 고파 구걸까지 하면서 버텨보려 했지만, 끝내 견디지 못하고 열흘 만에 고향으로 내려왔습니다. 하는 수 없이 아버지 말대로 남의 집 새끼 머슴이 되어 지금까지 지내고 있는 것입니다. 그런데 몸이 고된 것보다도 더 견디기 어려운 것은, 친구인 주인집 아들의 잔심부름은 물론, 늦잠을 잤을 때 정류장까지 자전거로 태워다 주는 일이었습니다. 가다가 학교 가는 다른 친구들을 만나면 쥐구멍에라도 들어가고 싶을 정도로 창피해 견딜 수가 없었습니다. 어린 나에게 이 절망감은 견딜 수 없는 고통이었습니다. 아마 은영 씨는 돈이 없어 꿈을 접어야 한다는 것이 얼마나 아프고 슬픈 일인지…… 장남인 형이 졸업하기만을 기다리는 그 심정이 얼마나 괴로운 일인지 모를 겁니다. 그럴 때마다 죽어버리고 싶다는 생각을 이기지 못하고, 지난해 늦은 봄, 저녁에 이웃 마을에 있는 저수지로 뛰어들었습니다. 그런데 마침 논에 물꼬를 보러 가던 마을 아저씨에게 발견되어 실패하고 말았습니다. 그다음에도 계속 같은 생각을 했지만…… 문득 자살한 아줌마가 떠오르면서 신기하게 그런 생각이 사라져 버렸습니다. 결국 아줌마의 자살은 나에게 엄청난 상처와 충격을 주었지만, 죽음의 문턱에 서 있던 날 붙들어 주었습니다. 이제는 어지간한 충격에도 흔들리지 않게 되었지만, 그래도 가끔 교복을 입고 다니는 친구들을 보면 우리 아버지가 그렇게 미울 수가 없습니다. 그래서 가난한 것이 몹시 불만스럽지만, 부자가 가지지 못한 것을 난 가지고 있다고 억지로 생각하며 견디고 있습니다. 그런데……"

소년이 무를 자르듯 말을 멈추니,

"그런데요?"

소녀가 그를 바라보며 물었지만, 그는 더 이상 얘기하지 않았다. 마음 깊은 곳에 주인집 친구가 죽이고 싶을 정도로 미울 때가 있다는 것과 도둑질이라도 해서 부자가 되고 싶다는 말은 차마 입으로 하지 못했다. 이런 마음을 숨기려 헛기침까지 해 보지만 마음만 점점 먹먹해지는 것은, 덧없이 눈앞에서 떨어지고 있는 나뭇잎 탓만은 아니었다. 그래도 몇 개 남지 않은 갈참나무가 스스로 잎을 허공에 내주는 모습이, 소년의 마음을 더 우울하게 만들었다. 그가 다시 한번 긴 호흡을 하면서 이런 기분에서 벗어나려고 소녀의 몸을 어깨로 살짝 밀어본다. 아무 반응이 없다. 잠시 침묵이 흘렀다. 그가 아무 의미 없이 시선을 무한거리에 둔다. 문득 생각이 사건의 출발점으로 줄달음치기 시작한다. 사실 오늘은 특별한 일이 없어 나무를 하기 위해 마을 뒷산에 올라왔다. 막 지게를 받치고 있는데, 고래바위 끝에 넋을 놓고 서 있는 사람이 보였다. 처음엔 긴가민가하고 의심을 했는데 소녀가 맞았다. 순간 며칠 전 마을에 나돌았던 이상한 소문을 떠올리며, 더 이상 생각할 겨를도 없이 고양이처럼 조심조심 다가갔다. 그리고 와락 끌어안았다. 소녀는 길길이 뛰면서 발악했다. 마치 강제로 묶으려는 동물의 반항처럼 좌충우돌하며 거칠게 호흡했다. 그는 소녀의 거친 호흡이 잠잠해질 때까지 몸이 으스러지도록 껴안고 있었다. 얼마나 지났을까. 갑자기 순한 양처럼 소년의 품으로 파고들며 소리 내어 한참을 목 놓아 울었다. 이에 깍지 낀 손가락을 풀어주며 조용히 자초지종을 물었다. 왜 여기서 이러고 있냐고. 그러나 소녀는 말을 하지 않고 물을 때마다 울기만 했다. 물론 짐작은 하고 있었지만, 자존심을 건드리지 않기 위해 전혀 모르고 있었던 것처럼 조심스럽게 말을 걸었다. 그러나 계속 입을 다물고만 있었다. 이에 더 이상 묻는 것은 포기하고, 더 어두워지기 전에 같이 산에서 내려가야 한다는 조급함에 계속 설득해 보지만, 소녀는 아직도 꼼짝도 하지 않고 있다. 그래도 다시,

"자, 내려갑시다. 고집부리지 말고…… 어머니와 할아버지, 그리고 할머니를 생각해서라도……."

그녀가 뜬금없이,

"오빠! 미안해요."

"뭐가요?"

"고마워요."

그는 고맙다고 말하는 그녀에게서 갑자기 야릇한 향기를 느꼈다. 마음이 설레며 두근거리기까지 했다. 그는 이런 마음을 들킬까 봐 자책이라도 하듯, 머리를 가로로 저으며,

"왜요?"

"난 오빠에게 그런 아픔이 있는 줄 짐작도 못 했어요. 그저 가난해서 학업을 중단하고, 잠시 남의 집에서 일하고 있는 줄로만 생각했어요. 미안해요. 내 생각만 해서. 사실 내가 이곳에 내려온 지 얼마 되지 않아서 잘 몰랐어요."

친구처럼 얘기하던 소녀의 말투가 갑자기 존댓말로 변한 그 얼굴에는 금방이라도 터질 듯한 울음을 잔뜩 머금고 있었다.

"일단 먼저 내려갑시다. 그리고 그런 얘기는 내려가서 하고, 그놈부터 경찰에 신고합시다."

"그것은 내가 알아서 할게요. 그런데 오빠! 나도 내 마음을 잘 모

르겠어요. 오빠 얘기가 다 맞는데, 전혀 마음에 와닿지 않아요. 이곳에 올라왔을 때는 모든 것을 다 포기했는데, 그것을 오빠가 깨고 말았어요. 오빠 얘기를 듣고 있자니 돌아가신 아빠가 갑자기 나타나 길을 막고 있어요. 엄마도 달려와 울고 있어요. 오빠! 나…… 어떻게 하면 좋아요?"

"그 기분 압니다. 알아요. 잘 알지요. 그런데 꼭 하고 싶은 얘기는 시간이 지나면 다 해결된다는 것입니다."

"나도 알았어요. 시간이 약이라는 말. 잘 알지만, 닥치고 보니 그런 생각이 전혀 들지 않아요."

"압니다. 밤새워 공부했는데, 막상 시험지를 받아보니 하얀 백지로만 보일 때가 있는 것처럼, 너무 큰 충격을 받아 그렇습니다. 자, 일단 내려갑시다."

"먼저 가요. 바로 따라갈게요."

"안 됩니다. 더 어두워지기 전에 지금 같이 가야 합니다."

"……"

자꾸 재촉하자,

"나, 안 내려갈 겁니다."

단호하게 거절한다.

"어쩌려고요."

"걱정하지 말고 가요. 좀 더 생각 좀 해 보고 싶어요……"

"내려가면서 생각하면 되잖아요."

"싫어요…… 사실, 오빠가 어른처럼 얘기하고 있지만, 모두가 뜬구름 잡는 소리로만 들려요. 나와는 전혀 무관한 소리 같아서 혼란스러워요…… 이 심정을 나도 모르겠어요. 오빠는 이런 내 마음을 알겠어요?"

"그럼요."

원망하는 투로 말하는 것을, 잘 안다고 대답하니 무슨 생각이 들었는지 조용히 눈을 감으며,

"지난여름에 오빠가 물었지요. 날 어떻게 생각하냐고. 난 그때 대답을 못 하고 집에 돌아와 얼마나 울었는지 몰라요. 바로 대답을 할 수가 없었어요. 왜냐면 나에게 남모르는 상처가 있어서…… 솔직히 난 우리 집이 부자라는 것을 빼고는 아무것도 내세울 게 없는 여자예요. 몸도 약하고, 의심도 많고…… 그런데 내가 머슴에게 받은 상처가 치욕적인 거라 어쩔 수 없었어요. 그래서 그 고민을 혼자만 품고 있었어요. 그리고 하루빨리 이곳을 도망치듯 떠나면 된다는 생각을 가지고 있었어요. 이제 예비고사도 마쳤고, 지난주에 서울에 올라가 본고사를 보고 왔으니, 합격만 하면 바로 서울로 올라갈 거였어요. 그리고 이곳에서 있었던 나쁜 기억은 홀홀 털어버리고, 1973년부터는 새롭게 시작하고 싶었어요. 그런데 며칠 전에 또 당했어요. 이 사실을 할머니와 할아버지가 짐작하고 계신 것 같은데도 아무 말을 못 하고 계세요. 이제 너무 늙으셔서 하루하루 사는 게 힘드신가 봐요. 두 분 다 귀가 어둡고 세상 돌아가는 상황을 잘 몰라서, 머슴이 하자는 대로 살림을 맡겨두는 것 같아요. 이런 사실을 어머니가 알면 당장 내려오겠지만, 알릴 수도 없어요. 난 이러지도 저러지도 못하고 밤새 고민하다가 나만 죽으면 된다는 생각으로 이곳에 올라온 거예요."

소년은 말없이 소녀의 팔을 끌어다가 팔짱을 낀다. 그러자 그녀가 머리를 그의 어깨에 슬며시 기대며,

"사실 난 오빠를 많이 좋아했어요. 갑자기 이곳에 내려와 말벗이 없었는데 오빠를 만날 때마다 나에게 어른처럼 얘기해 주니 너무 좋았어요. 그래서 솔직하게 마음을 털어놓고 머슴 얘기를 하고 싶었지만, 다시 머슴에게 당하고 난 후부터는 엄두가 나지 않았어요. 그래서 의도적으로 오빠를 피해 왔어요. 이런 내 마음도 모르면서 만날 때마다 오빠는 날 아무 물정도 모르는 어린애 취급하며 설교하듯 말하곤 했어요. 솔직한 감정을 숨기면서요. 나는 오빠가 좀 더 솔직해지길 바랐지만. 그동안 단 한 번도 내가 묻는 말에 확실한 대답을 한 적이 없어요. 물론 어느 정도 나와 같은 마음이라는 것을 알아요. 그래서 난 오빠의 과거와 지금의 환경 차이는 그렇게 중요하지 않다고 생각했어요. 그리고 많이 배우고 못 배운 것도 마찬가지예요. 지금 오빠는 중학교를 나왔지만, 언젠가 더 공부할 테니까 상관없었어요. 아니, 오빠가 설령 이대로 중학교만 졸업했어도 문제가 되지 않았어요. 내가 좋아하면 되니까요. 그런데 나에게 흠이 있다는 사실이 날 점점 견딜 수 없게 만들어요. 정말 아쉽고 안타까워요, 그동안 함께한 추억들이 쓰레기통 속에 버려진다고 생각하니……. 오빠! 이런 내 마음을 이해하겠어요?"

"……"

소녀는 왜 여기에 왔으며, 어떤 생각을 하고 있는지 차분하게 자신의 심정을 고백하고 있었다. 사실 소녀의 마음이 이 정도인 줄은 몰랐다. 잘 표현을 안 해 혼자만 소녀를 좋아하고 있는 줄 알았다. 늘 티 없이 맑고 행복하게만 보였던 그녀가 하는 말을 듣고, 오히려 부끄러워 대꾸할 만한 말이 없다. 그는 대답 대신 아랫입술을 지그시 깨물며 고개만 끄덕여 주었다. 그리고 조용히 일어서더니 소녀의 시

야에서 잠시 사라졌다. 잠시 후 지게를 메고 다시 와선 그녀의 손목을 단단히 잡아끌며,

"알았어요. 무슨 말인지 잘 알겠어요. 그런데 모르는 게 있네요. 은영 씨가 말하는 그 상처는 나에겐 아무런 문제가 되지 않아요. 왜냐고요? 그것은 이미 지나간 흔적이기 때문입니다. 더구나 원해서 만든 상처가 아니고, 마침 길을 가다가 날아오는 돌멩이를 맞은 것과 다를 바 없기 때문입니다. 이제 그런 얘기는 덮어두고, 더 늦기 전에 내려갑시다. 식구들이 기다리니까요. 나도 빨리 가서 소죽을 끓여줘야 해요. 그래야 주인집에서 안 쫓겨납니다. 아마 오늘은 주인한테 한 소리 들을 것 같네요. 어디서 농땡이를 치고 빈 지게만 메고 왔냐고. 하하하."

소년은 억지로 너스레를 떨며 다시 한번 소녀의 손목을 잡아끌었으나, 그녀가 뒤로 몸을 빼면서 자연스럽게 서로 얼굴이 마주친다. 초롱초롱한 눈매가 서글서글하다. 양 갈래로 땋아 내린 머리 사이로 살짝 내민 하얀 목덜미, 그 목을 살짝 덮고 있는 두툼한 보라색 스웨터, 그리고 가슴팍 위로 흘러내린 머리끝 분홍색 리본 위에 시선이 머무르자 그의 손이 가늘게 떨린다. 하마터면 와락 껴안을 뻔했다. 소녀는 이런 마음을 알아차리기라도 한 듯 눈을 지그시 감았지만, 그는 돌처럼 엉거주춤 서 있었다. 그러자 소녀가 답답하다는 듯,

"오빠. 먼저 내려가. 염려하지 말고. 오빠 말처럼 이제 다시는 어리석은 생각을 안 할 거야. 잘 알았으니까 먼저 내려가. 조금 있다가 나도 뒤에 따라갈게. 그리고 오빠가 날 설득했다고 생각할지 모르지만, 그것은 절대 아니야. 알았지?"

'솔' 음에 가까운 어투로 말하는 것을 보니 마음이 좀 누그러진 것

같아 편하게 바라보는데,

"왜 그런 눈으로 바라봐?"

소녀가 따지듯 묻자,

"……."

소년은 대답 대신 빙그레 웃고만 있다. 그러나 속으론 눈이라도 내릴 듯 어둑하고 끄무레한 날씨를 걱정하고 있는데, 소녀가 이런 어색한 분위기를 수습하려는 듯,

"오빠! 눈이 올 것 같지?"

"그러게요. 눈이 내리기 전에 내려갑시다."

그녀가 대답은 하지 않고, 자리에서 일어나려다 현기증이 일어났는지 쓰러질 듯 넘어지는 그녀를 잽싸게 두 팔로 감싸 안자,

"먼저 가라니까."

"자, 그러지 말고 내려갑시다. 밤이 되면 추워서 큰일 납니다."

간절하게 말하는 소년의 말에 떼를 쓰듯,

"안 내려간다니까."

"집에서 식구들이 찾고 있을 겁니다."

"서울 간다고 말하고 왔다니까."

소녀는 집에서 자신을 찾지 않을 거라 강한 어투로 얘기했다. 오늘이 토요일이라 학교를 마치고 서울 외갓집에 갔다 온다고 하고 집을 나왔다는 것이다. 그녀는 가끔 서울에 올라가 외할머니와 함께 사는 어머니를 만나고 온다. 그녀 어머니도 외동딸로 태어나 지금은 서울에 있는 대학에서 학생들을 가르치고 있다. 아버지 역시 고향에서 부모와 함께 살며 지방 대학의 교수로 근무하고 있었지만, 갑자기 3년 전에 췌장암으로 세상을 떠났다. 그러자 소녀의 어머니는 연로한

단편 소설

시댁 부모를 생각해서 외동딸을 이곳 여고에 입학을 시켰다. 그리고 자신도 서울 생활을 청산하고 곧 내려오겠다고 했지만, 계속 미루고 있다. 마을 사람들은 아마, 소녀를 서울에 있는 대학에 보내 놓고 내려올 것으로 짐작하고 있다. 왜냐하면 누군가는 엄청난 재산을 관리해야 하기 때문이다. 사실 할아버지는 면 소재지에서 가장 땅이 많은 부자다. 그런데 손이 귀해 소녀가 유일한 재산 상속자다. 그래서 마을 사람들은 그녀를 공주님이라 부르고 있는데, 지난해 봄, 그 집 머슴에게 농락을 당했다는 소문이 조용히 퍼지기 시작했다. 그 뒤로는 별다른 얘기가 없어 잊고 있었는데, 오늘 소녀를 만나 얘기를 듣고 보니 울화통이 터지려 한다. 당장 산을 내려가 그 머슴의 멱살을 잡고 땅바닥에 내동댕이치고 싶어진다. 아니, 목을 졸라 짓이겨 버리고 싶다는 생각이 들기 시작하자,

"이야아-악."

갑자기 미친 듯 눈앞에 보이는 큰 돌을 괴성과 함께 들어 올리더니, 산이 무너지라고 그 돌덩이를 바닥에 패대기친다. 갑작스러운 행동에 당황한 소녀가,

"왜 그래요? 왜요?"

돌발적인 행동에 소녀가 놀랐다. 순간 너무 고집을 피웠나 싶어, 미안한 마음에 내려가자고 말하려는데,

"따라오세요."

한마디 던지고는 그가 등을 보이며 다짜고짜 산을 오르기 시작한다. 소녀는 엉겁결에 그 뒤를 말없이 따라간다. 벌써 어두워 길이 잘 보이지 않아 나뭇가지를 잡거나, 바위를 더듬어가며 오른다. 얼마를 올랐을까. 앞서 걷던 그가 걸음을 멈추고 지게를 받치더니 어서 따

라 들어오라고 헛기침을 한다. 동굴이었다. 십여 명은 족히 들어앉을 만한 널찍한 곳이다. 둘은 평평한 작은 돌을 사이에 두고 말없이 마주 앉아 점점 어둠이 짙어지고 있는 동굴 밖을 함께 바라본다. 조금 전까지만 해도 어슴푸레 보이던 마을이 시야에서 사라지고, 가끔 짖어대는 마을 개 소리가 멀리서 희미하게 들려오는데, 소년이,

"우리 저녁 먹을까요?"

그가 밖으로 나가더니 지게에 매달린 보자기를 가져와 매듭을 풀어헤친다.

"자, 오늘이 주인아저씨 생신이라 간식을 많이 챙겨 주었으니 이것으로 저녁을 해결합시다. 어서 이쪽으로 와요. 아니, 그냥 거기 있어요. 내가 그리 갈게요."

보자기를 움켜잡곤 그녀 앞에 펼쳐 놓는다. 그 안엔 도시락만 있는 게 아니었다. 대입 검정고시 준비라고 쓰여 있는 낡은 책도 보였다. 그녀가 조심스럽게 책을 집어 펼쳐 본다. 이미 어두워 글씨가 잘 보이지 않았지만 지저분할 정도로 수많은 밑줄과 잔글씨가 어지럽게 쓰여 있다. 또 다른 책을 집으려 하자 그가 황급히 낚아채며,

"한뎃잠을 자려면 든든히 먹어야 합니다. 자, 먼저 이것부터 먹어봐요."

보리 개떡을 그녀에게 건넸지만,

"오빠, 불부터 피워줘?"

소녀는 검은 재가 남아 있는 움푹 팬인 곳을 가리키며 추운 듯 말했다.

"알았어요. 내가 밖에 나가서 나뭇가지를 주워 올 테니 기다려 봐요."

같이 일어서려는 그녀를 주저앉히고, 그가 밖으로 사라졌다. 얼마 후 어린아이 몸체만 한 고목 등을 동굴 안으로 들고 들어왔다. 이렇게 하길 서너 번,

"오빠, 성냥 있지? 이리 줘 봐. 내가 불을 피워 볼게."

소년은 불이 잘 붙도록 나뭇잎과 잔가지를 적당한 크기로 잘라 모았다. 그리고 몇 개 남지 않는 성냥을 건네주었지만 불 피우기는 계속 실패했다.

"어머! 어쩐다지, 성냥 알이 하나밖에 없어."

"이리 줘 봐요. 내가 해 볼게요."

소년은 그녀의 손에서 성냥을 받으면서,

"정말 안 살아나면 큰일인데……."

"오빠! 어서 잘해 봐."

"예, 기다려 봐요."

그는 그녀와 호흡을 맞췄다. 그리고,

"자, 하나, 둘, 셋."

둘은 약속한 것처럼 소리쳤다. 그 소리가 동굴이 무너질 정도로 크게 울렸지만, 불빛이 한 번 번쩍했을 뿐이었다.

"오빠!"

이제 어떻게 하냐는 듯 염려하는 소리다.

"조금만 기다려 봐요. 혹시 다른 주머니에 성냥이 있을지도 몰라요."

소년은 아직 담배를 피우지 않지만, 무엇이든 눈에 보이는 대로 주머니에 넣고 다니는 습성 때문에, 혹시 다른 곳에 성냥 알이 남아 있을지도 모른다고 생각했다. 그것을 찾기 위해 주머니에 있는 것을 다

꺼내놓고 보다가,

"있다! 여기 딱 하나 있네."

부러진 성냥개비를 들어 보이는 그의 손이 떨리고 있었다. 여기서 불을 살려내지 못하면 밤길을 내려가든지, 동굴의 어둠 속에 갇힐 수밖에 없었지만, 가까스로 불을 피웠다. 마른풀과 잔가지가 타면서 큰 고목에 불이 옮아 붙더니, 금세 동굴 안의 차가운 공기가 따뜻하게 데워졌다.

"오빠!"

"왜요?"

"오빠! 아까 왜 그랬어요? 나 많이 놀랐는데."

"아아, 그것. 그냥 그 머슴 놈을 생각하니 순간 화가 나서 소리를 질렀어요."

"미안해요. 내가 밉지요. 오빠! 미안해요. 쓸데없이 고집을 피워서……. 나, 눕고 싶어요."

"잠시만 기다려 봐요."

소년은 동굴 밖으로 나가더니 도시락을 싸 온 보자기에 낙엽을 긁어 담아서 들어왔다. 그것을 바닥이 평평하고 푹신해질 때까지 낙엽을 가져와 깔더니, 그 위에 보자기를 정성 들여 펼친다. 그리고 그 위에 누우라는 손짓에, 그녀가 살며시 새우처럼 쪼그려 눕는다. 그리고 그가 무릎을 내주자, 주저 없이 그 위에 머리를 올려놓으며 조용히 눈을 감는다. 얼마 후 살짝 눈을 뜨면서,

"참 이상하다. 이제 모든 것이 끝이라고 생각했었는데, 정말 죽으려고 결심하고 산에 올라왔는데, 오빠를 만나 이렇게 되고 말았네. 그런데 정말 시간이 지나면 다 잊혀질까?"

소녀가 혼잣말처럼 얘기하고 있다. 이에 소년은 말없이 옆에 있던 작은 나뭇가지 하나를 집어 불 속에 던지며, 타고 있는 불과 그녀를 번갈아 바라보고 있는데,

"오빠! 낮에 하다 만 이야기 좀 해줘. 약을 먹고 죽었다던 그 아줌마 얘기. 그리고 오빠 얘기도. 나는 그 아줌마가 너무나 불쌍해 죽겠어. 아무리 시어머니의 시집살이가 심했다고 해도 아이가 있는데 왜 죽어. 그리고 도대체 남편은 뭐 하고 있었어. 어머니의 시집살이를 막아줘야 하는 것 아냐? 아무튼 난 왜 약을 먹었는지 이해를 못 하겠어……."

소년은 더 이상 얘기하고 싶지 않았다. 아픈 기억이기 때문이다. 또, 자신이 자살하려고 했던 기억을 다시 생각조차 하기 싫었다. 더구나 자살하려고 올라온 그녀에게 무슨 도움이 될까 싶어 주저하고 있는데, 얘기를 독촉하는 그녀를 보며 어쩔 수 없다는 듯이,

"아마, 은영 씨 처지에서 보면 이해가 되지 않을 거야. 나도 그랬으니까. 그런데 죽으려고 마음을 먹은 사람의 입장에서 보면, 누구나 자기의 고통이 가장 커서 도저히 견딜 수 없다고 생각한다는 거지. 왜냐하면 이미 그 마음이 좁은 우물 안 공간으로 들어가 있기 때문이야. 이를 벗어나려면 주변을 살피고 도움을 청해야 하는데…… 사실 아줌마는 불행하게도 그 대상을 찾지 못했던 거야. 아마 지나가는 사람이라도 붙들고 물어봤다면 상황은 달라졌겠지. 그러나 시집온 지 얼마 되지 않아 일방적인 시어머니 시집살이를 입 밖에 낼 수 없었을 거야. 그렇다고 새댁이라 따복따복 말대답도 못 하고 얼마나 답답했겠어. 그리고 일요일이면 교회를 나갔는데 남편과 식구들은 논으로 가고, 여기다 딸까지 낳았으니 얼마나 눈치를 줬겠어. 결국

이 구박을 견디지 못하고 삶을 포기하려고 약을 먹었다고 생각해……. 약을 먹었던 그 날도 여름 농사철이라 식구들은 다 논에 일하러 나가고 집엔 아무도 없었어. 나도 방학이라 논에 나가 일을 돕다가 잠시 새참 심부름으로 집에 왔는데, 집에 도착하자마자 심상치 않은 아기 울음소리를 들었어. 그 울음소리가 숨넘어갈 듯이 들려왔어. 그냥 무시하려다 끝없이 울어대는 소리에 불길한 예감이 들어 울타리 너머로 윗집을 건너다보았지. 왜냐면 식구끼리 싸울 때도 아기가 그렇게 악을 쓰며 운 적이 없었거든. 자지러질 듯 끊임없이 우는 아기 울음소리가 이상하다 싶어 가 보니, 아줌마가 마루까지 나와 흰 거품을 토하며 고통스러워 뒹굴고 있었어. 나는 황급히 달려갔고 방 안의 빈 농약병을 보고 상황을 짐작했지. 그리고 대문 밖으로 나가 '사람 살려!' 하고 고래고래 고함을 질렀댔어. 농사철이라 대부분의 사람이 논으로 나가서 없었지만, 왜장치는 다급한 소리를 어디선가 듣고 마을 사람들이 모여들었어. 오는 사람마다 빨리 병원으로 가야 한다면서도 선뜻 나서는 사람이 없었어. 난 사람들의 도움을 받아 리어카 위에 솜이불을 깔고, 그 위에 아줌마를 실었지만 리어카를 끌고 가겠다는 사람은 아무도 없었어. 어린 난 더 이상 지체할 수 없다는 생각에 리어카를 끌고 무조건 병원 쪽으로 달렸지, 얼마나 급했으면 슬리퍼를 신은 채로 자갈이 깔린 신작로를 달렸겠어. 리어카 위에서 고통스러워하는 소리를 들으며 정신없이 달릴 수밖에 없었어. 병원에 도착하고 나서야 난 맨발이라는 것을 알았어. 슬리퍼가 벗겨져 달아나는 줄도 모르고 달렸지만, 아줌마는 삼례 병원에 도착 후 얼마 되지 않아 돌아가시고 말았어. 그때야 난 내 발바닥이 피투성이가 되었다는 사실을 알았지. 아마 그때의 기분은 한마디로 표현할 수 없을 정도로 허탈하고 안타까웠어. 슬리퍼가 아니고 운동화를 신고 조금만 더 빨리 달렸더라면 어땠을까 하는 생각을 많이 했지. 그때 논에서 새참을 기다리던 어머니는 내가 올 시간이 지났는데 오지 않자 무슨 일인가 싶어 부랴부랴 집으로 왔다가, 어린 내가 리어카를 끌고 갔다는 얘길 듣고 엄청나게 놀랐다고 했어. 그 와중에도 어머니는 윗집 식구들이 일하는 먼 곳에 있는 논에 가서 이 사실을 알렸다는 거야. 후에 어머니께서 왜 네가 리어카를 끌고 갔냐며 꾸중을 했지만, 당시 아줌마 식구들이 일하는 논은 멀리 있었고, 살려 달라고 몸부림치는 그 모습을 보고 지체할 수가 없었다고 말하자 더 이상 묻지 않았어. 사실 난 얼떨결에 리어카를 끌고 갔지만, 이 일을 겪고 난 후 얼마간 잠을 설쳤어. 20리나 되는 비포장 신작로를 맨발로 달린 결과로 생긴 상처가 아파서가 아니라, 자꾸만 아줌마의 허망한 죽음이 머리에서 떠나지 않았기 때문이야. 지금 생각하면 그 아줌마도 불쌍하지만, 난 그때 죽어가던 엄마 곁에서 자지러지게 울던 그 애가 더 안쓰러워. 오랫동안 머릿속에서 떠나지 않았어. 이제 그 기억도 희미해졌지만…… 아마 내 후년에는 그 아이가 초등학교에 입학할 텐데……."

소년이 말하다 말고 울컥한 듯 말을 멈추자,

"오빠, 힘들면 그만 얘기해도 돼."

"아니야. 시작했으니 마무리를 해야지……. 그러니까 날 더욱더 힘들게 했던 것은, 그 후에 벌어진 일들이야. 아주머니가 주검이 되어 집에 돌아오자, 친정 식구들이 몰려와 죽은 사람을 살려내라며 닥치는 대로 살림살이를 부수며 통곡을 했지. 시댁 식구들은 오히려 자신들이 피해자라며 뒤로 물러서지 않고 맞서 싸웠어. 이에 분을 참지 못한 친정 식구들이 아줌마가 불쌍하다며 새 이불을 깔아주고, 덮어주고, 마지막으로 들어갈 관의 판자가 얇다며 발로 부수며 입에 담지 못할 욕을 퍼부어대며 원망했지만, 다 부질없는 일이었어. 아마 죽은 아줌마가 이런 모습을 다 듣고 보고 있었다면, 더 이상 참지 못하고 벌떡 일어났을 거야. 내가 이러라고 죽은 줄 아느냐고 따지며, 관을 부수고 다시 살아야겠다고 나왔을 거야. 그러나 험악했던 이 싸움도 사흘이 지나면서 점점 수그러들더니, 상여와 해로가도 없이 멀리 떨어진 공동묘지에 묻히면서 한 인간의 삶은 막을 내렸어. 그 뒤 시댁 식구들은 더 이상 마을에서 살지 못하고 멀리 이사를 갔고, 5년이 지난 지금은 내 기억에서조차 희미해지고 있다는 게 너무 슬퍼. 결과적으로 아주머니는 그냥 이 세상에서 먼지처럼 사라지고 만 거야."

그리고 보니 소년의 말투가 바뀌어 더욱더 살가워진 것 같다. 그래서인지 그녀도 부드럽게,

"오빠! 지금도 그 아주머니가 생각나?"

"그럼. 그 공동묘지 앞을 지날 때면 일부러 찾아가 보지. 언젠가 밤에 그곳을 지나다 아주머니가 나타나 혼난 일이 있는데, 그때 그 무시무시한 얘길 해 줄까? 무서울 텐데."

"전혀 무섭지 않아. 오빠가 곁에 있는데 뭐가 무서워. 그건 그렇고, 오빠 얘기 좀 더 해줘 봐."

소녀가 그를 빤히 올려다보며 그의 얘기를 듣고 싶어 했다. 그러나 그는 못 들은 척,

"모닥불에 살찐다는 말이 맞는가 봐. 은영 씨 얼굴이 홍시처럼 빨개서 달덩이같이 예뻐 보여."

라고 말하며 엄지를 치켜세우자,

"뭐야, 촌스럽게."

소녀는 수줍어하며 더 이상 다그치지 않았다. 그러자 소년은 자연스럽게 화제를 바꾸려고,

"혹시 모파상의『여자의 일생』이란 책 읽어 보았어? 주인공인 쟌느가 열여덟이 되도록 수녀원에서 자라 결혼하게 되었을 때, 그 순진한 마음으로 쥬리앙이라는 남성을 보고 남자답게 생겼다는 그 이유 하나로, 순결을 준 이 쟌느의 최후를 읽고 느낀 점이 없었어? 아니면, 이광수의『그 여자의 일생』을 읽고 주인공 금봉이, 왜 다시는 명예와 지위와 그리고 부귀영화라는 허영심에 현혹되지 않으리라고 결심했는지 알아? 이 주인공들이 은영 씨와 다른 점, 이들은 어려운 환경과 악조건 속에서 살면서 세상을 원망하고 비판했지만, 자살하지 않았다는 거야. 그 이유는 인생은 살 만한 가치가 있다고 보았기 때문일 거야. 물론 삶이 늘 달콤하지는 않아. 익모초처럼 쓴 거라 견딜 수 없을 때가 많지만, 인생에서 최후의 승리자는 살아남아서 끊임없이 새로운 삶을 찾아가는 사람이라고 생각해. 만약 이 주인공들에게 은영 씨가 자살하려 했던 이유를 말하면 뭐라고 할까. 아마 그 정도로 죽는다면 이 세상에 살아 있을 사람이 몇이나 되겠냐고 핀잔을 주었겠지. 나도 그래. 겨우 고등학교 입학을 형편 때문에 못 하게 되었다고 자살하려 했다면 역시 어리석다고 했을 거야. 사실 이를 깨닫게 한 것은 아줌마의 자살을 가까이에서 지켜본 영향이라고 생각해. 결국 난 이 일로 죽음이란 것에 대하여 많은 것을 생각했어. 아마 내가 지금 은영 씨 곁에서 간절한 심정으로 말하는 것도 아주머니의 죽음을 지켜보며 많은 생각을 해보아서 그럴 거야."

"이제 그런 소리 그만해."

소녀가 짜증 섞인 반응을 한다.

"알았어. 정말 이제 안 할게."

"오빠! 밖을 봐. 갑자기 눈이 내리고 있어."

혼란스러운 소녀의 마음을 하늘이 알았는지, 갑자기 눈이 내리기 시작했다. 그 눈발이 동굴 모닥불에서 새어나가는 불빛에 더욱 하얀 빛을 발하며 어둠 속에서 흐드러지게 흩날리고 있다.

"와! 첫눈이다."

소년은 갑자기 동굴 밖으로 뛰어나가 양손을 벌려 가슴으로 눈발을 끌어들인다. 소녀도 따라 나와 점점 굵어지며 주룩주룩 내리는 눈발을 온몸으로 받아들이며,

"오빠! 너무 좋아. 만약 오늘 내가 오빠를 만나지 않았더라면 이렇게 아름다운 세상을 다시는 볼 수 없었겠지……."

말을 계속 잇지 못하는 소녀의 눈이 촉촉하게 젖기 시작하며,

"오빠!"

"왜?"

"미안해. 그리고 고마워. 오빠, 저 하늘나라에 계시는 아버지가 보고 웃고 있는 것 같아. 엄마도, 할아버지, 할머니도 같이 말이야……. 오빠, 혹시 내가 여기 있는 줄도 모르고 식구들이 날 찾고 있지는 않겠지?"

"서울 간다고 나왔다며."

"그래도 모르지. 우리 집에서는 내가 공주니까."

"그런 말이 어디 있어."

서둘러 수습하려는 듯,

"아니야. 걱정하지 마. 서울 간다고 얘기 잘하고 왔으니까."

"그래. 알았어. 그리고 앞으론 절대 이상한 생각하지 마. 알았지? 우리는 이제 겨우 인생길을 출발했을 뿐이야. 여기서 포기한다는 것은 매우 미련한 짓이야. 그리고 이제라도 가능하면 서울로 올라가. 그곳에서 공부하고 훌륭한 사람이 되어 큰 영향력을 가져 봐. 이 세상에 태어나서 하고 싶은 것 다 하고, 가고 싶은 곳 다 다니면서 멋있게 살아도 시간이 모자라는 법이야. 그게 바로 돌아가신 아버지와 서울에 계신 어머니를 위한 길이고, 할아버지, 할머니, 그리고 은영 씨 자신에게 주는 선물이야. 아니, 이 땅에 태어난 이유이지. 하루라도 빨리 꿈을 이루려면 다 잊고 서울로 올라가. 알았지?"

"오빠! 자꾸 그런 얘기하지 말라니까."

"알았어. 이제 진짜 안 할게."

"……"

소녀가 진짜 신경질적으로 짜증 난다는 듯한 표정을 짓자 달래듯,

"우리, 먼동이 트기 전에 산 정상에 올라가서 일출을 볼까?"

"그래, 오빠. 정말 멋있겠다. 우리 누가 먼저 오르는지 시합해. 아마 내가 이길걸. 이래 봐도 내가 중학교 때 달리기 선수였던 것은 모르고 있었지?"

그녀가 금방이라도 밖으로 뛰어나가 정상으로 올라갈 듯한 몸동작을 취하자 소년이,

"좋았어. 지는 사람이 업고 내려오기로."

"그것 좋지, 오빠 하나쯤은 문제없어."

"그럴까? 내가 꽤 무거운데……"

이렇게 소녀와 소년은 지나온 과거, 그리고 현재와 미래에 대한 얘

기를 모닥불 앞에서 주고받으며, 밤을 뜬눈으로 지새우는데,

때 엥 땡— 때 엥 땡—

교회의 새벽 종소리가 마을에서부터 희미하게 들려온다. 소년은 그 소리를 듣지 못하고, 등 뒤의 바위에 의지한 채 잠이 들어버렸다. 소녀는 그 모습을 물끄러미 바라보다가, 자기 때문에 생긴 손등의 생채기를 발견하고 쓰다듬어 준다. 그리고 보자기를 풀듯 그의 손바닥을 조심스럽게 펼쳐본다. 마디마다 굳은살이 박여 있다. 자세히 들여다보니 낫 같은 것에 베인 상처가 여기저기 눈에 들어온다. 마음이 짠해져 온다. 손으로 그 상처를 힘주어 어루만지자 소년이 몸을 움츠린다. 순간적으로 그의 손을 놓고, 추워하는 것 같아 사위어가는 모닥불에 조심스럽게 나뭇가지를 더 얹는다. 이러기를 반복하는 사이, 아침 해가 떠오르기 시작한다. 그 한 줄기 햇살이 나뭇가지 사이를 뚫고 동굴로 들어와, 소년의 눈두덩 위에 내려앉는다. 눈이 부신 듯 감은 눈을 찌푸린다. 그제야 소녀가 그를 흔들어 깨우며,

"오빠! 어서 일어나. 해 떴어. 빨리 정상에 올라가야지……."

소년은 용수철처럼 벌떡 일어나며,

"내가 잤어? 왜 안 깨웠어? 정상에서 일출을 봐야 하는데."

"나도 이제야 일어났어. 밖을 봐. 눈이 엄청나게 왔어, 오빠! 저기가 정상이야?"

자신도 해가 뜨는 것을 몰랐다고 시치미를 뗀다. 그리고 상기된 얼굴로 정상을 가리키며 밖으로 나가는데, 그가 못내 아쉬운 듯,

"아, 아깝다."

하면서 뚜벅뚜벅 동굴 밖으로 나가자, 소녀가 바로 그 뒤를 따라 나가며,

"괜찮아. 지금 여기서 우리가 함께 보고 있잖아."

"어쩔 수 없지 뭐. 다음에 꼭 같이 한 번 오자고."

"알았어, 오빠."

"자, 정상으로 올라가자. 위험하니까 내 발자국만 따라와. 알았지?"

그는 널찍한 등판을 소녀에게 보이며 앞장서서 정상으로 향했다. 밤새 내린 눈으로 길이 완전히 사라졌지만, 그는 능숙하게 새로운 길을 만들어 가고, 그녀는 가볍게 그가 만들어준 흔적을 따라가고 있다. 가끔 발을 헛디디거나, 눈 속에 파묻혀 있는 나뭇등걸에 걸려 벌러덩 넘어지기도 했지만, 깔끄막 길에선 미끄러지지 않으려고 나무의 도움을 받으려다가 눈 폭탄 세례를 받았지만, 조금 평평한 길이 나오면 둘은 약속이라도 한 듯 고삐 풀린 말처럼 뛰었다. 그런데 이상하게도 정상을 향해 올라가는 동안, 늘 마음 한편에 앙금으로 남아 있던 어제의 갈등, 분노, 좌절, 슬픔, 무기력, 두려움 같은 것들이 눈 속에 묻혀버려 흔적조차 보이지 않았다. 오직 차가운 공기와 눈 쌓인 풍경, 그리고 파란 하늘만 보이는데,

"자, 이제 몇 발 안 남았다."

앞서가던 소년이 혼잣말을 하며 마지막 힘을 내려는데,

"오빠!"

다급한 소리에 놀라, 그가 뒤를 돌아본 순간, 그녀가 소년의 바짓가랑이를 힘껏 잡아당긴다. 이를 버텨 보려 했지만, 눈 위에 고꾸라지듯 넘어지자, 그녀가 소년 앞으로 성큼 나가며,

"후유, 내가 이겼다. 야-아, 정상이다."

소녀가 환하게 웃으며 손뼉을 치며 좋아한다. 그리고 파란 하늘과 눈 쌓인 땅을 번갈아 바라본다. 온 천지가 하얗다. 멀리 보이는 마을

집들이 옹기종기 모여 밀어를 속삭이듯 다정하다. 이른 아침부터 동구 밖 길을 가고 있는 소달구지와 그 뒤를 졸랑졸랑 따라가는 강아지가 작은 점으로 보인다. 이를 보고 있는 소녀가 훨훨 날아 그 뒤를 따라갈 듯 날갯짓을 한다. 이런 몸짓에 양 갈래로 땋아 내린 긴 머리채가 그녀의 가슴팍 위에서 즐겁게 흔들거리는데,

"오빠! 저기 새벽 종소리가 울리던 교회가 보이네."

숨을 헐떡이며 소나무 가지 사이로 멀리 보이는 교회의 녹슨 종탑을 손으로 가리킨다.

"웅. 그러네."

"오빠. 오늘이 일요일이야."

"알고 있어."

"나도 교회 같이 가면 안 돼?"

소년이 대답 대신 오른손 새끼손가락을 내민다. 그녀가 그 손에 손가락을 건다. 서로 힘을 주어 위아래로 흔든다. 그가 손가락을 풀려하자, 소녀가 왼손으로 그의 오른 손목을 꽉 잡는데,

"아파. 그렇게 꽉 쥐면 어떻게 해."

소년은 웃는 얼굴로 엄살을 부리며,

"눈 덮인 세상이 참 아름답지. 저 작게 보이는 집들을 바라봐. 저기에 모여 살면서 슬퍼하고 괴로워하고 있는 사람들, 마치 그 속에서 자신이 가지고 있는 슬픔과 괴로움이 전부인 양, 그 좁은 생각으로 사는 사람들, 그런데 높은 산에서 내려다보면 그런 것들이 하찮게 여겨지거든. 이렇게 산에 올라오면 모든 게 이해가 되고, 용서되고, 그리고 더 멀리 볼 수 있는 거야. 그래서 나는 이 산이 내 스승이라 생각하고, 땔나무를 한다는 핑계를 대고 이렇게 올라오고 있어."

환하게 웃으며 고개를 끄덕이는 소녀의 모습이 정말 깜찍스럽다. 유난히 작은 얼굴에 뚜렷한 검은 눈동자가 반짝거린다. 양 볼이 차가운 아침 바람에 마치 분홍 장미 꽃잎을 붙여 놓은 것처럼 물들어 앙증맞다. 숨을 내쉴 때마다 허연 입김을 뿜어내는 입술이 앵둣빛처럼 빨갛다. 소년은 이를 바라보다 조용히 눈을 감는다. 그리고 그에게 몸을 기대고 있는 그녀에게서 전해오는 힘찬 심장 소리를 들으며, 마음으로 기도를 한다.

"주여! 한 사람의 영혼을 죽음 앞에서 건져 주시고, 새로운 꿈과 희망을 품게 해주셔서 감사합니다. 앞으로 이 세상을 살아가는 동안 어떤 어려움이 닥쳐와도, 반드시 이기게 하여 주시옵소서, 아멘."

소녀가 눈을 감고 기도하고 있는 소년의 얼굴을 빤히 올려다보다가, 그가 눈을 뜨자마자 어깨로 살짝 밀치며,

"오빠! 뭐해, 나 업고 빨리 내려가야지……."

〈고등학교 3학년 때 교지에 실었던 단편 소설〉 1973. 12.

# 가면서 울 그녀

어금니가 부서질 것 같은 추운 밤이었다. 30년 만의 추위라고 했다. 오늘 밤은 유난히 모진 눈보라가 불어오고 있었다. 걸을 때마다 칼날 같은 바람이 휘몰아쳐 온몸이 얼어붙을 것만 같았다. 그러나 그의 마음은 훈훈하게 설레었다. 교회 안으로 들어가기 위해 계단을 오르며 잠시 후 있을 만남을 생각하니 온몸이 달아올랐다. 그러고 보니 진정 얼마 만인가. 너무 오랜만이라 뭐라고 말을 시작해야 할지 모르겠다. 손을 불쑥 내민다는 것은 그렇고, 고갤 한번 숙이고 웃어 버린다는 것도 멋쩍을 것 같다. 표정 없이 대한다는 것 또한 그렇다. 마음에 드는 생각이 없다. 욕심 같아선 그녀가 달려와 먼저 손을 내밀어 주었으면 좋겠다는 생각을 해 본다. 그 작은 손으로 가슴을 치며 반가운 원망이라도 해 준다면 더욱 기쁠 거로 생각하며 시간을 다시 확인해 본다. 그는 여유가 있는 듯, 문 앞에서 잠시 주춤하다가 교회 안으로 슬그머니 들어갔다. 그리고 커져 있는 톱밥 난롯가로 가더니, 옛날 지정석이었던 제일 끝자리에 살며시 앉아 잠시 기도한다. 나무 의자라 몹시 차가웠다. 무심코 연통에 손을 대 보았다. 오싹해지는 차가움이 느껴진다. 순간, 교회 학생회 시절의 추억들이 머리를 스치듯 지나간다. 매주 토요일 밤 학생 예배가 끝나면 바로 집으로 돌아가지 않고, 톱밥 난로가 꺼지길 기다려야 했다. 혹시 있을지도 모르는 화재를 핑계로 잠시 머무르는 것이다. 그때 난로를 마주 보고 앉아 서로 얘길 나눴다. 그녀는 대부분 먼저 갔지만, 혹 남아 있을 때는 항상 밝은 표정으로 반응해 주었다. 그러다 본인의 얘기를 듣고 싶어 하면 딴청을 피우며 토라지곤 했다. 그녀는 어려서부터 신앙 속에서 자라서 그런지 헌신적이었고 명랑하고 순박했다. 그런데 누구에게나 쉽게 곁을 내주지 않았다. 그래서 가까이 가지 못하고 주변에서 지켜보았을 뿐이었다. 그 일방적인 시간이 7년이나 지나고 오늘 처음으로 만나자고 연락이 온 것이다. 그런데 그는 자꾸 시계를 들여다보며 초조하고 있었다. 약속된 시간이 훌쩍 지나가서다. 그럴 리가 없다고 생각하고 있었지만, 시간이 지날수록 형수의 말이 마음에 걸려 왔다. 그러나 그는 설마 했다. 이제 겨우 학교를 졸업하고 사회생활을 시작한 지 3년밖에 되지 않았기 때문이다. 그 나이에 시집을 간다는 것은 말도 안 되는 소리라고 생각했다. 그는 자꾸만 불안한 듯 시계를 들여다보기 시작한다. 기다린 지 2시간 정도가 지나자, 그는 자리에서 힘없이 일어난다. 더 이상 기다리는 게 의미 없다는 판단을 내리고 문 쪽을 향하여 걸어간다. 이때 누군가 밖에서 서성이는 모습이 창문 커튼 사이로 보였다. 그는 뛰어나갔다. 종종걸음으로 교회 정문 밖으로 걸어 나가는 그녀의 뒷모습이 보였다. 그가 따라오는 인기척을 느꼈는지 뛰기 시작했다. 서두르던 그는 하마터면 눈길에 미끄러져 넘어질 뻔했지만, 성큼성큼 달려가 그녀 앞을 가로막았다. 그리고 조심스럽게,

"왜 안 들어왔어. 무슨 일이 있어?"

"……."

고개를 숙일 뿐, 말이 없었다.

"정말, 무슨 일이 있는 거야? 어디 아픈 거야?"

그가 단숨에 물어봤지만, 아무 말도 하지 않았다. 거세게 부는 눈보라가 둘 사이를 가르며 지나가고 있을 뿐이었다. 그는 힘없이 주머니에 손을 넣고 그녀가 걸어가는 방향으로 같이 걸어갔다. 그가 무슨 일이 있냐고 몇 번이나 물어보았지만 아무런 대꾸도 하지 않았다. 생각 같아선 어떻게 해서라도 대답을 받아 내고야 말겠지만, 형수의 말을 생각하니, 더는 물어볼 수가 없었다. 순간 가슴속에 쌓아 놓았던 모래성이 우르르 무너지는 기분이 들었다. 그녀를 만나러 나올 때까지만 해도 설마 하면서 소문이 거짓이기를 바랐는데, 절대 아니라며 달려와 손을 잡아 주길 바랐는데, 아무 변명도 듣지 못하고 차가운 눈보라 속을 함께 걸어가고 있다. 집을 나서며 상상한 대로 좋은 만남이었다면 이 눈 내리는 밤 풍경이 얼마나 아름다웠을까? 이제 더 이상 아무것도 할 수 없게 된다는 게 슬펐다. 아니, 생각할수록 마음속에서 분노가 일어나기 시작하는데, 갑자기 그녀가 앞을 가로막았다. 그리고 정면으로 그를 바라보았다. 그의 마음을 다 안다는 듯 고개를 들며 말이다. 눈에는 눈물이 가득 고여 있었다. 그러나 그것조차도 볼 수 없게 눈보라가 머리카락을 날려 얼굴을 가려 버렸다. 답답하련만 그대로 서서 아랫입술을 깨물며 울음을 터트린다. 그리고 겨우 무슨 말인가를 했는데 바람 소리가 다 삼켜버리고 잘 들리지 않았다. 더 정확하게 듣고 싶었지만, 그녀는 말을 맺지 못하고 어깨를 들썩이며 눈보라 속으로 사라져 버렸다. 그가 달려가 팔을 벌려 안으려 했으나, 그녀는 강하게 뿌리치고 줄행랑치듯 아주 가 버렸다. 그는 더 이상 쫓아가 잡을 수가 없었다. 아니, 잡지 않았다. 한참을 그 자리에 얼음 기둥처럼 서 있었다. 이유가 뭐냐고 물어볼 수도 있었으나, 그녀가 보이지 않을 때까지 얼음 동상처럼 그 자리에 서 있었다. 마음이 아팠다. 허탈하고 절망스러웠다. 복받치는 슬픔이 눈보라가 되어 매섭게 밀려왔다. 그리고 한편으로는 부끄럽고 창피했다. 가난하고, 못나고, 못생겼다는 사실이 분했다. 그래서 잡지 못한다는 생각이 들자 자신이 미워졌다. 갑자기 그녀가 사라진 쪽으로 뛰기 시작했다. 귓가에 스치는 차갑고 강한 바람이 마치 자신을 빈정대는 소리처럼 들렸다. 웃는 소리, 발버둥 치며 악을 쓰는 소리도 함께 들렸다. 이런 소리를 들으며,

"야. 바람아, 불어라. 세상의 모든 것이 부서지도록. 눈보라야, 몰아쳐라. 시집가서 지지고 볶으며 잘 살아라. 그래, 잘났다. 이 바보야."

그는 고래고래 소리를 질러댔다. 미친 듯이 옷을 훌훌 벗어 던지고, 발가벗은 마음으로 눈밭에 뒹굴었다. 하나밖에 없는 걸 도둑맞았다는 분한 생각에, 다시 한번 용기를 내어 그녀를 뒤쫓아 갔지만, 보이지 않았다. 다른 길을 돌아서 교회 기도실로 간 그녀가 보일 리가 없었다. 그는 이것도 모르고 씩씩거리며 그녀의 집 앞에 도착했다. 대문이 활짝 열려 있었다. 집 안과 마당에 전등불이 환하게 밝혀져 있었다. 구수한 기름 냄새가 진동했다. 잔치를 준비하는 사람들이 바쁘게 움직이고 있었다. 마음 같아서는 집 안으로 뛰어 들어가 따지고 싶었지만, 그는 무거운 발걸음으로 뒤돌아서서 눈 내리는 길을 걸어갔다. 이런 슬픈 그의 마음을 위로라도 하듯 춥고 강한 바람이 등을 떠밀어주었다.

참으로 외롭고 추운 밤이었다. 두 손을 주머니에 쑤셔 박아도 손끝이 시려왔다. 오랜만에 지독한 추위라더니, 정말 그런 것 같았다. 그

래서 그런지, 아무도 다니지 않는 시골길을 걸어가고 있는 그의 모습이, 전쟁에서 지고 먼길을 걸어가는 패잔병처럼 초라하고 쓸쓸해 보였다. 하지만 그를 자세히 들여다보면 실신한 사람처럼 웃고 있었다. 그렇게 좋아하면서도 좋아한다는 말도 못 해 보고, 손목 한 번 잡아보지 못했는데, 오늘 처음으로 만나자고 해서 좋았는데, 닭 쫓던 개지붕 쳐다보는 꼴이 된 것 같아 허탈해서 웃고 있었다. 바보같이 말도 못 하고 기다리기만 했던 수많은 날이 아까워서 울고 있었다. 이제 이것마저 끝이 났다고 생각하니 저절로 눈물이 나서 울었다. 그는 이런저런 생각에 곧바로 집으로 가지 않고 미친놈처럼 눈보라가 몰아치는 밤길을 배회했다. 그러다 교회 앞 돌다리를 건너 동구 밖 정류장 쪽으로 한참을 터벅터벅 걸어가더니, 외딴집 앞에 걸음을 멈추었다. 그리고 굳게 닫힌 빈지문을 무작정 흔들어 댔다. 반응이 없자 소리치며 문짝을 두들겨 팼다. 한참 지나서야 방문이 열리며 가게에 불이 켜졌다. 빠끔히 벌어진 문틈 사이로 얼굴을 쑥 내밀며 방에서 나오는 주인 여자의 모습이 보였다.

"누구요?"

"아주머니, 나요."

주인 여자는 채 올려 매지 못한 치마끈을 움켜잡고, 다른 손으로 눈을 비비며 하품을 하면서,

"'나가 누구야. 지금 몇 시인데, 장사 끝났어. 돈이고 지랄이고 장사 안 해. 아이고, 빌어먹을 놈의 팔자."

투덜대며 방으로 다시 들어가려 한다. 그가 다급하게 문을 두드리며 큰소리로,

"나요, 민걸이라고요."

여인네는 무슨 생각이 들었던지 뒤돌아 나와 문을 열어 주며 반색을 했다.

"난 또 누구라고. 민걸이 총각 아냐? 근데 눈 맞고 이 밤중에 무슨 일이야? 어디 갔다 와. 거기 서 있지 말고 얼른 들어와서 손 좀 녹여. 언제 휴가 나왔어?"

아직 꺼지지 않은 연탄 화덕 덕분에 실내는 훈훈했다.

"며칠 전에 제대했어요."

"벌써 3년이 지났나! 그래, 얼마나 고생을 했어. 집에 오니까 어머니가 제일 좋아하시지, 우리 막둥이 왔다고. 그나저나 그 지긋지긋한 고생 다 했응게, 이제 취직도 하고, 장가도 가야지. 어때, 애인 없어? 없으면 내가 좋은 색시 중매해 줄까? 참, 그러고 보니 교회에 경사가 겹쳤네."

방에 들어가 스웨터를 걸치고 나오며 숨도 쉬지 않고 말하는 것을 보니, 아직 술이 덜 깬 것 같다.

"경사라니요?"

"모르고 있었어? 내일 정자나무 집 최 씨 양반 둘쨋가, 셋쨋가, 서울 가 있던 딸이 교회서 결혼한다잖여. 나도 아침나절 장사 때려치우고 신랑이 어떤 놈인지 귀경이나 가야것어. 그렇게 잘생기고 부자라는 소문이 온 동네에 파다혀……."

여인네는 마치 중매라도 한 사람처럼 결혼에 이르기까지의 과정을 신이 난 듯 얘기하고 있었지만, 그는 듣다 말고 하마터면 버럭 소리를 지를 뻔했다. 욱하고 치밀어 오르는 울화통, 그러나 그는 용케 참고 있다가,

"술이나 줘요."

이렇게 그는 술을 마시기 시작했다. 세상에 태어나 처음이다. 여인네도 그가 술은 아예 입에 대지 않는 것으로 알고 있었지만, 자꾸 달라는 큰 소리에 지는 척 원하는 대로 챙겨 주었다. 사실 그에게 술은 쓰디쓴 약물이었다. 이를 마신다는 것이 고역이었지만, 마시고 잊어야 한다는 생각이 술로 그를 취하게 만들었다. 그가 주체하지 못할 정도로 술을 마시는 모습을 보다 못한 여인네는 술이 없다고 했다. 그러자 그는 거짓말인 줄 알면서도 소리치지 않고 비틀거리며 자리에서 일어났다. 나오면서 술값은 외상이라고 한 것 같다. 여전히 밖에는 거친 눈보라가 몰아치고 있었다. 그런데 술기운 때문인지 춥지 않았다. 오히려 발걸음이 구름 위를 걷듯 가벼웠다. 그리고 술을 마셨더니 막혀있던 하수구가 뚫린 듯 속이 시원했다. 그리고 모든 것이 다 이해되었다. 이제 누굴 원망하거나, 미워하거나, 억울해할 것이 없다는 생각으로 마음을 정리하기 시작했다. 결국, 내가 따라 놓은 술을 내가 마셨고, 내가 내린 두레박은 내가 길어 올려야 한다고 생각하면서도,

"빌어먹을 놈의 팔자…… 될 대로 돼라."

몸도 가누지 못하고 좁은 길을 넓게 가며, 횡설수설 넋두리를 쏟아내고 있다. 사실 그는 난생처음 술을 퍼마시고 취해 버렸다. 술집 여인이 이제 교회는 안 다니냐고 물었을 때 그렇다고 했다. 그래서 마셔도 된다며 배가 터지도록 마셨다. 이렇게 취한 그가 눈 위에 쓰러지고 넘어지며 집에까진 왔으나, 결국 마신 것보다 더 많이 토방에 토했다. 겨우 방에 기어 들어가 벽에 등을 기대고 앉았지만, 배 속에서는 난리가 벌어지고 있었다. 밤새도록 한숨도 못 자고 방과 밖을 들락거렸다. 새벽녘이 되어서야 제정신이 들었다. 그제야 어젯밤 일

이 떠올랐다. 그는 다시 그녀를 다시 생각 속으로 불러들였다.

"병신! 변명이라도 해 보지. 거짓말이라도 실컷 하고 가지. 그렇게 밴댕이 속으로 어떻게 살려고. 아니야, 그럴 수밖에 없는 이유가 분명히 있을 거야. 그래도 그렇지, 모든 꿈을 포기하고 시집을 왜 가. 가면 모든 것이 끝나는 것인가. 이제는 설레는 마음도, 부끄러워하던 표정도 볼 수 없다는 말인가? 이렇게 헤어져 다시 돌아갈 수 없는 길로 가는 것인가. 그래, 잘 가서 잘살아라. 티셔츠 대신 저고리를, 청바지 대신 통치마를 입고 부엌데기나 열심히 하고 살아라. 이제 영영 남의 아내가 되고 엄마가 되겠지. 이 빌어먹을 놈의 세상, 눈이나 몽땅 내려라. 오도 가도 못 하게 모든 길을 막아라. 시간은 멈추고, 지금의 모습대로 영원히 얼어 버려라. 아니다, 어서 칼바람은 멈추고 밝은 해야 솟아라. 참새는 교회 종탑 위에 앉아 노래하고, 비둘기는 그에 맞춰 춤을 추어라. 사람들아 어서 가서 축복하면서 손뼉 치고, 피아노를 두들기며 신부를 꽃길로 안내하라. 가면서 그녀가 울지 않게……."

그는 이렇게 갈피를 잡지 못하고 밤새도록 중얼거렸다. 자꾸만 꿈틀거리는 기억을 억지로 지우려 몸부림을 쳤다. 꼬리를 물고 이어지는 생각을 자르려고 머리를 살래살래 흔들어 댔다. 그래도 자꾸 생각이 나자 눈을 감고 잠을 청해 보지만, 눈꺼풀이 무거워 골이 지끈지끈하면서도 정신은 더 맑아졌다. 그가 한숨을 길게 내뱉더니 벌떡 일어난다. 그리고 군대 가기 전, 종이상자 안에 꼭꼭 숨겨 놓았던 일기장을 꺼내 책상 위에 쌓아 놓는다. 오래되어 퇴색하고 낡았지만 은밀하게 숨겨두었던 것들이다. 누가 봐도 이해되지 않는 혼자만의 언어와 느낌으로 고백한 글들이 모여 있는 곳이다. 그는 한 권씩 먼지를 털어가며 천천히 읽어 내려 간다. 그러자 잊고 있었던 기억들이 얼굴을 내밀기 시작한다. 아련한 순간들이 말을 걸어온다. 여기저기서 잠자던 그리움이 꿈틀거린다. 그가 갑자기 밀려오는 이런저런 생각에 힘에 부친 듯 괴로워 운다. 그 눈물이 일기장 위에 떨어진다. 그 얼룩이 점점 커지면서 지나간 추억들이 지워진다. 텅 비어가는 마음 위에 속절없이 눈이 내리고, 간간이 차가운 바람 소리만 밖에서 들려왔다.

〈대학 학보에 실은 단편 소설〉 1978. 12.

단편 소설

# 노인의 통곡

아이들이 희미하게 들려오는 소리를 쫓아 마을 어귀로 달려가고 있다. 노인도 장작 패기를 멈추고 소리 나는 쪽을 바라보며 피식 웃는다. 가을 하늘로 시선을 돌리며 옷소매 끝으로 이마의 땀을 훔친다. 간들바람이 허연 머리카락 사이를 가르며 지나간다. 그 바람 끝에서 희미하게 나풀대는 깃발(만장)들이 보인다. 그 뒤로 꽃상여가 바람에 출렁이며 산모퉁이를 돌아 나오고, 이어서 사람들이 줄지어 따라오고 있다. 이 광경을 하염없이 지켜보던 노인의 눈에 눈물이 맺힌다.

"간다 간다 나는 간다. 허가리넘차 어허이
허가리넘차 어허이 어허 허어허어."

상엿소리(만가)가 점점 가까워지자, 마을 개들이 약속이나 한 것처럼 일제히 짖기 시작한다. 뭐가 그리 좋은지, 이리 뛰고 저리 뛰며 난리다. 노인은 잠시 울컥했던 마음을 누르며 지그시 아랫입술을 깨문다. 그리고 눈으론 상여 행렬을 놓치지 않고 따라가고 있는데, 갑자기 마누라(노인의 부인)가 방문을 열고 얼굴을 삐쭉 내밀며,

"이게 무슨 소리야?"

노인이 화들짝 놀라며,

"이 사람이 죽으려고 환장을 했나. 야, 이 사람아. 의사가 뭐라고 했어. 감기 도지면 큰일 난다고 했잖아. 얼른 문 닫아."

버럭 큰소리를 질러댔지만 못 들었는지,

"콜록, 콜록. 저 고샅길에서 울고 있는 게 동현이 아녀. 왜 울고 지랄헌댜. 어서 가서 데리고 와요."

"……."

노인을 향해 소리를 질렀지만 아무 대답이 없자, 문을 꽈당 닫아버린다. 노인은 그제야 저만치 담 너머 길에서 울고 있는 손자를 그냥보고만 있다. 울던 애가 주변을 살피더니 슬그머니 울음을 거둔다. 그리고 나뭇가지를 주워 땅바닥에 그림을 그리며 놀기 시작한다. 이를 지켜보다가 안심이 되었는지, 노인은 담배에 불을 붙여 입에 문다. 그리고 깊숙이 빨아 '후' 하고 길게 뱉는다.

사실 상여는 노인의 기억에서조차 사라진 지 오래다. 그러니까, 어릴 때 보고는 본 적이 없다. 그런데 생뚱맞게 마을 어귀로 상여 행렬이 지나가고 있는 것이다. 이를 보고 있자니 지나간 어린 시절이 생각난다. 자신이 손자의 나이였을 즈음, 아무 것도 모르고 상여 뒤를졸졸 따라다녔다. 그러다 철이 들면서 꽃상여 속에 죽은 사람이 타고 있다는 말에 어머니 치마폭 속으로 숨어들던 기억이 난다. 또 상여 가까이에 가면 죽은 귀신이 몸속으로 들어와 미쳐버린다는 소리에 근처에 가기를 꺼렸다. 그래서 그 뒤로 마을 뒷산에 있는 상엿집 근처를 지나가려면 무서워서 머리카락이 쭈뼛해지거나, 오금이 저리면 길로 돌아다녔던 기억이 생생하다. 그런데 오늘은 오래전에 헤어진 친구를 만난 듯 반갑다. 상여의 화려한 모습을 보고 있자니 오히려 기분까지 좋아진다. 그 옛날 무서웠던 기억은 사라지고 상엿소리가 정겨운 소리로 다가온다. 여기다 황금 들판 끝에 마을 길을 지나고 있는 그 행렬을 파란 대나무밭이 감싸고, 그 뒤 산의 단풍들이 잘 어우러져 한 폭의 수채화처럼 아름답다. 바람에 너풀거리는 만장의 행렬 움직임, 그 뒤를 따라가는 꽃가마 같은 상여, 또 그 뒤를 따라가는 사람들의 긴 행렬이 이어지면서, 마치 막 하늘로 올라가려는 한 마리의 용의 움직임처럼 보인다. 상엿소리가 용에게 어서 올라가라는 듯, 갈바람을 타고 마을에 잔잔하게 퍼진다. 이를 물끄러미 바라보자니 지나간 기억들이 떠오르기 시작한다. 그런데 좋은 기억은 어디로 사라지고 부끄럽고 아픈 기억만 떠오른다. 불현듯 바람둥이로 살았던 젊은 날이 생각난다. 노인은 생각하지 않으려 상여에서 눈을 돌려 파란 하늘을 올려다본다. 그리고 억지로 행복했던 기억을 떠올려본다. 그 기억 속에서 가장 먼저 머리를 내미는 것은 하나밖에 없는 외아들이다. 그러니까 귀한 아들놈이 서울대학에 합격했다고 마을잔치를 벌였던 일은, 노인이 한때 가슴에 품고 다니며 틈날 때마다 꺼내 놓는 자랑거리였다. 일부러 축하를 받기 위해 사람이 많이 모이는 곳을 찾아다니며 은근히 꺼내 보이던 숨겨놓은 무기였다. 그런데 지금은 그 자식이 노인의 속을 검게 태우고 있다.

"우리의 자손들. 어이야 하리, 일편단심 먹은 마음,
어야리넘차 어허이 어허 허어허어야.
자손들 부귀영화 시킬랴더니 나가 간들 있을쏘냐,
어야리넘차 어허이 어허 허어허어야."

상여가 점점 가까워지면서 상엿소리 메김이 노인의 마음을 울컥하게 만든다. 말라 있던 눈물샘 바닥을 득득 긁으며 잔인하게 지나간 상처를 쪼아대기 시작했지만, 노인은 그래도 참고 아랫입술을 꾹 깨물며 망부석처럼 꿋꿋하게 서 있다. 그러나 오히려 그 모습이 노인을 초라하게 보이게 했다. 눈은 푹 꺼지고, 홀쭉한 볼이 뼈와 맞닿아 애처롭기만 하다. 담배를 낀 손가락은 겨울나무처럼 앙상하고, 손톱은 뭉크러져 썩은 이빨같이 보인다. 그래도 노인은 마을 어귀를 돌아가는 상여를 놓치지 않으려고 발돋움을 한다. 마을 어귀 끝을 돌아가는 상여 행렬을 따라가던 눈길이 해와 정면으로 마주치자 눈부신 듯, 반사적으로 담배를 들고 있지 않은 오른쪽 손으로 손차양을 만들어 햇빛을 가린다. 그 손이 뼈만 남아 흉측스럽다. 체구까지 깡말라 약한 바람에도 넘어질 것 같아 안쓰럽기만 하다.

"영감! 동현이 좀 데리고 와요."

마누라가 다시 손주를 챙기라는 소리에 정신을 차린 듯 아이를 다시 바라보다가 대문 밖으로 나간다. 혼자 소꿉놀이에 빠진 아이 앞으로 다가가 헛기침을 한다. 그러자 아이가 기다렸다는 듯 울기 시작한다.

"야, 이놈아. 형들을 따라가지 않고, 왜 여기서 혼자 놀고 있어."

다 알면서 그냥 해 보는 소리다. 네 살짜리가 정신없이 달려가는 초등학생을 쫓아갈 수는 없다. 그렇다고 그것들이 방울 같은 손주를 데리고 갈 리 만무하다. 그래서 아이는 늘 따돌림당하고 혼자 노는 시간이 많다. 그래도 이 마을에선 어른들에게 귀여움을 독차지하고 있다. 아이들이 별로 없기 때문이다. 몇몇 또래가 있긴 하지만 그 아이들은 잠시 머물다 가고, 몇 명 있는 젊은이들도 방값 싼 맛에 마을에 들어와 자취하고 있지만, 아침이 되면 인근 공장에 출근하거나 시내 대학으로 통학하기 때문에 마을이 늘 한적하기만 하다. 그런데 난데없이 상여가 지나가고 있다.

"동현아. 집에 가자."

아이가 울음을 멈추며 손을 내민다. 노인은 선뜻 그 손을 잡지 않는다. 거듭 가자고 할 뿐 더 다가서지도 않는다. 그러자 다시 울음소리가 더 커진다. 노인은 왜 크게 우는지 알고 있지만, 오늘은 오냐오냐하고 그 투정을 받아주고 싶지 않다. 뭔가 똑바로 가르쳐야 한다는 생각으로 매정하게 뒤돌아 집 쪽으로 향하자, 마을이 떠나가도록 더 큰 소리로 울어댄다. 순간, 이 소리를 듣고 마누라가 달려 나올지도 모른다는 생각에, 다시 뒤돌아 우는 아이에게 다가간다. 그리고 손을 잡고 집 안으로 들어간다. 눈물과 콧물이 범벅된 아이의 얼굴을 옷소매로 닦아주며 안방 쪽으로 살짝 밀치며 부드럽게,

"느 할미더러 달라고 혀라. 알았지."

아이는 노인의 말을 알아듣고 안방으로 곧장 뛰어 들어가고, 노인은 마을에서 멀어지고 있는 상여 뒷모습 행렬을 담 너머로 다시 바라보고 있는데,

"할아버지. 돈 줘."

아이가 바짓가랑이를 잡아당기며 할머니가 돈을 안 준다고 칭얼댄다. 그는 상여에서 눈을 떼지 않고, 천 원짜리 한 장을 선뜻 꺼내 준다. 아이는 횡재라도 한 듯, 토끼처럼 깡충깡충 뛰어 밖으로 나가지만, 노인은 상여만을 바라보고 있다가 마음속으로 그 꽃상여에 올라타 가고 있다. 초가을 들판을 구경하면서 구경나온 사람들을 향해 일일이 손을 흔들어 주고 있다. 무거운 짐을 다 내려놓고 가볍게 이승을 떠나는 편안함을 느끼면서 가고 있는데,

"영감. 이게 무슨 소리요? 상여 나가는 소리 아녀?"

방에 누워 있는 마누라가 마을 어귀를 이미 빠져나가고 없는 상엿소리를 지금 듣고 있는 것처럼 생뚱맞게 묻고 있다.

"그려. 내가 지금 그 꽃가마를 타고 훨훨 날아가고 있네."

점점 치매 끼가 심해지는 마누라를 생각하며, 노인은 혼잣말처럼 씨부렁대듯 말하더니 입에 문 담배를 땅에 팽개친다. 그 꽁초를 뒷굽으로 짓이겨 버리더니 손자를 찾아 집을 나선다. 슈퍼 근처에 있어야 할 아이가 보이지 않는다. 반대편 마을 어귀로 고개를 돌리니 저만치 상여가 사라진 쪽에서 손주가 강아지와 함께 걸어오고 있다. 노인을 발견하자 번개처럼 달려와 노인에게 업어달라고 보챈다. 노인이 말없이 허리를 구부려 앉자, 노인의 등판이 제 것인 양 착 달라붙는다. 그리고 뭐라고 혼잣말로 조잘대더니 금방 곯아떨어지듯 잠이 들어 버린다. 잠든 아이를 마누라 곁에 뉘고는 마당으로 나와 헛간에서 도끼를 들고나온다. 손바닥에 침을 뱉더니 도끼 자루를 힘 있게 움켜쥔다. 그러자 손등의 푸른 힘줄이 터질 듯 불거지면서 물고기 비늘처럼 거친 손이 파르르 떨린다. 노인은 준비가 되었는지 오른발로 통나무를 쪼갤 수 있도록 자리를 잡아 주고, 긴 숨을 내쉬며 도끼를 불끈 들어 올리더니 숨을 들이마신다. 그리고 다시 숨을 길게 뱉으며 동시에 온 힘을 다해 통나무를 요절낼 듯 강하게 내려찍는다. 그러나 도낏날이 나무를 비켜 땅바닥에 꽂힌다. 새파랗게 질려 있던 통나무가 혀를 날름거리며 당신 나이가 몇이냐고 묻는 것 같다. 노인은 대답도 못 하고 슬그머니 도끼에서 손을 뗀다. 갑자기 온몸에 힘이 쭉 빠진다. 왠지 요즘 들어서 점점 기운이 없어지는 것 같다. 그래서 그런지 사는 게 너무 힘들어 죽고 싶다는 생각을 자주 하고 있다. 마음은 젊은데, 몸이 따라주지 않는 것도 서러운데, 마누라는 시한부, 아들은 나이가 육십에 가까운 반거충이, 골칫덩어리였던 며느리까지 손녀들을 데리고 집을 나가고, 손자는 아직 어린 철부지, 자신은 80이 넘은 힘없는 노인. 앞으로 어떻게 살아야 할지 막막하기만 하다.

　사실 아들은 노인의 자랑이었다. 3대 독자로 키도 크고 똑똑했다. 대학을 졸업하고 한국은행에 취직했을 때만 해도 잘만 하면 은행장 정도는 할 거란 기대를 했었다. 이런 아들이 군대 갔다 와 복직하고, 얼마 되지 않아 서울 여자를 데리고 왔다. 이때 마누라가 결혼만은 절대 안 된다고 심하게 반대했다. 여자 인상을 보니 귀한 아들을 잡아먹을 상이라며 식음까지 전폐하면서 결혼을 반대했다. 이에 아들이 애원하듯 사정을 했지만 끝내 안 된다는 마누라의 결정에 따라, 그 둘은 헤어지고 말았다. 그 뒤 아들은 은행을 그만두었고 빈둥거리기 시작했다. 그리고 술에 취해 있는 날이 많았다. 이러면 안 되겠다 싶어 그 아가씨를 다시 데려오라고 했지만, 아들은 대꾸도 하지 않았다. 오히려 그럴수록 말썽을 더 피웠다. 그러다 삼십 후반이 되어 겨우 중매로 지금의 며느리를 만났다. 그리고 좋은 대학과 은행의 경력으로 읍내 농협에 들어가 안정을 찾아가는 듯 보였다. 부부 사이가 좋아 주변의 부러움을 사기도 했다. 그러나 둘째 딸을 낳은 며느리에게 마누라가 심하게 구박을 했다. 셋째 딸을 낳았을 때는 노골적으로 며느리 앞에서 아들에게 어디서든 아들을 낳아오라고 공공연하게 말했다. 며느리는 넷째가 다시 딸임을 병원에서 확인하고 갑자기 교회를 나가기 시작했다. 이로 인해 아들과 갈등이 시작되었다. 그 횟수가 빈번해지면서 며느리가 억세지더니, 시부모까지 교회에 나갈 것을 강요했다. 죽어서 지옥을 안 가려면 예수를 믿어야 한다며 남편을 더욱 볶아댔다. 6개월 뒤 종말이 온다며 다그치기까지 했다. 식구들이 뜻대로 자기를 따라오지 않자 말이 거칠어지고, 되레 시어머니를 구박하기 시작했다. 보는 사람마다 시어머니를 마귀라며 욕하고 다녔다. 아들은 이런 상황을 견디지 못하고 술을 퍼마시고, 분을 참지 못한 마누라는 시집간 딸까지 불러들여 푸념했다. 결국 딸은 마누라가 보는 앞에서 며느리와 머리끄덩이를 잡아가며 원수처럼 싸워댔다. 그러자 며느리는 시누이를 사탄이라고 불렀다. 또한 시부모를 싸잡아 못된 늙은이들이라고 하면서, 뼈 빠지게 농사지었더니 딸에게 다 빼돌린다며 억지소리를 해댔다. 정말 이웃 보기에 창피한 일이었다. 두 노인은 말도 못 하고 속이 썩어 갔다. 마누라가 참지 못하고 며느리와 싸우다 입에 버큼을 물고 쓰러지길 여러 차례, 결국 쓰러져 뇌출혈로 대수술을 받았다. 노인은 이런 사실이 알려질까 봐 쉬쉬하면서 빚을 내서 병원비를 감당했다. 그동안 병원 신세를 지면서 연명을 해왔는데 지난봄에 병원에서 더는 희망이 없다는 진단을 받고 집에 돌아와 죽을 날만을 기다리게 되었다. 노인 역시 1년 전에 위암 수술을 받았다. 다행히 초기에 발견해 수술은 잘되었지만, 늘 몸이 젖은 솜뭉치처럼 무거워 힘이 든다. 이에 며느리까지 더는 악마 소굴에서 살기 싫다며 대들었다. 노인은 정말로 이래저래 살고 싶지 않았다. 차라리 잠자듯 조용히 죽었으면 좋겠다는 생각을 수도 없이 하며 살고 있다. 그래도 지금까지 버텨올 수 있었던 것은 손자가 있어서였다. 동현이가 없었다면 이미 무슨 일이 났을 것이다. 이런 손주를 만난 것은 4년 전 여름이다. 모내기를 마치고 아침 일찍 마늘을 캐기 위해 먼저 밭으로 나갔던 마누라가 소스라치게 놀라 방으로 뛰어 들어오면서,

"저, 저, 저, 이리 좀 와 봐요."

다급한 소리에 따라 나가보니 대문 앞에, 처음 보는 아이가 종이 상자 안에서 곤히 잠들어 있었다. 생각할 겨를도 없이 황급히 방으로 데리고 들어왔다. 아들이 이를 보고는 깜짝 놀라 어디론지 전화를 걸어댔다. 전화통을 잡고 한참 씨름하더니, 전화를 받지 않는다며 옷을 주섬주섬 입고 밖으로 급히 나가 버렸다. 그날 밤 인사불성이 되도록 술을 먹고 돌아와선 이 아이가 이곳에 온 자초지종을 얘기했다. 결론은 바람을 피워 몰래 낳은 자식이라고 했다. 그동안 아들은 노인 모르게 땅을 팔았고, 그 돈으로 사업한다며 집에 붙어있는 날이 별로 없었다. 노인은 이런 아들이 마음을 다잡고 기반을 다지고 있는 줄로만 알고 있었다. 그런데 사십 대 초반의 미망인과 눈이 맞아 읍내에 살림을 차려 아이를 낳은 줄은 꿈에도 몰랐다. 노인은 손에 잡히는 대로 아들을 향해 물건을 던졌다. 주먹으로 뼈가 부서지도록 패댔다. 그러나 마음만 더 아팠다. 며느리는 이때다 싶었는지, 그렇게 학수고대하던 손자를 얻어 좋겠다며 비아냥거렸다. 남 말하기 좋아하는 마을 사람들은 속도 모르고 축하한다고 했다. 이후 고부간에 더 심한 다툼이 벌어지고, 아들 부부는 이런 상황을 견디지 못하고 아이만을 놔둔 채 이웃의 빈집을 얻어 이사하게 된 것이다. 얼마간 잘 지내는 듯 보였으나 갑자기 며느리가 딸들과 같이 집을 나가 기도원으로 들어가 버렸다. 아들은 혼자가 되었고, 두 노인은 어쩔 수 없이 둘이서 아들의 도움 없이 손자를 맡아서 키울 수밖에 없었다. 이런 내막을 알고 있는 마을 사람들은 여기저기에서 소곤댔지만, 그런 창피함도 오래가지 않았다. 서서히 아이가 자랄수록 병치레가 심해 병원으로 달려가는 날이 많았지만, 귀찮거나 힘들다는 생각을 해 본 적이 없다. 그러나 아들은 전혀 관심이 없었다. 그저 빈둥대며 놀고 있을 뿐이었다. 이 꼴을 보고 있는 노인은 속이 체한 듯 늘 답답했다. 병원에 가면 암이 재발할 수 있으니 안정을 취하라고 말하지만 그게 뜻대로 될 리 없었다. 그러다 아들을 보면 욱하는 분노가 폭발하기 일쑤였다. 그래서 가능하면 마주치지 않으려 했다. 대신 격하게 일을 하거나 장작을 쪼개며 마음의 응어리를 풀었다. 그런데 오늘은 엉뚱하게 도끼로 나무 대신 땅을 찍어버렸다. 헛심이 들어간 것이다. 다른 때 같으면 끝까지 포기하지 않으련만, 땅에 박힌 도끼를 그대로 둔 채 마루에 걸터앉으며,

"어이, 라이터 못 봤어?"

"조용히 혀. 동현이 깨."

마누라가 아이가 깰까 봐 속삭이듯 말한다. 노인은 또 깜박했다는 생각에 미안한 마음이 들었다. 습관이 되어 자신도 모르게 마누라가 시한부라는 것과 아이가 낮잠 자는 시간임을 잊고 있었다. 노인은 아무 말도 못 하고 담배를 물고 조심조심 서둘러 집 밖으로 나왔다. 그리고 상여가 지나간 곳으로 발길을 옮겼다. 저만치에 상여에서 떨어진 흰색 종이꽃이 아카시아에 걸려 바람에 나풀거리고 있었다. 그 밑을 지나가자 기다렸다는 듯이 그 꽃이 길 위로 떨어진다. 그리고 바람에 또르르 굴러가더니 구렁텅이로 빠져 꼼짝을 못 한다. 이를 지나치려던 노인이 걸음을 멈추고 종이꽃을 주워 나무 밑으로 살짝 던져 준다. 그리고 다시 걸으며 고갯길을 올려다본다. 공동묘지가 눈에 들어온다. 공단 편입에 따라 파묘와 토목 공사가 한창이다. 중장비의 요란한 소리가 마치 망자들을 서둘러 나가라고 닦달하는 것 같아 서글프다. 한쪽에선 수습한 유골을 볏짚으로 꼬아 만든 새끼 타래 위에 넣고, 화장하느라 여기저기 검은 연기가 자욱하다. 죽어서도 자리

를 잡지 못하고 쫓겨나는 것 같아 안쓰럽다. 이 일이 남의 일 같지가 않다. 이제 집 근처 공동묘지까지 없어졌으니 죽어서 어디로 갈지 막막하다. 지금 당장 마누라가 세상을 떠나면 어떻게 해야 할지 걱정이다. 늘 미리 준비한다면서도 노름으로 대부분의 살림을 거덜 내, 죽어서 들어갈 묫자리 하나 만들어 놓지 못했다. 그러다 나이 오십 중반이 넘어서 빚을 청산하고 겨우 마련한 땅은 아들놈이 몰래 다 팔아먹었다. 지금은 남의 땅을 소작해 겨우 식량을 해결하고 있는 정도다. 문득 마누라가 곧 세상을 떠날 거란 생각이 들면서 눈물이 난다. 지금처럼 아픈 몸으로라도 곁에 있어 주면 그나마 아이를 돌볼 수 있겠는데, 어떻게 해야 할지 모르겠다. 이제 그 시간이 얼마 남지 않았다는 것을 생각하면서 마을 길을 배회하다 집으로 돌아오는데,

"할아버지. 어디 갔다 와?"

마당에서 혼자 놀고 있던 아이가 달려와 노인을 맞이한다. 노인은 온 힘을 다해 두 팔로 아이를 들어 올리려는데 아이가 생뚱맞게,

"할아버지도 죽어?"

깜짝 놀라며,

"그게 무슨 소리야."

"형들이 그러는데, 늙으면 다 죽는 거래. 그럼 난 누구하고 살아?"

"나는 안 죽어, 이놈아."

"정말, 할머니도 안 죽는 거지?"

고개를 끄덕여 주었다.

"근데 왜 엄마, 아빠는 우리하고 같이 안 살아?"

못 들은 척 아이를 더 번쩍 들어 올려 몇 바퀴 빙그르르 돌려주며,

"음…. 뭐 먹고 싶은 것 없냐?"

"할아버지, 또 돌려주세요."

노인은 더 돌릴 힘이 없어, 아이를 땅에 내려놓으며,

"할미더러 돈 달라고 혀라. 맛있는 것 같이 사 먹게."

아이는 말이 끝나기도 전에 손을 뿌리치고 안방으로 달려가며 토방에서부터,

"할머니! 돈 줘."

하고 방 안으로 뛰어 들어간다. 그리고 몇 번인가 보채더니, 울음소리가 밖으로 새어 나온다. 실은 아이를 통해 가끔 마누라의 상태를 확인하는 방법이다.

"야, 이놈아. 내가 돈이 어디 있어. 저리 안 나갈래. 콜록콜록……."

놀랍게도 아픈 몸에서 강한 쇳소리가 들린다. 아이는 아무렇지 않은 표정으로 문을 박차고 나오더니 뒤도 돌아보지 않고 밖으로 나가버린다.

"동현아, 어디가? 점심 먹어야지."

뛰어가는 아이의 주머니에서 동전 부딪히는 소리가 난다. 노인은 빙긋이 웃으며 방으로 들어간다. 그리고 부엌으로 가더니 물을 팔팔 끓여 식은 밥을 말아 서서 후루룩 들이키듯 먹는다. 그리고 아침에 먹고 남은 죽을 데워 간장 종지와 함께 쟁반에 얹어 마누라 옆에 놓고는 밖으로 나온다. 오랜만에 경로당으로 가는 길에 논으로 향한다. 먼저 사흘 뒤 수확할 벼의 상태를 확인하기 위해서다. 옛날 같으면 수확 철이라 한창 바쁠 때이지만 이제 콤바인이 다 알아서 하니 바쁘진 않다. 기계를 가진 사람에게서 연락이 오면, 미리 가서 기계가 들어갈 수 있도록 논 귀퉁이를 낫으로 조금 베어주면 끝이다. 예전 같으면 벼를 베고, 묶고, 논에서 줄가리를 쳐 말리고, 이를 지게로

등짐 해 집 마당으로 옮겨 낟가리를 쌓아 놓고 있다가, 한가한 이듬해 2월쯤 동네 아낙들이 모여 홀태로 일일이 훑었다. 이를 멍석에 널어 햇볕에 말려 가마니에 담아 먹을 식량을 제외하고 다 수매를 했지만, 요즘은 기계로 다 처리하기 때문에 그런 품앗이나 번거로움이 없어져 버렸다.

"야, 오랜만이다."

경로당에 도착하자 친구가 반색하며 그를 맞이했다.

"그동안 뭐 하고 지냈어. 제수씨는 건강하지?"

친구들은 아직 마누라가 시한부라는 것을 모른다. 병원에서 치료 잘 받고 집에서 회복하고 있는 줄로만 알고 있다. 대소변을 가리지 못하는 치매 환자라는 것도 모른다. 그래서 자주 올 수 없었던 형편을 모르고 놀러 오지 않는다고 만날 때마다 뭐라고 해댔다. 특히 어릴 적부터 함께 이웃하며 살았던 친구가 유독 노인을 기다렸다.

"왜 인제 오는가? 자네가 없으니 사는 재미가 없네."

친구가 기다렸다니 싫지 않았다. 이제 이런 친구도 몇 남지 않았다. 같은 마을에서 함께 꾀벗고 자란 친구는 무슨 소리를 해도 외면하지 않는다. 꼴이 추해도 흉을 보지 않는다. 서로 농담도 하고, 때론 입씨름도 하며, 너냐 나냐 하면서 다투기도 하지만, 언제 만나도 스스럼이 없다.

"이 사람. 나도 자네가 보고 싶어 죽을 지경이었네. 그동안 잘 지냈는가?"

노인도 빈자리를 비집고 앉으며 친구의 손을 꼭 잡는다.

"그럼, 잘 지내고말고."

"동현이는 잘 크고 있지? 아들은 요즘 뭐 하고 지내나?"

"……."

서울 아들 집에서 살게 되었다며 자랑하며 올라갔던 노인이다. 답답하다며 한 달도 못 채우고 내려온 지 며칠 되지 않았다. 이런 친구가 다 알고 있는 소리를 물어보자 대답을 피하고 있는데, 옆에 있던 다른 노인이 한술 더 떠,

"자식들은 다 부모를 닮는 거네. 봉호 자네 젊을 때 어땠는가. 솔직히 우리 읍내에 소문난 바람둥이 아니었는가."

대답을 머뭇거리고 있던 노인이 이때다 싶었는지, 소리를 높여,

"웃기고 있네. 부뚜막은 자네가 먼저 올라갔지, 이 사람아. 내가 그 비밀을 이 자리에서 폭로해 볼까?"

노인이 야무지게 말을 받으니,

"알았네, 알았어. 오늘도 자네가 이겼네."

"그러게 이 사람아. 다 지난 일 뭐 하러 들추나. 그 쓸데없는 소리 그만하고 담배나 피우게."

노인은 오랜만에 온 것을 신고라도 하듯, 담배 한 개비씩을 꺼내 돌리며,

"그건 그렇고 오늘 상여 봤지? 망자가 도대체 누구랴?"

또 다른 노인이,

"글쎄 나도 수십 년 만에 상여 구경을 처음 했네."

"아, 그것 가짜야."

평소 말수가 적던 공무원 출신 노인이 불쑥 나서자 다들,

"뭐라고, 이 사람아!"

가짜라고 말하는 노인을 모두 바라본다. 그러자 다시,

"영화를 찍기 위해 옛날 상여 행렬을 재현한겨."

노인을 바람둥이라고 놀려대던 노인이,

"아, 그래서 차와 구경꾼들이 그렇게 많았구먼."

노인이,

"그러면 그렇지. 뭔가 좀 어설프더라니, 지금 세상에 상여가 웬 말이여."

가장 친하다는 노인이,

"야, 이 사람들아. 딱 보면 몰라. 진짠가, 가짠가. 나는 바로 알 것 같던데."

노인이,

"자네야 가까이에서 봤으니 알겠지만, 난 멀리서 보니 잘 모르겠던데. 아무튼 옛날 생각이 많이 나더라고."

이렇게 노인들만 모여 있는 마을의 경로당에서 대화가 시간 가는 줄 모르고 이어졌다. 현재와 과거를 넘나들며 얘기꽃을 피우다, 자신과 이해관계가 있으면 가끔 언성을 높이기도 하고, 얼굴을 붉히면서, 심각해질 때는 소리를 버럭 지르고, 배가 고프면 함께 라면을 끓여먹고, 지루하면 화투판을 벌이고, 심심하면 술도 함께하지만, 가끔 가벼운 몸싸움도 벌어졌다. 노인도 이날 이후로 저녁때가 되면 다시 경로당을 다시 찾기 시작했지만, 며칠째 아들 소식이 없어 심사가 불안했다. 여기다 마누라의 상태도 점점 악화되었다. 사정도 모르고 주변에서는 다시 병원에 입원시켜야 한다고 말했지만, 노인은 이러지도 저러지도 못하고 속만 썩어가고 있었다. 더 견디기 어려운 것은 치매 증상이 더욱 심해지면서 시도 때도 없이 기억하고 싶지 않은 옛날 바람피우던 얘기를 꺼내 노인에게 심한 욕을 해대는 것이었다. 더 참을 수 없는 것은 기저귀를 갈아 주지 않으면 냄새가 진동해 방에 들어갈 수조차 없고, 욕창이 생기지 않도록 시간 날 때마다 이리저리 움직여줘야 하고, 이제 끼니마다 죽을 쑤어 먹여 주기까지 해야 한다는 것이었다.

그래도 다행인 것은 옆 마을에 딸이 살고 있어, 오늘처럼 마누라의 목욕을 도와주고 있다. 이렇게라도 딸이 해 주지 않으면 어떻게 해 볼 도리가 없다.

"어이, 봉호. 거기서 뭐 해. 아들은 어디 갔어?"

"……"

딸이 마누라를 목욕시키는 동안 마당에서 엉거주춤 서 있는 노인의 뒷모습을 친구가 보고 던지는 말이다. 노인이 대답 대신 씁쓸한 미소를 보내자, 친구는 무슨 말을 하려다 가던 길을 재촉하며 지나간다. 노인은 문득 생각난 듯 마루 기둥을 잡고 발뒤꿈치를 들어 아들 집을 바라본다. 하루에도 몇 번씩 확인하는 습관이다. 날씨가 추워지면 혹시 술 먹고 길바닥에 쓰러져 잠들지는 않았는지 염려하다 잠을 설치기도 한다.

"어이, 잠깐 나하고 얘기 좀 하세."

조금 전에 지나갔던 친구가 다시 돌아와 노인의 팔을 잡아끌고 대문 밖으로 나온다.

"뭔데 그려, 이 사람아."

"자네가 모르고 있는 것 같아서. 다른 게 아니고 자네 아들 얘기여. 실은 아까 자네한테 얘기할까 말까 망설이다 그냥 지나갔는데, 아무래도 알고 있어야 할 것 같아서. 사실은 말이야, 자네 아들이……"

말을 하려다 자동차가 급정거하듯 멈춘다.

"도대체 뭔데 그려."

"그려, 어차피 알 일이니까 얘기하지."

아들이 어젯밤 도박을 하다 경찰서로 끌려가 유치장에 있다고 했다. 크게 놀랄 일은 아니었다. 벌써 여러 번 있었던 일이다. 그래도 나이 들면 나아지겠지 하며 참고 살았는데, 자신이 젊었을 때처럼 술과 도박, 그리고 여자를 가까이하는 자식을 생각하면 가슴이 답답하고 속이 쓰려온다.

노인은 다음날 오후 느지막하게 경찰서에 갔다. 유치장 안에 있는 아들은 애써 노인을 외면했다. 그래도 무슨 말이든 붙여보고 싶었지만, 오늘 중으로 훈방조치 된다는 얘길 듣고 말없이 나왔다. 경찰서 문을 나서자 눈물이 터져 나왔다. 정말 이 아들이 어떤 아들인가. 3대 독자다. 학교에서 1등을 놓친 적 없는 천재였다. 서울대학도 가볍게 들어갔다. 마을에선 인재가 났다고 현수막까지 걸어주었다. 이런 아들이 지금 하고 있는 꼴이 노인을 슬프게 했다. 한때는 사람 많은 곳을 찾아다니며 침이 마르도록 자랑하고 다녔던 아들. 이제는 아들이 무슨 일을 하냐고 물어볼까 봐 사람 만나는 게 싫다. 오늘도 아는 사람을 피해 전주로 나가는 시내버스를 탔다. 오늘따라 승객이 별로 없다. 노인은 버스 안 라디오에서 흘러나오는 방송을 듣고서야 정신이 번쩍 들었다. 아들 때문에 깜박 잊고 있었다. 모든 방송은 정규방송을 중단하고 대통령 서거 소식을 알리고 있었다. TV를 켜 놓은 가게 앞에 사람들이 무리 지어 있을 뿐, 차창 밖으로 보이는 시내의 거리는 한산했다. 지나는 행인들만 쫓기듯 빠르게 걷고 있었다. 이런 날 술이 내키지는 않았지만, 그래도 나왔으니 한잔만 하고 가자는 생각에 이집 저집 기웃거렸다. 걷다 보니 조용한 변두리까지 왔다. 작

고 허름한 집으로 들어가 구석진 자리에 조심스럽게 앉으려는데,

"할아버지, 오늘은 장사 안 합니다. 술 안 팔아요."

TV를 보고 있던 젊은 여주인이 뚝 잘라 말했다. 눈치 없는 노인이라 할까 봐 서둘러 밖으로 나왔다. 다시 몇 군데를 찾아가 보았지만 대부분 문이 닫혀있었다. 하는 수 없이 다시 버스를 타고 읍내로 돌아와 단골 술집으로 들어서더니 다짜고짜 큰 소리로,

"술 좀 가지고 와."

"장사 안 해요."

"왜."

"대통령이 죽었잖아요."

"그게 어쨌다고. 그게 장사하고 무슨 상관인데?"

소리를 버럭 지르자 못 이기는 척, 막걸리와 소주 1병씩을 안주와 함께 탁자에 올려놓고 돌아서며,

"아이고, 이놈의 장사를 때려치워야지."

하면서 TV 앞으로 다가간다. 노인은 말없이 막걸리와 소주를 대접에 적당히 섞더니 벌컥벌컥 들어 마신다. 술이 목을 지나 식도를 타고 거침없이 내려간다. 마음마저 후련해진다. 거듭되는 술잔에 몸이 나른해지면서 무거운 몸이 날아갈 듯 가벼워진다. 노인이 갑자기 주먹으로 탁자를 내리치자 소주병이 바닥에 굴러떨어져 깨진다.

"할아버지, 왜 그래요."

주인 여자가 심하게 짜증을 부리는데, 그 뒤에 대고 큰 소리로,

"소주 두 병 추가……."

여주인은 노인의 성격을 잘 알고 있는 터라 마지못해, 소주병을 탁자 위에 '툭' 소리가 나도록 내려놓고는 깨진 병을 서둘러 치운다. 그

리고 다시 TV 앞에 찰싹 달라붙어 10·26 사태 중계방송을 보다가 혼잣말로,

"이러다가 북한이 쳐들어오는 것 아녀."

언제 들어왔는지 여주인의 친구가,

"그러게 말이야. 연실아! 이러다가 전쟁 나면 어디로 도망가지?"

노인도 이들의 대화를 귀로 들으며 TV를 힐끗힐끗 바라본다. 기분이 더욱 꿀꿀해진다. 그러다 보니 평소보다 본인이 감당할 수 없는 주량을 넘어서고 말았다. 결국, 젓가락으로 탁자를 두들기며 노래를 부르기 시작한다.

"노세 노세 젊어서 놀아. 늙어지면 못 노나니. 화무는 십일홍이요, 달도 차면 기우나니라. 얼씨구 절씨구……."

숨이 차면 쉬고 쉬었다가 다시 부르는 노래 가사가 뒤죽박죽이다. 이를 지켜보던 여주인이 사태 파악을 못 하는 노인이 어이가 없다는 듯,

"할아버지, 정신 좀 차려요."

"저걸 보세요. 어제 대통령이 총에 맞아 죽었대요."

옆에 있는 주인 여자 친구가 한마디를 더 보탰는데,

"누가 죽어. 뭐, 내가 죽었다고? 내가 왜 죽어……."

노인이 떡이 되듯 취해 횡설수설한다. 주인 여자가 대통령의 죽음에 대하여 설명했지만, 전혀 알아듣지 못하고 오히려 갑자기 엉엉 울기 시작한다. 눈물과 콧물이 범벅되어 술잔 위에 떨어진다. 이 모습을 더는 못 보겠다는 듯 여자 친구가 거들려 하지만 여자 주인이 말린다. 왜냐하면 노인의 이런 모습을 한두 해 겪어 본 게 아니기 때문이다. 그냥 내버려 두는 게 상책이라고 했다. 역시 주인 여자의 말처

럼 노인은 울다가 아무도 시비를 걸지 않자 자리를 박차고 벌떡 일어난다. 몸이 위험하게 비틀거리자 주인이 마지못해 부축한다. 이를 강하게 뿌리치고 밖으로 걸음을 옮긴다. 밤공기가 차가웠다. 그러나 주인과 그 친구는 별로 신경 쓰지 않고, 노인이 나가자,

쾅!

문이 부서지라 닫힌다. 밖으로 나온 노인은 아무도 없는 길을 비틀비틀 걸어가며,

"화무는 십일홍이요……."

노인은 세상이 자신의 의지대로 빙빙 돌아가는 것을 느끼며 흥에 겨웠다. 마을이 떠나가도록 고래고래 노래를 부른다. 갈지자걸음으로 길을 혼자 누비며 본능적으로 집을 향해 걸어가고 있다. 그러나 얼마 가지 못하고 논고랑으로 꼬꾸라지고 만다. 온 힘을 다해 그곳을 벗어나려 하지만 취한 터라, 점점 질펵거리는 흙 속으로 빠져들어 가고 있었다. 그런데 노인은 그 느낌이 시원하고 좋았다. 두 눈이 감기면서 더 편안해지고 있는데,

"할아버지, 정신 차려요."

한 청년이 가던 길을 멈추고, 노인을 깨우는데,

"아버지, 아아 부……부지."

노인은 계속 알아듣지 못할 소리만 해댔다. 허리띠가 풀어져 바짓가랑이가 밑으로 내려오고, 끝없이 마셨던 술을 안주와 함께 질펵하게 토하고, 그 위에 얼굴을 파묻고 있었다. 가끔 허공으로 손을 저으며 누군가를 애타게 부르고 있었지만, 그 소리가 목 안에서 나오지 못하고, 몸은 점점 연탄불 위의 오징어처럼 오그라들고 있었다.

"할아버지, 집에 가셔야죠. 집이 어디세요?"

청년이 어깨를 강하게 흔들자 순간적으로 돌아눕는다. 청년이 가로등 불빛으로 얼굴을 확인하고는,

"혹시 동현 할아버지 아니세요?"

청년은 더 물을 것도 없이 익숙하게 가방을 친구에게 맡기고, 노인을 가까스로 일으켜 세운다.

"아이고, 오늘도 몽땅 드셨네. 야! 이리 와서 업혀줘 봐."

처음이 아닌 듯 망설이지 않고, 친구의 도움을 받아 노인을 힘들게 업는다. 역겨운 냄새가 진동한다. 그러나 청년은 개의치 않고 죽어가는 부상자를 구출한 것처럼, 등에 노인을 업고 인적이 끊긴 밤길을 힘겹게 걸어가고 있다.

"야, 교대할래?"

"놔둬라. 니 옷까지 버린다."

청년은 몇 번인가 자세를 고쳐가며 가다 서기를 반복해 겨우 노인의 집에 도착했다. 강아지가 먼저 나와 짖어 대기 시작한다. 방문 앞에서 헛기침하고 큰 소리로 불러도 방 안에선 아무 반응이 없다. 더는 기다릴 수 없다는 듯 방문을 열고 들어가 아이 옆에 노인을 조심스럽게 눕힌다. 그리고 겉옷만 벗기고 이불을 덮어주고 대문을 막 나오려 하는데, 기다렸다는 듯이 방 안에서 고함이 터져 나온다. 자는 줄 알았던 할머니가 심한 욕설을 퍼부어댄다. 이에 선잠을 깬 아이까지 놀란 듯 울기 시작한다.

"야, 저 집에 다른 식구는 없냐?"

"이 집이 아들네 집이여."

노인을 업고 온 청년이 바로 노인의 집에서 세 집 건너 반대편에 있는 집을 가리키며 말한다.

"야, 그런데 넌 저 할아버지를 어떻게 알아?"

"아, 그것은 몇 년 전에 아들이 옆집으로 이사하고, 내가 그 빈방에서 자취했었거든. 정말 좋으신 분이야."

다음 날 아침, 노인이 벌떡 일어나려다가 다시 이불을 머리 위까지 뒤집어쓴다. 어젯밤 일이 전혀 생각이 나지 않아서다. 시내 갔다가 다시 읍내로 돌아와 술집에 간 것까지는 기억나는데, 그 뒤 무슨 일이 있었는지 전혀 생각이 나지 않는다. 그런데 어제 대통령이 죽었다는 생각이 문득 떠오른다. 급하게 TV를 찾는다. 그러나 없다. 아들 놈이 얼마 전에 가져가 버렸다. 공교롭게도 라디오엔 건전지가 없어 먹통이다. 오늘따라 세상일이 궁금해 견딜 수가 없다. 서둘러 마누라에게 죽을 먹이고 손자가 일어나 바로 먹을 수 있도록 상을 차려놓았다. 나오면서 수돗물로 쓰린 속을 채우고 서둘러 경로당을 찾았다. 친구들과 세상 돌아가는 얘기를 하다 보니, 어젯밤 자신에게 무슨 일이 있었는지 짐작을 하게 되었다. 노인은 다시는 술을 먹지 않겠다고 친구들 앞에서 약속을 하지만 이를 믿는 친구는 없다. 그런데 생일이 하루 빠르니 형님이라 부르라며 놀리던 가장 친한 친구가 보이지 않았다. 다른 노인들은 당연히 알고 있으려니 하고 말하지 않았는데, 얘기 도중 그 친구가 어젯밤 갑자기 죽었다는 소식을 듣게 된다. 이 충격으로 경로당에 발길을 끊은 지 2개월이 지나고 있다. 그 사이에 마누라의 병세는 점점 악화되었고, 아들은 어디서 무엇을 하는지 집에 들어오지 않고 있었다. 대설이 가까워서 그런지 요즘 날씨가 고추처럼 매웠다. 노인은 밖에 나가지 않고 오후 내내 집안에만 있었다. 한기가 느껴져서다. 이런 때는 먹다 남은 감기약을 목에 털어 넣고 이불을 뒤집어쓰고 땀을 쪽 빼면 된다. 이게 노인이 가지고 있는 감기 예방법이다. 그런데 요즘 들어선 감기가 쉽게 떨어지지 않는다. 그래서 평소보다 더 많은 약을 먹고 취해 깊은 잠에 빠져들었다.

밤새 많은 눈이 내렸지만, 전혀 모르고 긴 꿈속에서 헤매느라 홰를 치며 우는 닭 울음소리를 전혀 듣지 못했다. 손자가 흔들어 깨워서야 눈을 겨우 떴다.

"할아버지, 할아버지……."

눈이 온 것을 알고 밖으로 나갔던 아이가 노인을 다급히 부른다. 대답도 하기 전, 방문을 열어젖히더니 이불 속으로 파고 들어온다.

"이놈아. 밖에 나가서 눈이나 털고 와."

대답은 하지 않고 아이가,

"눈이 엄청 많이 왔어요."

눈이 녹아 방바닥에 홍건하다. 이를 수건으로 닦고는,

"너, 아빠한테 갔다 왔지?"

손주는 마음을 들켰다는 듯 빙긋이 웃는다.

"근데요. 집에 아무도 없어요."

"문 열어봤냐?"

"아니요. 구두는 있는데요. 불러도 대답이 없어요."

노인은 또 짜증 나기 시작했다.

"알았다. 같이 가 보자."

밖에 나가기 전 습관처럼 마누라를 살핀다. 걷어찬 이불을 살포시 덮어주고, 옷을 주섬주섬 입는다. 아이를 앞세우고 나가더니, 먼저 아궁이에 장작 하나를 밀어 넣는다.

"아따, 눈이 엄청 많이 왔구나."

눈길을 가기 위해 바짓가랑이를 양말 속으로 집어넣으려 마루 끝에 걸터앉는다. 엉덩이가 얼어붙을 것처럼 차갑다. 그 느낌이 뼛속까지 전해져 와 몸이 움츠러든다. 아이에게 장갑을 끼워주고 목도리로 목을 칭칭 감아준다. 그리고 넌지시 아들이 사는 집 지붕을 바라보다가 벌떡 일어나 헛간으로 간다. 송판으로 만든 넉가래를 들고나와 아이가 남긴 발자국을 따라 눈을 밀며 간다. 아이가 그 뒤를 따라온다. 골목을 지나 아들 집 마당을 가로질러 토방 앞까지 눈을 밀고 간다. 그리고 눈에 덮여 있는 아들의 구두를 털어 반듯하게 놓으며 헛기침을 크게 한다. 인기척이 없다. 아직도 잠을 자는 것 같다. 문을 열고 호통을 치려다 문득 무슨 생각이 들었던지, 발길을 돌려 밖으로 나온다. 먼저 말을 걸기가 싫다. 아들이 먼저 잘못을 인정하고 용서를 빌어야 한다는 생각이 들어서다. 집으로 돌아와 생각하니 화가 더 났지만 기다리기로 했다. 오늘은 집에 오면 할 말이 많다. 먼저, 유치장을 왜 또 갔다 왔는지, 앞으로 어떻게 살 것인지, 그리고 손자는 어떻게 키우고, 마누라와 딸들하고는 연락하고 지내는지, 궁금한 게 한둘이 아니다. 당장 달려가 묻고 싶지만, 평상시처럼 조용히 마누라를 깨워 아침을 해서 먹여주고 기저귀를 갈아준다. 수건을 따뜻한 물에 적셔 얼굴도 닦아주고, 틀니를 뽑아 흐르는 물에 헹궈 다시 끼워준다. 오늘따라 유난히 힘이 없어 보인다. 다른 때 같으면 욕을 하거나, 큰소리로 노래를 부를 텐데 고분고분하다. 예전과 달리 숨을 몰아쉬더니 곧바로 잠이 들어 버린다. 평상시와 다르긴 해도 별일 없을 거란 생각을 하면서 아들을 기다리고 있다. 마당까지 눈을 치워 길까지 만들어 주었으니 알아서 찾아와 용서를 빌겠지 하는 마음이다. 신경을 곤두세우며 밖에서 나는 소리에 귀를 기울인다. 가끔 손자가 개와 같이 눈 위를 뛰어다니는 소리만 들릴 뿐이다. 노인은 기다리다 지친 듯 안절부절못하고, 방이 더운데도 두꺼운 이불을 꺼내 마누라에게 덮어주고 밖으로 나왔다. 아궁이에 장작 하나를 더 밀어 넣고 아이 소리가 나는 쪽으로 향한다. 어디서 나타났는지 강아지가 바짓가랑이를 물고 늘어진다. 아랫집 개도 따라와 무엇이 그렇게 좋은지 눈 위를 뒹군다. 아이는 눈사람을 만드느라 정신이 없다. 이를 지켜보던 노인의 시선이 자신도 모르게 아들 집에 멈춰 있다. 어떤 꼴을 하고 있는지 궁금하다. 답답해서 견딜 수가 없다. 당장 달려가 속 시원하게 문을 활짝 열어보고 싶다. 이를 참고 있자니 속이 터질 것만 같다.

"할아버지. 아빠 기다려요?"

노인을 올려다보는 손자의 볼이 빨갛다. 추운지 콧물을 질질 흘리고 있다. 환하게 웃고 있어 사랑스럽기만 하다. 시치미를 떼고 등 뒤에 숨기고 있는 눈 뭉치가 어깨너머로 보인다. 잠시 망설이다가 기회를 잡았다는 듯 노인에게 그 눈 뭉치를 던진다. 노인은 몸을 살짝 틀어 피한다. 실망하는 표정이 역력하다. 손자가 다시 눈을 뭉쳐 던지자, 부러 달려가 맞으며 노인은 눈 위에 쓰러지기까지 한다. 신이 난 듯 다시 눈을 뭉쳐 계속 던진다. 이렇게 한바탕 눈 장난을 하고 노인은 방으로 들어간다. 한참을 멍하니 서 있다가 무슨 생각이 들었던지 새로운 밥상을 차린다. 아들이 좋아하는 돼지고기 김치찌개를 만든다. 친구가 며칠 전 가져다준 김장김치를 꺼내 숭숭 썰어 놓고, 냉장고에서 두부를 꺼내 통째로 접시에 정성 들여 담는다. 그 사이 밥솥에서 김새는 소리가 난다. 밥이 다 된 것을 확인하고, 뚜껑을 열어 나무 주걱으로 밥이 엉기지 않도록 천천히 뒤적거려 놓는다. 아들이 오면 바로 상차림 할 수 있도록 준비를 마치고 기다려 보지만, 밖에선 아들의 발소리가 들리지 않는다. 이런 기다림이 지루한지 하품을 계속한다. 한참을 그러고 있다가 밥상을 신문지로 덮고 피곤한 듯 마누라 곁에 조용히 눕는다. 물끄러미 천정을 바라보며 긴 한숨을 내쉰다. 밖은 여전히 조용하다. 가끔 아이와 참새 소리까지 들리지 않으면 소리 없는 세상 같다. 노인은 습관처럼 돌아누우며 마누라를 바라본다. 문틈으로 새어들어 오는 햇빛을 받는 머리칼이 눈처럼 하얗다. 이마의 주름이 계곡처럼 깊게 패어 그늘을 만들고 있다. 가까이 들여다보니 움푹 들어간 눈가에 눈물이 고여 있다. 그리고 홀쭉해진 볼 위로 유난히 광대뼈가 날카롭게 솟아있다. 굳게 다문 입술이 누에 등처럼 쭈글쭈글하다. 이렇게 마누라의 얼굴을 찬찬히 뜯어보고 있던 노인이 벌떡 일어난다. 그리고 코에 귀를 가까이 대더니 어깨를 흔들어 본다. 뺨을 가볍게 때려본다. 이불을 걷어내고 온몸을 강하게 흔들어 본다. 그리고 윗몸을 감싸듯 일으켜 세운다. 팔이 축 늘어지고 고여 있던 눈물이 야윈 볼의 주름을 따라 주르르 흘러내린다. 노인은 순간 강하게 마누라를 끌어안으며,

"으으윽, 으으윽……."

발광하듯, 넋을 놓고 울어대기 시작한다. 노인의 집 앞을 지나던 사람들이 이 소리를 듣고 하나둘씩 모여든다. 이 사태를 짐작한 누군가가 이웃에 사는 아들 집으로 달려간다. 잠시 후 경찰차 사이렌 소리가 요란스럽게 울리더니, 마을 개들이 따라서 짖기 시작하고,

"뭐라고! 동현이 아빠가 목을 매 죽었다고?"

집 마당과 길가에 모여들었던 마을 사람들이 여기저기서 웅성거리기 시작한다. 노인은 이 소리를 방 안에서 듣고 자신의 가슴을 손으로 쥐어뜯으며 대성통곡을 한다.

〈대학 재학 당시 신춘문예 첫 응모작〉 1979. 12.

# 우리 엄니

"엄니~이!"

"……"

"상월떽! 뭐 하능겨?"

푸르뎅뎅한 고추가 떨어지도록 큰 소리로 불러 보지만, 노인은 고추밭 고랑에 웅크리고 앉아 잔챙이 풀을 호미로 득득 긁고 있다. 막내아들이 온 줄 알면 깜짝 놀라 반기련만, 늙어 짜부라진 몸이 고춧대 사이에 가려 잘 보이지도 않는다. 막내아들은 등 위에서 잠든 딸아이를 조심스럽게 내려 아내에게 건네주고, 넘어질 듯 쩔뚝거리며 밭길을 따라 노인에게 성큼성큼 달려간다. 불안한 걸음걸이에 걸려 때글때글한 고추들이 허벅살에 스친다. 고춧대가 부러지는 소리에 놀란 산비둘기가 소나무 숲으로 푸드덕 날아간다. 그는 가삐 숨을 몰아쉬며 살금살금 노인에게 다가간다. 그리고 잠시 호흡을 가다듬더니 노인에게 얼굴을 불쑥 들이밀며,

"상월떽!"

노인이 화들짝 놀라 뒤로 쓰러질 듯하면서도,

"어! 너 왔냐?"

하며 움켜쥐었던 풀을 휙 밭고랑 사이로 내던진다. 오른손으로 허

리를 받쳐 간신히 일어나 사방을 두리번거린다. 저만치 고샅길에 엉거주춤 서 있는 작은 며느리와 눈이 마주치자 큰소리로,

"거기 서 있지 말고 냉큼 집으로 가라."

손사래까지 쳐 보지만 알아듣지 못했는지 그녀가 밭길로 들어서려 한다. 그가 큰 소리로 먼저 가라고 소리를 질러댄다. 그제야 멈춰서는 그녀를 확인하고, 노인을 물끄러미 바라본다.

"뭘 봐. 이놈아."

말하는 노인의 얼굴에 흐뭇한 빛이 만연하다.

"아니, 이 더위에 쓰러지면 어쩌려고. 풀도 생기다 말았구먼."

"이놈아. 니가 농사에 대해 뭘 안다고 그려. 풀이란 싹부터 짯짯이 죽이지 않으면 이것들이 커서 고추 농사를 망치는겨. 지금은 순한 강아지 같지만, 조금 지나면 고춧대를 칭칭 감고 올라가 고추를 모조리 목 졸라 죽이는겨. 이것들이 얼매나 무서운 놈들인지 알기나 혀, 이놈아! 그나저나 뭐 하러 왔냐?"

"젖 먹으러 왔지."

이죽거리듯 대답한다.

"썩을 놈. 지랄하고 있네."

그가 말하는 노인을 물끄러미 바라본다. 그러자 노인이 머리에 두른 수건을 풀어 그의 땀을 닦아주려 다가선다. 그가 장난스러운 동작으로 살짝 피하며,

"엄니! 왜 그려, 징그럽게."

"뭐가 징그러워, 이놈아. 잔소리 말고 어서 땀이나 닦아."

수건을 그의 가슴팍을 향해 던진다. 그리고 안쓰러운 듯,

"여기서 뭉그적거리지 말고, 후딱 집에 가서 시원하게 등목 허고 쉬

고 있어라."

다시 풀을 뽑으려 앉으려는 노인의 치맛자락을 잡아끌며,

"나 혼자 어떻게 혀. 엄니가 해 줘야지."

"이것 놔, 이놈아. 일을 하다 말고 가는 법이 어디 있어. 어서 가서 니 여편네더러 해달라고 혀."

그는 들은 척도 하지 않고 노인의 치맛자락을 다시 잡아끌며,

"엄니! 내가 업고 갈까?"

노인은 황급히 손을 뿌리치며,

"미쳤냐. 업고 가게. 그 씨알 데기 없는 소리 말고 어서 집으로 가기나 혀."

그는 포기하지 않고 노인을 밭길로 잡아끌었다. 그러자 노인은 못 이기는 척 호미를 내려놓고, 치맛자락을 잡힌 채 아들의 뒤를 따른다.

"근디, 형수(?)는 집에서 뭐 하고 혼자 풀을 뽑고 그려?"

그가 짜증스러운 말투로 묻자,

"잔소리 말고, 느 일이나 알아서 혀 이놈아. 그나저나 깅상도(경북)는 언제 가냐?"

어기대듯,

"갈 때 되면 가겄지."

"썩을 놈. 지랄하고 있네."

그가 좀 미안했는지, 또박또박 다정다감하게,

"내가 산에 댕겨 와서 할 말이 있응게, 기다려."

노인 역시 편안한 말투로,

"이 늙은이한테 무슨 할 말이 있다고 그려. 그리고 거기서 산으로

가면 되지 여기까지 뭐하러 왔냐?"

어리광을 부리듯,

"젖 먹고 가려고 일부러 왔지."

대답과 함께 노인의 치맛자락을 살짝 당긴다. 그리고 아직도 길가 소나무 그늘 밑에 엉거주춤 서 있는 그녀를 바라보는데,

"썩을 놈! 이제 젖이 말라비틀어져서 안 나와, 이놈아!"

아들의 농담을 받아 주는 척하더니 혼잣말처럼,

"산에 무슨 보물단지라도 숨겨놓았는지, 왜 그렇게 맨날 가는지 모르겠다. 몸도 성치 않은 놈이."

그는 못 들은 척,

"엄니!"

"왜 그려, 이놈아."

잠시 멈춰 뒤를 돌아보며,

"아니, 그냥."

"이것이나 놔, 이놈아! 치마에 걸려 넘어지겄다."

치맛자락을 잡아채며 뜬금없이,

"그래, 아들 날 꿈은 꾸었냐?"

기다렸다는 듯이 바로,

"아니, 더 낳으면 벌금 물어야 혀."

가죽 거리며 큰소리로 맞장구를 치자, 역정 내듯 노인도 소리를 높이며,

"귀신 씻나락 까먹는 소리 하고 있네, 이놈아. 어떤 잡아먹을 놈들이 자식새끼 낳는 것까지 상관헌다냐. 그리고 이 썩을 놈아. 세상에 그런 법이 어디 있는겨. 니가 정말 박 씨 집안의 대를 끊으려고 작정

했냐. 그리고 이놈아. 아들이 있어야 늙어서도 서럽지 않은겨. 알아들었냐?"

그가 고시랑대듯,

"아닌 말로 지금 같은 세상에 무슨 아들이 필요혀. 나같이 딸 하나면 됐지. 못된 아들이 얼마나 많은지 알아. 즈 부모를 패대기치는 그런 자식 백 명이 있으면 뭣해."

"야, 이놈아. 어디 세상에 다 그런 자식만 있냐. 요즘 세상 살기가 힘든 게 그런겨. 아임프(IMF)가 와서 깅제(경제)가 어려웅게 그런 놈들이 생기는 거지."

"아임프가 뭔디?"

화제를 바꾸려 장난 섞인 말투로 말꼬리를 잡으려는데,

"야! 이놈아, 금 모으는 게 아임프지, 방송도 안 보냐? 어떻게 니가 선상질을 허는지 모르겄다."

어벌쩡하게,

"선생이라고 다 알간디."

"그 헛소리 고만허고 아들이나 하나 낳아 봐, 아들 하나만 쑤욱 낳으면 내가 니 각시를 업고 동네방네 춤추고 댕길 테니까."

소나무 그늘에 서 있던 작은며느리가 황급히 밭길로 들어서며,

"어머님! 안녕하셨어요?"

다소곳이 인사를 하자,

"먼저 가랑께. 더운디 여적지 서 있었냐?"

답답하다는 듯 혀를 끌끌 찬다.

"……"

그녀가 대답 대신 등에 업은 아이를 노인이 잘 볼 수 있도록 눈앞

으로 가져가자, 마지못해 바라보면서,

"많이 컸다."

"예, 어머니!"

노인은 치마를 허리춤에 휙 휘감아 밀어 넣더니, 쌩쌩 앞장서며,

"왜 이렇게 푹푹 삶아 대는지, 더워서 못 살겠다. 오라는 비는 안 오고…… 소나기나 한바탕 쏟아졌으면 좋겠다. 자, 어서 싸게싸게들 가자."

노인은 뒤도 안 돌아보고 쩔뚝거리며 서둘러 간다. 그가 아이를 받아 등에 업고 노인을 따라간다. 그녀도 양손에 큰 수박을 들고 종종 걸음으로 그 뒤를 따른다. 덥고 짜증이 나는지 나발대처럼 입을 빼고 구시렁댄다. 힘에 부친 듯 자꾸 뒤로 처지는 그녀에게 큰소리로,

"왜 꾸물거려 이 사람아. 후딱후딱 따라와."

그녀는 눈을 치켜뜨며 혼잣말로 앙알댄다.

"누가 아들을 낳기 싫어서 안 난댜. 맨날 아들, 아들, 정말 지겨워 미치겠네."

그가 걸음을 멈추고 뒤돌아 그녀를 바라보며,

"이 사람아. 엄니 듣잖아. 어서 잔소리 말고 빨리 따라오기나 혀."

그녀가 더욱 짜증이 나는 듯 혼잣말로 쫑알거린다.

"아이고, 그놈의 아들 타령. 지겨워 죽겠네."

그가 다시 그녀에게 바싹 다가가 쏘아보며 조곤조곤히,

"엄니가 듣는다고. 잔소리 말고 어서 따라오기나 혀. 수박 깨징게 조심허고. 알았어?"

"……"

바람 한 점이 없는 저녁나절 숲길에 매미 소리만 요란하다. 이글거

리던 태양도 지친 듯 침묵하고. 아이를 업은 그의 등판에 땀이 흥건하다. 거기다 어깨뼈와 기저귀 가방을 든 손목이 빠질 듯 아프다. 의족을 한 오른발까지 무거운 짐에 눌려 오금이 저린다. 이를 아는지 모르는지 노인은 앞만 보고 고샅길 모퉁이를 쩔뚝대며 돌아가고, 어느새 그녀는 그를 앞질러 좇음 걸음으로 노인의 뒤를 새끼오리처럼 바짝 따라가고 있다. 그 오른쪽으로 오래된 제실이 보인다. 돌담 안에 서 있는 은행나무 고목 밑에서, 소꿉장난하며 놀던 때가 바로 어제 일처럼 떠오른다. 그 밑을 지나는 그를 반기듯 그 나무가 내려다보고 있다. 그는 친구에게 인사하듯 한 번 올려다보고 절뚝거리며 지나간다. 막 도착한 시골집의 대나무 숲은 바람 한 점 없어 잎들이 미동도 하지 않는다. 꾸벅꾸벅 졸고 있던 강아지가 인기척에 달려 나온다. 기다렸다는 듯이 노인의 치맛자락을 물고 늘어진다. 동시에 어디서 나타났는지 큰며느리가 나오며 정색을 한다.

"도련님! 어서 오세요."

결혼한 시동생을 아직도 도련님이라 부르는 그녀는, 그가 초등학교 3학년 때 시집온 형수다. 한 지붕 밑에서 산 세월이 15년이 넘는다. 그 때문에 늦둥이인 그에겐 큰 누나와 같은 존재다. 그래서 가끔 투정을 부리기도 하고 서로 시답잖은 말투로 친밀감을 확인하기도 한다.

"벌써 저녁 준비하고 계셨어요?"

대답 대신 고개를 끄덕이곤 젖은 손을 치마에 쓱쓱 문지르더니 아이를 보듬어 가려 한다.

"괜찮아요. 자니까 제가 방에다 재울게요."

노인이 서로 실랑이하는 꼴을 못 보겠다는 듯,

"야! 애기는 놔두고, 수박이나 받아라."

그녀는 조심스럽게,

"괜찮아요. 제가 우물에 담가 놓을게요."

노인이 머퉁이를 주듯,

"얼렁 주고 쉬라니까 왜 그렇게 꾸물거리냐."

노인은 던지듯 말하면서 뒷마당으로 사라진다. 큰며느리는 아랑곳하지 않고 못 들은 척 아이를 낚듯이 데려간다. 그가 그 뒤에 대고,

"형은 어디 갔어요?"

"대아리로 물놀이 갔어요. 아마 조금 있으면 올 거요. 아이고, 이 땀 좀 봐. 우리 은별이 더워서 땀이 범벅이네. 아이고, 이 귀여운 것 좀 봐. 이제 많이 컸네."

뒷마당에서 나오는 노인이 우는 아이를 달래고 있는 큰며느리를 바라보더니 문득 무슨 생각이 났는지,

"야. 애는 즈미더러 재우라 하고 야들도 왔응게 칼국시나 혀 먹게 준비혀라."

"……."

큰며느리가 대답 대신 거적눈으로 노인을 몰래 쏘아보다 눈이 마주치자 얼른 고개를 돌린다. 노인은 못 본 척 담벼락으로 가더니 호박 넝쿨을 부지깽이로 되작거리며,

"씻어 놓은 저녁쌀은 내일 아침이나 혀 먹고, 밀가루나 좀 퍼 와라. 그리고 은별이 애민 부엌 가서 방망이 좀 찾아오고……."

노인은 숨 돌릴 틈도 없이 치맛바람을 일으키며 지휘하듯 명령조다.

"엄니, 뭐하시려고?"

"느그들 모처럼 왔응게 칼국시 해 먹이려고 그런다."

오지랖 속에서 주먹만 한 애호박을 꺼내놓으며 큰며느리를 야단

치듯,

"야, 이 쬐깨를 누구 입에 부치려고 그러냐. 후딱 가서 더 퍼 와라."

작은며느리가 노인의 눈치를 살피듯,

"어머님! 방망이 가져왔어요. 또 시키실 것 없어요?"

노인은 그녀의 말은 들은 척도 하지도 않고, 함지박에 밀가루를 쏟더니 물을 조금씩 넣고 주물럭거린다. 순간 참나무 껍질 같은 거무죽죽한 손이 하얀 가루에 묻혀 춤추듯 한다. 신바람을 타듯 노인의 어깨가 들썩거리며 한참을 주무른 밀가루 덩어리를 떡판 위에 쏟는다. 그리고 다시 요리조리 몇 번인가 도닥도닥 해 준다. 그 위에 밀가루를 분칠하듯 술술 뿌린다. 방망이로 쭉쭉 늘려 편다. 이를 다시 둘둘 말아 날렵하게 일정한 간격으로 자르며,

"니들 총기 있을 때 잘 봐 둬라. 이 밀가루란 놈은 많이 주물럭대야 쫄깃쫄깃한 맛이 더 난다. 그러니까 사정없이 두들겨 패야 감칠맛이 나니까 사정을 두면 안 된다. 알겠냐? 나 죽은 후라도 귀찮다고 라면이나 끓여 먹지 말고. 이렇게 잘 맹그러서 식구들에게 먹여라."

"무슨 말씀이셔요. 아직도 정정하신디."

말대답하는 큰며느리를 보며,

"야야. 말꼬리 잡지 말고 빠진 것 없이 각단지게 챙겨라. 작은 애미야! 물은 팔팔 끓여야 헌다. 국시는 뜨거운 물로 단번에 익혀야 쫄깃한 맛이 더 살아나는겨. 그리고 장작이 젖은 것 같은데 헛간에 갈퀴나무 좀 갖다가 밀어 넣어라."

마르지 않는 생나무가 타면서 나오는 매캐한 연기로 애를 먹고 있는 작은 며느리가 안쓰러운지 부드러운 말투다.

"예, 어머니."

멀대같이 서 있는 큰 며느리를 바라보던 노인이,

"야! 마늘 다 깠으면 확독에 박박 갈아서 오고, 호박하고 대파도 썰어오고, 감자도 서너 개 더 썰고, 그리고 간장도 한 종지 퍼 오고, 또 뭐 빠진 것 없는가 봐서 각단지게 챙겨라. 알았지?"

들마루에 칼국수에 들어가는 재료들이 훈련병이 도열하듯 한 줄로 섰다. 그 옆으로 벽돌 위에 걸쳐놓은 솥단지에서는 물이 팔팔 끓고 있다. 노인은 모든 준비를 확인하더니 며느리 둘이 지켜보는 가운데, 가늘게 썬 칼국수 가락을 한 움큼씩 덜썩 집어 팔팔 끓는 솥에 뿌리듯 넣는다. 그리고 암팡지게 국자를 잡고 솥을 휘휘 젓는다. 뿌연 수증기가 장작 타는 연기와 어우러져 집 안에 가득하다. 노인이 얼굴을 찡그리자 움푹 팬 주름살 사이에 고인 땀이 솥에 뚝뚝 떨어진다. 머릿수건까지 흘러내려 한쪽 눈을 가려 갈개치련만 아랑곳하지 않고,

"정신 나간 사람처럼 쳐다보지 말고 물이나 떠와라."

그에게 물심부름을 시키며 간장 종지를 든다. 갈라진 손마디를 감싼 반창고에 흙물이 배어 있다. 거무튀튀해진 반창고 실오라기가 풀려 간장 위에 둥둥 떠 있는데, 아랑곳하지 않고 간장을 국솥에 주욱 부으며,

"애미야. 네가 맛 좀 봐라."

숟가락으로 국물을 떠서 작은 며느리 입에 갖다 댄다.

"딱 좋은데요."

남은 국물을 홀짝 마시더니,

"음식은 좀 싱거운 것보다는 좀 간간혀야 한다."

좀 짜다고 말할 틈도 없이 다짜고짜 간장을 쭉 따라 부으며,

"상 챙겨라."

그가 헛간을 향해가며,

"엄니, 마당에 멍석 펼까요?"

"그려라. 그리고 아랫집 지암리댁더러 저녁 먹자고 혀라."

"네, 엄니."

그가 멍석을 깔고는 날쌔게 대문을 향해 나간다.

"큰 애비는 여태 안 왔냐?"

큰아들이 기다렸다는 듯 갈지자걸음으로 대문으로 들어서자 옆에 있던 부지깽이를 움켜 들더니 벼락 치듯,

"여태껏 뭐하고 댕기냐. 생강밭에 농약 주라는 말 못 들었냐?"

못 들은 척 비뚜름히 서 있던 그가 그녀를 발견하고 넘어질 듯 다가서며,

"제수씨 오셨어요? 오늘도 먼 길 걸어오시느라 고생하셨습니다. 이제 쬐깨만 기다리면 차 한 대 '쫘악' 뽑아 드릴 텅게 조금만 기다리세요."

혀 구부러진 소리로 초등학생이 국어책을 읽듯이 말하며, 그녀 앞으로 넘어질 듯 다가간다.

"안녕하셨어요? 무슨 좋은 일이라도 있으셨나 봐요?"

"그럼요. 있지요, 있고말고요."

혀가 꼬부라지다 못해 둘둘 말린 그가 가누지 못하는 몸으로 비틀거리며, 아이가 자고 있는 작은 방으로 가더니, 다짜고짜 아이의 볼에 입을 비벼댄다. 아이가 놀라 강그러지게 운다.

"요오 녀석 봐라. 큰 아부질 몰라보고 울어. 이런 괘씸한 놈이 있나."

그녀는 우는 아이를 보듬고 한달음에 대문 밖으로 나간다. 멀리에서 아이가 우는 소리를 듣던 큰며느리가 바락바락 소리를 친다.

"아이고. 정말 웬수여, 웬수! 정말 지긋지긋해. 잠자는 애를 뭐 하러 깨우고 그런댜."

"뭐, 나더러 웬수라고. 저놈의 여편네가 환장을 혔나, 야!"

화가 난 그가 눈을 치켜뜨며 옆에 있던 싸리비를 집어 들다가 노인과 눈이 마주치자 바로,

"알았어요. 엄니, 알었당게유."

몸을 억지로 가누며 멍석자리에 앉아 지푸라기를 손바닥으로 쓸어내는 시늉을 한다.

이때 지암리댁이 들어서며 뜬금없이,

"상월댁! 개똥이 새끼는 어디 갔어?"

가는귀먹은 노인은 못 들었는지 국수 푸느라 정신이 없는데, 궁뜰댁이 뒤따라 들어서며,

"야, 이 할망구야. 다 큰 어른더러 우세스럽게 개똥이가 뭐여, 개똥이가."

큰소리로 핀잔을 주지만, 노인은 듣지 못했는지, 고꾸라질 듯 불안한 걸음으로 국수 그릇을 나르겠다며 다가오는 큰아들을 향해,

"야야! 저리 가 억클면 딩게."

노인이 큰아들을 보며 땅이 꺼지라고 한숨을 내쉰다.

"죽은 지 애비 맹키로 맨날 술만 퍼마시니 폭폭 혀서 못 살겄다. 못 살아. 아이고, 이 속없는 놈아. 저리 가 앉아 있어 제발."

"엄니는 맨날 나만 가지고 그려요. 내가 그렇게 싫어요?"

따지듯 시비조로 주정하는 아들을 포기한 듯 큰 그릇에 국수를

담아 막내아들에게 직접 가져다주며,

"많이 먹어라. 모자라면 더 먹고. 큰애야! 시야자(시동생) 찬밥 좀 갖다 줘라. 국수가 싫으면 국물에 밥 말아 먹어라. 많이 먹고 살 좀 쪄라. 느 성같이 저렇게 빼짝 말라서 어디다 쓰겠냐. 남자는 배가 좀 나와야 돈이 붙고 아들도 잘 생기는 것이다. 많이 먹고 살쪄서 아들 하나 쑥 나야지, 안 그러냐?"

노인이 신세타령하듯 하는 소리를,

"상월댁! 그런 얘긴 있다 하고 국수나 먹어."

지암리댁이 대문 안으로 들어서는 작은며느리를 보고 눈치 빠르게 하는 말이다. 노인 욕심 같아서는 애를 못 낳는 큰아들을 위해서도 많이 낳았으면 좋겠는데, 결혼한 지 3년 만에 겨우 딸 하나 낳고 꿈쩍도 하지 않는 작은며느리를 보고,

"밥 먹어야지?"

작은며느리는 기어들어 가는 소리로,

"이따가 먹을게요. 은별이가 등에서 떨어지면 막 울어서요."

"그려 알았다. 그래도 퍼지면 맛 없응게 어서 재우고 후딱 와서 먹어라."

"예, 어머니!"

노인이 방으로 향하는 강파른 그녀의 조롱박 같은 엉덩이를 물끄러미 바라본다.

"상월댁! 배고파서 목구멍에서 당그래질혀. 후딱 이리 와서 같이 먹게."

"불어터지기 전에 먼저들 먹어. 정신없이 끓였는디 간이나 맞는가 모르겄네."

노인은 양푼에 국수를 담는다. 그리고 달챙이를 아무렇게나 꽂아 들고 막내아들 옆에 가 앉는다.

　"엄니! 젓가락 없어?"

　자신이 들고 있던 젓가락을 노인에게 건네더니, 쏜살같이 일어나 부엌에서 젓가락을 찾아와 노인의 곁에 다시 앉는다.

　"어서 먹고 느 각시 밥 먹어라. 온종일 오느라 배고프고 힘들었을 텐디."

　"알았어요."

　이렇게 시작된 저녁 식사는 노인이 그릇에 남아 있던 국물까지 후르르 마시면서 마무리되어 가고 있다. 며느리들이 설거지를 하고 있는 사이, 노인이 한숨을 돌리듯 허공을 바라본다. 말이 없는 그 모습은 마치 가뭄에 바싹 말라버린 풀 같아 보여 마음을 아프게 했다. 그 얼굴을 자세히 보니 검버섯이 유난하다. 허연 귀밑머리가 해거름판 햇살에 더 바래지고, 움푹 파인 목주름에 모여 있던 땀이 무게를 견디지 못하고 흘러내리고 있다. 빈 그릇을 들고 있는 손등의 시퍼런 힘줄이 도드라져 금방이라도 터질 것만 같아 콧등이 찡해지는데, 갑자기 노인이 자리에서 일어서며 그릇에 남아있던 국수를 손끝으로 잡아선,

　꿀꺽!

　하고 삼킨다.

　"야, 이놈아! 뭘 그렇게 쳐다보냐?"

　"……."

　노인이 민망해할까 봐 못 들은 척 넘겼다. 그러자 노인이 식사는 하지 않고 꾸벅꾸벅 졸고 있던 큰아들에게,

"야, 불 좀 켜라."

그러나 큰아들은 조느라 듣지 못했다. 그러자 그가 달려가 불을 켠다. 마당 한가운데를 가로지른 빨랫줄에 달아 놓은 전등에 불이 들어왔다. 하루살이가 기다렸다는 듯 모여들기 시작한다. 노인이 슬 그머니 일어나더니 쟁반에 수박을 받쳐 들고나온다. 며느리들을 시 켜도 되련만, 시키면 부엌칼을 들고 수박을 이리저리 굴려본다. 마치 똥 씻긴 갓난애 궁둥이를 톡톡 두드리듯 두어 번 치더니, 칼을 수박 정수리에 얹고는 왼손으로 칼끝을 살짝 누르자,

쩍!

하는 소리와 함께 숨어 있던 수박의 붉은 속살이 드러난다.

"세상에! 이렇게 싱싱하고 때깔 좋은 수박이 어디 있었다냐. 보기 만 해도 단물이 쪽쪽 흐르네."

노인이 그를 바라본다. 이를 옆에서 지켜보고 있던 지암리댁이 한 마디 거든다.

"그러게 말이야."

노인은 더 큰소리로,

"날씨도 더운디 이 무거운 것을 들고 오느라 고생혔다."

그를 보며 하는 짓마다 맘에 쏙 든다는 말투다.

"예, 엄니. 제가 수박 고르는 재주가 있는 것 같아요. 이리 줘 봐요. 제가 자를게."

"아서라. 느 애미 걱정 말고 어서 많이 먹기나 혀라."

귀 밝은 지암리댁이,

"엄니가 뭐꼬. 지금도 막둥이라고 몰래 집에 와서 젖 먹고 있는겨. 하긴, 네 살 먹어서까지 내 젖 먹으려 개구녕으로 왔다 갔다 한 기억

이 나는가 모르겠다."

그가 능청을 떨듯이,

"기억나지요. 그래서 제 별명이 개똥이잖아요."

화끈거리는 얼굴을 숨기려고 큰 소리로 말하자, 모두 배꼽을 잡고 웃는다.

"하하하……."

"어머니! 정말 그랬어요?"

작게 해도 될 얘기를 가는귀먹은 시어머니를 놀리듯, 큰소리로 물었으나, 작은며느리 소리를 못 들었는지 연신 웃으며 딴전을 부리듯 하더니,

"그려, 내 젖은 바싹 말라붙어 없응게. 노상 개하고 같이 개구녕을 왔다 갔다 하면서, 저, 지암리댁 젖을 많이 얻어먹었다."

"……."

덥고 습해 꿉꿉한 시골의 여름밤이 이렇게 깊어 갔다. 마치 잔칫상을 물린 끝처럼 마당이 텅 비었다. 다 돌아가고 노인과 그만 들마루에 앉아 있다. 새도 피곤한지 빨랫줄을 바치고 있는 간짓대 끝에서 졸고 있다. 모깃불도 점점 사위어 가고, 둥근 달이 막 구름 사이를 빠져나와 툭 불거진 노인의 광대뼈 위를 서럽게 비추고 있다. 가끔 모기가 노인의 부채를 비웃기라도 하듯 계속 달려들지 않으면 조용한 시골의 밤이다. 그가 문득 들마루 송판 옹이 사이에 껴있는 멸치 대가리를 개에게 던지며,

"엄니! 졸리면 들어가 자?"

"내 걱정은 말고 너 먼저 들어가 자라. 덥다고 여기서 자면 밤이슬에 입 삐뚤어징게."

"삐뚤어지면 어뗘. 장가가서 딸까지 있는디."

"저런 육시랄 놈 봐."

말과 동시에 부채로 등을 내리친다.

"엄니, 그게 무슨 욕인지나 알아?"

"그래, 이놈아. 난 무식쟁이라 모른다."

"하여튼 엄니는 말꼬리마다 욕을 달고 살아요, 살아."

"긍게, 이놈아. 니 맹키로 배운 게 없어서 박 씨 집안에 시집와 이날 이때까지 갖은 고생하며 살고 있잖여. 그리고 이 썩을 놈아, 니가 내 맘을 알기나 혀."

"그럼, 다 알지. 지금이라도 시집가면 될 거 아녀."

"인제 와서 어디를 가, 이놈아."

다시 그의 등을 향하여 부채를 들어 올리자, 장난치듯 피하며 노인의 귀에 대고,

"지금도 안 늦었응게."

노인이 갑자기 일어설듯하더니 부채로 그의 등짝을 또 한 번 내리친다.

"야, 이놈아! 그 씨알 데기 없는 소리 허덜 말어."

피할 사이 없이 당한 그가 노인에게 등을 맡기자, 떠밀듯 밀치더니 못 이기는 척 아이를 재우듯 도닥거린다.

"엄니! 쎄게 한 번 더 때려 봐."

노인은 대답 대신 발끝에서 고개 방아를 찧으며 졸던 개를 발로 살짝 걷어찬다. 놀란 개가 깽깽거리며 정신없이 도망간다. 노인은 미안한 듯 달을 올려다보며,

"느 애비는 참 소탈했다. 키도 훤칠했고, 얼굴도 형제 중에 제일 반

반혔지. 그런디 그 썩을 놈의 인공 때 느 형 셋이 폭탄 맞아 죽어버리자, 평생 술독에 빠져 결국 병이 들었는데, 돈이 없어 동네 돌팔이 의원 말만 듣고 초이(초오두)를 잘못 먹어 입이 삐뚤어지고 혀가 꼬부라져 말 한마디 못하고 뒈져버렸다. 그래서 니가 유복자가 된겨……."

노인은 다 알고 있는 지나간 얘기를 또 시작한다.

"느 형마저 싸움판에서 골병들어 자식도 못 가지는 고자가 되어 저렇게 노상 술로 세상을 살고 있으니, 내가 전생에 무슨 죄가 큰지, 느 형만 저렇게 되지 않았어도 널 업고 다니며 생강 장사까지는 안 했을 것인디……. 먹고 살려고 세 살 먹은 널 업고 장사를 하다가 널 병신으로 만들어서 내가 너에게 죄인이다. 그놈의 돈이 뭐라고, 몇 푼을 아끼려고 광주 가는 도라꾸(트럭)에 생강 보따리와 같이 탔다가 널 이 꼴로 만들어 버렸어……. 어린 네가 춥다고 울 때라도, 그냥 그 차에서 내렸으면 좋았을 것인디……. 차가 깔끄막 길을 오르다가 그만 뒤로 굴러버려 널 이 지경으로 만들어 버렸다. 나는 부러진 다리라도 붙어 있지만, 넌 보따리에 눌려 평생 나무다리를 해야 하는 신세가 되어 미안하고 또 미안타……. 인제 와서 누굴 원망해 본들 무슨 소용이 있겠냐."

노인은 눈물을 감추려고 동여맨 수건으로 땀 닦는 시늉을 한다.

"……."

"왜 이렇게 목숨이 질긴지 모르겠다. 어서 너 아들 낳는 것을 보고 죽어야 할 텐데."

"그까짓 것, 낳으면 되잖아."

"야! 이놈아. 장난이 아녀."

부채로 등을 또 내리친다. 다시 한번 치려는 노인의 손을 두 손으로 살며시 감싼다. 마른 가랑잎 같아 바싹 부서질 것처럼 가냘프다.

"야! 이놈아. 뭣 허는겨, 남사스럽게."

수줍은 새댁처럼 슬그머니 손을 비틀어 뺀다.

"야, 저 헛간에 가서 재떨이하고 댐배나 가꼬라."

그가 절뚝거리며 찌그러진 냄비에 담긴 검은 비닐봉지를 가져오는데,

"야 이 멍청한 놈아. 승냥(성냥)도 가꼬 와야지. 거기 호맹이 걸어놓은 기둥 밑에 있잖여."

그가 신이 나듯 의족을 벗어 던지고 깨금발로 껑충껑충 뛰어간다.

"어디 있다는겨. 다 뒤져봐도 없구먼."

"눈깔이 멀었냐. 그 호맹이 걸어 놓은 기둥 밑을 보란 말여."

노인이 답답한 듯 발로 땅을 걷어차는 시늉을 하다가, 맨발로 기우뚱기우뚱 가더니 이곳저곳 찾아보다가,

"나도 이제 죽을 때가 됐는지 정신이 오락가락헌다. 아까 고추밭에서 니가 서두는 바람에 놓고 왔는가 보다."

한숨을 내쉬며 잘 걸려 있는 호미만 내렸다 다시 건다.

"다 그렁 거지 뭐."

"뭐가 그렁겨 이놈아. 이제 정말 죽을 때가 된겨. 어서 잡아갔으면 좋겠다. 살 만큼 살았응게, 지금 당장에라도."

"그냥 가면 될 꺼 아녀."

"야 이놈아. 죽고 사는 것을 내 맘대로 허냐. 그것은 하나님이 하는 거지. 우리 주님이 오라 하면 가야 되는겨. 잔소리 말고 어서 불이나 찾아와."

"우리 엄니 장로 되더니 믿음이 꽉 차버렸네."

"난 집사여 이놈아. 그리고 이 무식쟁이 농투성이가 예배당에 다닌들 뭘 알겄냐. 천당이고 뭐고 간에 우리 막둥이 아들 많이 점지해달라고 삼시랑 할매더러 싹싹 빌로 댕기는겨, 이놈아. 알았냐……."

노인은 얘길 하다 말고 담배를 입에 문다. 그가 사위어 가는 모깃불 속에서 불씨를 찾아 담배에 댕기어주자 길게 빤다.

"저기 말여. 궁금한 게 있는디 물어도 돼?"

노인에게 바싹 다가간다.

"뭔디 징그럽게 호들갑이냐."

"다른 게 아니고, 아들 안 낳으면 안 돼?"

순간 물고 있던 담배를 땅바닥에 내팽개치며 용수철처럼 벌떡 일어선다.

"야, 그게 무슨 소리여."

대답할 틈도 없이,

"니도 늙어봐라. 이 애미 맘을 그렇게도 모르겄냐? 지금 내가 무슨 낙으로 살겄냐. 바로 너 땜에 사는겨. 니가 없어봐라. 내가 무슨 재미가 있겄냐. 그 헛소리 말고 빨리 터 팔아서 떡두꺼비 같은 아들만 쑥 낳아가지고 와, 이놈아."

"엄닌 꺼뜩하면 아들 낳으라고 하지만, 누군 아들 낳기 싫어서 안 낳는댜. 뜻대로 안 되는 걸 어쩌라고. 그리고, 은별이 애미가 무슨 죄가 있다고 구박만 하능겨."

"이놈아. 누가 느 각시더러 뭐라고 했냐."

"지금도 그러잖여."

말문이 막히는지 노인은 구름 속으로 들어가는 달을 바라본다. 침묵의 시간이 길어지자 그가 슬그머니 노인의 손을 잡는다. 그리고 조

용하고 또렷하게,

"엄니! 사실은, 사실은 은별이가 터를 팔았어."

귀가 어두운 노인은 속삭이듯 말하는 그의 말을 알아듣지 못했다.

노인은 편안한 미소를 지으며,

"썩을 놈. 즈 여편네만 끔찍이 알아가지고. 잘헌다."

그는 친구에게 얘기하듯 웃으며 혼잣말처럼,

"그게 아니고, 말이 그렇다는 거지."

그는 다시 그녀가 임신했다는 얘길 하려다 말을 거둔다. 아들을 낳을 수 있다는 자신감이 없어서다. 노인은 이런 그를 한참을 바라보다 피곤한 듯 일어서면서 오목 가슴을 쓸어내리며,

"느 형은 왜, 노상 술만 퍼먹고 댕기는지 모르겄다. 내가 죽기 전까지는 정신을 차려야 할 텐디……."

안방으로 향하는 노인을 바라보며,

"댕겨와서 진짜 엄니가 기뻐할 얘기해줄텡게 꼭 기다려, 알았지?"

"그 헛소리 말고 잘 댕겨오기나 혀 이놈아! 그리고 절대 산을 시피보지 말고 조심혀야 한다. 넌 몸도 성치 않으니 조심하고 또 조심하고. 알겠냐?"

"네, 엄니. 알았응게, 꼭 기다리고 있어야 혀. 알았지?"

"……."

다 타버린 모깃불 속에서 다시 불길이 솟다가 주저앉기를 반복하고 있다. 대문은 활짝 열려 있고, 토방에 나뒹구는 신발들 사이에서 쥐 한 마리가 수박 껍질을 갉아 먹고 있다. 노인이 들어간 방에 불이 꺼지는 것을 확인하고, 그도 딸과 그녀가 잠든 뒷방에 들어가 큰 대자로 눕는다. 피곤함에 바로 곯아떨어지면서 심하게 코를 곤다.

"드르릉, 드르릉……"

피곤했는지 깊이 잠들더니 해가 중천에 떠오른 것도 모르고, 산에 가기로 한 것도 잊어버리고, 누가 업어 가도 모를 정도로 잠에 빠져 버렸다.

따릉, 따릉, 따릉……

전화벨이 계속 울린다. 그는 잠결에 그 소리를 듣고도 잠이 달아날까 봐 못 들은 척 자고 있다. 그녀도 전화벨 소리를 들었지만, 그가 알아서 하겠지 하는 생각으로 눈을 감고 있다. 다 알고 있으니 빨리 받으라는 듯 다급하게 계속 전화벨이 울린다. 그러다 지쳐 포기했는지 조용해졌다 싶었는데 누군가 방문을 사정없이 두드리다 다급하게 문을 활짝 열어재끼며, 숨넘어가는 소리로,

"이 집에 누구 없어! 이 집 식구들은 다 어디 갔능겨. 아무도 없어?"

이 소란에 놀란 은별이가 자지러지게 울기 시작한다. 그도 불길한 생각에 벌떡 일어나, 흘러내리는 바짓가랑이를 추켜올릴 겨를도 없이, 입은 대로 앞마당으로 달려 나간다. 그를 보자 동네 이장이 눈을 크게 뜨고 숨이 넘어가는 소리로,

"저어, 큰일 났구먼. 자네 어머니가, 아니, 상월댁 아주머니가, 차에 치, 치, 치어서 병원으로 실려 갔대. 빠, 빠, 빨리 가봐, 이 사람아. 어서 후딱 빨리…… 왜 이렇게 전화를 안 받고 그려. 형님 식구는 다 어디 갔는가?"

"뭐라고요, 뭐가 어떻게 되었다고요. 우리 엄니가! 정말요? 진짜요?"

이게 무슨 날벼락인가. 엄니가 술 처먹고 운전하는 젊은 놈의 차에 치였다니, 갑자기 하늘이 무너지며 심장을 짓누른다. 세상이 빙빙 돌

아 어지러워 넘어질 것 같다. 그는 신발도 신지 않은 채, 자신의 발이 의족인 것도 잊은 채, 길도 아닌, 고랑창으로, 논으로, 밭으로, 푹푹 빠지며, 돌부리에 넘어져 피가 나는 줄도 모르고, 앞만 보며 달려가지만, 마음은 제자리다. 넋이 나가 버려 앞이 깜깜하다. 얼마를 달렸을까. 그가 눈앞에 보이는 광경을 보고 길바닥에 철푸덕 주저앉는다. 그러더니 가슴을 움켜잡고 때굴때굴 뒹군다. 땅을 치며 통곡한다. 한참 후에 정신을 차렸을 때는 그녀와 딸이 곁에서 함께 울고 있었다. 이를 달래며 두리번거린다. 아스팔트엔 찢기듯 할퀸 자국이 길게 선명하고, 산산이 바스러진 유리 파편이 길 위에 흩뿌려져 있었다. 아직 식지 않은 검붉은 액체가 길 위에 낭자했다. 주인을 잃은 바구니가 찌그러져 나뒹굴고, 차 바퀴에 성냥갑과 담배가 짓이겨진 채 어지럽게 너부러져 있었다. 논고랑에 처박혀 있는 가해자 차의 꽁무니를 바라보더니 더 큰 소리로 땅을 치며 통곡한다.

"엄니! 어머니, 엄니……"

그는 그 자리를 떠나지 못하고 계속 울었다……

그리고 그로부터 3년이 지나도록 고향 집에 오지 않았다. 노인의 흔적을 보기만 해도 눈물이 나서다. 많은 시간이 지났음에도 어머니의 '어' 자만 보고 들어도 그는 울었다. 맛있는 음식을 앞에 놓고도, 날씨가 좋아도, 비가 와도, 지나가는 노인을 보아도 말이다. 그러다 오늘 어쩔 수 없는 일로 처가를 왔다 가고 있다. 그녀 아버지가 경운기를 몰고 가다 사고를 당했다는 급한 연락을 받고 왔지만, 다행히 큰 부상은 없었다. 그래도 예전 같으면 며칠 머물다 가련만, 당일치기로 왔다가 정류장으로 걸어가고 있다. 사실 여름 방학이라 옆 마을 큰집까지 들러 며칠 지내다 갈 수도 있는데, 조용히 친정집만 들렀다 도망치듯 가고 있다. 혹 아는 사람을 만날까 봐 걸음 속도를 조정하며, 금방이라도 쏟아질 것 같은 소나기를 걱정하며 서둘러 가다 보니 마을 갈림길에 도착했다. 직진하면 정류장이 나온다. 왼쪽 길로 들어서면 바로 노인이 살았던 큰집이다. 그러나 그녀는 주저 없이 정류장 쪽으로 서둘러 가고 있다.

우르르 꽝! 우르르 꽝!

왜 그냥 가냐며 나무라듯 갑자기 번개가 일더니 곧바로 천둥소리가 지축을 뒤흔들었다. 거리를 두고 앞서가던 그녀가 깜짝 놀라 뒤를 돌아본다. 그가 보이지 않았다. 생각할 필요도 없이 뒤돌아 큰집으로 향한다. 다행히 집에는 아무도 없었다. 그가 혼자서 허청 기둥 앞에 우두커니 서서 호미를 물끄러미 바라보고 있었다.

"아이고, 내가 이럴 줄 알았어. 거기서 뭐 해?"

못 들은 척 꼼짝하지 않는 그를 보고 있자니 속이 터질 것 같다. 그러나 꾹 참고 부드럽게,

"은별이 아빠! 막차 타려면 지금 후딱 가야 혀, 알았지?"

"……"

그녀가 시계를 보며 계속 마른기침으로 빨리 가자고 신호를 보낸다. 예전 같으면 바로 짜증이라도 내겠지만, 그의 마음을 잘 알고 있기 때문에……. 그는 노인이 세상을 떠나고 극도로 민감해졌다. 그녀가 하도 답답해하자, 어느 날 자신의 심정을 얘기하며 조금만 참아달라고 사정하듯 속내를 말해 주었다. 늦둥이로 태어났고, 아버지는 사진 한 장 남기지 않고 바로 돌아가셨다는 것이다. 그 때문에 아버지에 대한 기억은 전혀 없고, 자신의 인생엔 어머니가 전부였는데, 그 어머니가 아무 말도 남기지 않고 갑자기 이 땅에서……. 이 말을

듣고부터 그가 뼈에 사무치도록 어머니를 그리워하는 심정을 이해하게 되었지만, 초조하게 시계를 다시 들여다보더니, 그의 등에 업은 애가 깨지 않도록 조용히 다가가 소곤대듯이,

"집에 안 갈겨. 저기 하늘 좀 봐, 시커먼 구름이 밀려오고 있잖여. 은별이 아빠! 막차 놓치면 우리들 집에 못 가……."

"……."

아무런 대꾸 없이 고집부리는 어린애처럼 서 있는 그를 보고 있으려니, 문득 그가 전생에 자신의 아들이었을지도 모른다는 생각이 들자 조용히 다가가 잘못을 타이르듯,

"지금 빨리 가야 막차를 탈 수 있단 말이야. 늦으면 오늘 못가, 은별이 아빠! 어서 가자고…… 아이고 답답혀, 그 썩을 놈의 호맹이가 뭐라고 바보같이 울고 그런댜. 답답해 미치겠네."

"……."

그는 미동도 없이 호미만 바라보고 있다.

우르르 꽝! 우르르 꽝!

그에게 정신 차리라는 듯, 하늘을 가르는 섬광과 거의 동시에 더 큰 천둥소리가 연거푸 들린다. 은별이가 놀랄까 봐 귀를 막아주던 그녀가 천둥소리 끝에 바로 이어서,

"나 먼저 갈 텡게 종국이 잘 업고 따라와, 알았지?"

큰 소리로 말하곤 대문 밖으로 사라진다. 놀라서 우는 은별이 소리가 멀어지자, 그가 등에서 우는 아이를 어르는가 싶더니, 녹슨 호미를 기저귀 가방 안에 훔치듯 집어넣는다. 그리고 포대기를 질끈 당겨 동여매고 시계를 보더니 정신없이 그녀 뒤를 따라간다. 그의 숨이 목까지 차오른다. 땀이 비 오듯 등줄기를 타고 흘러내린다. 동쪽 산

등성이를 넘어 시커먼 소나기구름이 밀려온다. 다행히 그녀가 서둔 탓에 비를 피할 수 있는 정류장이 코앞이었다.

그런데 그가 마지막 힘을 다해 달려가다가 갑자기 걸음을 멈춘다. 놀라며 주변을 두리번거린다. 비가 몰려오는 어둠 속에서 노인(어머니)이 나타났다. 그의 등에 업혀 있는 아이와 그를 번갈아 보며 웃고 있다. 그리고 그가 정신을 차리고 "엄니!" 하고 불러 볼 틈도 주지 않고, 바람에 날리는 치마폭을 움켜잡곤 검게 밀려오는 빗속으로 사라져 버렸다. 이때 그를 기다리며 지켜보고 있던 그녀가, 걸음을 멈추고 둘레둘레 하는 그를 더는 못 보겠다는 듯 큰 소리로,

"종국이 아빠! 뭐 해. 저기 비가 처들어오잖어. 빨리 이 안으로 들어와……"

그녀의 다급한 소리와 손짓에 정신을 차린 듯 정류장 안으로 급하게 들어서는 그의 어깨가 심하게 들썩인다. 그녀의 시선을 피해 벽을 바라보더니 소리 내 울기 시작한다. 그의 등에 업혀 있는 아들 종국이도 덩달아 더 큰 소리로 운다. 이를 지켜보던 그녀도 울음을 참으려고 아랫입술을 깨물다가 더 참지 못하고 울음보를 터트린다. 이를 지켜보던 딸 은별이도 덩달아 함께 울기 시작한다. 이때, 기다렸다는 듯이 소나기가 퍼부어대기 시작한다. 정류장 함석지붕에 떨어지는 요란한 빗소리에 울음소리가 점점 커진다. 그러나 더 굵어지는 빗소리에 울음소리가 묻혀버린다. 이에 은별이가 울다가 커다란 눈으로 멀뚱멀뚱 그녀와 그를 번갈아 바라본다. 그녀가 멋쩍은 듯 피식 웃어 버린다. 그러자 그도 따라서 함께 웃고 만다.

〈신춘문예 단편 소설 당선 후보작〉 2009. 01.

단편 소설

2011년 10월 19일. 부여 낙화암으로 가는 솔밭길…

1968년 중학교 2학년 여름방학이 시작되기 며칠 전, 짝꿍 집에 놀러 갔다. 시골의 흔한 집들과 달리 정원과 서재가 있는 멋있는 집이었다. 2층에 올라가니 벽에 빈틈없이 책이 꽂혀있었다. 찬찬히 훑어보니 보고 싶은 책이 너무 많았다. 그러나 빌려온 책은 딱 한 권, 이광수 씨의 『사랑』이라는 책이었다. 이는 당시 민중서관에서 발행한 것으로 한국문학 전집 36권 중 제1권이었다. 황금색 하드커버로 제목이 금박으로 인쇄되어 있었고, 내용은 깨알 같은 글씨로 세로줄로 인쇄되어 보기 힘들었지만, 책장을 넘길 때마다 풍기던 잉크 냄새가 참 좋았다. 또한, 책 속에서 만난 주인공과 같이 울고 웃었던 일들이 내 마음을 즐겁게 했다. 하지만 학생이 하라는 공부는 하지 않고 소설책만 읽는다고 핀잔을 많이 받았다. 이를 피하고자 골방에 숨어서 소설책을 읽어야 했다. 물론 공부한다는 핑계를 대면서 말이다. 밤을 새우고 아침에 일어나 세수하며 코를 풀면 콧물이 새까맣게 나왔다. 어두운 등잔불을 더 밝게 하려 심지를 무리하게 올려 그을음이 발생했기 때문이었다. 그래도 좋았다. 책 속엔 시골 아이가 경험할 수 없었던 일들이 항상 벌어지고 있었다. 그곳엔 성격과 직업, 성별, 나이, 환경이 다른 다양한 주인공들이 늘 놀고 있었다. 그들을 따라

다니면서 얘기하고 새로운 경험을 할 수 있다는 사실이 날 흥분시켰다. 문제는 내가 직접 찾아 나서지 않으면 만날 수 없다는 것이다. 그래서 난 그들을 만나기 위해 틈나는 대로 책 속으로 들어갔는데, 그 수고는 무엇과도 바꿀 수 없는 큰 기쁨이었다. 아마 요즈음으로 말하자면 게임 중독에 빠진 학생쯤으로 보는 게 맞을 것이다. 이런 상황에서 우연히 친구 집을 방문하게 되었고, 그곳에서 엄청나게 많은 책을 보는 순간 친구가 그렇게 부러울 수가 없었다. 그런데 그 친구는 책을 좋아하지 않았다. 그래서인지 아빠 몰래 빌려주었으니 빨리 읽고 갖다 놓아야 한다는 말에, 밤새워 빌려온 책을 읽었던 기억이 난다. 이 일이 있고 난 뒤 난 더 이상 책을 빌려 달라는 소리를 하지 못했다.

2학기가 시작되고 처음 맞는 토요일 오후, 하숙집을 나와 시골(봉동) 집에 가려고 시내버스를 기다리고 있었다. 버스는 계속 연착되어 오지 않았다. 이는 버스가 손님을 몰아 태우기 위해 시간을 빼먹는 거였다. 그땐 흔히 있었던 일이었다. 나는 기다리다 지쳐 전주서중 (현 전주 한국은행) 앞 로터리에서 남부 배차장(당시엔 터미널을 그렇게 불렀으며, 현재 전주 풍남문 근처였다) 쪽으로 걸어갔다. 진득하게 기다리지 않았던 이유는, 만차가 되어 못 타는 경우가 생길 수도 있었기 때문이었다. 버스가 출발하는 터미널 쪽으로 가까이 걸어가야 그나마 차를 탈 수 있다는 계산이었다. 그런데 역전 오거리까지 걸어갔으나 버스는 오지 않았다. 그래서 계속 멈추지 않고 걷다가 생각지도 않은 요즘 아파트 7~8층 높이의 미원탑을 만났다. 언젠가 한 번 와 보겠다는 생각을 하면서도 하숙집과 시골집만 왔다 갔다 하느라 오지 못한 곳이었다. 이 미원탑은 당시 전주시의 명물로 유명한 광고탑이었다. 요즈음으로 치면 서울 63빌딩쯤으로 그 규모가 상당히 커(당시 기준) 전북 사람이라면 누구나 한 번쯤 가보고 싶어 하던 만남의 장소로 전주시의 랜드 마크였다. 이 탑은 전주시를 관통하는 팔달로 큰 사거리를 품고 있는 아치형 네온사인 광고탑으로, 사람들은 이곳을 미원탑 사거리라 불렀다. 바로 옆에 전주시청이 있었고, 이곳을 중심으로 우체국, 오스카 극장, 풍남 백화점, 그리고 좌측으로 조금만 꺾어져 걸으면 바로 현 홍지서림이 있었다. 대낮이라 번쩍거리는 불빛은 없었지만, 미원탑은 중학생인 날 압도할 정도의 엄청난 크기로 다가왔다. 나는 집에 가는 것을 미룬 채 탑 주변 거리를 몇 번이고 돌고 돌았다. 그곳엔 서울 명동처럼 사람과 신기한 것들이 많았다. 내킨 김에 구경하고 간다고 했듯, 밤에 네온사인 불빛을 보겠다는 생각에 근처 골목길을 샅샅이 뒤지고 다녔다. 자연히 그곳에만 있는 많은 중고 책방을 구경할 수 있었다. 그런데 그중에 '이 서점'이라는 책방에 들어서자 주인은 내 이름표를 보더니 어디 이(李) 씨냐고 꼬치꼬치 캐물었다. 당시 학생이라면 반드시 명찰을 달고 다녔던 때라 명찰과 교복만 보고 어느 학교 몇 학년 누구인가를 바로 알 수 있었다. 이런 인연으로 난 이 책방의 단골이 되었고, 이곳에 내 이름으로 된 외상 장부까지 있었다. 돈이 모자라거나 마음에 드는 책을 더 빌리게 되면 기록해 두는 곳이었다. 이후 이 책방을 들락거리며 그곳에 있는 문학 전집은 거의 다 읽었다. 당시 내성적이었던 난 친구를 사귀는 것보다 책 속의 주인공들을 만나는 게 더 좋았던 것 같다. 그래서 책은 나의 벗이 되었다. 원하면 언제든 만날 수 있는 준비된 애인이었다. 서로 같은 처지에서 울고 웃는 주인공에게서 동병상련을 느끼며, 위로받고 힘을 얻을 수 있는 유일한 친구였다. 이렇게 난 마음에 드는 책 속의 주인공을 만나 세상을 비판하고, 꿈을 꾸며 중학생 시절을 보냈다.

좀 더 성숙한 고등학생이 되어선 문예부에 들어가 교지(校誌)를 편집하게 되었다. 열정적으로 원고를 모았고, 밤을 새워 수정하고 삽화를 그려 넣었다. 원고가 모자라면 직접 글을 써서 다른 친구 이름으로 싣고, 출판사를 들락거리며 교정을 보던 일이 생생하다. 당시 교지에 뚜렷한 틀은 없었지만 적어도 마지막 부분에 단편 소설 하나쯤은 들어가 있었다. 그런데 3학년 때 만든 교지에 단편 소설 원고는 있었지만, 너무 짧아 계획했던 페이지를 채우지 못했다. 이에 벼락치기로 밤을 새워 써서 올린 단편 소설이 바로 「인생을 말하는 이(人)」다. 그러니까 내가 쓴 최초의 단편 소설인 셈이다. 벌써 45년 전의 일이다. 지금 다시 읽어 보니 너무도 부끄럽다. 허점투성이다. 그래도 읽어 보니 당시의 내가 어떤 생각을 하고 살았는지 떠올랐다. 글에 나타난 것처럼 얼마나 어른스러웠는지, 학생이 세상을 알면 얼마나 안다고, 그것도 어린 나이에 세상의 모든 근심과 걱정을 머리에 담고 살았던 날 상상하니 마음이 저려온다. 유복자로 태어나 눈치를 보며 살았던 때라 나이에 비해 너무 빨리 성숙했던 것 같다. 지금도 그때를 생각하면 그 아픔이 아련하게 밀려와 눈물이 나려 한다. 아마 아버지가 살아계셨고 넉넉한 살림이었다면, 책 속에서 쓰지구치 나쓰에, 석순옥과 안빈, 네흘류도프, 잔느, 데미안, 왕룽과 아란 등 그 많은 주인공을 만나지 못했다면, 나는 지금과 전혀 다른 삶을 살고 있을지도 모른다. 따지고 보면 책은 내 꿈을 크게 배양하는 데 중요한 역할을 했다. 그리고 메마르고 피폐한 내 영혼의 땅을 촉촉이 적셔 주었다. 외로움을 심하게 타던 나에게 활력을 북돋아

주었다. 이 힘으로 난 군대를 전역하고 스스로 대학을 진학하게 되었다. 그곳에서 다시 또 학보를 편집하고 삽화와 글을 실었다. 이때 쓴 글이 「가면서 울 그녀」라는 단편 소설이다. 이는 당시 이루지 못한 짝사랑에 대한 아쉬움을 상상하며 쓴 글이다. 이 역시 40여 년 전의 얘기지만 이 글을 다시 보니 생각나는 게 많다. 또한, 「통곡하는 노인」은 대학교 2학년 때 처음으로 신춘문예(중앙일보)에 응모한 작품이다. 이를 국어 교수님에게 가져갔더니 거들떠보지도 않았다. 지금 생각해보면 비전공자가 쓴 글이라 시답지 않게 여겼던 것 같다. 지금 읽어보니 내가 봐도 허접하기만 하다. 그래도 습작은 계속되었고, 결혼 후 직장생활을 하며 쓴 「우리 엄니」라는 단편 소설은, 많은 신춘문예 응모작 중에 유일하게 당선 후보작으로 올랐던 글이다. 내용은 교통사고로 돌아가신 어머니를 생각하며 쓴 글로, 이 글을 쓰며 많이 울었던 작품이다. 지금도 그 당시의 어머니를 생각하면 눈물이 앞을 가린다. 마지막으로 이 책 속에 담긴 수필도 대부분 신춘문예에 응모했던 작품들로, 이 중에는 당선 후보작으로 올라간 것도 있다.

　결국 『멍텅구리의 생각』이라는 책은 한마디로 퓨전이다. 이질적인 것들이 뒤섞여 조화를 이뤄내길 기대하며 조심스럽게 세상으로 나가는 책이다. 그런데 약속한 출판일이 다가오면서 점점 두려움이 앞선다. 아무려면 했는데 막상 코앞으로 닥치고 보니 왠지 불안하고 부끄러워진다. 나 역시 칼럼, 수필, 단편 소설을 한 그릇에 담는 것은 어울리지 않는 조합이라고 보기 때문이다. 출판사에서조차 이 책에서는 단편 소설을 빼는 게 낫다고 조언을 해 주었다. 전문가의 의견을 무시할 수 없었지만, 억지를 부려 겨우 '부록'으로 살려놓았다. 잘했는지의 여부는 독자가 평가할 일이다.

난 이제 변하려 한다. 고정관념에 사로잡혀 그러려니 하고 살고 싶지 않다. 낚시에 걸렸으면서도 전혀 버둥대지 못하는 그런 멍텅구리가 아니라, 마음속에나 존재하는 미늘을 의식하지 않으려 한다. 설령 날카로운 미늘이 존재하는 낚시라 하더라도 힘이 다할 때까지 퍼덕거리는 놈, 즉 '생각하는 멍텅구리'가 되려 한다. 그동안 생각해야 요령이 생기고, 미래가 보인다는 것을 알면서도 자제하고 산 시간이 너무 아깝다. 이제부터는 솔직하게 감정을 바로 표현하는 멍텅구리가 되려 한다. 그리고 구체적으로 미래에 대한 계획을 세우고, 죽기 전에 이루고 싶은 버킷리스트(bucket list)를 만들려 한다. 먼저 트레킹(trekking)이다. 가보고 싶은 코스(course)의 리스트는 이미 준비되어 있다. 그다음으로 신춘문예에 당선될 때까지 계속 도전해 보는 거다. 이는 낙타가 바늘구멍에 들어가듯 어려운 일이겠지만, 하다 보면 언젠가 능력이 향상되어 신춘문예에 '당선'이 될 수도 있지 않을까? 하는 희망을 가지면서 말이다. 이미 수필로 등단했으면 되었지 무슨 신춘문예가 그렇게 중요하냐고 물을 수도 있을 것이다. 그러나 난 이미 신춘문예 단편 소설 응모가 습관이 되었고, 죽기 전에 이루고 싶은 꿈이 되어 버렸다. 그때가 언제가 될지는 모르지만, 나에게도 그 좁은 문이 열릴 거라고 믿는다. 또 한 가지 버킷리스트에 포함하려는 것은, 죽기 전까지 10권 이상의 책을 쓰는 일이다. 어렵겠지만 이 역시 부딪쳐 보려고 한다. 사람이 아무것도 하지 않으면 죽은 것과 같다. 돌도 그대로 두면 절대로 보석이 될 수 없다는 말이 있다. 스스로 머리를 부딪쳐서라도 게으르고 나태한 늪에서 벗어나려 한다. 이것은 객기가 아니라 극히 정상적인 생각이라고 본다. 이제 나에게는 시간이 많이 남지 않았다. 나이가 60이 넘었으니 머지않아 얼굴에는 주름이 더욱 자글자글, 머리가 빠진 것도 모자라 온통 흰머리로 뒤덮이고, 배는 올챙이처럼 볼록 나오고, 엉덩이 살은 바람 빠진 풍선같이 홀쭉해질 것이다. 그리고 언젠가는 기력이 쇠약해져 뒷방 늙은이가 될 것이다. 이때마다 난 "나이는 숫자에 불과하다."는 뚱딴지같은 소리를 하면서 큰소리를 칠 것이다. 그런데 놀라운 것은 이 세상의 역사적인 모든 인물의 업적은 60세 이후에 나타나고 있다는 사실이다. 미국의 월간지인 「선샤인」은 세계 역사상 최대 업적의 35%는 60~70살에 성취했고, 23%는 70~80살에, 6%는 80대에 이루었다는 내용을 발표했다. 결국, 역사적인 업적의 64%는 60대 이후에 이뤄졌다는 것이다. 나는 책 속에서 이 내용을 발견하고 새로운 꿈을 꾸게 되었다. 언젠가 마음으로 바라고 원하면 나도 거대한 고래가 될 수 있다고 믿게 되었다. 결론적으로 내가 멍텅구리인가 아니면 고래인가, 꿈을 이루었는가 아니면 못 이루었는가 하는 것은 내 마음속에 있다는 것을 알게 되었다. 꿈이란 버리거나 방치하면 소멸하지만, 늘 갈망하는 마음으로 노력하면 이뤄진다는 것을 미국의 경영학자 피터 드러커 (Peter Drucker)를 보면서 알 수 있었다. 그는 80세인 이탈리아 작곡가 베르디의 남다른 열정에 감동해, 65세부터 본격적으로 책을 쓴 사람이다. 그는 96세까지 무려 30여 권의 책을 썼다. 어느 기자가 그에게 "당신 생전에 쓴 책 중에 최고의 책은 무엇입니까?"라고 물었을 때, 그는 '다음에 나올 책'이라 대답했다고 한다. 나도 이 얘기를 듣고 다음에 나올 최고의 책을 구상하고 있다. 아마 다음에 나올 책은 그 맛이 너무 쓰고 매워서 외면받을지도 모른다. 설령 그렇다 해도 낙담하거나 징징거리지 않겠다. 왜냐하면, 지금 책을 쓰며 책과 함께 나이를 먹는 그 자체가 너무 행복하기 때문이다.


2018년 11월